압축해 본 펠 단면

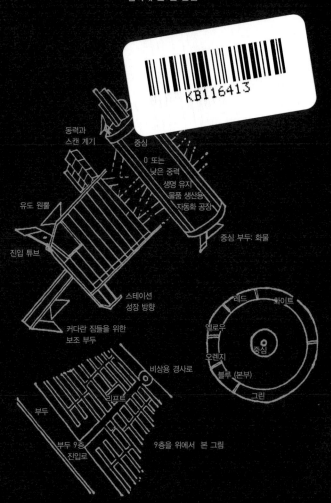

KB116413

동력과
스캔 계기

중심

0 또는
낮은 중력
생명 유지
물품 생산용
자동화 공장

유도 원뿔

중심 부두: 화물

진입 튜브

스테이션
성장 방향

커다란 짐들을 위한
보조 부두

비상용 경사로

레드

화이트

엘로우

리프트

부두

중심

오렌지

블루 (본부)

부두 9층
진입로

9층을 위에서 본 그림

그린

다운빌로 스테이션

다운빌로 스테이션

1

유니언-동맹 소설

C. J. 체리 장편소설 I 최용준 옮김

이 책은 실로 꿰매어 제본하는 정통적인 사철 방식으로 만들어졌습니다.
사철 방식으로 제본된 책은 오랫동안 보관해도 손상되지 않습니다.

2001년에 덧붙인 서문

나는 원래 짧은 책을 쓰기 시작했다(그 책은 나중에 『상인의 행운*Merchanter's Luck*』이란 제목으로 발간되었다) ─ 하지만 나는 더 광대한 배경을 원했다. 다른 작품에서도 모순이 없는 우주, 작품들 간의 연결 고리를 찾기 좋아하는 독자들이 만족할 수 있는 그런 우주를 원했다. 그래서 나는 짧은 책 쓰던 것을 잠시 미루고 더 넓은 배경을, 항성 간 여행이 가능하게 된 지 몇 세기는 된 배경을 면밀히 구성했고 그런 미래의 삶은 어떨지를 그려 보았다.

나는 우주를 여행하는 이와 지구에 붙박여 사는 이들 사이의 차이를 그리기 위해 태양계를 떠날 필요는 없다고 생각한다. 어떤 부족은 이동하고 어떤 부족은 머문다. 새로운 역사가 시작되고 철학이 바뀌며 한 집단과 다른 집단 사이에 균열과 차이가 생긴다……. 그리고 크든 작든 분열이 생긴다. 인류는 늘 그런 식으로 번성해 왔다. 우리는 다른 세계로 넘어가 몇백 년 정도 살며 우리가 전에는 보지 못했던 것들에 적응하기 위해 언어를 바꾼다. 그리고 우리가 미처 깨닫기도 전에, 우리의 친척들은 우리에게 독특한 억양이 생겼다고 생각한다.

또는 우리가 그들의 행동이 이상하다고 생각한다.

그리고 우리는 더는 우리 친척들을 이해하지 못한다.

어쨌든, 나는 내가 쓰려던 이야기가 원래 생각보다 더 긴 책이 될 거라는 것을 깨달았다. 그리고 내용 또한 더 복잡해질 것이었다. 인류는 자신의 세계관을 쉽사리 바꾸지 않는다. 오롯이 옳거나 전적으로 사악한 이는 아무도 없다. 한때는 모두가 친구였다. 다들 가족이 있고, 자기 아이들을 사랑한다. 하지만 이 미래의 세계에서는 사람들 간에 굉장히 근본적인 면들에서 차이가 생겨난다. 수상한 사람이 가끔은 좋은 일을 한다. 좋은 사람이 가끔은 커다란 피해를 입힌다. 달리 말해, 이건 인간의 이야기이다.

이 책 덕분에 나는 컴퓨터가 타자기보다 낫다는 걸 깨달았다. 타자기로는 글을 잘라 붙이는 데 상당한 한계가 있었다.

또한 이 책은 당시 출판 시장이 내는 책의 분량에 정면으로 도전했다. 그리고 이 책이 얼마나 길어질지 깨달은 나는 분량을 줄이기 위해 최종 원고에서 변천사 부분과 설명 부분을 모두 들어냈다. 돈 월하임(DAW 출판사의 창립자이자 내 첫 책의 출판권을 사준 사람이다)은 그 원고를 읽고 내게 원고를 돌려보내며 들어낸 부분을 모두 원상 복구시키게 했다. 그리고 동시에 벳시 월하임은 장면이 바뀔 때 쓸 표제를 만들어 줬다. 덕분에 내 삶이 훨씬 훨씬 더 편해졌다.

하지만 덕분에 책 속에서 시간 흐름을 더욱 정확히 알아야 할 필요가 생겼고, 그래서 나는 이야기 속의 여러 시계들이 실제로 일치하게 만드는 작업에 착수했다. 이 과정에서 마분지로 만든 시계가 많이 필요했고, 컴퓨터가 좋은 물건일 거라는 확신이 더욱 강해졌다.

내가 이 책의 원고를 월하임에게 다시 보냈을 때, 원고는 여전히 두꺼웠으며 풀로 붙여 끼운 삽입지들로 가득했다. 당시에 복사는 쉬운 일이 아니었으며, 한 장에 10센트에 이를 만큼 비쌌고, 나는 우편 배달 중에 원고가 분실되는 악몽을 꾸곤 했다.

원고는 무사히 도착했다. 그리고 DAW는 이 책을 시리즈로 나누어 내거나 삭제본으로 내지 않으려고 유례없는 두께의 책을 만들었다. 시리즈로 나뉘거나 삭제본으로 출판되었다면 이 작품의 플롯은 아주 약해졌을 것이다. 이런 모든 배려에 나는 아주 감사한다. 변천사와 설명 부분을 다시 넣고 새로운 표제들을 추가한 책은 그해에 휴고상 최우수 소설 부문에 선정되었다. 그리고 그 때문에 나는 출판사에 말로 표현할 수 없을 정도로 고마움을 느낀다.

이 이야기의 배경을 만들게 된 계기는 확실히 『상인의 행운』이었다. 따라서 『상인의 행운』의 내용과 상황은 내가 새로이 만들어 낸 시간과 역사에 아무 문제 없이 맞아 들어갔다.

그리고 나는 복잡한 역사를 구성한 것은 아주 여러 이유에서 잘한 행동이라는 사실을 깨달았다. 내가 만든 우주에서 나는 끊임없이 다른 이야기들에 대한 아이디어를 얻을 수 있었다.

내가 이 책에서 묘사한 별들은 진짜 장소라는 것을 알아 줬으면 한다. 지도를 만들며, 나는 우리 이웃 천체들의 겉보 기 거리가 아닌, 태양을 기준으로 한 진짜 거리를 썼으며, 비 록 알파 센타우리가 가까이 있긴 하지만, 사람들이 별들로 뻗어 가기에 최적의 장소는 아니라는 결론을 내렸다. 대신, 나는 천구의 동쪽으로 조금 이동해서(태양을 천구의 중심에 놓고 쌍둥이자리의 카스토르와 폴룩스를 대충 북쪽 삼아) 그리 잘 알려지지는 않았지만 서로 충분히 가까이 있어서, 정말로 흥미로운 별인 고래자리 타우로 향하는 항로의 중계 점이 될만한 별들을 골랐다. 말이 나왔으니 말인데, 타우 세 티가 펠이고, 엡실론 에리다니는 바이킹이고…… 그런 식이 다. 나는 거리를 계산하고 젊은 성간 문명을 위한 그럴듯한 영역을 선택했다. 그리고 그러는 과정에서 무역 항로들과 더 많은 역사를 만들어 냈다.

그러므로, 만약 여러분이 밤하늘에서 고래자리와 은하수 를 찾아본다면, 그 별들을 찾아낸 분들은 내가 이 책을 쓴 바 로 그 장소를 볼 수 있을 것이다. 그리고 만약 그 장소에서 밝은 빛을 보게 되면 내게 알려 달라. 그곳 사람들 일부는 무 장을 했으며 위험하다.

하지만 우주는 광대하다. 꼭 고래자리나 은하수여야만 하 는 것은 아니다. 고개를 들어 하늘을 보라. 누구라도 자신의 하늘에서 반짝이는 두 개의 별을 보고 그 두 별 사이로 오가 는 우주선들, 그 우주선에 가득한 생명체와 상품들, 그리고 각 우주선에 얽힌, 어쩌면 인간에 대한 또는 인간이 아닌 존재에 대한 이야기를 쉽사리 떠올릴 수 있는 것이다.

사람들은 작가들이 어디에서 아이디어를 얻는지 묻곤 한다.

내 조언을 새겨 들으시길. 시원하고 청명한 밤, 도시의 불빛이 시야를 가로막지 않는 시골 어딘가로 차를 몰고 가라. 헤드라이트를 꺼라. 차 밖으로 나와 주위를 둘러 보라. 그리고 우리의 진짜 이웃들을 보라.

2001년 5월
C. J. 체리

차례

2001년에 덧붙인 서문
5

제1부
13

제2부
191

제3부
367

등장인물

지구 컴퍼니 사람들
시그니(시그니 맬러리) 여성, 〈노르웨이〉 함장. 컴퍼니 함대에서 세 번째로
    계급이 높은 함장.
마지언(콘래드 마지언) 남성, 컴퍼니 함대의 제독.
에어리스(시거스트 에어리스) 남성, 컴퍼니 안보위원회 제2서기관.

펠 스테이션 사람들
앤절로(앤절로 콘스탄틴) 남성, 펠 스테이션의 총 감독관. 얼리샤의 남편.
얼리샤(얼리샤 루커스 콘스탄틴) 여성, 앤절로의 아내, 존 루커스의 누나, 생
    명 유지 장치로 생명을 유지하고 있다.
데이먼(데이먼 콘스탄틴) 남성, 앤절로와 얼리샤의 아들, 스테이션 법무처장.
엘렌 여성, 상인들과의 연락원, 데이먼의 아내.
에밀리오(에밀리오 콘스탄틴) 남성, 앤절로와 얼리샤의 아들, 데이먼의 형.
존 루커스 남성, 루커스 컴퍼니의 대표. 콘스탄틴의 라이벌.

유니언 사람들
탤리(조슈아 탤리) 남성, 펠 스테이션에 구금 중인 죄수.
제사드 남성, 보안요원.
아조프(세브 아조프) 남성, 유니언 지휘관.

히사(펠의 원주민들, 〈다우너〉라고도 부른다)
새틴 여성, 푸른 이빨의 짝, 펠 스테이션의 작전에 참여.
푸른 이빨 남성, 새틴을 따라 펠 스테이션으로 감.
릴리 여성, 얼리샤의 간호사.

기타
크레시치(바실리 크레시치) 남성, 러셀 스테이션에서 온 난민.

제1부

제1장

지구와 외계: 2005∼2352년

인간이 했던 다른 모든 모험들과 마찬가지로, 별을 향한 모험은 확실히 비현실적인 이야기였다. 그것은 인간이 지구의 대양, 하늘 또는 우주에 처음으로 과감하게 탐험의 발걸음을 내디뎠을 때만큼이나 무모하고 뜬구름 잡는 소리처럼 들렸다. 솔 스테이션은 한동안 괜찮은 성과를 냈다. 다른 행성들의 광산과 공장들, 우주에 설치한 동력 설비들은 곧 이익을 내기 시작했다. 지구는 편익을 주는 다른 것들과 마찬가지로 이것들을 금세 당연하게 받아들였다. 스테이션에서 파견한 탐사선들은 태양계를 탐험했고, 이 프로그램은 공공의 이익과 아주 거리가 멀었지만 누구도 강하게 이의를 제기하지 않았다. 지구의 편익에 방해되지 않았기 때문이다.

사실, 솔 스테이션은 아주 조용히, 가장 가까운 별 두 개로 첫 번째 무인 탐사선을 발사했다. 탐사선의 임무는 데이터를 모아 귀환하는 것이는데, 그 자체로 상당히 복잡한 임무였다. 솔 스테이션에서 발사한 탐사선은 처음엔 대중의 관심을 약간 끌었지만, 결과가 나오기까지 시간이 오래 걸리다 보니 언론은 탐사선이 태양계를 빠져나갈 때만큼이나 빠르게 탐사선에 대해 흥미를 잃었다. 그러나 탐사선이 귀환할 때는 훨씬 큰 관심을 끌었다. 10년도 더 된 발사 당시를 떠올리던 이들은 향수를 느꼈고, 탐사선의 초창기에 대해 거의 모르는 젊은이들은 그게 뭔가 싶어 호기심을 느꼈다. 탐사선은 과학적으로 성공을 거두었고, 분석가들을 오랫동안 정신 못 차리게 만들 만큼 많은 데이터를 가지고 돌아왔다⋯⋯. 하지만 탐사선이 한 관측의 의미를 충실히 설명하면서도 일반인이 이해할 수 있는 용어로 매끄럽고 유창하게 말할 방법이 없었다. 따라서 대중 입장에서 보면, 이 임무는 실패였다. 자신들의 관점에서 이해하길 원하는 대중은 물질적 이득, 보물, 부, 극적 발견 따위를 바랐던 것이다.

탐사선이 찾아낸 것은 생명체가 자랄 가능성이 어느 정도 있어 보이는 항성계였다. 그 항성계에는 체계적으로 형성됐을 것으로 보이는 행성보다 다소 작고 불규칙한 모양의 덩어리들, 이러한 덩어리와 먼지 입자와 소행성들을 포함한 잡석대가 있었고, 잡석과 위성들을 가진 동반 행성이 하나 있었다. 그 행성은 황량하고 햇볕에 의해 지각은 메말랐으며 가까이하기 어려운 곳이었다. 그곳은 에덴도 아니었고, 두 번째 지구도 아니었고, 태양계에 이미 존재하는 것들보다 나을 게 하나도 없었으며, 이 행성을 찾으러 간 길만 따져도 굉장히 멀었다. 언론은 쉽게 이해할 수 없는 질문들과 씨름하고 시청자들에게 줄 만한 것을 찾느라 애쓰더니 금세 흥미를 잃었다. 겨우 비용에 대한 질문 정도가 전부였다. 언론은 이 별의 발견을 어떻게든 콜럼버스의 발견에 비유해 보려 애썼지만, 곧 관심은 지중해 쪽에서 일어난, 훨씬 이해하기 쉬우면서 훨씬 더 피 튀기는 정치적 위기로 옮아가 버렸다.

솔 스테이션의 과학 시설은 안도의 한숨을 내쉬고, 전과 똑같이 조용하고 조심스럽게 예산의 일부를 투자해 간소한 유인 탐사대를 꾸렸다. 이 탐사대의 목적은 솔 스테이션의 축소판이라 할 만한 것을 타고 우주로 날아가 한동안 궤도에 머물며 그 세계를 관측하는 것이었다.

더욱 은밀하게는, 솔 스테이션과 지구의 두 번째 달을 만들었던 제조 기술을 좀 더 낯선 환경에서 시험하겠다는 목적도 있었다……. 솔 코퍼레이션은 어느 정도 호기심을 느끼고, 스테이션들을 어느 정도 이해하며, 이 개발에서 어떤 이득을 기대할 수 있는지 아는 상태에서 넉넉한 보조금을 제공했다.

그게 시작이었다.

이 첫 번째 별 스테이션은 솔 스테이션의 제조 원칙에 입각해 실용적으로 만들어졌다. 별 스테이션에는 지구에서 공급받는 생체 원료가 아주 조금만 있으면 됐다……. 그것도 대부분 이 스테이션에 거주할, 점점 늘어나는 기술자들과 과학자들과 가족들의 삶을 더 즐겁게 만들기 위한 사치품들이었다. 스테이션에서는 채굴을 했다. 그리고 자체 수요가 줄어들자 쓰고 남은 광석들을 지구로 보냈다……. 그렇게 해서 체인의 첫 번째 고리가 만들어졌다. 첫 번째 콜로니는 별이 인간에게 친숙한 세계일 필요가 없으며, 주위에 태양과 비슷한 유형의 별이 있을 필요도 없음을 증명했다. 아무것도, 아무것도 필요 없었다……. 오직 항성풍과 일반적으로 항성풍에 따라오는 금속 파편과 암석과 얼음조각들이면 족했다. 스테이션 하나를 세우고 나면, 그 스테이션의 모듈을 그게 어떤 별이건 다음 별로 끌고 갈 수 있었다. 과학 기지와 공장들을 발판 삼아 탐험대는 가능성이 보이는 그다음 별까지 갈 수 있었다. 그리고 그다음, 또 다음, 또 다음 별로 갔다. 지구의 탐험대는 우주를 향해 뾰족한 쐐기 모양으로, 끝으로 갈수록 점점 퍼지는 작은 부채꼴 모양으로 퍼져 나갔다.

솔 코퍼레이션은 원래 목표 이상으로 비대해졌고, 태양이 거느린 행성보다 많은 스테이션을 거느리게 되었으며, 별 스테이션 거주인들의 표현에 따르면, 지구 컴퍼니가 되었다. 지구 컴퍼니는 권력을 휘둘렀다……. 몇 광년이나 멀리 떨어진 스테이션들을 통제했고, 지구도 통제했다. 지구에 점점 더 많은 광석과 의료용품들을 공급했으며, 막대한 이익을 내는 특허까지 여럿 가지고 있었기 때문이다. 느리긴 했지만, 화물들 그리고 (비록 오래전에 발사한 것이지만) 새로운 지식들이 꾸준히 도착했고, 컴퍼니는 이익을 내 지구에도 권력을 행사할 수 있었다. 컴퍼니는 상품 운반선들을 점점 더 많이 보냈고, 이제 그 외엔 해줘야 할 일도 없었다. 상선에 탄 선원들은 오랫동안 항해하며 안으로 침잠하고 우주선 안에서만 사는 독특한 생활 방식에 익숙해졌다. 점점 자기 것처럼 여기게 된 장비들을 개선하는 것 외엔 할 일도 없었다. 스테이션들은 서로를 돌봤고, 지구의 물자를 각자 가장 가까운 이웃 스테이션으로 보냈다. 이렇게 한 바퀴 돌며 교환하고 나면 마지막은 솔 스테이션이었다. 솔 스테이션은 도착한 물자를 헐값에 받았고, 생체 원료나 지구에서만 나는 기타 물품을 비싼 값에 넘겼다.

이 자원을 파는 사람들에겐 정말 좋은 시절이었다. 그런 이들은 큰 재산을 모았다가 망하곤 했다. 정부들이 그랬다. 코퍼레이션들은 점점 더 힘이 세졌고, 여러 겉모습을 두른 지구 컴퍼니는 엄청난 이득을 거두고 여러 나라의 국가 대사들을 좌지우지했다. 모든 게 끊임없이 변하는 시대였다. 모든 국가에서 일자리를 찾는 사람들과 현재에 불만을 품은 자들은 일자리, 부, 자유에 대한 개인적 꿈을 찾아, 새롭고 더 넓은 바다 건너 낯선 땅으로 가고 싶어 하는 인간의 욕망을 반복해 보이며, 신세계라는 오랜 유혹을 따라 기나긴 여정을 시작했다.

솔 스테이션은 지구 밖으로 떠나는 기점이 되었다. 그곳은 더는 이국적이지 않으며, 그저 안전하고 잘 알려진 곳이 되었다. 지구 컴퍼니는 별 스테이션들의 부를 흡수하며 번성했고, 이로 인한 편리함 또한 당연하게 받아들이기 시작했다.

별 스테이션들은 자신들이 떠나온 생기 넘치고 다채로운 세계, 자신들을 위로하기 위해 귀하디귀한 물건들을 보내 주는 어머니 지구에 대한 기억에 새롭고 감정적인 방식으로 집착했다. 그 위문품들은 삭막한 우주에 사는 그들에게 그래도 아직 생명체가 사는 티끌이 하나는 있다는 사실을 상기시켜 주었다. 지구 컴퍼니의 우주선들은 생명선이었다……. 그리고 가볍고 빠른 컴퍼니의 탐사선들은 없어서는 안 될 소중한 존재였으며, 덕분에 스테이션들은 다음 단계를 좀 더 정선해 수행할 수 있었다. 대원(大圓)의 시대였다. 정말로 원은 아니었지만, 지구 컴퍼니의 화물선들이 부단히 다니는 항로의 시작과 끝이 어머니 지구였다.

별, 또 별, 또 별……. 총 아홉 개였다. 그러다 펠이 나타났다. 펠에는 살기 알맞은 환경과, 또한 생명체도 있음이 알려졌다.

이로써 모든 투기는 취소되었고, 균형은 영원히 무너졌다.

그곳을 찾아낸 탐사대장의 이름을 따서 별과 행성에는 각각 〈펠의 별〉과 〈펠의 세계〉라는 이름이 붙었다. 펠은 행성뿐 아니라 토착민, 원주민들까지 찾아냈다.

대원을 돌아 지구까지 말이 전해지려면 오랜 시간이 걸렸다. 가까운 별 스테이션들까지는 시간이 덜 걸렸지만……. 과학자들 말고 다른 부류의 사람들도 펠의 세계로 떼를 지어 왔다. 이 일의 경제적 측면에 대해 아는 그 지역 스테이션의 회사들은 뒤처지지 않으려고 득달같이 날아왔다. 사람들이 몰려들었고, 주위에 있는 덜 흥미로운 별들의 궤도를 돌던 스테이션 두 개는 위험할 정도로 자원이 고갈되어 결국 함께 망했다. 펠에 인구가 폭발적으로 늘어나고 스테이션을 세우는 난리통 속에서, 야심 찬 사람들은 벌써 냉정하게 미래를 계산하며 펠 너머 더 멀리 있는 두 개의 별로 눈을 돌렸다. 펠은 지구와 같은 물자, 즉 사치품들의 공급지가 될 것이고,

장차 무역과 공급의 방향에 교란 요소가 될 터였기 때문이다.

지구에도 화물과 함께 그 소식이 도착했다……. 사람들은 필사적으로 안달하며 펠을, 외계 생명체를 무시하려 애썼다. 컴퍼니에도 충격파가 전해졌고, 도덕적 토론과 정책에 대한 논의가 시작되었다. 이 소식이 벌써 20년도 더 지난 일이란 사실은 아무도 아랑곳하지 않았다. 마치 〈비욘드Beyond〉에서 어떤 결정이 내려지고 있건 간에 자신들이 개입할 수 있는 듯이 굴었다. 그러나 상황은 이미 걷잡을 수 없었다. 다른 생명체는 인간이 소중하게 간직하던, 우주의 현실에 대한 생각을 산산이 부숴 버렸다. 이는 철학적, 종교적 질문들을 제기했고, 현실에 맞닥뜨린 사람들 중 일부는 현실을 직면하느니 자살하는 쪽을 택했다. 사이비 종교들이 우후죽순으로 생겨났다. 그러나 다른 우주선들이 도착해 보고하길, 펠의 세계 외계인들은 그리 지적이지도 폭력적이지도 않고, 어떤 건축물도 세운 적이 없으며, 갈색 털이 나 있고 벌거벗었으며 눈은 크고 어리둥절해 보였고 굳이 따지자면 하급 영장류에 더 가까워 보인다고 했다.

아, 지구밖에 모르는 인간들은 안도의 한숨을 쉬었다. 이제껏 지구인이 굳게 믿어 온, 인간 중심적이고 지구 중심적인 우주는 잠시 위태롭게 흔들렸으나 금세 제자리를 되찾았다. 컴퍼니에 반대하던 고립주의자들은 이 공황 상태를 맞아 영향력을 키우고 수를 늘렸다. 컴퍼니의 교역이 갑작스레 확 줄어들고 말았다.

컴퍼니는 대혼란 상태에 빠졌다. 컴퍼니가 지시 사항을

전하는 데는 〈오랜〉 시간이 걸렸고, 그사이 펠은 컴퍼니가 통제할 수 없는 수준으로 성장했다. 더 먼 별들에서는 지구 컴퍼니의 승인 없이 새로운 스테이션들이 속속 생겨났다. 우선 마리너와 바이킹이라는 스테이션이 생겨났고, 이들은 다시 러셀과 에스퍼런스라는 스테이션들을 만들어 냈다. 이 무렵 컴퍼니의 지시 사항이 도착했다. 이제 초토화되어 버린 근처 스테이션들에 무역 안정화를 위해 이런저런 조치를 취하라는 명령이 담겨 있었다. 그러나 이 명령에 따른다는 건 누가 봐도 무의미했다.

사실, 새로운 유형의 무역이 이미 시작되고 있었다. 펠에는 사람들이 필요로 하는 생체 원료들이 있었다. 그리고 대부분의 별 스테이션들에서는 펠이 지구보다 훨씬 가까웠다. 한때 지구를 어머니로 받들던 별 스테이션들은 이제 새로운 기회를 보았고, 이 기회를 잡았다. 다른 스테이션들이 계속 생겨났다. 대원은 깨졌다. 지구 컴퍼니의 우주선 몇 척이 〈뉴 비욘드〉와 무역을 하기 위해 제멋대로 떠났지만, 이들을 막을 방법이 없었다. 무역은 계속되었으나, 전과 완전히 다른 양상이 되었다. 지구산 물자들의 가치는 하락했고, 그에 따라 지구는 콜로니에서 한때 거저 얻다시피 했던 물자를 얻기 위해 점점 높은 가격을 지불해야 했다.

두 번째 충격이 찾아왔다. 어떤 진취적인 상인이 비욘드에서 또 다른 세계를 찾아낸 것이다……. 사이틴이라는 세계였다. 더 많은 스테이션이 만들어졌다. 파곤Fargone과 파라다이스와 와이어츠였다. 대원은 더욱 길게 늘어났다.

지구 컴퍼니는 새로운 결단을 내렸다. 손실을 만회하기 위한 투자액 회수 프로그램으로, 물품에 세금을 부과하는 것이었다. 지구 컴퍼니는 스테이션들에 인류 공동체, 도덕적 채무, 감사한 마음에 따르는 부담감에 대해 역설했다.

어떤 스테이션들과 상인들은 세금을 지불했다. 거부하는 이들도 있었다. 펠과 사이틴 너머의 스테이션들이 특히 그러했다. 그들은 컴퍼니가 자신들의 개발에 조금도 기여한 바가 없으니 아무런 주장도 할 수 없다고 맞섰다. 하지만 서류와 비자 제도가 이미 실시되고 있었고, 검사가 의무화되었다. 자기 우주선은 자기 것이라고 여기는 상인들은 크게 분개했다.

그에 더해, 탐사선들이 철수했다. 이는 컴퍼니가 비욘드의 차후 성장에 대해 공식적으로 생트집을 잡겠다는 암묵적 선언이었다. 이 가볍고 빠른 탐사선들은 위험을 무릅쓰고 미지의 세계로 나아가야 했기에 원래부터 늘 〈무장〉 상태였다. 그러나 이제 컴퍼니는 이들을 새로운 방식으로 이용했다. 컴퍼니는 탐사선을 스테이션들에 보내 협력하겠노라는 다짐을 받아 냈다. 무엇보다 씁쓸한 점은, 이 탐사 우주선들의 선원들이 지금은 컴퍼니의 집행자이지만 한때는 비욘드의 영웅이었다는 점이다.

상인들은 그에 대한 보복으로 역시 무장을 했지만, 화물선은 본디 전투용으로 만들어진 것이 아니기에 급선회가 불가능했다. 개조한 탐사선들과 반란 상인들 간에 작은 전투들이 벌어졌다. 대부분의 상인들은 마지못해 세금을 내겠다고 선언했다. 반란 상인들은 세금 집행이 힘든 가장 변방의 콜로니들로 퇴각했다.

아무도 전쟁이라고 부르지는 않았지만, 이는 전쟁이었다……. 무장한 컴퍼니 탐사선들과 머나먼 별들을 위해 일하는 반역 상인들 간의 전쟁이었다. 사이틴이 있기에 가능한 상황이었다. 심지어 펠조차 꼭 필요하지 않았다.

이렇게 해서 경계선이 그어졌다. 대원은 파곤 너머의 별들만 뺀 채 다시 이어졌지만, 전처럼 수익이 좋진 않았다. 무역은 묘한 방식으로 경계선을 넘나들며 계속되었다. 세금을 내는 상인들은 가고 싶은 곳에 갈 수 있었고 반란 상인들은 그럴 수 없었으나, 도장은 위조가 가능했고 실제로 위조되기도 했다. 전쟁은 느긋하게 진행되었다. 반란자를 확실히 조준할 수 있을 때만 몇 발 쏘는 수준이었다. 컴퍼니 우주선들은 지구와 펠 사이에 있는 스테이션들을 곧바로 소생시킬 수 없었다. 그 스테이션들은 더는 작동하지 않았다. 사람들은 펠과 러셀과 마리너와 바이킹으로, 그리고 파곤과 더 먼 곳들로 뿔뿔이 흩어져 버렸다.

비욘드에서는 스테이션들을 만들었듯, 우주선들을 건조했다. 그들에겐 기술력이 있었다. 그리고 상인들이 급격히 늘어났다. 이윽고 공간 〈도약〉이 나타났다. 공간 도약은 뉴 비욘드와 사이틴에서 처음 고안된 이론이었다. 경계선의 컴퍼니 쪽에 있는 마리너의 우주선 건조자들은 얼른 이 이론을 채용했다.

이것이 지구를 강타한 세 번째 충격이었다. 전처럼 빛의 속도에 얽매여 생각하는 것은 구시대의 폐물이 되었다. 공간

도약 화물선들은 도약과 도약 사이의 짧은 거리는 여전히 예전 방식대로 비행했지만, 이 별에서 저 별로 가는 데 걸리는 시간이 몇 년, 몇십 년에서 몇 달과 며칠로 줄어들었다. 기술은 발전했다. 무역은 새로운 게임이 되었고, 기나긴 전쟁의 전략 또한 바뀌었다……. 스테이션들은 서로 더 굳건하게 밀착되었다.

이런 상황에서 갑자기, 가장 먼 비욘드의 반란자들 사이에 조직 하나가 생겨났다. 이 조직은 처음엔 파곤과 그곳 광산들의 연합으로 시작됐다. 조직은 사이틴까지 휩쓴 뒤, 파라다이스와 와이어츠를 끌어들였고, 다른 별들과 그 별의 상인들에게까지 세력을 뻗쳤다. 소문이 돌았다……. 오랫동안 기록에 남지 않는 상태로 엄청나게 인구가 증가했다는 소문이었다. 거대한 암흑의 진공을 채우고, 일하고 건설할 인간이 필요했을 때 경계선의 컴퍼니 쪽에서 고려되었던 기술을 이용한 덕분이라는 소문이었다. 사이틴이 그 일을 맡고 있었다. 이 조직, 자칭 〈유니언〉은 이미 설치되어 가동 중이던 출산실을 이용해 기하급수적으로 커졌다. 유니언은 〈자랐다〉. 유니언은 20년이란 기간 동안, 영토 면에서 그리고 인구 밀도 면에서 엄청나게 증가했다. 유니언은 성장과 식민지 건설에 관해 확고한 단 하나의 이데올로기를 제시했고, 무질서했던 반란에 집중된 방향을 제공했다. 유니언은 이의를 잠재우고, 스테이션들을 전시 체제로 전환하고, 조직화하고, 컴퍼니를 강하게 압박했다.

그리고 마침내, 갈수록 악화되는 상황에서 성난 대중은

무언가 결과를 요구하기 시작했고, 솔 스테이션으로 물러난 지구 컴퍼니는 세금을 포기하고 자금을 쏟아부어 대함대를 조직했다. 모두 도약선들이었고, 〈유럽〉과 〈아메리카〉와 그와 비슷하게 치명적인 파괴 병기들이었다.

유니언도 함대를 만들고 있었다. 향상된 기술로 특수한 전함들을 개발했다. 각자의 이유로 오랜 세월 싸워 온 반란군의 함장들은 핑곗거리만 있으면 곧바로 물렁해져 버렸으므로, 이제 우주선들은 조직에 맞는 이데올로기를 지니고 좀 더 인정사정없는 지휘관들의 손에 맡겨졌다.

컴퍼니의 상황은 점점 더 힘들어졌다. 대함대는 수적으로 열세였고, 방어해야 할 지역은 너무 넓었으며, 1년 혹은 5년이 지나도록 전쟁을 끝내지 못했다. 지구는 갈수록 성과 없이 격화되기만 하는 분쟁에 짜증을 내기 시작했다. 「전함을 없애라.」 이제는 금융 회사들에서도 외침 소리가 울려 퍼졌다. 「우리 우주선들을 모두 빼내고 그 새끼들은 굶겨 죽이자.」

그러나 굶어 죽는 쪽은 당연히 컴퍼니 함대였다. 유니언은 굶어 죽을 일이 없었지만, 지구는 그 점을, 즉 반란을 일으킨 상대가 더는 연약한 콜로니들이 아니라, 힘을 더해 가고 있으며 잘 먹고 잘 무장한 콜로니들이란 점을 이해할 능력이 없는 듯했다. 예전과 똑같이 근시안적인 정책들과, 애초에 콜로니들은 배제된, 고립주의자들과 컴퍼니 간의 변함없는 주도권 싸움이 점점 선을 넘었고, 무역은 감소했다. 전쟁의 결말이 정해진 곳은 비욘드가 아니라, 지구와 솔 스테이션의 상원의원 의회와 이사회 회의실이었다. 상원 의회와 이사회 회의실은 지구의 자체 시스템 안에서 하는 채광은 이득이지만 마구잡이로 보내는 탐사선으로는 이득이 없다고 우겼던 것이다.

이제 도약 기술이 생겼고 별들이 가까워졌다는 건 문제가 되지 않았다. 그들의 생각은 낡은 문제들에 초점이 맞춰져 있었고, 자신들의 문제와 자신들의 정치에만 신경을 썼다. 지구는 최고의 두뇌들이 우주로 빠져나가는 것을 보고 이민을 금지했다. 지구는 경제적 혼란 속에서 허우적거렸고, 스테이션들이 지구의 자연 자원을 고갈시키고 있다는 것이 금세 불평불만의 표적이 되었다. 〈더 이상의 전쟁은 안 된다.〉 그들이 말했다. 평화가 갑자기 좋은 정책이 되었다. 광활한 전선에서 전쟁에 임하던 컴퍼니 함대는 자금줄이 끊겼고, 어디서든 어떻게든 자력으로 물자를 조달해야 했다.

결국, 함대는 잡동사니가 되었다. 한때 50척에 이르던 당당한 대함대는 겨우 15척의 모함으로 줄어들었고, 아직 그들을 받아 주는 스테이션들에서 조잡하게 뒤섞였다. 함대는 비욘드의 전통에 따르면 마지언의 함대라 불렸다. 처음엔 우주선의 수가 워낙 적다 보니 적들끼리 이름과 평판으로 서로를 알 지경이었다…… 이제 그렇게 알아보는 일은 훨씬 줄어들었지만, 몇몇 이름은 여전히 알려져 있었다. 〈유럽〉의 콘래드 마지언은 유니언이 반감을 품는 이름이었고, 〈오스트레일리아〉의 톰 에드거 역시 그러했다. 〈대서양〉의 미카 크레쇼프와 〈노르웨이〉의 시그니 맬러리도 있었다. 그 외 모든 컴퍼니 함장들과 라이더들의 정장들 이름까지도 알았다. 이들은 여전히 지구와 컴퍼니를 위해 일했지만, 지구와 컴퍼니 둘 다에 대한 애정이 점점 식어 가고 있었다. 이 세대 사람들 중 지구에서 태어난 이는 아무도 없었다. 이들은 자리가 비어도 결원을 보충받는 일이 드물었고, 그나마 지구에서 오는 이는 전혀 없었다. 컴퍼니의 영토에 있는 스테이션들 출신도 전혀 없었다. 이 스테이션들은 전쟁 중에 중립성을 잃는 것을 강박적으로 두려워했던 것이다. 숙련된 선원과 병력은 상인들 중에서 뽑아야 했고, 대부분은 하는 수 없이 끌려왔다.

비욘드는 한때 지구와 가장 가까운 별들에서 시작했지만, 이제는 펠을 시작점으로 삼았다. 가장 처음에 지어진 스테이션들은 지구와의 무역이 점차 폐지되고 도약 기술이 나오기 이전의 무역 형태가 영원히 사라지면서 문을 닫았던 것이다. 이들 힌더 스타Hinder Star들은 모두 잊히고 아무도 찾지 않게 되었다.

펠 너머와 사이틴 너머에도 세계들이 있었고, 유니언은 이제 그곳 모두를 가졌다. 진짜 세계들이었고, 도약으로 갈 수 있는 서로 멀리 떨어진 별들의 세계였다. 이곳에서 유니언은 여전히 출산실을 통해 인구를 늘리며 노동자와 병사를 공급했다. 유니언은 비욘드 전체를 원했고, 인류의 미래를 결정하고 싶어 했다. 유니언은 비욘드를 가졌지만, 마지언의 함대가 감사도 받지 못하면서 아직 지구와 컴퍼니를 위해 쥐고 있는, 가느다란 활 모양으로 늘어선 스테이션들만은 예외였다. 마지언의 함대가 이 스테이션들을 지키고 있는 것은 한때 이런 일을 하라고 명령받았기 때문이다. 또한 이외엔 할 수 있는 일을 아무것도 찾지 못했기 때문이다. 그들 뒤에는 오직 펠뿐이었다……. 그리고 아무도 쓰지 않는 힌더 스타들의 스테이션들이 있었다. 더 멀고 고립된…… 지구가 있었다. 자신만의 생각에 잠기고, 자신만의 복잡하고 산산조각난 정치에 갇힌 지구가.

이제 솔에서는 어떤 무역 물자도 오가지 않게 되었다. 전쟁이라는 광기 속에서 자유 상인들은 유니언과 컴퍼니 별들을 똑같이 돌아다녔고, 전선을 마음대로 넘나들었다. 그러나 유니언은 컴퍼니에 들어가는 공급선을 차단하기 위해 자유 상인들을 교묘하게 괴롭혀 이 교역을 막았다.

유니언은 팽창했고, 컴퍼니 함대는 그저 버텼다. 함대를 부양해 주는 펠과 함대를 무시하는 지구가 그들에겐 세계의 전부였다. 유니언은 더는 옛날 스케일로 스테이션들을 짓지 않았다. 이제 옛날식 스테이션은 단순히 창고에 지나지 않았고, 탐사선들은 더 먼 별들을 찾아다녔다. 지금 세대들은 지구를 한 번도 본 적이 없었다……. 이들은 〈유럽〉과 〈대서양〉을 금속과 공포로 만들어진 생명체라 여기는 인간들이었고, 별과 무한과 끝없는 성장과 영원을 향하는 시간이 삶의 방식인 세대였다. 지구는 이들을 이해하지 못했다.

그러나 컴퍼니 쪽에 남아 있는 스테이션들과 전선을 넘나드는 기묘한 무역을 계속하는 자유 상인들 또한 이들을 이해하지 못하긴 마찬가지였다.

제2장

1
펠로의 접근: 2352년 5월 2일

화면에서 난민선단이 깜박였다. 모함 〈노르웨이〉가 앞장 서고, 뒤이어 화물선 열 척이 밝게 깜박였다. 그리고 깜박이 는 점은 더 늘어났다. 〈노르웨이〉는 라이더 네 척을 내보냈 다. 선단은 보호 대형을 넓게 펼치며 펠의 별로 접근했다.

이곳은 은신처였다. 아직 전쟁의 손길이 닿지 않은 안전 한 장소였다. 그러나 전쟁의 파도가 철썩이며 밀려 오고 있 었다. 저 멀리 비욘드의 세계들은 승리를 거두고 있었고, 경 계선 양쪽 모두에서, 확실하다고 여겼던 사실들이 바뀌고 있 었다.

도약 모함 ECS 5 〈노르웨이〉의 함교는 부산하기 그지없 었다. 지휘 보조용 계기반 네 개가 라이더들을 지켜봤다. 콤 오퍼레이션들이 길게 늘어선 통로와 스캔 통로와 그들의 자 체 지휘 통로가 보였다. 〈노르웨이〉는 열 척의 화물선과 콤 링크로 계속 통신을 했고, 이 채널들을 통해 오가는 보고들은 우주선의 작동에 관한 것만 간결하게 알렸다. 〈노르웨이〉는 인간의 재난을 다루기엔 너무 바빴다.

매복은 없었다. 펠의 세계 스테이션은 신호를 받았고 마지못해 환영 인사를 보냈다. 안도의 속삭임이 모함 이곳저곳을 오갔지만, 개인적인 속삭임일 뿐, 우주선 간의 콤으로는 전해지지 않았다. 〈노르웨이〉의 함장 시그니 맬러리는 자기도 모르게 긴장했던 근육에서 힘을 빼고 암스콤프의 경계를 대기 상태로 낮추라고 명령했다.

시그니 맬러리는 이들의 지휘자였고, 열다섯 척으로 구성된 마지언의 함대에서 세 번째로 계급이 높은 함장이었다. 그녀는 이제 마흔아홉 살이었다. 비욘드 반란의 역사는 시그니의 나이를 훌쩍 뛰어넘었다. 예전에 시그니는 화물선의 조종사였고, 라이더 정장이었으며, 지구 컴퍼니에 봉사하는 일이라면 안 해본 일이 없었다. 시그니의 얼굴은 아직 젊어 보였다. 그러나 머리털은 은빛이 도는 회색이었다. 머리털은 회색으로 변했지만 회춘요법을 받은 몸의 나머지 부분들은 생물학적으로 서른여섯 정도로 보였다. 그러나 시그니가 무엇을 이끌고 있고, 그게 어떤 전조인지 생각하면, 시그니의 체감 나이는 마흔아홉 그 이상이었다.

시그니는 함교에서 위로 휘어지는 좁은 통로들이 내다보이는 쿠션에 등을 기대고, 지휘실을 확인하기 위해 팔걸이의 콘솔을 가볍게 쳤다. 시그니는 생기 넘치는 스테이션들을 내다보았다. 비디오에 무엇이 찍혔는지, 또 어떤 스캔에 안전

신호가 있는지 보여 주는 스크린들을 바라보았다. 시그니는 그러한 추정치를 믿지 않았다.

시그니는 적응을 믿었다. 다들 그랬다. 이 전쟁에서 싸우는 모든 이가 그랬다. 〈노르웨이〉는 시그니의 선원들처럼, 〈브라질〉과 〈이탈리아〉와 〈말벌〉과 저주받은 〈미리엄 B〉까지 온갖 곳에서 회수한 것들로 만들어졌다. 〈노르웨이〉는 화물선 전쟁 때부터 함께해 온 시그니의 분신이었다. 시그니는 난민선들을 보호하며 이끌었고⋯⋯ 시그니와 그 부하들은 난민선들로부터 챙길 수 있는 건 뭐든지 챙겼다. 수십 년 전에는 전쟁의 기사도가 있고, 돈키호테식 태도가 있고, 적이 적을 구하고 휴전하에 헤어지는 일이 있었다. 그들은 인간이었고, 우주는 넓었으며, 다들 그 사실을 알았다. 하지만 더는 그런 일이 벌어지지 않았다. 시그니는 민간인들이자 중립자들 사이에서 자신에게 쓸모 있는 이들을 뽑았다. 적응할 수 있을 것 같은 몇 안 되는 사람들이었다. 펠에서 항의가 들어올 터였다. 그런다고 펠에 도움이 될 건 없었다. 이 일이든 저 일이든, 항의해 봤자 소용없었다. 전쟁은 새로운 국면으로 접어들었고, 이제 고통 없는 선택 따위는 불가능했다.

함대는 실제 공간에서 화물선이 낼 수 있는 최고 속도에 맞춰 기다시피 천천히 이동했다. 〈노르웨이〉나 라이더라면 방해물이 없을 경우 아광속으로 금세 가로지를 수 있을 거리였다. 이제 이들은 도약 사고와 충돌을 무릅쓰고 성계 궤도면 밖에서 펠의 별 질량에 위험할 정도로 가까이 다가와 있었다. 화물선들이 서둘러 움직일 수 있는 유일한 방법이었고…… 거기에 탄 생명들에게 시간을 벌어 줄 수 있었다.

「펠에서 접근 허가가 떨어졌습니다.」콤에서 말했다.

「그래프.」시그니가 부관에게 말했다.「화물선을 들여보내.」그런 뒤, 시그니는 버튼을 눌러 다른 채널을 켰다.「디, 모든 병력을 완전 무장 상태로 대기시켜.」그녀는 다시 콤으로 채널을 바꿨다.「펠에 한 구역을 완전히 비운 뒤 밀폐하는 게 좋을 거라고 일러. 난민선들에는, 만일 우리가 접근하는 동안 대형을 깨면 누가 되었든 간에 무조건 쏴버릴 거라고 전하고. 확실하게 일러 둬.」

「알겠습니다.」콤 담당 장교가 대답했다. 그리고 곧이어 말했다.「스테이션 총감독관이 직접 대화를 원하십니다.」

총감독관이 항의했다. 이미 예상한 일이었다.

「제 말대로 하시죠.」시그니가 총감독관에게 말했다. 펠의 총감독관은 〈바로 그〉콘스탄틴가의 앤절로 콘스탄틴이었다.「그 지역을 비우지 않으시면 저희가 하겠습니다. 당장 시작하시고, 값진 것이나 위험한 것은 모두 치워 주십시오. 티끌 하나 남기지 말아야 합니다. 그리고 모든 문에 자물쇠를 채우고 액세스 패널들은 용접해서 막으십시오. 우리가 뭘 가져왔는지 당신은 모릅니다. 그리고 만일 우릴 기다리게 한다면, 우주선 한 척이 죽은 사람들로 가득하게 될 수도 있습니다. 〈한스퍼드〉의 생명 유지 장치가 망가지고 있습니다. 제 말대로 하십시오, 콘스탄틴 씨, 안 그러면 병력을 보내겠습니다. 그리고 일을 제대로 해놓지 않으면, 콘스탄틴 씨, 당신네 스테이션 곳곳에 난민들이 해충처럼 퍼지게 될 겁니다.

신분증도 없고, 난폭하고 절박한 사람들이죠. 제 무뚝뚝한 태도를 용서해 주십시오. 제겐 자신의 오물 속에서 죽어 가는 사람들이 있습니다. 우리 우주선들에 탄 겁에 질린 민간인이 7천 명은 됩니다. 마리너와 러셀의 별을 떠나온 사람들입니다. 그 사람들은 선택의 여지가 없고 시간도 없습니다. 안 된다는 말은 하지 않으실 거라 믿습니다.」

침묵이 흘렀다. 둘 사이의 거리를 감안해도 일반적인 시간 지연보다 훨씬 오랜 침묵이었다. 「옐로와 오렌지 부두의 구역들에 소개(疏開)를 명했습니다. 맬러리 함장님, 힘이 닿는 대로 최대한 의료 지원을 하겠습니다. 비상사태 대책반도 갈 겁니다. 요구하신 구역 봉쇄도 그대로 해드리겠습니다. 즉시 보안 대책이 실시될 겁니다. 함장님이 우리 시민들에 대해서도 똑같이 크게 배려해 주시길 바라겠습니다. 스테이션은 군이 우리의 내부 보안 관제에 개입하거나 우리의 중립성을 위태롭게 하는 일을 허락할 수 없습니다. 하지만 우리 지휘하에서 도움을 주시는 일은 감사히 받아들이겠습니다, 오버.」

시그니는 천천히 긴장을 풀고, 얼굴의 땀을 닦은 뒤 한결 편하게 숨을 쉬었다. 「물론 도와드리겠습니다, 총감독관님. 예상 도킹은…… 네 시간 뒤입니다, 만일 제가 이 호송을 최대한 지연시킨다면요. 준비하시라고 드릴 수 있는 시간은 그게 최대입니다. 마리너에 대한 소식을 아직 받지 못하셨습니까? 마리너는 결딴났습니다, 총감독관님. 사보타주였습니다, 오버.」

「네 시간, 카피했습니다. 조치 잘 이해했으며, 성실히 대처하겠습니다. 마리너에 생긴 재난에 대해선 안타깝게 생각합니다. 자세한 브리핑을 요청드립니다. 더불어, 현재 컴퍼니 팀이 이곳에 와 있음을 알려 드립니다. 일이 이렇게 되어 심히 유감입니다.」

시그니는 콤에 대고 속삭이듯 욕을 뱉었다.

「······그리고 컴퍼니 팀은 함장님 일행 모두가 다른 스테이션으로 방향을 돌리길 요구하고 있습니다. 제 직원들이 컴퍼니 팀에 우주선들의 상황과 그 안에 탄 사람들의 생명이 위험하다고 설명하려 애쓰고 있으나, 그쪽에서는 우리에게 압력을 가하고 있습니다. 컴퍼니 팀은 펠의 중립성이 위협받고 있다고 생각합니다. 함장님의 접근으로 그런 부분이 있음을 부디 헤아려 주시고, 또한 컴퍼니 요원들이 함장님과 직접 연락하고 싶다고 요구했다는 점을 명심해 주십시오, 오버.」

시그니는 다시 욕을 한 뒤 숨을 내뱉었다. 함대는 가능하면 이렇게 마주치는 일을 피해 와, 지난 10년 동안 이런 만남은 무척 드물었다. 「그 사람들에게 제가 바쁠 거라 전해 주시죠. 그 사람들이 부두들에 오지 못하게 하시고, 우리 지역에도 못 오게 해주십시오. 굶어 죽어 가는 사람들의 사진이라도 챙겨 가지고 돌아가야 한다던가요? 이런 압력은 좋지 않습니다. 콘스탄틴 씨, 그 사람들이 우리 앞길에 걸리적거리지 않게 해주십시오, 오버.」

「그 사람들은 정부 서류로 무장하고 있습니다. 안보위원회입니다. 〈그런〉 종류의 컴퍼니인들입니다. 그 사람은 계급이 높고, 그 계급을 이용해 비욘드 더 깊숙이 들어갈 교통편을 요구하고 있습니다, 오버.」

시그니는 또 다른 욕지거리를 생각해 냈지만 속으로 꿀꺽삼켰다. 「고맙습니다, 콘스탄틴 씨. 피난민들 관련 절차에 대한 제 제안들을 요약해서 보내 드리겠습니다. 상세히 적어두었습니다. 물론 이 제안들을 무시하셔도 됩니다만, 전 그러지 않으시는 편이 좋겠다고 말씀드리고 싶군요. 저희가 펠에 상륙시키고 있는 이들이 무장하지 않았다는 보장조차 드릴 수 없습니다. 그 무리 안에 들어가 확인할 수가 없습니다. 무장한 병력이 그 안에 들어갈 수 없으니까요. 이해하시겠죠? 저희가 내려놓을 사람들은 그런 부류입니다. 그러니 저희에게 거래할 인질이 생기기 전에는, 컴퍼니 친구들을 저희 도킹 지역에 절대로 가까이 오지 못하게 하시는 것이 좋겠다고 말씀드리고 싶습니다. 카피? 전송을 종료합니다.」

「카피. 감사합니다, 함장님. 전송을 종료합니다.」

시그니는 그대로 무너지듯 주저앉아 스크린들을 노려보다가 지시 사항들을 총감독관에게 요약해서 보내라고 콤에대고 날카롭게 명령했다.

컴퍼니 사람들, 그리고 사라진 스테이션들에서 온 피난민들. 엉망이 된 〈한스퍼드〉에서는 꾸준히 정보가 들어왔고, 〈한스퍼드〉의 승무원들만큼은 평정을 지켰으며, 그 점에 시그니는 경탄해 마지않았다. 승무원들은 엄격히 절차를 따랐다. 그들은 거기서 죽어 가고 있었다. 승무원들은 무장한 채지휘실 안에 들어가 문을 봉쇄했고, 우주선을 포기하길 거부했으며, 라이더로 〈한스퍼드〉를 견인하는 안도 거부했다. 그 건 그들의 우주선이었다. 그들은 우주선 곁을 지켰고, 우주 선에 탄 이들을 위해 멀리서나마 자신들이 할 수 있는 일을 했다. 그러나 승객들은 그들에게 감사할 줄조차 모르고, 공 기가 오염되고 시스템들이 무너지기 시작할 때까지 우주선 을 분열시키려고만 했다. 아니, 그러려고 했었다.

네 시간 남았다.

2

〈노르웨이.〉 러셀 스테이션은 재난을 만났다. 마리너도 마 찬가지였다. 소문이 빠르게 돌았고, 모든 재산을 가지고 밖 으로 쫓겨나게 된 주민과 회사들은 혼란과 분노로 뜨겁게 달 아올랐다. 자원자들과 원주민 일꾼들이 소개를 도왔다. 부두 작업원들은 하역 기계를 이용해 격리소로 선택된 지역에서 개인 소지품들을 빼냈고, 물건마다 꼬리표를 붙여 물건들이 섞이거나 도난당하지 않도록 애썼다. 콤에 알림 방송 소리가 메아리쳤다.

「옐로 1에서 119까지의 주민들은 긴급 주거 공급 접수대 로 대표자를 보내 주시기 바랍니다. 응급 구호소에 메이 터 너라는 미아가 있습니다. 보호자가 계시면 곧바로 응급 구호 소로 와주십시오……. 스테이션 본부의 최신 평가에 따르면 방문객 숙소에 가능한 주거 공간은 1천 개라고 합니다. 모든 비거주민은 스테이션 거주민을 위해 자리를 비워 주고 있으며, 우선순위는 추첨으로 결정됩니다. 현재 주민이 사는 아파트들도 압축해 공간을 만들고 있습니다. 자리가 92개 있습니다. 비상사태에 주거 공간으로 전환 가능한 칸막이 공간이 2천 개 있으며, 이 안에는 공공 회의장들과 주일(主日)/부일(附日) 순환식 거주지도 일부 포함되어 있습니다. 친척이나 친구 집에서 거처를 해결할 수 있는 분들은 부디 그렇게 해 주시고 최대한 빨리 콤프에 그 정보를 입력해 주시길 스테이션 의회에서 강력히 부탁드립니다. 알아서 주거를 해결하시면, 1인당 주거 비용에 상당하는 금액을 보상해 드립니다. 현재 주택 부족분은 5백 개이며, 누군가 자발적으로 주택을 공급해 주거나 할당받은 주거 공간을 타인과 공유함으로써 이 부족분을 해결하지 못하는 한, 스테이션 내에 거주하시려면 막사식 주거 공간을 이용하셔야 하고, 그렇지 않으면 임시로 다운빌로Downbelow로 이동하셔야 합니다. 블루 구역을 거주 용도로 쓰는 안이 즉시 고려될 것이며, 이 경우 앞으로 180일 안에 거주 공간 5백 개가 확보될 것입니다…… 감사합니다…… 보안 팀은 옐로 8로 와서 보고해 주시겠습니까…….」

이건 악몽이었다. 데이먼 콘스탄틴은 프린터에서 쏟아져 나오는 종이들을 물끄러미 바라보다가 때때로 블루 구역 부두 지휘실의 매트 깔린 바닥을 서성거렸다. 저 아래 부두에서는 기술자들이 상세한 소개 계획에 따라 일을 진행하려 애쓰고 있었다. 두 시간 남았다. 데이먼은 일렬로 늘어선 창문들을 통해 부두마다 경찰이 지키는 가운데 개인 소지품들을 쌓아 올리고 난리법석인 모습을 지켜보았다. 옐로와 오렌지 구역의 9층에서 5층까지는 이미 모든 사람과 설비를 치웠다. 부둣가 가게들, 집들, 4천 명의 사람이 다른 어딘가에서 바글거렸다. 사람들은 블루 구역 너머, 커다란 주요 거주 구역인 그린과 화이트의 가장자리까지 넘쳐 났다. 사람들은 당황하고 심란해하며 이리저리 떼 지어 돌아다녔다. 사람들은 그 필요성을 이해하고 자리를 비워 주었다. 스테이션에 사는 사람들은 누구라도 수리나 재편성을 위해 필요하면 주거를 옮겨야 했다…… 그러나 이런 식으로 통지받은 적은 처음이었고, 이런 규모도 처음이었으며, 어디로 주거를 할당받게 될지도 모르면서 옮기는 적도 처음이었다. 계획들은 취소되었고, 4천 명의 삶이 뒤집혔다. 마침 부두에 있던 화물선 40척의 상인들은 돌연 단기 숙소에서 내쫓겼고, 보안 팀은 상인들이 부두나 화물선 근처에 있는 것조차 허용하지 않았다. 데이먼의 아내 엘렌 역시 호리호리한 몸에 연한 초록색 옷을 걸치고 저 아래에 함께 있었다. 상인들과의 연락원…… 그게 엘렌의 일이었다. 그 때문에 데이먼은 엘렌의 사무실에서 초조해했다. 데이먼은 신경을 바짝 곤두세우며 성난 상인들의 태도를 지켜보았고, 여차하면 엘렌을 보호하기 위해 스테이션 경찰을 내려보낼 생각이었다. 그러나 엘렌은 상대가 소리를 지르면 자신도 함께 소리 지르며 대응하는 듯 보였다. 고함 소리는 방음 장치 때문에 전혀 들리지 않았고, 높은 곳에 있는 지휘실에서는 사람들이 일상적으로 떠드는 소리, 기계

소음 따위만 어렴풋이 들렸다. 갑자기 사람들이 언제 말다툼했느냐는 듯 어깨를 으쓱하고는 다 같이 차례로 악수를 했다. 뭔가 합의에 도달했거나 아니면 연기된 것 같았다. 엘렌은 어딘가로 걸어갔고, 상인들은 재산을 빼앗긴 사람들 사이를 뚫고 성큼성큼 나아갔다. 그러나 상인들은 연신 고개를 흔들며 좋아하는 기색이 전혀 없었다. 엘렌은 비스듬한 창문들 아래로 사라졌다……. 이쪽으로 올라오려고 리프트로 가는 것이길 데이먼은 바랐다. 그린 구역에 있는 데이먼의 사무실에선 화난 거주민들의 항의를 처리하고 있었다. 그리고 스테이션 본부에는 컴퍼니 대표단이 데이먼의 아버지에게 자기들이 원하는 바를 요구하며 안달하고 있었다.

「의료 팀은 옐로 구역 8층으로 와주시겠습니까?」콤에서 나긋나긋한 목소리가 흘러나왔다. 소개된 구역에서 누군가가 곤경에 빠져 있었다.

지휘 본부의 리프트 문이 열렸다. 엘렌이 사무실로 들어왔다. 상인들과 목소리를 높여 얼굴이 아직도 벌겋게 상기되어 있었다.

「본부는 완전히 미쳐 돌아가.」엘렌이 말했다. 「상인들은 여행자 숙박소를 나가서 각자의 우주선에서 지내야 한다고 했어. 그런데 지금은 스테이션 경찰이 상인들을 우주선으로 못 가게 막고 있고. 상인들은 스테이션에서 떠나길 원해. 자기들 우주선이 급작스러운 소개 와중에 약탈당하는 게 싫은 거지. 지금 상인들은 이럴 바에는 차라리 펠 주변에서 떠나는 게 낫겠다고 생각해. 맬러리가 권총을 들이대고 상인들을 신병으로 모집한다고 알려져 있으니까.」

「그래서 상인들에게 뭐라고 했어?」

「굳세게 버티라고. 그리고 저쪽에선 지금 유입되는 사람들을 돌보려면 물자 공급이 필요하니 곧 계약하자고 할 거라고 했지. 하지만 부두에서 뛰쳐나가거나 경찰과 티격태격하는 우주선과는 절대 계약하려 하지 않을 거라고 해줬어. 이제 상인들은 한동안 조용할 거야.」

엘렌은 두려워하고 있었다. 과민하고 부산한 침착함 뒤에 두려움을 숨기고 있는 게 빤히 보였다. 모두가 두려움에 떨고 있었다. 데이먼은 엘렌의 어깨를 감싸 안았다. 엘렌은 데이먼의 허리에 팔을 감고 아무 말 없이 몸을 기댔다. 상인, 엘렌 퀜, 그녀는 이미 러셀로 그리고 다시 마리너로 가버린 화물선 〈에스텔〉 출신이었다. 엘렌은 데이먼 때문에 〈에스텔〉에서 내렸고, 이제 영원히 스테이션에 묶인 몸이 된다고 생각하면서도 데이먼을 위해 화물선 타는 일을 포기했다. 이제 엘렌은 겨우 성난 승무원들이나 설득하고 있었다. 상인들의 주장에 근거가 있었지만, 군대가 코앞에 있었다. 데이먼은 스테이션인 식으로, 차갑고 조용한 공황 상태에서 사태를 바라보았다. 스테이션의 각 구역이나 4분역에서 문제가 발생하더라도 밖으로 번지지 않았고, 사람들은 어느 정도는 숙명론을 받아들였다. 만약 누가 안전한 지역에 있다면, 그는 그곳에 그대로 머물렀다. 만약 도움이 될 만한 일을 찾으면, 그 일을 했다. 만약 자신의 지역이 곤란한 상황에 빠지면, 그곳에 못 박힌 듯 남았다. 여기선 그게 유일하게 영웅적인 행동이었다. 스테이션은 발포하거나 도망칠 수도 없었고, 그저 손상을 견뎌 내며 시간이 있으면 수리를 하는 게 전부였다. 상인들은 다른 철학을 가졌고, 곤경의 순간에 다른 반사 작용을 보였다.

「괜찮아.」 데이먼이 팔에 힘을 주어 엘렌을 안으며 말했다. 데이먼은 엘렌 역시 대답 대신 힘을 주어 자신을 안는 걸 느꼈다. 「여기까진 안 와. 이건 그냥 민간인들을 전선에서 멀리 떨어진 곳으로 데려다 놓는 거야. 저들은 이번 위기가 끝날 때까지만 있다가 돌아갈 거야. 설사 그러지 않더라도, 우린 이미 대규모 인구 유입을 경험했잖아. 힌더 스타들 중 마지막 별이 폐쇄됐을 때 말이야. 우린 구역들을 추가했지. 또 그렇게 하면 돼. 그냥 더 커지는 것뿐이야.」

엘렌은 아무 말도 하지 않았다. 마리너가 당한 끔찍한 재난에 대한 음산한 소문들이 콤과 복도에 떠돌았고, 〈에스텔〉은 이번에 들어오는 화물선들에 끼여 있지 않았다. 그들은 이제 그 점을 확실히 알았다. 엘렌은 처음 화물선의 도착 소식을 들었을 때 희망을 품었다. 그리고 두려워했다. 우주선들이 손상을 입었다는 보고를 받았는데, 특유의 느린 속도로 움직이는 화물선 안에 소화 못 할 수준까지 승객들이 꽉꽉 차 있으며, 화물선의 제한적인 항속거리 탓에 어쩔 수 없이 작은 도약을 연속적으로 해야 했다는 내용이었기 때문이다. 실제 공간에서 며칠을 보내느라 우주선 안은 생지옥이나 마찬가지였다. 우주선에 도약을 견뎌 낼 수 있게 해주는 약이 충분하지 않았다는 소문, 심지어 아예 약 없이 도약하기도 했다는 소문까지 돌았다. 데이먼은 그 상황을 상상하면서 엘렌이 무슨 걱정을 하고 있을지 짐작했다. 난민선단에 〈에스텔〉이 없다는 점은 좋은 소식이면서도 나쁜 소식이었다. 아마도 〈에스텔〉은 말썽의 낌새를 채고 황급히 다른 어딘가로 사라진 듯했다……. 그래도 여전히 걱정은 되었다. 저 밖의 경계선에서는 전쟁의 열기가 점점 더 뜨거워지고 있었던 것이다. 스테이션 하나가…… 사라졌다, 날아가 버렸다. 러셀은 전 직원을 소개했다. 안전 경계선이 갑자기 너무 빨리, 너무 가까워져 버렸다.

「아마도…….」데이먼은 이 소식을 오늘이 아닌 다른 날 알릴 수 있으면 좋겠다고 간절히 바랐지만, 그래도 엘렌은 알아야 했다. 「우리가 블루로 옮겨야 할 거 같아. 어쩌면 사람들이 꽉 들어찬 구역으로. 그쪽 구역으로 갈 수 있는 건 기밀 사항 취급 허가가 확실히 난 직원들뿐이야. 우린 분명 그중에 끼일 거야.」

엘렌은 어깨를 으쓱했다. 「괜찮아. 이미 배정됐고?」

「될 거야.」

엘렌은 또다시 어깨를 으쓱했다. 데이먼과 엘렌은 집을 잃었고, 엘렌은 창문으로 저 아래 부두들을, 그리고 사람들과 상인들의 우주선을 바라보며 어깨를 으쓱했다.

「여기론 안 올 거야.」데이먼은 자신도 그렇게 믿으려 애쓰며 강하게 말했다. 상인들은 절대 이해 못 할 그런 감정에서, 펠은 그의 집이었던 것이다. 펠이 시작되던 그날부터, 콘스탄틴 가문은 이곳을 세웠다. 「컴퍼니가 뭘 잃게 되든……

43

그게 펠은 아냐.」

그리고 잠시 후, 용기가 나서가 아니라 양심상 데이먼은
한 가지 결심을 했다. 「저기 격리 부두들에 가봐야겠어.」

3

〈노르웨이〉는 가장 선두에서 천천히 진입했다. 〈노르웨
이〉의 비디오 스크린들에 바퀴살들이 연결된 볼썽사나운 토
러스가 번쩍이는 게 보였다. 라이더들은 부채꼴로 퍼져 나가
며 일단 화물선들의 이탈을 막았다. 피난민 우주선들을 지휘
하는 상인 승무원들은 현명하게도 제 위치를 지키며 말썽을
피했다. 펠 세계의 창백한 초승달…… 펠의 무미건조한 명명
법에 의해 지어진 이곳의 이름은 다운빌로였다……. 이 초승
달은 스테이션 너머에 뜬 채 폭풍과 함께 소용돌이쳤다. 이
폭풍들은 도킹 장소로 지정된 지역을 비추는 섬광들과 함께
잘 어울렸으며, 심지어 펠 스테이션의 신호와 조화를 이루었
다. 우주선들의 끄트머리를 받아들일 유도 원뿔은 도킹 가능
상태를 알리는 파란색으로 빛났다. 〈오렌지 구역.〉 비디오
화면에 일그러진 글자들이 나타났다. 그 옆에는 태양풍 날개
와 태양 전지판들이 뒤엉켜 있었다. 시그니는 버튼을 눌러
스캔을 띄우고는 모든 것이 제자리에, 즉 작게 축소한 펠의
모습을 기준으로 해서 있어야 할 자리에 있는 것을 보았다.
펠 본부와 우주선 채널들에서 끊임없이 흘러나오는 말소리

들 때문에 열두 명의 기술자가 콤에 매달려 바쁘게 일하고 있었다.

마지막 진입 절차가 시작되었다. 〈노르웨이〉의 선체 안에 내장처럼 매달린 채 회전하는 내부 실린더가 속도를 늦추고 스테이션의 모든 공공 갑판들의 위치에 맞춰 도킹 위치로 고정되며 중력이 부드럽게 감소했다. 한동안 일련의 방향 재배치가 일어났고, 탑승자들은 그로 인해 다른 방향의 힘들이 커지는 것을 느낄 수 있었다. 유도 원뿔이 희미하게 모습을 드러내며 우주선이 부두에 접근하기 쉽게 해주었고, 탑승자들은 중력이 마지막으로 갑자기 확 끌어당기는 것을 느꼈다. 이윽고 우주선은 펠의 부두 승무원들이 들어올 수 있도록 문을 열었고, 다시 안정을 되찾았으며, 펠에 단단히 연결되었다.

「부둣가는 아주 조용합니다.」그래프가 말했다.「스테이션 경찰이 사방에 깔려 있습니다.」

「총감독관이 〈노르웨이〉에 보내는 메시지입니다.」콤에서 말했다.「그쪽에서 지시하신 일을 빠르게 처리하기 위해, 접수대와 더불어 병력 협조를 요청합니다. 모든 과정은 요청하신 대로 진행되고 있으며, 총감독관이 안부를 전합니다, 함장님.」

「이렇게 대답해. 곧 들어올 〈한스퍼드〉는 생명 유지 장치가 위기에 봉착해 있으며 폭동이 일어날 수도 있는 상황임. 우리 쪽 라인에서 물러나 있기 바람. 끝. 그래프, 네가 우주선을 지휘해. 디, 넌 그쪽 부두에 병력을 급파하고.」

시그니는 처리할 일들에서 손을 떼고 일어난 뒤, 함교의 좁고 굽은 통로들을 뚜벅뚜벅 걸어가 자신의 사무실이자 종종 숙직실로 애용하는 작은 칸막이 방으로 들어갔다. 그리고 로커를 열고 재킷을 꺼내 걸친 뒤, 주머니에 권총 한 자루를 집어넣었다. 시그니는 제복 차림이 아니었다. 아마 함대에 정복을 갖춘 사람은 아무도 없을 터였다. 보급 상황은 그 정도로 좋지 않았고, 그렇게 된 지 아주 오래되었다. 옷깃에 달린 함장 배지가 시그니가 상인이 아니란 유일한 표시였다. 군인들이라고 제복이 더 나을 것은 없었지만, 무장은 되어 있었다. 무기만은 어떤 희생을 치르더라도 늘 사용 가능한 상태로 유지했다. 시그니는 서둘러 리프트를 타고 아래층 복도로 내려가, 부두로 가라는 디 잔츠의 명령을 받고 돌진해 오는, 전투태세로 무장한 군인들 사이를 뚫고 지나갔다. 군인들은 진입 튜브를 통과해 냉기가 흐르는 넓은 공간으로 나오고 있었다.

부두 전체가 그들의 것이었다. 부두는 광대했고, 위쪽으로 굽어졌으며, 지평선을 향해 왼쪽으로 완만한 곡선을 이루며 길게 펼쳐지는 스테이션 가장자리 구역 아치들은 천장으로 덮여 있었다. 오른쪽으로는 구역 밀폐 벽이 작동되고 있어 거기서 시야가 끝났다. 이곳은 부두 작업원들과 갠트리들 외엔 완전히 비어 있었다. 그리고 스테이션 보안대와 피난민 접수대들, 기타 다른 것들은 〈노르웨이〉 지역 한참 뒤에 있었다. 원주민 일꾼은 없었다. 여기엔, 이 상황엔 없었다. 널찍한 부두 여기저기에 널려 있는 파편들, 종이와 옷 따위들이 사람들이 황급히 철수했음을 여실히 보여 주었다. 부둣가 가게들과 사무실들도 비어 있었다. 부두의 중간쯤에 있는 9층으로 통하는 복도 역시 텅 비고 쓰레기가 널려 있었다. 디 잔츠의 낮고 굵은 고함 소리가 머리 위의 금속 도리들에 울렸다. 디는 군인들에게 〈한스퍼드〉가 들어오는 지역에 전투 대형으로 전개하라고 명령했다.

펠의 부두 작업원들이 위로 움직였다. 시그니는 그걸 지켜보며 신경질적으로 입술을 잘근잘근 씹었다. 그때 다소 젊고 살짝 매부리코이며, 단정한 푸른색 양복을 입어 사무적으로 보이는 누군가가 태블릿을 들고 다가왔고, 시그니는 옆을 흘끗 보았다. 시그니의 한쪽 귀에 꽂은 이어폰에서는 〈한스퍼드〉의 상황이 계속해서 들려왔다. 나쁜 소식들이 끊이지 않고 울렸다. 「누구십니까?」 시그니가 물었다.

「데이먼 콘스탄틴입니다, 함장님. 법무처에서 나왔습니다.」

시그니는 구태여 다시 보는 수고를 하지 않았다. 콘스탄틴 가문의 사람이었다. 맞을 것이다. 앤절로는 아내가 사고를 당하기 전에 아들 둘을 두었다. 「법무처.」 시그니는 혐오감을 드러내며 말했다.

「혹시 필요하신 게 있을까 해서 왔습니다…… 혹은 저 사람들에게라도요. 전 본부와 콤 통신이 가능합니다.」

요란하게 충돌하는 소리가 났다. 〈한스퍼드〉는 엉망으로 도킹을 했고, 유도 원뿔을 뭉개고 선체를 덜덜거리며 제자리로 들어갔다.

「저 우주선을 접속시킨 뒤 어서 나가!」 디는 부두 작업원들에게 소리를 질렀다. 디에겐 콤이 필요없었다.

그래프는 〈노르웨이〉 지휘실에서 명령을 내리고 있었다. 〈한스퍼드〉의 승무원들은 함교에 봉쇄된 채 머물며 원격으로 상륙을 지휘할 터였다. 「그 사람들에게 걸어 나오라고 해.」 시그니는 그래프의 지시를 듣고 있었다. 「행여라도 군인들에게 덤벼들면 제대로 총알 맛을 보게 될 거야.」

접속이 완료되었다. 이동 트랩이 제자리에 놓였다.

「움직여!」 디가 고함쳤다. 부두 작업원들은 늘어선 군인들 뒤로 질주했다. 군인들이 라이플을 겨누었다. 해치가 열리고, 진입 튜브에 요란하게 부딪혔다.

부두의 냉랭한 공기에 악취가 퍼졌다. 안쪽 해치들이 열리고, 사람들이 서로를 밟고 넘어지며 밀물처럼 밀려 나왔다. 사람들은 미친 듯이 비명을 지르고 외치며 돌진했다. 그러다 머리 위로 포화가 쏟아지자 놀라 비틀거렸다.

「정지!」 디가 외쳤다. 「그 자리에 그대로 앉아서 두 손을 머리 위로 올려.」

일부는 벌써 앉아 있었다. 몸이 약해진 탓이었다. 일부는 얼른 주저앉으며 명령에 따랐다. 몇 명은 얼떨떨해서 디의 말을 이해하지 못하는 듯했지만 더 이상 나아오진 않았다. 사람들의 물결이 멈췄다. 시그니의 팔꿈치 옆에서 데이먼 콘스탄틴은 속삭이듯 욕을 뱉고 고개를 저었다. 데이먼의 입에서 나온 말은 법률 용어가 아니었다. 그의 피부에 땀방울이 송골송골 맺혀 있었다. 데이먼의 스테이션이 눈앞에서 폭동을 바라보고 있었다……. 시스템이 붕괴하면 〈한스퍼드〉에서 죽은 사람들보다 1만 배는 많은 사람이 죽을 터였다. 1백 명, 어쩌면 150명의 산 사람들이 부두의 공급선 갠트리 옆에 웅크리고 있었다. 우주선에서 나는 악취가 사방에 퍼졌다. 펌프가 미친 듯이 돌아가며 공기를 강하게 흘려보내 〈한스퍼드〉의 생명 유지 장치를 씻으려 애썼다. 저 우주선에 1천 명이 있었다.

「우린 저 안에 들어가야 할 겁니다.」시그니는 생각만으로도 진저리가 난다는 듯 투덜거렸다. 디는 사람들을 한 번에 한 명씩 총 아래를 지나 커튼 친 곳으로 들어가게 하고 있었다. 요원들이 이곳에서 사람들의 옷을 벗기고 수색하고 솔로 몸을 문지른 뒤 접수대로 보내거나 의사에게로 보냈다. 짐 가방은 없었다. 이 사람들에겐 없었다. 가치 있는 서류 따위도 없었다.

「오염 지역을 위해 방역복을 입은 보안 팀이 필요합니다.」시그니는 젊은 콘스탄틴에게 말했다. 「그리고 들것들도요. 폐기 장소도 준비해 주십시오. 시체들을 꺼낼 겁니다. 우리가 할 수 있는 건 그게 전부입니다. 최선을 다해 시체들의 신분을 확인해 주십시오. 지문, 사진, 뭐든지요. 신원 확인이 안 된 채 시체를 내보내면 나중에 당신들의 보안에 두통거리가 될 수 있습니다.」

콘스탄틴은 충격을 받은 것 같았다. 그럴 만했다. 시그니의 군인들 중 일부도 그랬다. 시그니는 메스꺼움을 무시하려 애썼다.

생존자 몇 명이 진입로 입구로 더 걸어갔다. 너무나 약해져서 이동 트랩을 내려가는 것조차 어려워 보였다. 그나마도 몇 명밖에 되지 않았다.

〈라일라〉가 들어오고 있었다. 당황한 승무원들과 갈팡질팡한 지시와 라이더들의 위협 속에서 〈라일라〉가 진입하기 시작했다. 시그니는 그래프가 보고하는 목소리를 듣고 자신의 마이크에 대고 말했다. 「진입 대기시켜. 필요하면 가볍게 공격해도 돼. 더 들어오면 일손이 달려서 안 돼. 내가 입을 방역복도 하나 가져다주고.」

생존자 78명이 더 발견되었다. 생존자들은 썩어 가는 시체들 사이에 누워 있었다. 그 뒤론 대청소가 이어졌고, 더 이상 위협적인 일은 없었다. 시그니는 오염 제거 중인 현장을 떠나 방역복을 벗고 횡뎅그렁한 부두에 주저앉아 속이 울렁거리는 것을 꾹 참았다. 하필이면 이때 응급 구호를 도우러 온 시민 한 명이 다가와 샌드위치를 먹겠느냐고 내밀었다. 시그니는 샌드위치를 든 손을 밀어낸 뒤 이 지역에서 나오는 허브 커피를 마시고는 〈한스퍼드〉 생존자의 마지막 처리 과정에 숨을 죽였다. 이제 〈한스퍼드〉에서는 지독한 연막 소독제 냄새가 났다.

복도에는 시체가 발 디딜 틈도 없이 깔려 있었다. 피와 주검이었다. 〈한스퍼드〉 화재 당시 작동한 비상 밀폐 벽들에 몸이 두 동강 난 시체들도 있었다. 산 사람 중에도 공황 상태에서 짓밟혀 뼈가 부러진 이들이 보였다. 오줌, 구토, 피, 부패. 〈한스퍼드〉의 통풍 시스템은 폐쇄적이어서 사람들은 그 썩은 공기를 호흡할 필요가 없었다. 〈한스퍼드〉 생존자들은 결국 다른 건 다 잃었어도 비상 산소만은 가지고 있었다. 어쩌면 그게 살인 동기였을 가능성도 있었다. 생존자 대부분은 끝까지 공기가 덜 불결한 지역에 밀폐되어 있었던 것이다. 거의 모든 난민이 꽉꽉 들어차 환기 상태가 엉망이던 화물창보다는 공기가 훨씬 깨끗했다.

「총감독관에게서 메시지가 왔습니다.」 콤이 시그니의 귓속에 대고 말했다. 「함장님께 스테이션 사무실로 최대한 빨리 와달라고 요청하고 있습니다.」

「안 간다고 해.」 시그니는 짤막하게 대답했다. 〈한스퍼드〉에서 시체들을 꺼내고 있었다. 일종의 종교의식이 조립 라인처럼 지나치며 치러지고 있었다. 시체들을 우주로 방출하기전 약간의 예의를 갖추는 것이었다. 시체들은 다운빌로의 중력 우물에 잡힌 뒤, 결국 그쪽 방향으로 표류하게 될 것이었다. 시그니는 시체들이 떨어지면서 불타게 될지 막연한 의문을 품었다. 그럴 수도 있다고 생각했다. 시그니는 세계들과별 관계없이 살았다. 시그니는 그걸 알고 싶어 한 사람이 있기나 할지 의심이 들었다.

〈라일라〉에서 나오는 사람들은 상태가 훨씬 나았다. 이들은 처음엔 서로 밀쳐 댔지만, 이쪽의 무장 군인들을 보고는 잠잠해졌다. 데이먼 콘스탄틴은 휴대용 확성기를 들고 끼어들더니 쓸 만한 도움을 주기 시작했다. 데이먼은 혼비백산한 사람들에게 스테이션인들의 용어로 이야기하고, 사람들의 얼굴에 대고 스테이션인들의 논리를 마구 펼치고, 허약한 균형 상태가 무너질 수도 있다고 위협하고, 사람들이 우주선에 감금되어 살면서 내내 들어왔을 무시무시한 이야기들을 풀어 댔다. 그동안 시그니는 커피 잔을 쥔 채 다시 일어나 가만히 사람들을 지켜보았다. 배 속이 한결 편안했다. 윤곽을 그려 둔 절차들이 매끄럽게 돌아가고 있었다. 손에 서류를 든 이들은 한쪽 지역으로 갔고, 서류가 없는 이들은 사진을 찍고 신분 확인 진술을 위해 다른 쪽으로 갔다. 법무처에서 왔다는 잘생긴 젊은이는 결국 다른 면에서 본인의 쓸모를 증명했다. 쩌렁쩌렁 울리는 젊은이의 권위 있는 목소리는 서류가 논쟁에 휘말리거나 스테이션 직원들이 혼란에 빠질 때 특히 효과가 있었다.

「〈그리핀〉이 도킹하러 오고 있습니다.」 그래프의 목소리가 들렸다. 「스테이션은 〈한스퍼드〉의 사망자 수를 고려해, 징발한 주거지 5백 개를 돌려받고 싶다고 했습니다.」

「거절해.」 시그니는 단호하게 말했다. 「스테이션 지휘부의 뜻은 존중하지만, 절대로 불가능하다고 전해. 〈그리핀〉의 상황은 어때?」

「공황 상태입니다. 이미 〈그리핀〉에 경고했습니다.」

「다른 쪽은 어때?」

「긴박하지 않은 곳이 없습니다. 절대 그자들을 믿지 마십시오. 그자들 중 누구라도 갑자기 도망칠 수 있습니다. 〈모린〉 역시 관상동맥증에 걸린 다 죽어 가는 환자나 마찬가지입니다. 다음 차례로 〈모린〉을 들어오게 할 생각입니다. 총감독관이 한 시간 뒤 열리는 회의에 함장님이 참석하실 수 있겠는지 묻더군요. 그리고 컴퍼니 친구들이 이 지역에 들어와야겠다고 요구한다는 소식을 들었습니다.」

「계속 붙들고 시간을 끌어.」 시그니는 남은 커피를 모두 마시고 〈그리핀〉이 정박한 부두 앞의 선을 따라 걸어갔다. 〈한스퍼드〉 정박지에서 작업을 끝낸 대원들이 모두 이쪽으로 와 있었다. 〈한스퍼드〉 정박지에는 지킬 만큼 가치 있는 물건이 전혀 남아 있지 않았던 것이다. 확인 절차를 거친 난민들은 평온해져 있었다. 이제 그들에겐 몸을 널 거처를 찾는 일과 스테이션에서 안전한 환경을 확보해 불안감을 터는 일이 급선무였다. 방역복을 입은 승무원 한 명이 〈한스퍼드〉를 밖으로 내보내기 위해 옆에 서 있었다. 이 부두에는 정박지가 오직 네 개뿐이었기 때문이다. 시그니는 스테이션에서 할당받은 공간을 눈어림해 보았다. 두 개의 구역과 두 개의 부두로 이루어진 다섯 층짜리 공간이었다. 붐비긴 했지만, 당분간은 지낼 만했다. 당장은 막사들로 어느 정도 해결되었다……. 그러나 상황은 점점 더 빡빡해질 것이었다. 앞으로 사치품은 없다는 것, 그건 확실했다.

타지를 헤매는 난민은 이들이 전부가 아니었다. 이들이 첫 번째일 뿐이었다. 그리고 그 사실에 대해 시그니는 입을 굳게 다물었다.

〈디나〉에서 평화가 깨졌다. 어떤 남자가 무기를 소지했다가 검색에 걸렸다. 우호적이던 남자는 체포되자 흉악하게 돌변했다. 두 명이 죽었고, 이윽고 흐느낌이 들렸으며, 승객들은 히스테리를 일으키기 시작했다. 시그니는 그 과정을 지켜보며 그저 피곤함을 느껴 고개를 젓고는 죽은 두 명의 시체를 다른 시체들과 함께 방출하라고 명령했다. 그동안 데이먼 콘스탄틴은 화가 나 자꾸만 따지고 들었다. 「계엄령입니다.」 시그니는 한마디로 모든 논쟁을 끝내고는 걸어가 버렸다.

〈시타〉, 〈필〉, 〈리틀 베어〉, 〈위니프리드〉, 이 우주선들은 괴로울 정도로 느릿느릿 들어와 피난민들과 짐들을 내려놓았고, 피난민 처리 과정도 아주 천천히 진행되었다.

시그니는 부두를 떠나 다시 〈노르웨이〉에 탄 뒤 목욕을 했다. 그녀는 온몸 구석구석을 세 번씩 문질러 닦고서야 냄새와 광경이 몸에서 떠나는 것 같다고 느끼기 시작했다.

스테이션은 이미 부일에 들어갔다. 불평과 요구들이 적어도 몇 시간은 잠잠해졌다.

혹은 불평이나 요구가 있더라도, 〈노르웨이〉의 부일 지휘관이 그런 말들을 막아 냈다.

오늘 밤은 위안거리가 있었다. 일종의 길동무였는데 오늘로 작별이었다. 이 남자는 러셀과 마리너에서 구조해 온 여러 가지 중 하나였다…… 다른 우주선으로 보낼 자는 아니었다. 그랬다간 다른 우주선에서 아주 갈가리 찢길 것이었다. 그는 이 점을 알았고, 그래서 고마워했다. 그는 승무원들을 좋아하지도 않았고 자신의 상황을 잘 이해했다.

「이제 넌 여기서 내릴 거야.」 시그니는 옆에 누운 남자를 물끄러미 보며 말했다. 이름은 중요하지 않았다. 남자의 이름은 시그니의 기억 속에 있는 다른 이름들과 뒤섞여 버렸고, 가끔 반쯤 잠이 들었을 때면 남자를 남의 이름, 이미 죽은 자의 이름으로 부르기도 했다. 남자는 시그니의 말에 아무 감정도 내비치지 않고 그저 눈만 깜박였다. 현실을 받아들인다는 표시였다. 그 표정이 시그니의 흥미를 끌었다. 천진난만한 얼굴처럼 보였다. 현저한 대조가 시그니의 흥미를 끌었다. 아름다움이 흥미를 자아냈다. 「넌 운이 좋아.」 시그니가 말했다. 남자는 아까와 같은 방식으로 반응했다. 거의 늘 이런 식이었다. 남자는 멍하고 아름다운 얼굴로 그저 바라보기만 했다. 러셀에서 사람들은 이 남자의 마음을 가지고 놀았다. 가끔 시그니의 마음속에 더러움이 묻을 때가 있었다. 시그니는 상처를 감수할 필요가 있었……. 더 큰 살인을 없애기 위해 제한된 살인을 허용해야 할 때가 있었다. 작은 두려움들을 처리해야 했고, 외부의 공포들을 잊을 필요가 있었다. 시그니는 이따금 그래프나 디나 누구든 맘에 드는 사람과 밤을 보냈다. 시그니는 자신이 아끼는 사람들, 친구들, 승무원들에게는 이런 얼굴을 절대 보이지 않았다. 오직 마음이 절망의 구렁텅이에 빠졌을 때만 가끔 이런 식으로 항해했다. 제대라는 게 없는 함대, 즉 우주선 속 밀폐된 세계에서, 절대 권력을 가진 이들에게 이것은 평범한 병에 속했다. 「싫어?」 시그니가 물었다. 그는 그렇지 않다고 했다. 그리고 아마도 이곳에 내리는 게 남자의 생존에 더 나을 터였다.

부둣가에서 근무 중인 〈노르웨이〉의 병사들이 보였다. 〈노르웨이〉는 부두에 남았고, 격리 구역에 정박한 마지막 우주선이었다. 부두에 켜진 불빛은 아직도 환한 대낮이었고, 불빛 아래에서 사람들은 자신들을 겨누는 총구를 바라보며 줄지어 천천히 움직였다.

제3장

1
펠: 2352년 5월 2일 부일

이제 이런 광경과 이런 상황이 신물 났다. 데이먼 콘스탄틴은 책상 옆을 지나는 구호 요원에게서 커피 한 잔을 받아 들었고, 팔에 몸무게를 실어 기대며 부두들을 바라보고 눈을 비비며 통증을 줄이려 애썼다. 이곳의 모든 것이 그렇듯, 커피에서도 소독제 냄새가 났다. 그 냄새는 모두의 털구멍에, 콧속에, 모든 곳에 달라붙어 있었다. 군인들은 계속 보초를 서며 부두의 이 조그만 지역을 안전하게 지켰다. 막사 구역 A에서 누군가 칼에 찔리는 일이 벌어졌으나 아무도 그 무기를 설명하지 못했다. 사람들은 그 무기가 부둣가에 있는 버려진 레스토랑 중 한 곳의 주방에서 나온 거라고 생각했다. 이런 상황이 될 줄 꿈에도 몰랐을 누군가가 생각 없이 내버리고 간 주방용 칼일 거라고 여겼다. 데이먼은 이루 말할 수 없이 피곤함을 느꼈다. 그에겐 답이 없었다. 스테이션 경찰은 범인을 찾아낼 수 없었다. 아직도 저 밖의 부두들에서 주거 공급 접수대들을 향해 줄지어 천천히 움직이고 있는 피난민들 속에서 범인을 찾는 건 불가능했다.

누군가가 데이먼의 어깨를 살짝 건드렸다. 데이먼은 뻐근한 목을 돌려 뒤를 보았고, 눈을 깜박이며 형을 바라보았다. 에밀리오는 데이먼의 어깨에 손을 올린 채 옆의 빈 의자에 앉았다. 에밀리오는 부일에 본부를 지휘했다. 〈이제 부일이로군.〉 데이먼은 멍한 채로 깨달았다. 12시간 단위로 교대하는 세계에서 데이먼과 에밀리오가 오랜만에 함께 당직이 되어 만나니 어리둥절했다.

「집에 가.」에밀리오가 부드럽게 말했다. 「만일 우리 둘 중 하나가 여기 있어야 한다면, 이제 내 차례야. 널 집에 보내 주겠다고 엘렌에게 약속했어. 엘렌 목소리가 상당히 심란하더라.」

「알았어.」데이먼은 에밀리오의 말대로 하겠다고 대답했지만, 의지가 없는 건지 힘이 없는 건지 도무지 몸을 움직일 수가 없었다. 에밀리오는 손에 힘을 준 뒤 동생의 어깨에서 손을 뗐다.

「모니터 봤어.」에밀리오가 말했다. 「여기 온 게 뭔지 나도 알아.」

데이먼은 갑자기 치미는 현기증에 입술을 꽉 물며 똑바로 앞을 바라보았다. 그러나 데이먼의 눈은 피난민들을 보고 있지 않았다. 그의 눈은 무한대를, 미래를, 늘 안정되고 확실했던 것이 무너진 상태를 향하고 있었다. 펠. 펠은 〈그들〉의 것,

데이먼과 엘렌의 것, 데이먼과 에밀리오의 것이었다. 그런데 함대는 이쪽의 허가 따위와 상관없이 멋대로 이들에게 이런 짓을 했고, 이젠 이 사태를 막을 방법이 전혀 없었다. 피난민들이 너무 갑자기 쏟아져 들어왔고, 달리 대안이 없었던 것이다. 「사람들이 총에 맞아 쓰러지는 걸 봤어.」 데이먼이 말했다. 「그런데 가만히 있었어. 아무것도 할 수 없었어. 군인들에 맞서 싸울 수가 없었어. 이의를 제기했다면…… 폭동이 일어났을 거야. 우리를 모두 체포했을 거야. 그자들은 단지 줄에서 이탈했다는 이유로 사람들을 쐈어.」

「데이먼, 좀 쉬어. 이젠 내 소관이야. 방법을 찾아볼게.」

「우리에겐 의지할 데가 전혀 없어. 있다면 오직 컴퍼니에서 나온 사람들뿐인데, 그 사람들을 개입시켜 봤자야. 그 사람들이 이 일에 끼어들지 못하게 해.」

「우리가 알아서 할게.」 에밀리오가 말했다. 「모든 일엔 정도란 게 있어. 함대도 그 정도는 알아. 함대도 펠을 위태롭게 하면서 살아남을 순 없어. 그자들이 무슨 짓을 하든, 우리까지 위험에 빠뜨리진 않을 거야.」

「이미 위험에 빠졌어.」 데이먼은 말하며 줄지어 부두들을 가로지르는 사람들을 바라보았다. 그런 뒤 다시 자신의 얼굴에 다섯 살쯤 나이를 더한 형의 얼굴로 시선을 돌렸다. 「내 생각에, 이번 일은 소화해 내기 힘들 것 같아.」

「힌더 스타들이 폐쇄됐을 때도 그랬지. 우린 어떻게든 극복해 냈고.」

「스테이션 두 개…… 총 5만? 6만 명 중 5천 명만이 살아서 도착했어.」

「유니언의 손에 그렇게 된 거라고 짐작해.」에밀리오는 속삭였다. 「혹은 마리너에서 죽었거나. 거기 사망자가 얼마나 될지는 아무도 모르지. 어쩌면 다른 화물선들을 타고 빠져나와 다른 데로 간 사람들도 있을 거야.」에밀리오는 의자에 등을 기대고 침울한 표정을 지었다. 「아버지는 분명 잠들어 계실 거야. 어머니도 그러셨으면 좋겠고. 여기 오기 전 아파트에 잠시 들렀는데, 아버지 말씀이, 네가 여기 온 것부터가 미친 짓이었대. 난 나도 미쳤고, 그래서 나라면 네가 손 대지 못한 걸 치울 수 있을 거라고 말했지. 아버지는 아무 말씀도 안 하시더라. 하지만 걱정하고 계셔. 엘렌에게 가봐. 엘렌은 이 난리 통에 혼자 피난민 상인들에게 설문지를 만들어 묻고 있어. 데이먼, 난 네가 집에 가야 한다고 생각해.」

「〈에스텔〉이야.」걱정이 데이먼의 온몸을 휩쓸었다. 「엘렌은 〈에스텔〉소식이 궁금한 거야.」

「엘렌은 집으로 갔어. 지쳤거나 심란했겠지. 자세히는 모르겠지만. 엘렌은 그저 가능하면 네가 집으로 돌아왔으면 좋겠다고만 말하더라.」

「뭔가 소식을 들은 거야.」데이먼은 힘겹게 일어나 서류들을 그러모으다가 자신이 뭘 하고 있는지 깨닫자 서류를 에밀리오에게 떠밀고는 얼른 자리를 떴다. 데이먼은 초소를 지난 뒤, 난리 통인 부두로 들어갔다. 스테이션 주요부와 격리 지구를 나누는 통로는 그 맞은편에 있었다. 원주민 일꾼이 종종걸음 치며 길을 비켜 주었다. 부드러운 털로 덮이고 살금 살금 걷는 이 원주민들은, 자신들이 관리하는 정비 터널 밖으로 나오면 써야 하는 호흡기 마스크 때문에 더 낯설어 보였다. 그들은 미친 듯이 서두르며 장비들과 화물과 소지품들을 옮겼다…… 자기들끼리 외치는 새된 소리는 인간 감독자들이 지르는 명령 소리와 기묘한 대조를 이뤘다.

데이먼은 리프트를 타고 그린 구역으로 가서, 복도를 걸어 자신의 거주 지역으로 들어갔다. 그곳에도 소지품이 담긴 상자들이 어지럽게 널려 있었다. 보안 요원 한 명이 자기 위치에서 꾸벅꾸벅 졸고 있었다. 다들 교대 시간을 넘겨 일하고 있었고, 보안 요원들이 특히 심했다. 데이먼이 보안 요원 옆을 지나가자 뒤늦게 보안 요원이 당황하며 그를 세우려 했지만, 데이먼은 고개를 돌려 얼굴을 보여 준 뒤 아파트 문을 향해 걸어갔다.

데이먼은 열쇠로 문을 열었다. 불이 켜져 있고 부엌에서 귀에 익은 플라스틱 달그락거리는 소리가 나 데이먼은 안도감을 느꼈다.

「엘렌?」 데이먼은 안으로 들어갔다. 엘렌은 등을 돌린 채 오븐을 지켜보고 있었다. 엘렌은 뒤를 돌아보지 않았다. 데이먼은 재앙이 있었음을, 또 다른 세계가 잘못되었음을 직감하고 발걸음을 멈췄다.

타이머가 울렸다. 엘렌은 오븐에서 요리를 꺼내 조리대에 올려놓고 몸을 돌린 뒤, 평정심을 잃지 않으려 애쓰며 데이먼을 보았다. 데이먼은 엘렌 때문에 마음이 아팠으나 기다렸다. 잠시 후, 데이먼은 엘렌에게 다가가 양팔로 안았다. 엘렌이 짧게 한숨을 내쉬었다. 「끝났어.」 엘렌이 말했다. 잠시 후 엘렌은 다시 숨을 헐떡였다 내쉰 뒤 말했다. 「마리너와 함께 폭발했어. 〈에스텔〉은 사라졌고, 그 안에 있던 사람들도 모두 죽었어. 누군가 살아남았을 가능성은 없어. 〈시타〉가 〈에스텔〉의 최후를 봤대. 그 우주선들은 도킹을 풀고 나오지 못했어. 우주선에 타려고 그렇게 애썼던 모든 사람이……. 불이 났고, 스테이션의 그쪽 부분이 파괴됐대. 그게 다야. 폭발한 뒤, 도킹용 갑판이 날아갔대.」

56명이 타고 있었다. 엘렌의 아버지, 어머니, 사촌들, 먼 친척들. 〈에스텔〉은 그 자체로 하나의 세계였다. 데이먼에겐 비록 손상되긴 했어도 자신의 세계가 있었다. 데이먼에겐 가족이 있었다. 그러나 엘렌의 가족은 모두 죽었다.

엘렌은 더 이상 아무 말도 하지 않았다. 그 어떤 애도의 말도, 위로의 말도 소용없었다. 엘렌은 발작적으로 몇 번 더 호흡한 뒤 데이먼을 껴안고 나서, 마른 눈으로 몸을 돌려 전자레인지에 두 번째 저녁 식사를 넣었다.

엘렌은 앉아서 식사를 했고 평소와 다름없이 움직였다. 데이먼은 억지로 음식을 삼키며 아직도 입안에 밴 소독제 냄새를 느끼고는, 이 냄새가 온몸에 들러붙어 있을 거라 짐작했다. 데이먼은 마침내 엘렌과 눈을 마주치는 데 성공했다. 엘렌의 눈은 피난민들의 눈처럼 삭막했다. 할 말을 찾지 못한 데이먼은 일어나 식탁을 돌아간 뒤 엘렌을 등 뒤에서 껴안았다.

엘렌이 양손으로 데이먼의 손을 잡았다. 「난 괜찮아.」

「전화하지 그랬어.」

엘렌은 데이먼의 손을 놓고 일어나 데이먼의 팔을 만졌다. 동작에 힘이 없었다. 엘렌은 갑자기 데이먼을 똑바로 바라보았다. 그러나 눈은 아까와 똑같이 음울하고 지쳐 있었다. 「우리 중 한 명은 살아 있어.」 엘렌이 말했다. 데이먼은 당황해 눈을 깜박이다가 엘렌이 퀜 가문을 말한다는 걸 깨달았다. 〈에스텔〉의 퀜. 스테이션인들이 집을 갖듯, 상인들은 이름을 가졌다. 엘렌은 퀜이었다. 둘이 함께 지낸 몇 달 동안, 데이먼은 이 이름에 자신이 이해하지 못하는 어떤 뜻이 담겨 있다는 것을 알았다. 복수는 상인의 필수품이었다. 데이먼은 그걸 알고 있었다……. 이름은 그 자체만으로도 재산이 되었다. 이름에 평판이 붙어 다니는 곳의 사람들 사이에선 정말로 그랬다.

「아이를 갖고 싶어.」 엘렌이 말했다.

데이먼은 엘렌을 물끄러미 보았고, 엘렌 눈 속의 시꺼먼 암흑에 충격을 받았다. 데이먼은 엘렌을 사랑했다. 엘렌은 상선에서 내려 데이먼의 삶으로 들어왔고, 비록 아직도 〈자신의〉 우주선 이야기를 계속하긴 했지만 스테이션에서 살기로 결심했다. 함께하기 시작한 뒤 처음으로, 데이먼은 엘렌을 갖고 싶다는 욕구를 느끼지 못했다. 엘렌이 저런 표정을 짓고 있고, 〈에스텔〉이 폭발했고, 엘렌이 복수의 명분을 갖고 있는 지금은 아니었다. 데이먼은 아무 말도 하지 않았다. 엘렌이 스테이션에 사는 일을 견딜 수 있을지 확실히 알기 전까진 아이를 갖지 않기로 이미 합의한 상태였다. 지금 엘렌이 하는 제안은 그 합의에 대한 것일 수도 있었다. 혹은 아닐 수도 있었다. 그러나 지금은, 온통 정신이 나가 있는 지금은 그 얘기를 할 때가 아니었다. 데이먼은 그저 엘렌을 다시 안고 함께 침실로 가서 껴안은 채 긴긴 밤을 보냈다. 엘렌은 아무런 요구도 하지 않았고, 데이먼은 아무런 질문도 하지 않았다.

2

「없습니다.」 접수대의 남자는 이번엔 출력물을 보지도 않고 말했다. 그런 뒤 살짝 마음이 누그러져서 다시 말했다. 「잠깐만요, 다시 한번 찾아보죠. 어쩌면 이름의 철자가 다르게 입력되어 있을 수도 있으니까요.」

바실리 크레시치는 기다렸다. 공포로 속이 느글거렸다. 부둣가의 책상들을 떠나길 거부한 이 고독한 마지막 피난민들 주위는 온통 절망감으로 가득했다. 가족들 또는 구성원 일부를 잃어버린 조각난 가족들이 친척을 찾고 소식을 기다렸다. 책상 근처 벤치에는 아이들까지 합쳐 27명이 앉아 있었다. 크레시치는 직접 세어 보았다. 이들은 스테이션 주일에서 부일로 들어갔고, 또다시 교대한 접수원들은 스테이션이 피난민들을 위해 인도적 차원에서 제공한 것들 중 하나였다. 다시 찾아봤자 이미 있는 정보 외에 콤프에선 더 나올 게 아무것도 없었다.

크레시치는 기다렸다. 접수원은 몇 번이고 다시 입력했다. 그러나 아무것도 나오지 않았다. 크레시치는 자신을 돌아보는 남자의 표정을 보고 아무런 성과도 없음을 알았다. 크레시치는 갑자기 접수원에게도 미안함을 느꼈다. 접수원은 어떤 결과도 얻지 못하면서, 희망이 없다는 것을 알면서, 슬퍼하는 친척들에게 둘러싸인 채 계속 여기 앉아 있어야 했던 것이다. 주위에는 만약의 경우를 대비한 무장 보초들까지 있었다. 크레시치는 혼란 통에 아들을 잃어버린 가족 옆에 다시 앉았다.

누구의 이야기를 들어봐도 다 똑같았다. 다들 공황 상태에서 우주선에 탔고, 보초들은 질서를 유지하고 사람들을 우주선에 타게 하는 일보다는 자신들이 우주선에 타는 데 더 급급했다. 이 사태는 이 사람들이 자초한 일임을 크레시치는 부인하지 못했다. 사람들은 부두들에 들이닥쳤고, 허가증을 받은 소개 1순위의 중요한 인사들이 먼저 타야 하는데도, 사람들은 서로 먼저 타겠다고 우격다짐을 했다. 보초들은 공황에 빠져, 누가 공격자이고 누가 적법한 승선 대상자인지도 모르는 상태에서 발포했다. 러셀 스테이션은 폭동 속에서 끝장났다. 우주선에 타려던 사람들은 결국 재촉을 받으며 아무 데나 가장 가까운 우주선에 탔고, 최대 인원까지 탔다고 계수기가 알리자마자 모든 문이 밀폐되었다. 젠과 로미는 크레시치 앞에서 탄 게 분명했다. 크레시치는 배정받은 자리에서 질서를 지키려 애쓰며 가만히 있었다. 대부분의 우주선이 제때 밀폐되었다. 군중은 〈한스퍼드〉를 억지로 다시 열고 들어갔다. 〈한스퍼드〉는 약이 바닥났고, 시스템이 감당할 수 있는 수준 이상으로 사람들이 밀려드는 바람에 모든 것이 고장났다. 충격으로 정신이 나간 군중은 폭동을 일으켰다. 〈그리핀〉도 만만치 않았다. 크레시치는 보초들이 파도처럼 밀려드는 사람들을 막아서기 한참 전에 우주선에 탔다. 크레시치는 젠과 로미도 〈라일라〉에 탔다고 믿었다. 승객 명단에는 둘이 〈라일라〉에 탔다고 되어 있었다. 적어도 발진 후 난리통에 마침내 구한 출력물에는 그렇게 쓰여 있었다.

그러나 둘 중 누구도 펠에서 내리지 않았다. 아무도 우주선에서 내리지 않았다. 몸 상태가 위중해 스테이션 병원으로 실려 간 사람들 중에도 젠이나 로미와 인상착의가 일치하는 사람은 없었다. 젠과 로미가 맬러리에게 징용됐을 리는 없었다. 젠은 맬러리에게 필요한 기술이 전혀 없었고, 로미 역시 마찬가지였다. 어디에선가 기록이 잘못된 것이다. 크레시치는 탑승자 명단을 믿었고, 믿어야만 했다. 우주선의 콤이 직접 메시지를 전달하기에는 사람 수가 너무나 많았기 때문이다. 젠과 로미는 아무런 흔적도 남기지 않고 조용히 우주를 항해했다. 젠과 로미는 〈라일라〉에서 내리지 않았다. 아예 그곳에 있지도 않았다.

「사람들을 우주에 내던지다니, 정말 잘못한 거야.」 크레시치와 가장 가까이 있던 여자가 신음하며 말했다. 「그자들은 시체의 신원도 확인하지 않았어. 그이는 죽었어, 그이는 죽었어, 그이는 분명 〈한스퍼드〉에 있었다고.」

또 다른 남자가 다시 접수대로 와서 확인을 시도했다. 그 남자는 맬러리가 징용한 시민의 신분 목록이 거짓이라고 주장했다. 접수원은 끈기 있게 다시 검색하고 인상착의들을 비교했지만, 역시 결과는 허탕이었다.

「그 애는 그곳에 있었어요.」남자는 접수원에게 외쳤다. 「목록에 있었고 우주선에서 내리지 않았어요. 그리고 그 애는 그곳에 있었어요.」남자는 울부짖었다. 크레시치는 멍하니 앉아 있었다.

〈그리핀〉에서 그들은 탑승자 명단을 낭독했고 신분증을 요구했다. 신분증이 있는 사람은 거의 없었다. 사람들은 자기 이름도 아닌 이름에 대답했다. 몇 명은, 걸리지만 않으면, 식량 배급 때문에 두 번씩 대답하기도 했다. 그때 크레시치는 깊고 지독한 공포와 함께 두려움을 느꼈다. 하지만 많은 사람이 엉뚱한 우주선에 타고 있었고, 그중 한 명이 그때 〈한스퍼드〉의 상황을 깨달았다. 크레시치는 젠과 로미가 우주선에 탔다고 확신했다.

그 둘이 걱정에 휩싸여 크레시치를 찾으려고 우주선에서 다시 내리지 않았다면 말이다. 혹시라도 그 둘이 공포 때문에, 사랑 때문에, 비참하게도 뭔가 엄청나게 바보스러운 짓을 한 게 아니라면 말이다.

눈물이 흐르기 시작했다. 이 눈물은 〈한스퍼드〉에 탔을 수도 있는, 그리고 총칼과 파이프로 무장한 사람들 사이를 어떻게든 뚫고 들어갔을 수도 있는 젠과 로미 같은 이들 때문이 아니었다. 크레시치는 그 우주선에서 죽은 이들 가운데 젠과 로미가 있을 거라곤 생각하지 않았다. 오히려 그 둘이 아직도 유니언이 지배하는 러셀 스테이션에 있기 때문에 눈물이 난다고 해야 옳았다. 그리고 크레시치는 이곳에 있었다. 돌아갈 방법은 없었다.

크레시치는 마침내 일어나 현실을 받아들였다. 크레시치는 이곳을 떠나는 첫 번째 사람이었다. 그는 자신에게 배정된 지역으로 갔다. 독신남들을 위한 막사였다. 독신남들은 대개 젊었고, 서류대로라면 원래 있어야 할 기술자와 기타 요원들이 아니었다. 아마도 가짜 신분을 쓰는 사람이 많을 듯했다. 크레시치는 빈 간이침대를 하나 찾아, 감독관이 모두에게 하나씩 나눠 준 용품들을 챙겼다. 두 번째로 목욕을 했다……. 그러나 아무리 목욕을 해도 몸이 개운하지 않다……. 이윽고 크레시치는, 기진맥진해 줄지어 자고 있는 사람들 사이를 걸어서 돌아와 자리에 누웠다.

죄수들 중 고위직이고 고집 센 인사들은 정신 세척을 당할 수도 있었다. 젠. 크레시치는 생각했다. 아, 젠, 그리고 둘의 아들, 만약 그 아이가 살아 있다면…… 젠의 영향을 받아 성장할 텐데……. 젠은 올곧은 생각만 했고, 어떤 일에도 언쟁을 벌이지 않았다. 젠은 〈조정〉당할 가능성이 컸다. 크레시치의 아내였기 때문이다. 그들이 젠에게 로미를 데리고 있게 해줄지도 확실치 않았다. 국영 탁아소가 있었지만, 그곳은 유니언의 군대와 노동력을 만들어 내는 곳이었다.

크레시치는 자살을 생각해 보았다. 이미 어떤 사람들은 알 수 없는 곳, 자신들의 것이 아닌 스테이션으로 향하는 우주선에 타느니 자살을 택했다. 이런 종류의 해결법은 크레시치의 성격에 맞지 않았다. 크레시치는 가만히 누워 가까이 있는 껌껌한 금속 천장을 올려다보았고, 지금까지 그래 왔듯이 계속 살아남았다. 중년의 나이에 혼자, 완전히 공허한 상태로.

제4장

펠: 2352년 5월 3일

주일이 시작되면서 긴장감이 들기 시작했다. 피난민들은 부두에 긴급 설치된 주방들로 조용히 밀려 들어갔고, 서류가 있는 이들과 없는 이들 모두 접수대로 가서 스테이션 대표들과 만나 거주권을 확립하려는 최초의 시도를 했다. 그들은 격리 지역의 현실에 대해 처음으로 눈을 뜨고 있었다.

「지난번 교대 때 여길 빠져나갔어야 했습니다.」 그래프가 새벽에 들어온 메시지들을 훑어보며 말했다. 「아직 상황이 잠잠했을 때요.」

「이제 떠날 거야.」 시그니가 말했다. 「하지만 펠을 위험에 빠뜨릴 순 없어. 만일 펠이 사태를 제어할 수 없다면, 우리가 해야 해. 스테이션 의회에 전화해서 만날 준비가 됐다고 전해. 내가 가겠어. 그 사람들을 부두로 오게 하는 것보단 그쪽이 안전해.」

「셔틀을 타고 가장자리로 돌아서 가십시오.」 그래프는 납

대대한 얼굴에 언제나처럼 걱정을 가득 담고 제안했다. 「분대 하나를 다 데리고 갈 게 아니면, 괜히 목숨 걸지 마십시오. 사람들은 이제 전보다 더 통제가 안 됩니다. 뭔가 도화선만 있으면 바로 폭발할 지경이라고요.」

이 제안에는 새겨들을 부분들이 있었다. 시그니는 이렇게 겁먹는 게 펠에 어떻게 보일지 생각하고는 고개를 흔들었다. 시그니는 숙소로 돌아가 가장 예의를 차린 듯한 옷을 걸쳤다. 적어도 어두운 푸른색이긴 했다. 시그니는 디 잔츠와 무장한 여섯 명의 호위병을 데리고 함께 격리 지구의 검문소를 향해 부두를 가로질러 갔다. 교차 지점의 거대한 밀폐 벽들 뒤로 문과 통로가 있었다. 아무도 시그니에게 접근하려 하지 않았다. 접근하고 싶은 듯하지만 무장 군인들 때문에 주저하는 이들은 약간 있었다. 시그니는 문을 열고 통과해 경사로를 올라간 뒤 또 다른 보초가 있는 문으로 가서 스테이션의 주요부로 들어갔다.

그 뒤로는 일사천리였다. 리프트를 타고 여러 층을 지나 행정 구역으로 들어갔다. 블루 구역의 위쪽 복도였다. 황량하고 강철로 이루어진 부두들과 헐벗은 격리 지역에서 스테이션 보안대들이 완벽하게 통제하는 복도로 들어가자 갑자기 세계가 바뀌었다. 발아래는 소리를 흡수하는 매트가 깔려 있었다. 유리벽으로 된 로비로 다시 들어가자 기괴한 나무 조각품들이 보였다. 깜짝 놀란 시민들의 모습이 새겨져 있었다. 예술품이었다. 눈을 깜박이며 바라보던 시그니는 사치와 문명을 생각나게 하는 이 물건 때문에 잠시 멍해졌다. 잊혔거나 소문으로만 들은 물건들이었다. 그저 존재하는 것 외에 다른 기능은 전혀 없는 것을 만들고 창조할 여가가 있어야 가능한 것이었다. 인류가 자기 자신의 존재에만 관심을 보였듯이. 시그니는 평생을 이런 것들과 격리되어 오로지 저 멀리 그런 문명이 존재한다는 것만 안 채 살아왔다. 그리고 그런 부유한 스테이션들은 사치품들을 비밀스러운 심장부에 간직했다.

그러나 이 조각의 목제 뾰족 탑들 사이의 기묘하고 땅딸막한 구들에서 밖을 내다보고 있는 얼굴들은 인간의 모습이 아니었다. 눈이 동그랗고 낯설었다. 다운빌로의 얼굴들이었다. 공을 들여 나무에 새긴 것이었다. 인간들이었다면 플라스틱이나 금속을 썼을 것이다.

사실 이곳엔 인간보다 이 얼굴들이 더 많았다. 어딜 봐도 자명했다. 단정하게 땋아 만든 매트를 봐도 그렇고, 벽 마감재의 기묘한 배열과 어울리는 밝은색 그림을 봐도 그랬다. 뾰족 탑들과 나무 구들은 아예 온통 그 얼굴들과 커다란 눈들로 뒤덮여 있었다. 얼굴들은 가구에도, 심지어 문에까지 울퉁불퉁 섬세하게 조각되어 밖을 내다보았다. 그 눈들은 마치 다운빌로에는 언제나 그들이 있었다는 사실을 인간들에게 되새겨 주려는 듯 보였다.

마음이 불편했다. 마지막 문으로 걸어가면서 디가 조용히 욕을 내뱉었다. 문 앞에서 임시 차출 경호원들이 그들을 의회당으로 안내했다.

이번엔 인간들이 그들을 바라보았다. 한쪽으로 의자들이

여섯 층의 단에 놓여 있고, 그 아래 나지막한 곳에는 타원형 탁자가 있었다. 첫눈에 봤을 때는 이 인간들의 표정과 조각들의 표정이 놀랄 정도로 비슷했다.

탁자 끝에 앉아 있던 백발의 남자가 일어나더니, 일행이 이미 들어와 있는 방으로 들어오라고 손짓을 했다. 앤절로 콘스탄틴이었다. 다른 이들은 그대로 앉아 있었다.

탁자 옆에는 임시로 가져다 놓은 의자 여섯 개가 있었다. 자리에 앉은 여섯 명의 남녀들은 옷차림으로 보건대 스테이션 의회나 심지어 비욘드 소속조차 아니었다.

컴퍼니 사람들이었다. 시그니는 의회에 대한 예의 차원에서 위협적인 라이플과 군인들을 바깥으로 내보내 줄 수도 있었다. 그러나 시그니는 콘스탄틴의 미소에 반응하지 않은 채 그 자리에 그대로 서서 기다렸다.

「이야기를 간단히 끝낼 수 있을 것 같습니다.」 시그니가 말했다. 「격리 지구는 준비를 마쳤고 역할을 다하고 있습니다. 엄중하게 보초를 세우시는 게 좋을 거라 말씀드리고 싶습니다. 다른 화물선들이 우리의 허가 없이 도약했으나 이는 우리가 인도해 온 난민선들과 절대 무관합니다. 현명한 분이시니, 제 권고를 따르시고, 상선이 다가오면 보안대를 보내시리라 믿습니다. 이미 러셀에서 벌어진 참사를 보셨지요? 저는 곧 이 일에서 손을 뗄 작정입니다. 이젠 그쪽이 책임질 문제입니다.」

회의실 안의 사람들은 공황 상태에 빠져 수군거렸다. 컴퍼니 사람들 중 하나가 일어났다. 「아주 고압적으로 행동하시는군요, 맬러리 함장. 여기선 그런 태도가 관행인가 보지요?」

「관행은, 선생님, 상황을 아는 자가 그 상황을 다루고, 지켜보며 배우지 않는 자는 거기서 빠지는 겁니다.」

컴퍼니 남자의 마른 얼굴이 눈에 띄게 벌게졌다. 「우리는 부득이하게 그런 태도를…… 일시적으로 참아야 할 것 같군요. 어디든 현재 전쟁의 경계선인 곳까지 우리를 실어다 줄 우주선이 필요합니다. 〈노르웨이〉가 현재 사용 가능하고요.」

시그니는 짧게 숨을 들이쉬고 몸을 곧추세웠다. 「아니요, 부득이하게 그러실 필요 없습니다. 왜냐하면 〈노르웨이〉는 민간인들이 사용할 수 없으며, 전 누구도 태우지 않을 거니까요. 경계선에 관해서라면, 현재 함대가 위치해 있는 곳이 곧 경계선입니다. 그리고 관련된 우주선들 외엔 누구도 그게 어디인지 모릅니다. 경계선은 존재하지 않습니다. 화물선을 고용하시죠.」

회의실 안은 쥐죽은 듯 조용해졌다.

「함장, 군법 회의란 말을 꺼내고 싶지 않습니다만.」

시그니는 숨을 내뱉으며 웃었다. 「만약 거기 컴퍼니분들께서 전쟁 현장을 관광하고 싶으신 거라면, 얼른 데리고 들어가 보여 드리고 싶은 마음이 마구 샘솟는군요. 그럼 느끼시는 바가 많으실 겁니다. 어머니 지구의 시야를 넓혀 드릴 수도 있을 것 같고요. 어쩌면 우리에게 우주선을 몇 척 더 보내 줄지도 모르겠군요.」

「당신은 명령할 위치에 있지 않고, 우리는 당신의 명령을 받지 않습니다. 우린 우리가 보아야 한다고 이미 결정된 것만 보려고 여기에 온 게 아닙니다. 우린 모든 것을 눈여겨볼 겁니다, 함장. 그게 당신 맘에 들든 말든요.」

시그니는 양손을 허리께에 올리고 사람들을 관찰했다. 「이름이 어떻게 되시죠?」

「안보위원회의 시거스트 에어리스입니다. 제2서기관이고요.」

「제2서기관이시라고요. 공간이 얼마나 남는지 봐야겠군요. 의류와 위생용품 이상의 짐은 가져가실 수 없습니다. 이해해 주시리라 믿습니다. 더는 안 됩니다. 당신은 〈노르웨이〉가 가는 곳으로 가는 겁니다. 전 마지언 외엔 누구의 명령도 받지 않습니다.」

「함장.」 다른 한 명이 나섰다. 「진실로 당신의 협조가 필요합니다.」

「제가 지금 제공하는 것 말고는 눈곱만큼도 더는 안 됩니다.」

정적이 흘렀고, 계단식으로 놓인 의자에서 느리게 속삭이는 소리가 들렸다. 에어리스의 얼굴이 더욱 벌게졌다. 딱딱한 태도로 위엄을 세우려다 시그니를 화나게 했던 에어리스는 체면만 더욱 구겨졌다. 「당신은 컴퍼니의 일부입니다, 함장. 그리고 컴퍼니에서 임명되었습니다. 잊으신 겁니까?」

「전 함대의 제3함장입니다, 제2서기관 씨. 전 군인이고, 당신은 아닙니다. 〈노르웨이〉에 탈 의향이 있으시면, 한 시간 내로 준비하십시오.」

「아니요, 함장.」에어리스는 단호하게 말했다. 「화물선을 타고 가라는 당신 제안을 받아들이겠습니다. 솔에서 올 때도 화물선을 탔습니다. 화물선은 가자고 계약한 곳으로 갈 겁니다.」

「합당한 이유가 있으실 거라 믿어 의심치 않습니다.」됐다. 이 문제는 이제 해결되었다. 시그니는 마지언이 컴퍼니 사람들과 함께 있으면서 얼마나 질색을 했을지 충분히 짐작할 수 있었다. 시그니는 에어리스 너머로 앤절로 콘스탄틴을 바라보았다. 「전 여기서 제 임무를 다했으니 이제 떠나겠습니다. 모든 메시지는 중계될 겁니다.」

「함장.」앤절로 콘스탄틴이 탁자 상석에서 일어나 앞으로 나오더니 손을 내밀었다. 이는 평소에 하던 행동이 아니었다. 시그니가 그들에게 한 일을, 즉 피난민을 남겨 줬다는 걸 생각하면 이상하기까지 했다. 시그니는 앤절로 콘스탄틴과 굳게 악수하면서 그의 걱정 어린 시선을 볼 수 있었다. 둘은 어렴풋이 서로 아는 사이였다. 아주 오래전에 만난 적이 있었다. 6세대 비욘드인 앤절로 콘스탄틴은 일을 도우러 격리 부두로 내려왔던 7세대 젊은이와 비슷했다. 콘스탄틴 가문은 펠을 세웠다. 과학자이자 광부들이었고, 건설자들이면서 소유자들이었다. 앤절로 콘스탄틴과 다른 이들에게서, 시그니는 서로의 엄청난 차이에도 불구하고 일종의 유대감을 느꼈다. 함대에도 이런 자들이 있었다. 함대가 직접 돈을 지불하며 고용한 최고의 선원들이었다.

「행운을 빌겠습니다.」시그니는 사람들에게 인사한 뒤 몸을 돌려 떠났다. 디와 군인들이 뒤따라왔다.

시그니는 왔던 길로 돌아갔다. 이제 만들어지기 시작한 격리 지구를 통과해 낯익은 〈노르웨이〉로, 친구들에게로 돌아왔다. 자신이 만든 법이 있는 곳, 자신이 아는 것들이 있는 곳이었다. 아직 다듬어야 할 세부 사항들이 좀 남아 있고, 해결해야 할 일들이 좀 남아 있고, 스테이션에 줄 선물이 좀 남아 있었다. 시그니 자신의 보안대가 한 저인망 작업의 결과였다. 보고서들, 권고들, 살아 있는 사람 한 명, 그리고 그자와 함께 구조해 온 보고서들이었다.

시그니가 〈노르웨이〉를 출발 준비 상태로 돌리자, 사이렌이 울리고, 〈노르웨이〉를 보호하기 위해 세워 둔 군대가 펠에서 빠져나갔다.

시그니는 머릿속의 순서에 따라 차근차근 진행했고, 시그니의 부함장인 그래프도 이 순서에 대해 알았다. 진행 중인 소개는 이것이 전부가 아니었다. 팬-파리 스테이션은 크레쇼프의 관리하에 있었다. 〈태평양〉의 성은 에스퍼런스로 갔다. 지금쯤 다른 난민선들이 펠로 오는 중일 터였고, 시그니는 단지 뼈대를 만들어 놨을 뿐이었다.

위기가 몰려오고 있었다. 다른 스테이션들은 죽었다. 그들의 손이 닿지 않는 곳, 구하러 갈 수 없는 곳에 있는 스테이션들은 죽었다. 그들은 가능한 모든 것을 옮겼고, 자신들이 가져간 것들 때문에 유니언이 움직이게 만들었다. 하지만 시그니의 개인적 판단으로는, 그들 자신부터 저주받은 운명이었고, 현재의 기동 작전으로 인해 그들 중 대부분은 돌아오지 못할 길을 걷고 있었다. 그들은 함대의 잔존물이었고, 끝없이 많은 생명을 가지고 넓게 퍼져 있는 힘에 대항해 싸우고 있었다. 그리고 적에겐 공급품도 세계도 많았지만, 그들에겐 없었다.

그토록 오랜 분투 끝에…… 시그니의 세대, 마지막 함대, 컴퍼니의 마지막 병력이 남았다. 시그니는 그것이 사라지는 것을 지켜보았다. 지구와 유니언을 하나로 붙들어 놓기 위해 싸웠다. 인류의 과거…… 그리고 미래를 합치기 위해 싸웠다. 시그니는 남은 힘을 모아 아직도 싸우고 있었지만, 더 이상 희망을 품진 않았다. 가끔 시그니는 함대에서 도망치는 생각까지 했다. 벌써 몇 척의 우주선이 그랬던 것처럼, 유니언으로 넘어가는 생각도 했다. 이 전쟁에서 유니언이 우주 진출에 찬성하는 편이 되고 그 기초를 만든 컴퍼니가 유니언에 대항해 싸우고 있다니, 이야말로 엄청난 아이러니였다. 누구보다 비욘드를 믿었던 그들이, 결국 비욘드가 되고 있는 이들을 적으로 삼아 싸우게 된 것, 더는 자신들을 돌보지 않는 컴퍼니를 위해 죽을 거라니 참으로 아이러니했다. 시그니는 비통함을 느꼈다. 이미 오래전부터, 컴퍼니 정책들을 토론하는 자리가 있으면 시그니는 입을 다물어 버렸다.

아주 오래전, 시그니가 사물을 다르게 보던 때가 있었다. 시그니가 아웃사이더 입장에서 이 거대한 우주선들과 그들의 힘을 보던 때가 있었다. 옛 탐사선들에 대한 꿈 때문에 시그니가 이 일에 뛰어들었다. 하지만 그 꿈은 함장의 기장이 내뿜는 현실의 빛에 퇴색해 버렸다. 아주 오래전, 시그니는 승리란 불가능하다는 걸 깨달았다.

어쩌면 앤절로 콘스탄틴은 승산에 대해서도 알았을 거라고 시그니는 생각했다. 어쩌면 그는 시그니가 의미하는 바를 알고 작별의 악수로 대답한 건지도 몰랐다. 앤절로 콘스탄틴은 컴퍼니가 압박하는 면전에서 지원을 제안한 것일지도 몰랐다. 잠시, 정말 그런 것 같다는 생각이 들었다. 어쩌면 스테이션인들 중 많은 이가 아는지도 몰랐다⋯⋯. 하지만 스테이션인들에게 그런 걸 기대하는 건 너무 무리였다.

〈노르웨이〉는 세 가지 작전을 수행하는 척해야만 했다. 모두 시간이 걸리는 일들이었다. 그리고 작은 작전을 하나 펼친 뒤 도약해서 특정 날짜에 마지언과의 약속 장소로 가야 했다. 만약 처음 작전에서 충분히 많은 우주선이 살아남는다면. 만약 유니언이 그들의 바람대로 반응해 준다면. 이건 미친 짓이었다.

함대는 상인이나 스테이션인의 지원 없이 홀로서기를 했다. 그전부터 오랫동안 그렇게 홀로 서왔듯이.

제5장

펠: 2352년 5월 5일

앤절로 콘스탄틴은 당장 처리해야 하는 메모들과 비상사태들로 뒤덮인 책상에서 갑자기 고개를 들었다. 「유니언이라고?」 앤절로는 경악하며 물었다.

「포로입니다.」 보안대장은 불편해하면서 책상 앞에 서서 말했다. 「러셀을 소개할 때 함께 데려왔습니다. 다른 자들과 분리된 채 우리 보안대로 인도됐죠. 캡슐에, 즉 소형 우주선에 타고 있다 구조됐는데, 암스콤퍼이며, 러셀에 감금되어 있었습니다. 〈노르웨이〉가 데리고 왔습니다······. 피난민들 사이에 풀어 놓지 않고요. 그랬다면 피난민들이 그자를 죽였을 테니까요. 맬러리는 그자의 파일에 〈이 사람은 이제 당신 소관입니다〉라는 메모를 덧붙여 놨습니다, 총감독관님.」

앤절로는 파일을 열고 그 젊은이의 얼굴을 물끄러미 바라보았다. 심문당한 기록이 몇 페이지에 걸쳐 적혀 있고, 유니언 ID와 맬러리가 사인한 쪽지가 한 장 있었다. 쪽지에는

〈젊고 겁먹었음〉이라고 휘갈겨 써 있었다.

조슈아 헬브레이트 탤리. 암스콤퍼. 유니언 함대의 소형 우주선.

앤절로에겐 곧 원래 주거지로 돌아갈 거라 믿었던 5백 명의 사람들이 있었지만, 맬러리가 남긴 비밀 지시에는 소개가 더 있을 거란 경고가 담겨 있었다. 그 경우 적어도 오렌지와 옐로 구역 대부분을 피난민용으로 비워야 할 것이며, 더 많은 사무실을 밖으로 이동시켜야 했다. 또한 컴퍼니 요원 여섯 명은 전쟁 상황을 살펴보러 비욘드로 더 나아가게 될 거라 생각했지만, 컴퍼니가 발행한 화폐를 받고 컴퍼니 대표들을 태우겠다는 상선은 없었다. 앤절로는 더는 아래쪽 층들에서 문젯거리가 발생하는 걸 원하지 않았다.

젊은이의 얼굴이 눈앞에서 계속 어른거렸다. 앤절로는 다시 그 페이지로 파일을 넘기고 심문 보고서를 한 번 더 훑어보았다. 그러다 보안 책임자가 아직도 그대로 서 있다는 게 기억났다. 「그래서 그 사람을 어찌하고 있지?」

「현재 구금 중입니다. 다른 관청들은 그 사람을 어찌해야 할지 의견이 분분합니다.」

펠은 한 번도 전쟁 포로를 겪어 본 적이 없었다. 전쟁은 아직 이곳까지 오지 않았던 것이다. 앤절로는 곰곰이 생각해 보았지만, 이 상황에 점점 더 초조해지기만 했다. 「법무처에선 어떤 제안도 없고?」

「여기 와서 결론을 구하라고 제안하더군요.」

「우리에겐 그런 구금 시설이 없는데.」

「맞습니다.」 보안 책임자는 동의했다. 지금은 병원 시설을 이용하고 있었다. 설비는 재교육, 조정을 위한 것이었다……. 그 설비를 쓸 일도 거의 없었다.

「우린 그 사람을 다룰 수 없어.」

「그 감방들은 장기 구금용이 아닙니다. 어쩌면 좀 더 편안한 장소를 임시로 만들 수도 있을 것 같습니다.」

「아직 거처가 없는 사람들도 있어. 사람들에게 그 점을 어떻게 설명할 건가?」

「격리 시설에 뭔가를 세울 수 있습니다. 패널을 제거하면 최소한 더 넓은 방을 만들 수는 있습니다.」

「일단 미뤄 놔.」 앤절로는 성긴 머리털을 손으로 쓸었다. 「긴급 사안들을 해결하는 대로 이 건의 방침을 생각해 보겠어. 지금은 자네가 당장 구할 수 있는 것들로만 최선을 다해 그 사람을 다뤄 줘. 하급 관청들더러 이 건에 상상력을 좀 발휘해 보라고 해서 그 제안서를 내게 보내.」

「알겠습니다.」 보안 책임자는 방을 나갔다. 앤절로는 나중에 다시 보려고 폴더를 치워 두었다. 펠에 당장 필요한 건 이런 종류의 죄수가 아니었다. 주거지를 확보하고 늘어난 입들을 먹여 살릴 방법과 앞으로 닥칠 일에 대처할 방법이 필요했다. 펠에는 갑자기 갈 곳을 잃은 무역 상품들이 있었다. 이 물건들은 펠에서, 저 아래 다운빌로에서, 그리고 밖의 광산들에서 쓸 수 있었다. 그러나 다른 것들도 필요했다. 펠은 경제 상태를 걱정해야 했다. 시장은 무너졌으며, 상인들에게도 모든 종류의 화폐 가치가 불안정했다. 이제 펠은 항성 간 경제를 포기하고 식량을 스스로 해결해야 했다. 즉 자급자족 체제로 돌아서야 했다. 그리고 어쩌면…… 다른 변화들도 생길 수 있었다.

지금 앤절로는 그들 손에 있는, 신분이 밝혀진 유니언 죄수 한 명 때문에 걱정하고 있는 게 아니었다. 격리 지구 안에서 점점 더 많아질 유니언주의자들과 동조자들 때문이었다. 현재 상황에선 어떤 변화가 생겨도 지금보다는 낫다고 느낄 사람들 때문이었다. 서류를 갖춘 피난민은 별로 없었고, 서류를 갖춘 이들 중에서도 많은 수가 서류상 지문 및 사진과 일치하지 않는 것으로 드러났다.

「격리 지구의 거주민들과 연락책이 필요합니다.」 앤절로가 그날 오후 의회 회의에서 말했다. 「격리선 저쪽에 정부를 세워야 할 겁니다. 그 사람들이 고른 누군가를, 선거 같은 식으로 뽑은 누군가를 상대해야 할 겁니다.」

의회는 다른 모든 것처럼 이 제안도 받아들였다. 의회는 선거구 문제로 심란해져 있었다. 오렌지와 옐로 구역의 의회 의원들은 선거구의 주민들이 살던 곳에서 쫓겨나 심란했고, 그린과 화이트 구역의 의원들은 쫓겨난 스테이션 주민들의 대다수가 자기들 선거구로 유입되어 심란했다. 반대쪽에서 옐로 구역과 접해 있는 레드 구역은 아직 아무런 변화도 없었지만 괜히 불안해했다. 다른 구역들은 질투심에 불타고 있었다. 불평과 항의와 소문에 대한 소문이 봇물 터지듯 쇄도했다. 앤절로는 모든 것을 마음에 새겨 두었다. 토론이 벌어졌다. 그들은 마침내 스테이션에 가해지는 압력을 경감해야 한다는 피할 수 없는 결론에 도달했다.

「우린 이곳에 더 이상의 건설을 허가할 수 없습니다.」에 어리스가 자리에서 일어나며 끼어들었다. 앤절로는 그저 에어리스를 바라보았다. 허세를 부리며 컴퍼니에 맞서서 원하는 바를 얻어 낸 시그니 맬러리 덕분에 앤절로도 이렇게 행동할 용기를 얻었다.

「전 합니다.」 앤절로가 말했다. 「제겐 그럴 만한 자원이 있고, 또 그렇게 할 겁니다.」

투표가 이루어졌다. 투표는 분별 있는 자라면 찬성할 수밖에 없는 유일한 방향으로 진행되었고, 컴퍼니에서 온 참관자들은 말없이 씩씩대며 앉아 있다가 투표에서 통과된 결과에 거부권을 행사했다. 의원들은 컴퍼니의 거부권을 그냥 무시한 채 계속 계획을 짜나갔다.

컴퍼니 사람들은 일찌감치 회의장에서 퇴장했다. 나중에 보안대는 그들이 부두에서 펄펄 뛰더라고, 그리고 가격이 폭등한 화물선 한 척을 금으로 계약하려 애쓰더라고 보고했다.

지금 화물선은 항성계 내의 수송, 즉 광산까지 통상적으로 오가는 것 말고는 단 한 대도 움직이지 않았다. 그래서 앤절로는 컴퍼니 사람들의 소식을 듣고도 전혀 놀라지 않았다. 밖에는 찬바람이 불고 있었고, 펠은 그 바람을 느꼈다. 비욘드의 직감을 타고난 자는 누구든 다 그 바람을 느꼈다.

아마도 컴퍼니 사람들은 결국 계약을 맺은 듯했다. 적어도 두 명은 그랬다. 이 둘이 집으로, 솔로 가는 우주선 한 척을 고용했기 때문이다. 여기로 올 때 탔던 바로 그 우주선이 었는데, 좀 작고 낡아서 덜컹거리는 도약 화물선이었다. 이 화물선의 상인은 거의 10년 동안 EC[1] 이름을 달고 펠에 도 킹한 유일한 상인이었고, 돌아갈 때는 다운빌로의 골동품들 과 온갖 진미를 싣고 갔다. 상인은 올 때도 지구에서 물건들 을 가져왔고, 이 물건들은 호기심 때문에 비싼 값에 팔렸다. 다른 네 명의 컴퍼니 대표들은 가격을 점점 높이다가 어느 화물선에 탔다. 이들은 화물선 자체의 일정대로 움직여야 했 다. 바이킹에 들르고 또 이 불안한 시절에 아직 안전하게 남 아 있는 곳이면 어디든 그곳에도 들러야 했다. 결국 컴퍼니 사람들은 맬러리가 제시한 것과 똑같은 조건을 받아들이면 서 돈까지 내는 꼴이 되었다.

1 지구 컴퍼니Earth Company의 약자 — 옮긴이 주.

제6장

1
다운빌로: 중앙 기지, 2352년 5월 20일

셔틀이 착륙했을 때 다운빌로에는 폭풍이 몰아치고 있었다. 구름이 넘쳐 나게 많은 세계에서는 드문 일도 아니었다. 겨울 내내, 북쪽 대륙은 바다가 양산해 낸 구름 때문에 잔뜩 찌푸린 하늘을 봐야 했고, 얼 정도로 날이 추울 때는 거의 없었지만 인간이 편안하게 느낄 만큼 따뜻한 날도 없었다. 이 음산한 기간엔 한 달이 다 지나도 태양이나 별이 분명하게 보이는 일이 절대 없었다. 승객들이 착륙장에 내리는데, 차가운 비가 억수같이 퍼부었다. 지치고 화난 사람들은 한 줄로 터벅터벅 셔틀을 나와 언덕으로 올라갔다. 이제 사람들은 온갖 창고 숙소들에 들어가 매트 더미들과 곰팡내 나는 〈프로시〉와 〈피클리〉 자루들 사이에서 거처를 정해야 했다. 「그건 저리로 치우고 저건 쌓아 올려.」 공간이 눈에 띄게 비좁아지자 관리자들이 외쳐 댔다. 소음이 대단했다. 욕하는 소리와 공기로 팽창시킨 돔들 안에서 들리는 빗소리, 공기 압축기의 어쩔 수 없는 쿵쿵 소리까지 온갖 소음이 났다. 지친 스테이션인들은 부루퉁해졌지만, 결국 명령대로 하기 시작했다……. 대부분 젊은이인 건설 인부들과 몇 명의 기술자들은 사실상 짐 하나 없이 왔고, 이런 기후를 처음 접하고 겁먹은 이들도 꽤 있었다. 스테이션에서 태어난 이들은 1킬로그램 정도 더 무게가 나가는 다운빌로의 중력에서 숨을 헐떡였고, 미친 듯이 소용돌이치는 하늘을 갈지자 모양으로 가로지르는 번개를 보거나 천둥소리를 들을 때마다 몸을 움찔했다. 일종의 커다란 공동 침실 같은 것을 만들어 놓기 전까진 잠도 잘 수 없었다. 끙끙대며 음식을 언덕 너머 셔틀로 날라 와 신는 원주민과 인간, 돔 안으로 범람하는 물을 어떻게든 해 보려 애쓰는 선원들, 그 누구도 전혀 쉴 수 없었다.

존 루커스는 오만상을 쓰며 작업의 일부를 감독했고, 지휘소가 있는 중앙 돔으로 돌아갔다. 존은 천천히 걸어가서 빗소리에 귀를 기울이며 한 시간 정도 기다리다 마침내 셔틀로 걸어가려고 다시 비옷을 갖춰 입고 마스크를 썼다. 「안녕히 가십시오.」 콤 오퍼레이터가 책상 뒤에서 일어나며 인사했다. 거기 있던 몇 안 되는 다른 사람들은 하던 일을 멈췄다. 존은 여전히 인상을 쓴 채 악수를 했고, 드디어 얄팍한 에어로크를 걸어 나가 또다시 차가운 비를 맞으며 길을 향해 나무 계단을 올랐다. 50대 나이에 걸맞게 살이 찐 존의 몸에 밝은 노란색 비닐은 영 아니었다. 존은 늘 남들의 냉대를 의식하고 진저리쳤으며, 발목까지 잠기는 진흙 속을 걷는 일과 추위가 비옷과 안감마저 통과하는 느낌을 무척이나 싫어했다. 우기용 장비와 필수품인 호흡기는 기지의 모든 인간을 노란색 괴물로 만들어 버렸고, 인간들은 폭우 속에서 흐릿하게 보였다. 다우너들은 알몸으로 빗속을 뛰어다니며 즐거워했다. 다우너들의 가늘고 길쭉한 팔다리와 낭창낭창한 몸에 난 갈색 털은 비에 젖어 색이 짙어지고 몸에 달라붙어 있었다. 눈이 동그랗고, 입은 언제나 깜짝 놀라 O자로 오므리고 있는 듯한 다우너들은 주위를 지켜보며 자신들의 언어로 함께 재잘거렸다. 이 종알대는 소리에 빗소리, 그리고 계속해서 울리는 낮은 천둥소리가 겹쳐졌다. 존은 착륙장을 향해 직행로를 걸어갔다. 셔틀의 다리 세 개 가운데 하나가 밟고 있는, 창고 돔들과 막사 돔들을 지나가는 길이 아니었다. 이 길엔 아무도 없었다. 누굴 만날 일도 없어 작별 인사를 할 필요도 없었다. 존은 물에 잠긴 들판들을 바라보았다. 장대비 사이로 기지 근처 언덕 위에 있는 회녹색 잡목림과 리본 나무들이 보였다. 저 멀리 넓은 강은 물이 범람해 온통 강둑을 넘칠 듯이 질펀했고, 사람들이 이제껏 미친 듯이 물을 빼려 애써 왔음에도 불구하고 습지가 생기려 했다. 혹시라도 백신을 맞지 않은 다우너가 발이 미끄러져 그 안에 빠지면, 원주민 일꾼들 사이에 다시 질병이 퍼질 터였다. 여기 다운빌로 기지는 결코 천국이 아니었다. 존은 다운빌로 기지와 새로운 직원들과 다우너들을 자기들끼리 알아서 하라고 두고 한 치의 망설임도 없이 떠났다. 존을 짜증 나게 한 이번 소환 자체가 그런 식이었다.

「감독관님.」

이번 작별의 마지막 골칫거리가 길에서 물을 튀기며 쫓아오고 있었다. 베넷 저신트였다. 존은 몸을 반쯤 돌렸다가 계속 걸어갔고, 진흙과 폭우 속에서 상대가 자신을 따라오게 놔뒀다.

「공장의 제방이……,」 저신트는 헐떡이며 말했다. 호흡기로 숨을 쉬느라 쉿쉿거리는 소리가 나다 말다 했다.「저쪽에 중장비와 모래 부대를 가진 인간 작업부들이 필요합니다.」

「이젠 내 문제가 아냐.」 존이 말했다.「혼자 알아서 해결해. 자네가 잘하는 게 뭐야? 그 응석받이 다우너들을 투입해. 다우너들 중에서 작업부를 더 뽑으라고. 그게 싫으면, 새로운 감독관을 얼른 모시든지. 뭘 망설여? 내 조카에게 모두 설명하면 되잖아.」

「다우너들은 어디 있죠?」 저신트가 물었다. 베넷 저신트는 의사 진행을 방해하는 데 아주 도가 튼 인물이었고, 뭐든 개선 방안이 나오면 언제나 반대하는 쪽에 섰다. 존에게 아무런 의논도 없이 더 윗선으로 달려가 이의를 제기한 적도 한두 번이 아니었다. 한번은 베넷이 어떤 건설 프로젝트를 완벽하게 중단시키는 바람에 우물까지 가는 길이 영영 진창길로 남았다. 존은 씩 웃은 뒤 저 멀리 뒤쪽의 창고 돔들을 가리켰다.

「시간이 없는데요.」

「그건 네 문제고.」

베넷 저신트는 존의 얼굴에 대고 욕을 한 뒤 그쪽으로 달리기 시작하더니 마음을 바꿔 다시 공장 쪽으로 달려갔다. 존은 큰 소리로 껄껄대며 웃었다. 공장 안의 재고품은 비에 흠뻑 젖어 버렸다. 이제 이 문제는 콘스탄틴 가문이 알아서 할 일이었다.

존은 언덕을 넘었고, 셔틀을 향해 내려가기 시작했다. 짓밟힌 풀밭 속에서 이질적인 은빛 셔틀이 불쑥 모습을 드러냈다. 셔틀의 화물실 해치는 내려져 있고, 다우너들은 이리저리 오가며 열심히 일했으며, 그들 사이에 노란 비옷을 입은 인간 몇 명이 보였다. 존이 걷는 길은 다우너들이 진흙을 튀기며 움직이는 길과 만났다. 존은 풀이 난 가장자리를 걸어갔다. 짐을 진 다우너가 비틀거리며 너무 가까이 오면 욕을 했고, 적어도 다우너들이 자신을 보면 길을 비킨다는 사실에 만족감을 느꼈다. 존은 원형 착륙장으로 들어가 인간 관리자에게 짧게 고개를 끄덕였다. 그러고 나서 화물실 이동 트랩을 올라가 강철로 만들어진 어두운 내부로 들어갔다. 존은 추위 속에서 젖은 비옷을 벗었지만, 마스크는 그대로 끼고 있었다. 존은 어느 다우너 무리의 우두머리에게 진흙으로 더러워진 곳을 청소하라고 명령한 뒤, 화물실을 지나 리프트로 가서 상갑판까지 올라간 다음 깨끗한 강철 복도로 나와서는 푹신한 의자가 있는 작은 승객칸으로 들어갔다.

다우너들이 그 안에 있었다. 일꾼 둘이 스테이션으로 교대하러 가는 중이었다. 다우너들은 존을 보자 불안한 표정으로 서로를 만졌다. 존은 승객칸을 밀폐하고 공기를 교체했다. 그래야 존이 호흡기를 벗을 수 있었다. 그러나 다우너들은 호흡기를 껴야 했다. 존은 다우너들 맞은편에 앉아 창문 없는 격실에서 다우너들 사이를 응시했다. 공기에선 축축한 다우너의 악취가 났다. 존은 3년 동안 이 냄새를 맡으며 살았다. 후각만 예민하면 펠 어디서도 이 냄새를 맡을 수 있었지만, 다운빌로 기지가 그중에서 가장 심했다. 먼지투성이 곡물과 증류소들과 포장 공장과 벽과 진흙과 오물과 공장들의 연기, 넘쳐흐르는 노상 변소, 더껑이가 생기고 있는 오수 웅덩이 따위가 있었다. 게다가 숲 곰팡이에 호흡기가 오염되면 여분의 호흡기가 없을 경우 그냥 죽을 수도 있었다. 이 모든 것에 더해, 종교적 금기와 끊임없는 변명을 늘어놓는 아둔한 다우너 일꾼까지 다뤄야 했다. 전임자들이 다우너는 다우너고 일정을 이해할 수 없다며 가만히 깍지 끼고 서서 자기 위안을 일삼던 곳에서 존은 기록을 세웠다. 존은 자신이 이룬 생산량 증가, 효율성 등에 자부심을 느꼈다. 다우너들은 일정을 이해할 수 있었고, 이해했고, 생산에서 최고 기록을 세웠다.

감사 인사 따위는 없었다. 스테이션에 위기가 닥쳤고, 지난 10년 동안 지지부진하게 진행하네 마네 말만 오가던 다운빌로 확장 계획이 갑자기 진행되었다. 공장들에는 설비가 더 들어올 예정이었다. 모두 존이 노력한 결과였다. 일꾼들도 따라올 터였다. 일꾼들이 쓸 물자와 주택도 존이 가능하게 만들었다. 존은 그러기 위해 루커스 컴퍼니의 자금과 루커스 컴퍼니의 장비를 썼다.

그러나 이 단계에서 존이 받은 건, 감독자로 내려온 콘스탄틴 가문의 사람 두 명이 다였다. 〈고맙습니다, 루커스 씨〉라든지, 〈훌륭하십니다, 존. 당신 회사의 사무실들과 당신의 일들은 팽개치고 이렇게 해주어 고맙습니다. 3년 동안 이 일을 맡아 주어 고맙습니다〉 이런 말 따위는 절대 없었다. 「에밀리오 콘스탄틴과 밀리코 디가 다운빌로 감독관으로 지명됐습니다. 최대한 빨리 일을 정리한 뒤 셔틀을 타고 떠나십시오.」 에밀리오는 존의 조카였다. 젊은 에밀리오는 건설이 진행될 동안 여러 가지 일을 관리할 것이었다. 콘스탄틴 가문은 언제나 마지막 단계에서 무대에 올랐고, 공로를 기릴 때가 되면 빠짐없이 그 자리에 있었다. 의회는 민주주의였지만, 스테이션 관공서들은 왕조였다. 언제나 콘스탄틴 가문이 차지했다. 루커스 가문도 펠에 일찍 도착했고, 누구 못지않게 열심히 펠 건설 작업에 참여했으며, 힌더 스타들에 중요한 회사도 가지고 있었다. 그러나 콘스탄틴 가문은 교묘히 움직이며 기회가 닿을 때마다 힘을 모았다. 이제 일이 대중이 알아차릴 만한 단계에 이르자, 이번에도 역시 존의 장비를 쓰고 존이 토대를 다져 놓은 곳에 콘스탄틴 가문의 사람이 책임자로 왔다. 에밀리오. 존의 누나인 얼리샤의 아들이고, 앤절로의 아들이었다. 사람들을 조종하는 건 어렵지 않았다. 온통 콘스탄틴이란 이름만 들리게 하면 되었다. 그리고 앤절로는 이런 책략의 대가였다.

　　물론 조카와 질부가 다운빌로에 올 때까지 기다렸다가 만나고 가는 것이 예의상 마땅할 것이었다. 며칠 더 머물며 정보를 주고받거나, 적어도 곧 당신들이 타고 온 셔틀을 타고 떠난다고 알려 줄 수 있었다. 또한 그쪽에서도 곧장 돔들로 와서 공식적으로 인사를 하면서 기지에서 존의 권위를 인정해 줘야 예의 바른 행동이었다. 그러나 조카 부부는 그렇게 하지 않았다. 심지어 도착했을 때 콤으로「안녕하세요, 외삼촌」이라는 인사조차 하지 않았다. 존은 이제 더는 빗속에 서서 평소엔 말도 잘 안 섞는 조카와 악수하고 인사말을 나누며 무의미한 예의를 차릴 기분이 아니었다. 존은 누나의 결혼을 반대해 말다툼을 했다. 누나가 결혼했다고 해서 존이 콘스탄틴 가문과 연결되진 않았다. 얼리샤의 태도상, 이 결혼은 거의 도망에 가까웠다. 그 뒤로 존과 얼리샤는 공식 석상이 아니면 말도 하지 않았다. 지난 몇 년간은 아예 공식적으로도 말하지 않았다……. 얼리샤와 같은 자리에 있기만 해도 기분이 나빠졌다. 조카들은 젊은 시절의 앤절로를 꼭 닮아, 존은 조카들을 피했다. 조카들이 루커스 컴퍼니를 손에 넣으려 할 수도 있었던 것이다……. 어쩌면 가장 가까운 친척으로서 존의 뒤를 이어 일부라도 가지려 할 수도 있었다. 앤절로가 얼리샤에게 끌린 것도 그런 기대감 때문일 거라고 존은 여전히 굳게 믿었다. 루커스 컴퍼니는 아직도 펠에서 가장 큰 독립체였던 것이다. 그러나 존은 후계자를 골라 콘스탄틴 일가에게 충격과 좌절을 안겨 주었다. 새로운 후계자는 존의 취향에 맞는 사람은 아니었지만, 그래도 살아 있는 사람이었다. 존은 최근 몇 년간 다운빌로에서 일했고, 처음엔 여기서 건설을 함으로써 루커스 컴퍼니를 키울 수 있을지도 모른다고 생각했다. 앤절로는 그 가능성을 눈치채고 의회를 조종해 기회를 막아 버렸다. 생태학적 우려가 있다는 게 핑계였다. 그리고 이제 앤절로는 마지막 수를 두었다.

존은 펠로 돌아오라는 명령서를 받고, 명령이 전달된 방식만큼이나 거칠게 반응했다. 존은 귀가 명령을 받고 수치스럽게 돌아가게 된 범죄자처럼 짐이나 팡파르도 없이 떠났다. 유치할지 몰라도, 의회가 느끼는 바가 있을 것이었다……. 그리고 콘스탄틴이 관리하는 첫날부터 공장의 물품들이 전부 흠뻑 젖어 있다면, 더더욱 좋았다. 부족함을 느껴 보라지. 앤절로는 의회에 직접 설명해야 할 거야. 그렇게 되면 토론이 시작될 것이고, 존은 의회에 나가 토론에 참석해야 할 터였다. 그리고 아, 이야말로 존이 바라는 바였다.

존은 이보다 더 나은 대접을 받을 자격이 있었다.

마침내 엔진들이 작동하기 시작하더니 이륙을 알렸다. 존은 자리에서 일어나 로커에서 병과 잔을 찾았다. 셔틀 승무원이 뭔가 필요한 게 없는지 묻자, 존은 필요한 거 없다고 대답했다. 존이 다시 앉아 안전띠를 매자 셔틀은 위로 올라가기 시작했다. 존은 독한 술을 입에 부으며 비행의 두려움을 떨쳤다. 존은 언제나 비행이 싫어 술을 마셨다. 호박색 액체는 팔의 긴장과 우주선의 진동 때문에 잔 속에서 흔들렸다. 존의 맞은편에서는 다우너들이 서로를 안고 신음했다.

2
펠 구치소: 레드 구역 1층, 2352년 5월 20일, 0900시

죄수는 아직도 그들 세 명과 함께 탁자 주위에 앉아, 이 세 명을 보느니 차라리 감독관을 물끄러미 바라보았다. 죄수의 눈은 그 너머 어딘가에 초점을 맞추고 있는 듯 보였다. 데이먼은 폴더를 탁자에 다시 내려놓고 남자를 꼼꼼히 살폈다. 남자는 데이먼을 보지 않으려 애쓰고 있었다. 데이먼은 이 인터뷰가 매우 부담스러웠……. 법무처에서 다루던 범죄자들과는 달랐던 것이다. 이 남자, 그림에 나오는 천사 같은 이 얼굴, 금발 머리와 사물을 꿰뚫어 보는 눈을 지닌, 이 지나치게 완벽한 인류. 데이먼의 머리에 〈아름답다〉는 단어가 떠올랐다. 흠이라곤 없었다. 남자의 표정은 순결함 그 자체였다. 남자는 도둑도 아니고 난동꾼도 아니었다. 하지만 이 남자는 살인을 저질렀어…… 이런 남자가 살인을 할 수 있다면 말이지만……. 그것도 정치 때문이었다. 의무 때문이었다. 남자는 유니언이고, 그들은 아니었던 것이다. 증오 같은 건 전혀 없었다. 데이먼은 자기가 이런 남자의 생사를 쥐고 있다는 게 껄끄러웠다. 이제 덕분에 데이먼에게도 선택권이 있었다. 거울상처럼 뒤집힌 선택이었다. 데이먼은 증오해서가 아니라 단지 의무 때문에 결정을 내렸다. 왜냐하면 그는 유니언이 아니고, 이 남자는 유니언이니까.

〈우린 전쟁 중이야.〉 데이먼은 비참한 심정으로 생각했다. 〈저 사람이 여기에 오면서 전쟁도 함께 왔거든.〉

천사의 얼굴.

「저 사람이 당신을 힘들게 하고 있는 건 아니겠죠?」 데이먼이 감독관에게 물었다.

「네.」

「듣자니 저 사람은 미지 게임을 꽤 잘한다던데.」

양쪽 모두에서 순간 눈을 반짝였다. 부일 동안 대부분의 한가한 부서에서 종종 그렇듯, 구치소에도 불법 도박이 있었다. 죄수가 연한 푸른색 눈을 최소한으로 움직이며 데이먼 쪽을 보자, 데이먼은 씩 웃었다……. 그러나 죄수가 아무런 반응도 보이지 않자, 데이먼은 웃음을 거두었다. 「전 데이먼 콘스탄틴입니다, 탤리 씨. 스테이션 법무처에서 일하죠. 당신은 여기서 말썽을 피운 적이 없고, 우선 그 점에 감사드립니다. 우린 당신의 적이 아닙니다. 우리는 컴퍼니 우주선뿐 아니라 유니언 함대도 똑같이 기꺼이 도킹할 겁니다. 이론적으로는요. 하지만 당신이 있는 한 스테이션은 더 이상 중립적이지 못해요. 우리가 들은 바로 미루어 보면 그래요. 그러니 그에 따라 우리 태도도 바뀌어야겠지요. 당신을 그냥 풀어주는 모험을 할 순 없습니다…… 절대 안 됩니다. 우린 다른 지시를 받았어요. 우리의 안보 때문에요. 이해하시겠지요?」

대답이 없었다.

「당신의 변호사는 당신이 이 비좁은 감금 상태에서 고통받고 있고, 감방들은 장기 구금용이 아니라고 주장했어요. 또한 이 스테이션에 당신보다 훨씬 큰 위협이 되는데도 Q에서 자유로이 돌아다니는 사람들이 있다는 점과, 파괴 활동가와 그냥 운이 나빠서 잡힌 제복 입은 암스콤퍼는 엄청난 차이가 있다는 점도요. 하지만 여기까지 말해 놓고도 당신 변호사는 아직 당신을 Q 외의 장소로 풀어 주는 건 권하지 않았어요. 우린 준비를 마쳤어요. 신분을 하나 위조해 당신을 보호하면서 계속 당신을 놓치지 않고 쫓아갈 수 있어요. 이 생각이 맘에 드는 건 아니지만, 실행 가능성은 있다고 봐요.」

「Q가 뭐죠?」 탤리가 부드럽게 걱정 어린 목소리로 물었다. 탤리는 감독관과 자신의 변호사인 저코비에게 호소하고 있었다. 저코비는 탁자 끝에 앉아 있었다. 「뭘 말씀하시는 건가요?」

「격리 지구Quarantine요. 피난민들을 위해 우리가 따로 분리한, 스테이션의 밀폐 구역입니다.」

탤리의 눈이 신경질적으로 두 사람 사이를 오갔다. 「아뇨, 아뇨, 전 그 사람들과 함께 있고 싶지 않아요. 전 절대로 이렇게 해달라고 부탁한 적이 없어요, 절대로요.」

데이먼은 불편한 마음으로 뚱한 표정을 지었다. 「곧 다른 난민선들이 들어옵니다, 탤리 씨. 다른 피난민들이 또 온단 말입니다. 우린 당신에게 위조 서류를 주어 그 사람들과 섞어 놓으려고 준비 중입니다. 당신을 여기서 빼낼 겁니다. 그것도 일종의 감금이 되긴 하겠지만, 공간도 훨씬 넓고, 원하는 곳으로 걸어갈 수도 있으며, 삶을 살 수 있어요…… Q에서의 방식으로요. 거긴 괜찮은 곳이에요. 통제되는 곳이 아니라 개방된 곳이에요. 감옥이 아닙니다. 저코비 씨 말이 맞아요. 거기 있는 몇몇 사람들보다 당신이 더 위협이 되진 않아요. 오히려 덜 위협적이죠. 우린 당신이 누군지 늘 아니까요.」

탤리는 다시 한번 자신의 변호사를 흘끗 보았다. 탤리는 간청하듯 고개를 저었다.

「정말로 거절하시겠다고요?」데이먼은 초조해하며 남자를 재촉했다. 모든 해법과 대책이 무너져 버렸던 것이다. 「아시겠지만, 거긴 감옥이 아닙니다.」

「전 얼굴이…… 알려져 있어요. 맬러리는…….」

남자는 갑자기 조용해졌다. 데이먼은 남자를 물끄러미 바라보았고, 흥분 섞인 불안감을 알아보았다. 탤리의 얼굴에 땀방울들이 맺혀 있었다. 「맬러리가〈뭐라고〉했죠?」

「만일 제가 말썽을 일으키면…… 절 다른 우주선으로 보내 버리겠다고 했어요. 전 당신이 뭘 하려는지 알 것 같아요. 절 격리 지구에 집어넣으면, 거기에 있을지도 모르는 유니언주의자들이 제게 접촉할 거라 생각하는 거죠. 안 그래요? 하지만 전 그렇게 오래 버티지 못할 거예요. 제 얼굴을 아는 사람들이 있으니까요. 스테이션 공무원들, 경찰들은 그 우주선들을 타고 왔어요. 그리고 그자들은 절 알 거예요. 그러면, 전한 시간도 안 돼 죽을 거라고요. 전 그 우주선들이 어떤 상태였는지 이미 들었어요.」

「맬러리가 그렇게 말했군요.」

「맬러리가 그렇게 말했어요.」

「반면, 마지언의 우주선들에 오를 수 있었는데 막판에 뒷걸음친 사람들도 있어요.」데이먼이 씁쓸하게 말했다. 「정직한 사람이라면 살아남을 가능성이 그렇게 크지 않았다고 맹

세라도 할 수 있는 스테이션인들이 있죠. 하지만 당신은 아무 어려움 없이 우주선에 들어갔을걸요, 맞죠? 충분히 잘 먹었고, 공기의 질에 대해 전혀 걱정도 안 했죠? 우주인과 스테이션인의 관계를 잘 설명해 주는 옛말이 있어요. 스테이션인들을 질식하게 두면, 우주선 안이 티끌 하나 없이 깔끔해진다. 하지만 당신은 다르게 평가받았어요. 당신은 특별 대우를 받았다고요.」

「절대 그렇게 쾌적하지 않았어요, 콘스탄틴 씨.」

「당신이 선택한 것도 아니었고요, 음?」

「네.」 남자는 쉰 목소리로 대답했다. 데이먼은 자신이 함대의 의심과 사악한 소문들에 신경이 날카로워져 이런 짓을 한 게 갑자기 후회되었다. 자신이 맡은 역할이 부끄러워 고개를 들 수가 없었다. 펠이 맡은 역할이 너무나 부끄러웠다. 전쟁과 전쟁 죄수. 데이먼은 절대 거기에 끼이고 싶지 않았다.

「당신은 우리의 해법을 거절하는군요.」 데이먼이 말했다. 「그거야 당신 자유죠. 아무도 당신에게 강요할 수 없답니다. 우린 당신의 생명을 위험에 처하게 하고 싶지 않아요. 그리고 정말 상황이 당신 말과 같다면, 우리의 제안으로 당신은 위험해지겠지요. 그럼, 이제 어떻게 하고 싶으신가요? 간수들과 계속 미지 게임이나 하실 것도 같네요. 거긴 아주 작은 감방이랍니다. 그 사람들이 당신에게 테이프와 재생기는 줬나요? 받았어요?」

「전……」 남자는 마치 현기증이 용솟음치는 듯이 말했다.

「전 〈조정〉을 요청하고 싶습니다.」

저코비는 아래를 보며 고개를 흔들었다. 데이먼은 가만히 앉아 있었다.

「조정을 받을 수 있다면, 전 여기서 나갈 수 있습니다.」 죄수가 말했다. 「결국 뭐라도 좀 〈할 수〉 있습니다. 그게 제 요구입니다. 죄수는 언제라도 조정을 받겠다고 선택할 권리가 있지요, 안 그런가요?」

「당신네는 죄수들에게 조정을 쓰지요.」 데이먼이 말했다. 「하지만 우린 아닙니다.」

「전 조정을 요청합니다. 당신들은 절 범죄자처럼 가뒀습니다. 만일 제가 누굴 죽였다면, 제겐 조정에 들어갈 권리가 있지 않았을까요? 만일 제가 뭘 훔치거나…….」

「계속 조정을 요구하면, 정신 감정을 받아야 할 겁니다.」

「어차피 정신 감정을 하지 않나요…… 조정을 위한 과정에서요?」

데이먼은 저코비를 보았다.

「이 사람은 점점 심하게 침울해지고 있습니다.」 저코비가 말했다. 「그동안 자신의 요청을 스테이션에 제출해 달라고 계속 부탁했고요. 전 들어주지 않았습니다.」

「이제껏 우리는 유죄 선고를 받지 않은 사람에게 조정을 명해 본 적이 없어요.」

「유죄 선고를 받지 않은 사람을 여기에 잡아넣은 적은 있고요?」 죄수가 물었다.

「유니언은 눈 하나 깜짝이지 않고 그렇게 하지요.」 감독관이 목소리를 깔며 말했다.「그 감옥들은 작답니다, 콘스탄틴 씨.」

「그런 걸 요청하는 사람도 없고요.」데이먼이 말했다.

「전 요청합니다.」탤리가 끈질기게 말했다.「부탁입니다, 여기서 나가고 싶어요.」

「그렇게 하면 문제가 해결되겠네요.」저코비가 말했다.

「이 사람이 왜 그걸 원하는지 알고 싶습니다.」

「전 〈나가고〉 싶어요!」

데이먼은 오싹함을 느끼며 얼어붙었다. 탤리는 숨을 내쉬며 탁자에 몸을 기댔고, 아주 잠깐 눈물을 보인 뒤 침착함을 되찾았다. 조정은 징계 조치가 아니었고, 결코 그런 의도로 쓰이지도 않았다. 여기엔 두 가지 장점이 있었다…… 범법자에게는 행동을 교정할 기회였고, 고통받은 자에게는 과거를 어느 정도 잊을 기회가 되었다. 이번의 경우는 후자라고 생각하며 데이먼은 탤리의 우울한 눈을 보았다. 데이먼은 갑자기 분별력을 갖춘, 아주 분별력이 있어 보이는 탤리에 대해 동정심이 마구 솟아났다. 스테이션은 위기에 놓여 있었다. 여러 사건이 한꺼번에 파도처럼 밀어닥쳤고, 개개인은 여차하면 그 안에서 사라지거나 옆으로 밀려날 판이었다. 수없이 많은 진짜 범죄자들을 Q에서 꺼내 구금할 감옥들이 다급히 필요해졌다. 조정보다 훨씬 나쁜 운명들도 있었다. 개중에는 창문 하나 없는 가로세로 각각 2.5미터와 3미터 방에서 종신형에 처해지는 경우도 있었다.

「콤프에서 서약서를 뽑아 오세요.」데이먼이 감독관에게

말하자, 감독관은 콤을 통해 명령을 전했다. 저코비는 눈에 띄게 초조해하며 서류를 뒤섞었으며, 누구에게도 눈길을 주려 하지 않았다. 「전 이제…….」데이먼은 탤리에게 말하며 마치 악몽을 공유하는 듯한 기분을 느꼈다. 「당신에게 그 서류들을 넘길 겁니다. 그리고 당신은 서류와 함께 올 모든 설명서를 열심히 읽고 공부하세요. 내일이 되어도 당신이 여전히 조정을 원한다면, 서명해서 돌려주시면 됩니다. 또한 자필로 동의서를 작성하시고, 이게 당신 생각이며 당신의 선택이라는 부분과, 폐소 공포증이나 다른 장애가 없고…….」

「전 〈암스콤퍼〉였습니다.」탤리가 비웃는 말투로 불쑥 끼어들었다. 암스콤퍼가 있는 곳은 우주선에서 가장 큰 구역이 아니었다.

「……혹은 평소와 다른 강박 증상을 일으킬 상태가 아니란 부분이 들어가야 합니다. 친족이나 친척, 누구라도 이 일에 대해 들으면 당신을 말릴 만한 사람이 없나요?」

그 말에 아주 미약하나마 탤리의 눈이 반응했다.

「누가 있나요?」데이먼은 자신이 뭔가 붙들 곳을 찾은 것이길 바라며 물었다. 이번 일에 반대할 이유가 되어 줄 누군가가 있길 바랐다. 「누구죠?」

「죽었습니다.」탤리가 말했다.

「혹시 이 요청이 그 때문이라면…….」

「오래전 일입니다.」탤리는 데이먼의 말을 끊었다. 그리고 더는 말이 없었다.

천사의 얼굴. 흠결 없는 인류. 출산실인가? 그 생각이 번쩍 데이먼의 머리를 스쳤다. 데이먼은 언제나 출산실을 혐오했다. 유니언이 교묘하게 만들어 낸 병사들이었다. 데이먼은 자신이 지녔을지도 모르는 편견 때문에 마음이 편치 않았다.

「전 당신 파일을 끝까지 읽지 않았어요.」 데이먼은 인정했다. 「이 일은 원래 다른 층들에서 다루고 있었으니까요. 그쪽에서는 자기들이 이 일을 해결했다고 생각했죠. 결국 저한테까지 돌아왔지만요. 당신은 가족이 〈있었죠〉, 탤리 씨?」

「네.」 탤리는 힘없이, 그러나 반항적으로 대답했고, 데이먼은 왠지 자신이 부끄러워졌다.

「어디서 태어났나요?」

「사이틴에서요.」 탤리는 여전히 작게 힘 빠진 목소리로 답했다. 「그 정보라면 이미 모두 드렸습니다. 제겐 부모님이 계셨어요. 제가 부모님 아래에서 〈태어났다〉는 게, 콘스탄틴 씨, 무슨 문제가 되나요?」

「미안합니다, 정말로 미안해요. 하지만 이게 최종 결정이 아니란 점만은 이해해 줬으면 해요. 직전까지 언제든 마음을 바꿔도 됩니다. 안 한다고, 싫다고만 말하면 돼요. 하지만 일이 너무 깊이 진행되었을 땐 뒤집을 수 없어요. 아시겠죠…… 더는 뒤집을 수 없게 됩니다. 조정받은 사람들을 본 적 있나요?」

「제가 본 이들은 회복했습니다.」

「네, 회복합니다. 최대한, 탤리 씨……, 탤리 중위……, 그렇게 되도록 노력할 겁니다.」 데이먼은 감독관에게 말했다. 「당신은 탤리 씨가 메시지를 보내면 언제든, 과정 중 어떤 단계에서든, 그 메시지를 긴급 사안으로 처리해 제게 보내 주세요. 밤이든 낮이든요. 이곳에 근무하는, 제일 아래 잡역부까지 모두가 그 점을 주지하도록 해주십시오. 전 탤리 씨가 특권을 남용할 거라곤 생각하지 않습니다.」 데이먼은 저코비를 보았다. 「변호인으로서 동의하시나요?」

「지금 탤리 씨가 하려는 행동은 자신의 권리죠. 전 마음에 들지 않지만요. 그러나 거기에 입회할 겁니다. 그렇게 해서 상황이 해결될 수 있다는 데 동의할 겁니다……. 아마도 그게 최선의 해결책이겠죠.」

콤프의 출력물이 도착했다. 데이먼은 자세히 읽어 보라며 저코비에게 서류를 건넸다. 저코비는 서명할 곳에 표시한 뒤 폴더를 탤리에게 넘겼다. 탤리는 아주 소중한 물건을 다루듯 폴더를 꼭 안았다.

「탤리 씨.」 데이먼은 일어나며 이제까지 느낀 혐오감에도 불구하고 충동적으로 손을 내밀었다. 젊은 암스콤퍼 역시 일어나서 손을 잡더니 눈에 갑자기 눈물이 고이며 감사하는 표정이 어렸다. 데이먼은 모든 확신을 잃어버렸다. 「그럴 수도 있는 건가요?」 데이먼은 물었다. 「당신에게 지우고 싶은 정보가 있다는 게 조금이라도 가능성 있는 얘기인가요? 〈그 때문에〉 당신이 이러는 건가요? 경고해 드리건대, 그 정보는 조정받는 과정에서 밖으로 튀어나올 가능성이 더 커요. 그리고 우린 거기에 관심 없답니다. 아시겠어요? 우린 군사적 관심 따윈 전혀 없습니다.」

그건 사실이 아니었다. 데이먼은 그 가능성이 별로 없다고 봤다. 이 남자는 고급 장교가 아니었고, 콤프 신호들과 접근 암호들과 적이 알아선 안 되는 종류의 것들을 아는 자신과는 전혀 달랐다. 누구도 이 남자에게서 그런 것을 찾아내지 못했다……. 가치 있는 것은 여기서도 러셀에서도 전혀 찾지 못했다.

「아뇨.」 탤리가 말했다. 「전 아무것도 모릅니다.」

데이먼은 머뭇댔다. 여전히 양심 때문에 떳떳하지 못한 부분이 있었고, 다른 사람은 몰라도 탤리의 변호사가 분명 항의할 것이고, 좀 더 강경한 어떤 조치를 취할 것이고, 탤리를 위해 법으로 가능한 한 모든 지연책을 동원할 거라는 느낌 때문에 마음에 걸렸다. 그러나 그렇게 하면 탤리는 감옥에 가야 했고…… 희망이 사라졌다. 그들은 Q의 범죄자들을, 훨씬 더 위험한 자들을 구금하고 있었다. 탤리 말이 맞다면, 탤리를 알지도 모르는 사람들이었다. 조정을 하면 탤리를 구할 수 있고, 그곳에서 빼낼 수 있었다. 직장을 구할 기회, 자유의 기회, 삶의 기회를 줄 수 있었다. 누구든 제정신인 자라면, 정신을 씻어 버린 사람에게 복수를 하진 않을 터였다. 그리고 그 과정은 인간적이었다. 언제나 인간적으로 진행하려 애썼다.

「탤리……, 맬러리나 〈노르웨이〉의 다른 승무원들을 고소하고 싶나요?」

「아뇨.」

「지금 당신 변호사와 함께 있습니다. 지금 하는 말은 기록에 남겨질 겁니다…… 만일 당신이 그런 고소를 하고 싶다면요.」

「아뇨.」

그런 잔꾀는 통하지 않을 것이다. 고소를 위한 조사를 하느라 시간을 지연할 수는 없었다. 데이먼은 고개를 끄덕이고 찜찜한 기분으로 방을 나갔다. 지금 데이먼이 하고 있는 건 일종의 살인이었고, 자살 방조였다.

그들은 Q에 그런 자들을 너무나 많이 데리고 있었다.

3
펠: 오렌지 구역 9층, 2352년 5월 20일, 1900시

크레시치는 밀폐된 문 너머 복도 저쪽에서 들리는 쿵 소리에 움찔했지만, 겁에 질린 티를 내지 않으려 애썼다. 뭔가 불타고 있었고, 통풍 시스템을 통해 연기가 여기까지 전해졌다. 연기 냄새를 맡자 복도 이쪽에 있던 크레시치와 50여 명의 사람들은 더욱 겁에 질렸다. 밖의 부두에서 경찰과 폭도들이 아직도 서로에게 발포하고 있었으나 총성은 점차 잦아들고 있었다. 크레시치와 함께 있는 몇 명은 러셀의 자체 보안 경찰 중 살아남은 이들과 러셀 스테이션의 엘리트들 약간과 젊은 사람 몇 명, 나이 든 사람 몇 명이었다……. 이들은 폭도에게서 복도를 지켜 냈다.

「불에 타고 있어요.」히스테리 발작을 일으키기 직전인 누군가가 속삭였다.

「넝마나 뭐 그런 거겠죠.」크레시치가 말했다. 〈입 닥쳐.〉
크레시치는 생각했다. 지금 그들에게 필요한 건 공포가 아니
었다. 큰불이 나면, 스테이션 본부는 불을 끄기 위해 구역 하
나를 통째로 날려 버릴 수도 있었다……. 그럼 모두 함께 죽
는 거였다. 그들은 펠에 가치 있는 사람들이 아니었다. 일부
는 죽은 펠 경찰들에게서 뺏은 총으로 저 밖에서 펠 경찰에
게 총을 쏘고 있었다. 이 사건은, 또 다른 난민선들이 들어올
거라는 걸 알게 된 데서 시작되었다. 더 많은 우주선, 더 많
은 절박한 사람들이 지금 이들이 있는 이 작은 공간으로 비
집고 들어온다고 했다. 〈곧〉 그렇게 된다는 간단한 말에 이
모든 사건이 시작되었다……. 사람들은 서류 작업을 더 빨리
진행해 달라고 요구했다. 막사들은 습격당했고, 서류를 가진
사람들은 폭도에게 서류를 몰수당했다.

「모든 기록을 불태워.」외침이 격리 지구에 퍼져 나갔다.
모두에게 기록이 없으면, 모두가 인정받을 거란 논리였다.
서류를 포기하지 않으려 한 사람들은 얻어맞고 서류를 빼앗
겼다. 뭐든 값나가는 것들도 함께 빼앗겼다. 막사들은 약탈
당했다. 〈그리핀〉과 〈한스퍼드〉에서 폭력을 휘두르던 폭력
배 무리들은 위태로운 이들, 젊은이들, 지도자를 잃은 이들,
공포에 질린 이들 사이에서 설 자리를 얻었다.

밖에 잠시 정적이 흘렀다. 팬들은 멈춰 있었다. 공기가 더
러워지기 시작했다. 항해 중에 최악의 사태를 보았던 이들은
공포를 느끼며 조용히 마음을 가다듬었다. 많은 이가 울고
있었다.

이윽고 조명이 밝아지고 환풍구에서 차가운 바람이 들어왔다. 문이 확 열렸다. 크레시치는 일어나 스테이션 경찰들의 얼굴을 들여다보았다. 그리고 경찰들이 겨눈 라이플 총신들을 보았다. 크레시치 쪽의 몇 명은 칼, 파이프, 부서진 가구 혹은 뭐든 당장 급조한 무기들을 들고 있었다. 그러나 그에겐 아무것도 없었다……. 그는 필사적으로 양손을 들었다.

「쏘지 말아요.」크레시치는 애원했다. 아무도 움직이지 않았다. 경찰도, 크레시치 쪽 사람들도 꼼짝하지 않았다. 「제발요. 우린 가담하지 않았어요. 우린 그저 우리 구역을 지켰을 뿐이에요. 누구도…… 여기 있는 사람 누구도 가담하지 않았어요. 우린 피해자예요.」

피로와 검댕과 피로 얼굴이 초췌해진 경찰 우두머리는 대답 대신 라이플을 벽 쪽으로 돌렸다. 「우린 한 줄로 섭시다.」크레시치는 마구잡이로 뒤섞인 사람들에게 설명했다. 전직 경찰이 아니면, 사람들은 이런 절차들을 이해하지 못했다. 「손에 든 무기를 모두 버리세요.」사람들은 한 줄로 섰다. 심지어 늙은이들과 환자들, 그리고 어린아이 두 명까지 모두 줄을 섰다.

크레시치는 경찰에게 몸수색을 받으면서 그제야 자신이 벌벌 떨고 있었음을 깨달았다. 수색이 끝나자 크레시치는 복도 벽에 기대섰고, 경찰은 자기들끼리 뭐라고 속삭였다. 누군가가 크레시치의 어깨를 잡고 돌려세웠다. 태블릿을 든 경찰 한 명이 사람들에게 차례대로 신분증을 요구하고 있었다.

「도둑맞았습니다.」크레시치가 말했다. 「그래서 일이 시작된 겁니다. 깡패들이 서류를 훔쳐 불태우고 있었습니다.」

「우리도 압니다.」경찰이 말했다. 「당신이 지휘자입니까? 이름과 출신이 어떻게 되죠?」

「바실리 크레시치입니다. 러셀에서 왔습니다.」

「이 사람을 아는 사람 있습니까?」

몇 명이 크레시치의 신원을 확인해 주었다. 「그 사람은 러셀 스테이션에서 의회 의원이었습니다.」 한 젊은이가 말했다. 「전 거기 보안대에 있었고요.」

「이름.」

젊은이는 이름을 댔다. 니노 콜리디였다. 크레시치는 젊은이의 이름을 기억해 내려 애썼지만 기억나지 않았다. 경찰은 계속해서 사람들에게 한 명씩 이름을 묻고 다른 사람에게 이 사람을 아느냐고 반대 심문을 하고 사람들은 서로 신원을 확인해 주었다. 각자의 말이 전부이고, 그 외에 믿을 만한 근거라곤 하나도 없었다. 카메라를 든 남자 한 명이 복도로 들어와 사람들이 모두 벽에 등을 대고 서 있는 모습을 찍었다. 주위는 콤에서 재잘대는 소리와 토론하는 소리 등 무질서한 소음으로 시끄러웠다.

「이제 가셔도 좋습니다.」경찰 우두머리의 말에 사람들은 줄지어 나가기 시작했다. 그러나 크레시치 차례가 되자, 경찰 우두머리는 크레시치의 팔을 잡았다. 「바실리 크레시치, 당신 이름을 본부에 넘길 겁니다.」

크레시치는 이게 좋은 건지 나쁜 건지 감이 오지 않았다. 사실 뭐라도 희망이 되긴 했다. 스테이션이 제대로 작동하지 않으며 스테이션은 Q의 사람들을 재배치하거나 내쫓지는 못하는 상황이었지만, 그래도 Q 안에 있는 것보다는 뭐가 되었든 Q 밖에 있는 것이 나았다.

부두로 걸어 나온 크레시치는 그곳에 널린 흔적들을 보고 충격을 받았다. 아직도 자신의 피 속에 누워 있는 시체들과, 여전히 연기를 피우고 있는 가연성 물질들의 더미와, 쌓아서 태워 버린 가구들과 소지품들의 잔해 등도 충격적이었다. 라이플을 들고 중무장한 스테이션 경찰들이 사방에 보였다. 크레시치는 부두에, 경찰들 옆에 그대로 남았다. 테러리스트 무리들이 무서워 복도들로 다시 들어가기가 두려웠다. 경찰이 그 무리들을 모두 잡았을 거라는 기대는 지나친 꿈이었다. 깡패들의 수가 너무 많았다.

결국 스테이션은 이 구역의 격리선 근처에 음식과 음료를 위한 비상 보급대를 세워 놓았다. 물은 비상사태 동안 단수되었고, 주방은 모두 파괴되었다. 모든 것이 무기로 사용되었다. 콤 역시 파괴되었다. 손상 상태를 보고할 길이 없었고, 이 지역에 들어오고 싶어 하는 수리 작업원들 역시 있을 리가 없었다.

크레시치는 황량한 부두에 앉아 다른 피난민 몇 명과 함께 스테이션에서 받은 음식을 먹었다. 다른 사람들도 가진 게 별로 없기는 마찬가지였다. 사람들은 공포 속에서 서로를 바라보았다.

「우린 못 나갈 거야.」 크레시치는 같은 말을 또다시 들었다. 「그자들은 우리를 절대 내보내 주지 않을 거야.」

크레시치는 다른 종류의 투덜거림도 한 번 이상 들었고, 자신의 막사에서 시작된 폭도 속에 자신이 알던 이들이 끼여 있는 것을 보았지만, 누구도 그들을 보고하지 않았다. 누구도 감히 그러지 못했다. 그들은 수가 너무 많았다.

유니언주의자들이 그들 사이에 있었다. 크레시치는 이들이 바로 그 폭동을 선동했다고 확신했다. 이들은 서류 확인 작업이 꼼꼼해지면 가장 두려움을 느낄 자들이었다. 전쟁이 펠에까지 미친 것이었다. 전쟁은 그들 사이에 있었고, 스테이션인들이 언제나 그러했듯, 그들도 중립적이고 맨손인 상태로, 살인을 꾀하는 자들 사이를 조심스럽게 걸어갔다……. 단지 이젠 그 위험이 전함에 대항하는 스테이션인들이 아니고, 총알 대 총알이 아닐 뿐이었다. 위험은 그들과 어깨를 나란히 하고 있었다. 어쩌면 그건 쟁여 놓은 샌드위치를 쥐고 있는 젊은 남자일 수도 있고, 가만히 앉아 증오에 찬 눈으로 노려보고 있는 젊은 여자일 수도 있었다.

난민선들은 호위해 줄 군대도 없이 들어왔다. 부두 작업원들은 스테이션 경찰 몇 명의 보호를 받으며 이럭저럭 사람들을 내렸다. 피난민들은 부서진 주거지들과 정글이 되어 버린 복도들에서 최선을 다해 절차를 밟으며 안으로 들어왔다. 새로 온 이들은 손에 짐을 들고 가만히 서서 공포에 찬 눈으로 주위를 둘러보았다. 저들은 아침이면 강도를 당할 거라고 크레시치는 생각했다. 혹은 더 나쁜 일을 당할 수도 있지. 크레시치는 사람들이 절망해 조용히 흐느끼며 주위를 돌아다니는 소리를 들었다.

아침까지 수백 명의 사람이 더 들어왔다. 그리고 이제 공포가 감돌았다. 모두가 굶주리고 목마른데, 스테이션 주요부에서는 음식이 아주 느리게 왔기 때문이다.

누가 크레시치 근처의 바닥에 앉았다. 니노 콜리디였다.

「우리 중에 이 일을 어느 정도 해결할 수 있는 사람이 열 명 정도 있어요.」 콜리디가 말했다. 「살아남은 폭도 몇 명과 얘기도 했고요. 우린 이름을 넘기지 않고, 그자들은 협조하기로요. 우리에게 힘센 조력자들이 생긴 거예요…… 이 혼란한 상태를 정리할 수 있어요. 사람들을 다시 주거지로 돌려보낼 수 있어요. 그렇게 해서 우린 여기서 음식과 물을 얻고요.」

「네? 우리요?」

콜리디는 얼굴을 일그러뜨리며 진지한 표정을 지었다. 「당신은 의원이었으니 당신이 앞장서요. 당신이 나서면 우린 당신 뒤를 받칠게요. 사람들에게 먹을 것을 주세요. 우리에게 따뜻한 쉴 곳을 주세요. 스테이션에도 그게 유익해요. 우리한테도 그게 이로워요.」

크레시치는 곰곰이 생각해 보았다. 이러다 다같이 총에 맞을 수도 있었다. 이런 일을 하기에 크레시치는 이제 나이가 너무 많이 들었다. 이들은 얼굴마담을 원했다. 경찰의 탈을 쓴 깡패들은 모양새 좋은 얼굴마담을 원했다. 하지만 싫다고 말하기도 겁이 났다.

「당신은 그냥 앞에서 말만 하면 돼요.」 콜리디가 말했다.

「그럽시다.」 크레시치는 동의한 뒤 강경한 태도로 말해, 자신을 늙고 지친 노인네라고 얕보고 있었을 콜리디를 깜짝 놀라게 했다. 「당신은 사람들을 모으기 시작해요. 난 경찰과 얘기하겠습니다.」

이윽고 크레시치는 조심스럽게 경찰들에게 접근했다. 「선거가 있었습니다.」 크레시치가 말했다. 「전 바실리 크레시치입니다. 러셀 스테이션 레드 구역 2의 의원이었습니다. 피난민들 중에 우리 경찰 일부가 있습니다. 우린 구역에서 질서를 확립할 준비가 되어 있습니다…… 폭력 없이요. 우린 그자들의 얼굴을 압니다. 당신들은 모르고요. 당국과 상의해 보고 허가를 얻어 주시면, 우리가 돕겠습니다.」

경찰은 머뭇거렸다. 심지어 연락을 넣는 것조차 주저했다. 마침내 경찰 지서장이 왔고, 크레시치는 초조해하며 서 있었다. 드디어 지서장이 고개를 끄덕였다. 「만일 상황이 걷잡을 수 없어지면 우린 무차별 사격을 할 겁니다.」 지서장이 말했다. 「하지만 당신 편에서 누굴 죽이는 일도 방관하지 않을 겁니다, 크레시치 의원. 이건 무제한적인 허가장이 아닙니다.」

「인내심을 가지시죠, 지서장님.」 크레시치는 이렇게 말한 뒤 걸어갔다. 죽도록 피곤하고 두려웠다. 콜리디가 다른 몇 명과 함께 부두 9층 복도의 진입로 옆에서 크레시치를 기다리고 있었다. 몇 분 뒤, 먼저 모인 이들보다 맘에 덜 드는 사람들 몇 명이 더 모여들었다. 크레시치는 이 사람들이 두려웠다. 이 사람들을 옆에 끼지 않는 것도 두려웠다. 이제는 살아남는 것, 그리고 힘 아래가 아닌 위에 서는 것 말고는 그 무엇도 싫었다. 크레시치는 이들이 공포심을 자극해 무고한 사람들을 비키게 하고, 위험한 이들을 자기편으로 끌어 모으며 가는 것을 지켜보았다. 크레시치는 자신이 무슨 짓을 한 건지 알았고, 그래서 심하게 겁이 났다. 크레시치는 침묵했다. 두 번째로 폭동이 일어나면 그 일파로 잡힐 터이기 때문이다. 사람들이 그냥 넘어갈 리 없었다.

크레시치는 그들을 도왔고, 자신의 품위와 나이, 그리고 자신의 얼굴이 사람들에게 좀 알려져 있다는 사실을 이용했다. 크레시치는 소리쳐 명령을 내리고, 남들이 자신을 크레시치 의원으로 공손히 부르게 했다. 크레시치는 사람들의 슬픔과 공포와 분노에 귀 기울였고, 콜리디는 자신들의 귀중한 얼굴마담을 보호하기 위해 얼른 크레시치 주위에 보초를 세웠다.

한 시간 뒤, 부두들은 깨끗해졌고, 합법화된 폭력배 무리가 그곳을 장악했으며, 정직한 사람들은 크레시치가 어딜 가든 그에게 경의를 표했다.

제7장

1
펠: 2352년 5월 22일

존 루커스는 지난 3년간 아들인 비토리오를 대리로 앉혀 놨던 의회석에 앉아 얼굴을 찌푸렸다. 존은 집안 문제만으로도 힘든 상황이었다. 부일 회전 동안 저코비 성을 가진 사촌 두 명과 그들의 배우자들이 들어와 살게 하려고 존은 격벽을 옮겨 말 그대로 집을 잘라 내야 했고, 방 다섯 개짜리 주거지에서 방 세 개를 잃었다. 사촌 중 한 명의 아이들은 벽에 세게 부딪힌 뒤 울음을 터뜨렸다. 인부들은 존의 가구들은 그의 사적 공간으로 남은 곳에 쌓아 올려 놓았다……. 그리고 얼마 뒤엔 그 공간마저 아들인 비토리오와 비토리오의 현재 애인이 차지했다. 그들은 잠시 방문한 게 아니라 아예 귀향한 것이었다. 존과 비토리오는 재빨리 합의를 보았다. 여자는 나갔고, 비토리오만 남았다. 아파트와 판공비를 갖는 게 다운빌로 기지로 전출되는 것보다 더 중요하고 훨씬 낫다는

115

것을 깨달았기 때문이다. 다운빌로 기지는 젊은 자원자들을 적극적으로 찾고 있었다. 육체노동과 비가 많이 오는 다운빌로의 기후는 비토리오의 취향이 아니었다. 그동안 비토리오는 대리인으로 꽤 유용했다. 하라는 대로 투표를 했고, 하라는 대로 일을 처리했으며, 사소한 문제들은 알아서 하면서 중요한 문제들은 물어볼 만큼 똑똑해서 루커스 컴퍼니가 혼돈에 빠지지 않게 잘 해냈다. 그러나 판공비 처리만큼은 좀 달랐다. 존은 스테이션 시간에 시차 적응을 마친 뒤 사무실에 처박혀 책을 뒤지고 직원 인사와 판공비를 검토하느라 시간을 썼다.

이제 경보가 울리고 있었다. 험악하고 긴급한 종류의 일이었다. 존은 특별 회의가 소집되었다는 연락을 받고 다른 의원들과 함께 들어왔다. 급히 오느라 아직도 심장이 쿵쾅거렸다. 존은 탁자 유닛과 마이크를 켜고, 지금 이 순간 콤을 통해 들려오는, 의회를 채운 사람들의 가느다란 말소리들에 귀를 기울였다. 머리 위 스크린들에서는 우주선의 스캔 이미지들이 계속해서 나타났다. 사건이 또 터진 것이었다. 존은 부둣가 사무실들에서 이쪽으로 오는 내내 그 얘기를 들었다. 무언가가 다가오고 있었다.

「수가 얼마나 됩니까?」 앤절로가 물었지만, 상대는 아무 대답도 하지 않았다.

「무슨 일이죠?」 존은 옆자리의 여자에게 물었다. 여자는 그린 구역 대의원인 애나 모비였다.

「피난민들이 더 들어오는데, 그자들은 아무 말도 안 하고 있어요. 모함 〈태평양〉이에요. 에스퍼런스 스테이션에서 왔고요. 그게 우리가 아는 전부예요. 저쪽은 우리에게 전혀 협조하지 않으려 해요. 하지만 저 밖에 있는 건 성 함장이에요. 뭘 더 기대하겠어요?」

다른 의원들이 들어오며 빠르게 자리를 채워 나갔다. 존은 귀에 개인 오디오를 밀어 넣고 녹음기를 눌렀다. 현재 상황을 파악하려는 것이었다. 스캔에 보이는 난민선들은 스테이션에 위험할 정도로 가까웠으며, 스테이션 궤도면 위쪽에 있었다. 의회 사무과장의 목소리가 상황을 요약해 속삭이며 존의 탁자 스크린에 시각 자료를 보여 주었다. 그러나 지금 눈앞에서 실시간으로 보는 것 이상의 정보는 아무것도 없었다.

사환이 뒷줄로 오더니 존의 어깨 너머로 손 글씨가 적힌 쪽지를 건넸다. 〈돌아온 걸 환영합니다.〉 존은 당황하며 읽어 나갔다. 〈당신을 에밀리오 콘스탄틴의 자리를 대신할 인물로 임명합니다. 10번 좌석입니다. 다운빌로에서 당신이 쌓은 직접 경험은 아주 가치 있다고 생각합니다. 앤절로 콘스탄틴.〉

존의 심장 박동이 다시 빨라졌다. 이번엔 다른 이유에서였다. 존은 자리에서 일어나 이어폰을 빼서 내려놓고 채널을 끈 뒤, 모두가 지켜보는 가운데 통로를 내려가 의회 중앙, 즉 계단식 좌석들 가운데 있는 탁자 앞의 빈자리에 앉았다. 가장 영향력 있는 자리들 중 하나였다. 존은 그 자리의 나무를 조각하고 고급 가죽을 씌워 만든 의자에 앉았다. 펠의 10인 중 한 자리였다. 존은 이 일들에 의기양양해져 어쩔 줄 몰랐다. 수십 년 만에 마침내, 정의가 승리했다. 일평생 존이 그렇게 싸우고 영향력을 행사하고 공적을 쌓았음에도 대콘스탄틴 가문은 존이 펠의 10인에 들어가지 못하도록 막으며 계략을 부려 왔다. 그러나 이제 존은 이곳에 있었다.

앤절로 쪽에서 심경의 변화를 일으킨 것이 아니라고 존은 굳게 확신했다. 이건 투표를 해야 하는 일이었다. 존은 의회에서 전체 투표를 통해 뽑힌 것이었다. 다운빌로에서 오랫동안 힘들게 봉사한 논리적 결과였다. 존의 이력은 의회 과반수에게서 진가를 인정받았다.

존은 같은 탁자에 앉은 앤절로와 눈을 마주쳤다. 앤절로는 귀에 이어폰을 꽂고 존을 보고 있었지만 눈에 진정한 환영이나 사랑, 즐거운 기색 따위는 전혀 보이지 않았다. 앤절로는 존의 승진을 인정할 수밖에 없어서 인정했고, 그 점은 분명했다. 존은 지지 의사를 밝힌다는 듯이 긴장된 미소를 지었으나, 눈은 전혀 웃지 않았다. 앤절로는 웃음으로 대답했지만, 역시 눈은 웃지 않았다.

「이번에도 잘 헤쳐 나갑시다.」앤절로가 콤을 통해 누군가에게 말했다. 「계속 전송해요. 성과 직접 통화하게 해줘요.」

의원들이 조용해졌다. 계속해서 보고가 들어오고, 본부에서 재잘대는 소리가 들리고, 화물선들은 천천히 접근했다. 그러나 〈태평양〉은 콤프가 스캔에 투영한 아지랑이 속에서 점점 속도를 내며 다가왔다.

「성입니다.」목소리가 들렸다. 「펠 스테이션에 인사를 전합니다. 자세한 사항들은 스테이션에서 직접 접근할 수 있을 겁니다.」

「당신이 데려오는 사람이 얼마나 됩니까?」 앤절로가 물었다.「그 우주선들에 탄 사람이 얼마나 됩니까, 성 함장님?」

「9천 명입니다.」

경악하는 소리가 회의장의 침묵을 깼다.

「정숙!」 앤절로가 말했다. 사람들 소리 때문에 콤 소리가 들리지 않았던 것이다.「카퍼, 9천 명. 이 인원이면 우리 시설의 수용 안전 기준을 초과합니다. 여기 우리 의회로 직접 나와 주시길 요청합니다, 성 함장님. 우린 이미 호위 없이 러셀에서 상선들을 타고 온 난민들을 받아들였습니다. 어쩔 수 없는 상황이었습니다. 인도적 이유에서, 이런 도킹을 거절하는 건 불가능합니다. 함대 사령부에 이쪽의 위험한 상황을 알려 주시길 요청합니다. 우리에겐 군사 지원이 필요합니다. 이해하시겠지요, 함장님? 함장님께 긴급 협의를 요청합니다. 우리는 기꺼이 협조할 것입니다만, 아주 힘든 결정을 해야 하는 시점에 있습니다. 함대의 지원을 간청합니다. 반복합니다, 여기로 와주시겠습니까, 함장님?」

저쪽에서 잠시 침묵이 흘렀다. 의원들은 앉은 채 자세를 바꿨다. 접근 경보가 번쩍이고 있었던 것이다. 모함이 점점 더 속도를 내며 접근하자 스크린들은 이 새로운 정보를 처리하려 애쓰며 깜박거리다 화면이 몹시 흐려졌다.

답변이 돌아왔다.「마지막으로 예정되어 있는 난민선들이 〈대서양〉의 크레쇼프 지휘 아래 팬-파리로부터 들어오고 있습니다. 행운을 빕니다, 펠 스테이션.」

갑자기 통신이 끊겼다. 스캔이 번쩍였고, 거대한 모함은 여전히 스테이션 근처의 그 무엇보다 속도를 올리며 다가오고 있었다.

존은 앤절로가 이렇게 화내는 모습을 처음 보았다. 의회 회의장 안에서 웅얼대던 소리들이 귀청이 터질 정도로 커졌고, 마이크는 마침내 상대적으로 고요함을 되찾았다. 〈태평양〉이 그들의 천정(天頂)을 지나자 스크린들은 잠시 기능을 상실한 채 아무것도 비추지 못했다. 스크린이 다시 정상 회복했을 때, 〈태평양〉은 화물을 떨군 채 허가받지 않은 경로로 들어섰고, 화물선들은 천천히 하지만 꾸준한 속력으로 부두를 향해 다가왔다. 어딘가에서 Q로 보안대를 보내 달라는 무음 신호를 보내왔다.

「예비군을 불러.」 앤절로는 콤을 통해 구역 책임자들 중 한 명에게 명령을 내렸다. 「비번인 자들을 모두 소집해. 몇 번이나 소집됐는지는 상관없어. 저 안의 질서를 지키고, 필요하면 총이라도 쏴. 본부는 승무원들을 어서 셔틀들로 보내고, 저 상인들을 오른쪽 부두들로 모아 놔. 필요하다면 단거리 수송선 차단선을 펼쳐.」

잠시 후 충돌 경보가 조용해지고, 천천히 스테이션으로 다가오는 화물선들에 대한 보고만이 계속 이어졌다. 「Q로 쓸 공간을 더 확보해야 합니다.」 앤절로는 주위를 둘러보며 말했다. 「그리고 안타깝게도, 레드 구역의 두 층을 써야 할 겁니다…… 그곳들을 격벽으로 분리해 Q와 합치십시오. 지금 당장요.」 계단석에서 비통해하는 소리들이 들렸고, 스크린들은 곧장 레드 구역 대표들이 입력한 반대의사 표시들로 번쩍였다. 형식적인 절차였다. 스크린에 이들의 반대를 재청하며 투표하자는 지지자는 전혀 없었다. 「확실히……」 앤절로는 스크린을 보지도 않으며 계속 말했다. 「우린 더는 주민들을 쫓아내거나 위층의 교통 시스템 경로를 희생할 수 없습니다. 그건 불가능합니다. 만일 우리가 함대의 도움을 받을 수 없다면…… 그때는 다른 방법을 써야 합니다. 그리고 사람들을 대규모로 다른 곳에 옮기기 시작해야 합니다. 존 루커스, 너무 급하게 알려 드려 죄송합니다만, 우리는 어제 회의에 당신이 참석할 수 있길 바랐습니다. 당신이 제출한 계획…… 우리 스테이션의 건설에는 보안에 위험이 있는 인부를 쓸 수 없습니다. 다운빌로의 기지 확장에 대해 상당히 자세한 계획들을 짜셨지요. 지금 그 계획들은 어떤 상태입니까?」

존은 의심과 희망이 뒤섞인 마음으로 눈을 깜박였고, 지금 이 순간에도 앤절로가 가시 돋친 말을 해야 했다는 점에 얼굴을 찌푸렸다. 존은 자리에서 일어났다. 꼭 일어날 필요는 없었지만, 존은 사람들의 얼굴을 보고 싶었다. 「이 상황에 대해 미리 좀 들었더라면, 전 최선을 다했을 겁니다. 사실, 정말로 허둥지둥 왔습니다. 제안에 관해서라면, 전혀 불가능하지 않습니다. 다운빌로에 그 정도 인원을 수용하는 건 당장 가능합니다……. 하지만 그곳에 살려면 어려움이 따를 겁니다. 환경은…… 3년을 지낸 경험으로 말씀드리자면…… 원시적입니다. 다우너 일꾼이 구멍을 파 집을 짓고, 적당한 수준까지 공기를 밀폐합니다. 공기 압축기는 충분하며, 지주로 쓸 자재도 간단한 데다 현지에서 조달 가능합니다. 거기선 언제나 다우너 일꾼이 가장 효율적입니다. 호흡기를 써야 하는 불편함이 없으니까요. 하지만 인력이 충분하면, 인간이 다우너를 대신할 수 있죠. 현장 작업, 공장, 개간 작업, 자신들이 지낼 돔 껍질을 파는 일들에서요. 그 사람들을 감독하고 지킬 펠 직원만 충분히 있으면 됩니다. 감금은 문제가 안 됩니다. 특히 가장 다루기 힘든 사람들을 저 아래에선 쉽게 휘어잡을 수 있습니다. 호흡기만 뺏으면 됩니다. 그럼 그자들은 금지된 곳이면 어디도 가지 않을 것이며, 금지하는 일은 그 무엇도 하지 않을 겁니다.」

「루커스 씨.」 앤턴 아이절이 일어났다. 앤절로의 친구이자 완고한 공상적 사회 개량주의자인 노인이었다. 「루커스 씨, 제가 아무래도 뭔가를 오해하며 들은 것 같군요. 이들은 자유로운 시민입니다. 우리는 무슨 유형지를 세우는 얘기를 하고 있는 게 아니에요. 이들은 피난민입니다. 우린 다운빌로를 강제 노동 수용소로 만들려는 게 아닙니다.」

「Q를 둘러봐요!」 누군가가 계단석에서 외쳤다. 「그자들이 그 구역들을 얼마나 비참하게 망가뜨려 놨는지 보십시오! 거기엔 우리의 집들이, 아름다운 집들이 있었습니다. 그걸 그자들은 파괴하고 부쉈어요. 그곳을 갈기갈기 찢어 놓고 있어요. 파이프와 식칼을 들고 우리의 보안대원들을 공격했어요. 폭동이 끝나고 우리가 과연 총을 다 회수했는지 어떻게 알겠습니까?」

「거기서 살인 사건들이 있었습니다.」 또 다른 사람이 외쳤다. 「깡패 새끼들입니다.」

「아뇨.」 낯선 세 번째 목소리가 들렸다. 사람들은 일제히 고개를 돌려 이 마른 남자를 보았다. 남자는 존이 비운 위쪽 자리에 앉아 있었다. 혈색이 나쁘고 바짝 긴장한 듯 보이는 남자가 자리에서 일어났다. 「제 이름은 바실리 크레시치입니다. 전 Q에서 이곳으로 초청받았습니다. 러셀 스테이션의 의회 의원이었습니다. 지금은 Q의 대의원이고요. 당신들이 말한 모든 일이 실제로 일어났습니다. 공황 상태였죠. 그러나 지금은 질서가 잡혀 있고, 그 깡패들은 당신들 손에 구금되어 있습니다.」

존은 숨을 쉬었다. 「크레시치 의원, 환영합니다. 하지만 Q를 위해서 압력을 좀 줄여야 합니다. 사람들을 다른 곳으로 옮겨야 합니다. 스테이션은 10년이나 다운빌로의 확장을 준비해 왔고, 이제 그걸 대규모로 시작할 인력도 있습니다. 거기서 일하는 사람들은 거기 시스템의 일부가 됩니다. 그 사람들은 자기들이 살 곳을 만드는 겁니다. 격리 지구에서 오신 신사분께선 제 말에 동의하지 않으시나요?」

「우선 서류 문제가 해결되어야 합니다. 서류 없이는 어디로도 옮겨 가지 않겠습니다. 우리는 이미 이런 일을 한 번 겪었습니다. 그리고 지금 상황이 어떤지 보십시오. 또다시 서류 문제를 해결하지 않고 이동하면, 우린 더 큰 곤경에 빠질 뿐이고, 신분 문제를 확실히 풀 희망은 점점 더 희박해질 겁니다. 제가 대표하고 있는 사람들은 그런 일이 또다시 일어나는 것을 용납하지 않을 겁니다.」

「지금 위협하시는 건가요, 크레시치 씨?」앤절로가 물었다.

남자는 당장에라도 푹 쓰러질 듯이 보였다. 「아니요.」남자는 재빨리 말했다. 「아뇨, 총감독관님. 그저 전…… 제가 대표하는 사람들의 의견이 어떤지 말씀드리고 있을 뿐입니다. 그 사람들이 필사적이란 걸요. 서류 문제를 해결하는 것이 최우선입니다. 그 밖의 해법들은 모두 저 신사분이 말씀하신 것이죠. 펠의 이익을 위한 강제 노동 수용소요. 그게 당신이 의도인가요?」

「크레시치 씨, 크레시치 씨.」앤절로가 말했다. 「모두 제발 진정해 주시죠. 그래야 일을 차근차근 진행할 것 아닙니까. 차례가 되면 말씀하세요, 크레시치 씨. 존 루커스, 계속해 주시겠습니까?」

「중앙 콤프에 접근할 수 있게 되는 대로 정확한 수치를 내겠습니다. 그러려면 최신 정보가 필요합니다. 다운빌로에 있는 모든 시설은 확장이 가능합니다, 네. 제게는 여전히 자세한 계획들이 있고요. 며칠 안에 비용과 노동력 분석을 내드리겠습니다.」

앤절로는 고개를 끄덕이고 나서, 얼굴을 찌푸리며 존을 보았다. 지금 이 순간이 앤절로에게 썩 유쾌할 수는 없었다.

「우린 생존을 위해 분투 중입니다.」앤절로가 말했다. 「솔직히 이제는 우리의 생명 유지 장치 시스템들을 심각하게 걱정해야 할 때가 됐습니다. 짐의 일부는 다른 곳으로 옮겨야 하고요. 펠 시민 대 난민의 비율을 불균형 수준까지 내버려둘 수도 없습니다. 우리는 폭동에 대해서도 염려해야 합니다…… 여기저기서요. 사과드리겠습니다, 크레시치 씨. 이건 현실이고, 우리는 이런 현실에서 살아갑니다. 우리가 선택한 현실은 아니지만, 확신컨대, 당신들이 선택한 것도 아니죠. 우린 이 스테이션도 다운빌로의 기지도 위험에 내맡길 수 없습니다. 그랬다간 우리 모두 알거지 신세가 되어 지구행 화물선에 몸을 싣게 되겠죠. 이게 선택 가능한 세 번째 방법입니다.」

「그건 안 됩니다.」 중얼거리는 소리가 회의실에 울렸다.

존은 자리에 앉아 조용히 앤절로를 바라보며 당장이라도 무너질 듯한 펠의 균형 상태와 자신들이 살아남을 확률을 평가해 보았다. 〈넌 이미 진 거야.〉 존은 자리에서 일어나 현 상황을 지적하며 이렇게 말해 버릴까 생각했다. 하지만 그렇게 하지 않았다. 존은 입을 굳게 다물고 앉아 있었다. 이건 시간 문제였다. 평화…… 평화가 기회를 줄 수도 있었다. 하지만 이 모든 스테이션들에서 난민들이 쏟아져 들어오는 지금, 이런 생각은 실제 상황과 거리가 멀었다. 모든 비욘드가 분수령처럼 두 방향으로, 즉 그들 자신에게 그리고 유니언에게 밀려 들어왔다. 그리고 앤절로 같은 자의 통치 아래서는 이런 상황을 제대로 다룰 준비가 되어 있지 않았다.

끊임없이 계속된 콘스탄틴 가문의 오랜 지배, 콘스탄틴 사회 이론, 과시적인 〈법치 사회〉는 보안대와 감시를 경멸했고, 이젠 Q에 철권을 휘두르길 거부했다. 말로 호소해서 군중을 질서 정연하게 만들 수 있길 바랐다. 존은 이 문제도 제기할 수 있었지만, 가만히 앉아 있었다.

콘스탄틴 가문의 관대함이 스테이션에 대혼란 상태를 불러온 점과 다운빌로에도 같은 사태를 부를 걸 생각하니 존은 입맛이 썼다. 존은 자신이 방금 제시한 계획들에서 조금도 성공을 예감할 수 없었다. 에밀리오 콘스탄틴과 그의 아내가 그 일의 책임자가 될 것이고, 그놈이 그놈인 두 사람은 다우너들이 세월아 네월아 일하며 미신들을 모두 챙기게 둘 것이고, 다우너들이 특유의 느긋하고 늘쩍지근한 태도로 일하게 보고만 있을 터였다. 결국 장비들은 손상될 것이고 공사는 지연되고 말 것이었다. 그리고 Q에서는 이미 끝난 일을 이 부부가 어떻게 다룰지 생각하면, 미래가 더 암담하게 느껴졌다.

존은 가만히 앉아 그들의 가능성을 점치고는 불행한 결론을 내렸다.

2

「펠은 살아남을 수 없어.」 그날 밤, 존은 아들인 비토리오와, 자신이 아끼는 유일한 친척인 데인 저코비에게 말했다. 존은 자신의 아파트에서 의자에 등을 기대고 씁쓸한 다우너 와인을 마셨다. 존의 아파트는 공간이 나뉘면서 다른 방들에 있던 비싼 가구들을 모두 이쪽으로 옮겨 쌓아 놓고 있었다. 「펠은 우리 발밑에서 산산이 무너지고 있어. 앤절로는 물러터진 정책들 때문에 권력을 잃게 될 거고, 어쩌면 덤으로 폭동 중에 우리 목숨이 날아갈지도 몰라. 내 말 알겠지? 그럼 우린 앉아서 결과나 지켜보는 건가?」

비토리오는 얘기가 심각해지면 늘 그렇듯, 갑자기 얼굴빛이 창백해졌다. 데인은 비토리오와 달랐다. 데인은 생각에 잠긴 채 엄숙하게 앉아 있었다.

존은 더욱 솔직하게 말했다.「중개자가 있어야 해.」

데인은 고개를 끄덕였다.「지금 같은 때 문 두 개는 현명한 필수품일 수 있어요. 그리고 전 이 스테이션 전역에 문들이 존재한다고 확신해요…… 맞는 열쇠들도 함께요.」

「그 문들이…… 대략 얼마나 있을 거라고 생각해? 어디에 있을까? 자네 사촌이 우리 단기 체류객 중 일부를 담당했었잖아. 짐작 가는 거라도 있어?」

「회춘 약들과 기타 물건들을 거래하는 암시장이 있어요. 여기선 성황을 이루고 있죠. 모르셨어요? 콘스탄틴도 구해서 써요. 당신은 다운빌로에서 구했지만요.」

「합법이었어.」

「물론 합법이죠.〈꼭 필요하고요.〉하지만 그게 여기까지 어떻게 오죠? 궁극적으론 유니언 쪽에서 온다고요. 상인들이 가져와요. 여기까지 어떻게든 도착하죠. 어딘가에선 누군가가 수송관에 들어가 있어요…… 상인들…… 어쩌면 심지어 스테이션 쪽의 중개자들일지도요.」

「수송관으로 중개자를 돌려보낼 사람을 어떻게 구하지?」

「제가 알아낼 수 있어요.」

「제가 한 명을 알아요.」비토리오가 말했다. 그 말에 다들 깜짝 놀랐다. 비토리오는 입술을 핥고 꿀꺽 침을 삼켰다. 「로진이에요.」

「네 그 창녀?」

「로진이 그 시장을 알아요. 그리고 보안대 장교 한 명이 있어요…… 아주 높은 사람이죠. 서류는 흠잡을 데 없이 깨끗하지만, 실은 암시장에 매수됐어요. 뭐든 싣거나 내리고 싶을 때, 저쪽이 못 본 척해 줬으면 할 때…… 그자가 그렇게 만들어 줄 수 있어요.」

존은 아들을 물끄러미 바라보았다. 후계자를 가져야겠다는 필사적인 마음에 1년짜리 계약을 맺고 만들어 낸 아들이었다. 사실은 비토리오가 이런 것들을 안다는 게 그리 놀랄 일도 아니었다. 「아주 좋아.」 존은 건조하게 말했다. 「그 부분에 대해 말해 보렴. 어쩌면 우리가 뭔가 찾아낼 수도 있겠어. 데인, 바이킹의 우리 물건들을 조사해 봐야겠다.」

「농담이시겠죠?」

「난 아주 진지해. 난 〈한스퍼드〉를 고용했어. 〈한스퍼드〉의 승무원들은 아직도 병원에 있고, 그 안은 완전히 난장판이지만, 그래도 〈한스퍼드〉는 출발할 거야. 그자들에겐 그 돈이 아주 절실해. 필요한 승무원을 찾을 수 있을 거다……. 비토리오의 그 중개자들을 통해서. 그자들에게 모든 걸 말해 줄 필요는 없어. 그냥 동기 부여가 될 만큼이면 충분해.」

「바이킹은 다음 분쟁 지역이 될 가능성이 커요. 또 문제 상황이 생기면 거기일 게 확실하다고요.」

「위험을 감수하는 거지, 안 그래? 사실 수많은 화물선이 온갖 사고를 당해. 일부는 그냥 사라지기도 하고. 난 콘스탄틴에게서 그에 대한 얘기를 듣게 될 거야. 하지만 내게는 핑계가 생기는 거야…… 바이킹의 미래를 믿는다는 행동이 되는 거지. 확인, 신임 투표야.」 존은 입꼬리를 비틀며 와인을 마셨다. 「빨리 움직이는 게 좋을 거야. 바이킹에서 난민들이 밀어닥치기 전에. 거기 비밀 루트에 연락을 취하고 최대한 자세히 추적해 봐. 이제 펠이 유니언과 손잡지 않는다면 과연 살아날 가능성이 있을까? 컴퍼니는 전혀 도움이 안 돼. 함대는 우리에게 문젯거리만 더 안기고 있어. 언제까지 지켜보고만 있을 순 없어. 콘스탄틴의 정책들 덕분에, 모든 게 끝나기 전에 여기서 폭동이 일어나게 될 거고, 이젠 펠의 수호자를 바꿀 때가 됐어. 넌 유니언에 그 점을 분명히 일러 줘. 알겠지…… 유니언은 협력자를 얻는 거야. 우린…… 그 협력으로 최대한 많은 걸 얻어 낼 거야. 최악의 경우엔, 두 번째 문으로 뛰어들어야지. 만약 펠이 방어에 성공하면, 우린 그냥 가만히 있을 거야. 안전하게. 만약 펠이 실패하면, 우린 남들보다 처지가 좋아지는 거지. 안 그래?」

「목숨을 거는 사람은 제가 되고요.」 데인이 말했다.

「그럼, 넌 그냥 여기 남아 있다가 결국 폭동이 터져서 저 방벽들을 뚫고 들어오는 걸 보고 있겠니? 아니면 기회를 잡아, 감사해하는 상대에게서 개인적 이득을 취하고…… 한몫 두둑이 챙기겠니? 난 분명 네가 현명한 선택을 하리라 생각한다. 그리고 네가 그렇게 챙겨 받을 자격이 있을 거라고도 확신한다.」

「관대하시네요.」데인은 부루퉁하게 말했다.

「여기 삶이 앞으로 더 나아질 일은 없을 거야.」존이 말했다. 「아주 불편해질 수도 있어. 이건 도박이야. 뭔들 안 그렇겠어?」

데인은 천천히 고개를 끄덕였다. 「승무원 후보자들을 찾아볼게요.」

「그래 줄 거라 믿었다.」

「너무 믿으시네요, 존.」

「오직 우리 가족만 믿지. 콘스탄틴 가문은 절대 안 믿어. 앤절로는 날 다운빌로에 그냥 내버려 둬야 했어. 아마 앤절로도 가능하면 그러고 싶었겠지. 하지만 의회가 반대쪽으로 투표했으니. 그게 그자들에겐 행운이었을지도 몰라. 아마도 그럴걸.」

제8장

펠: 2352년 5월 23일

그들은 의자에 앉으라고 권했다. 그들은 언제나 정중했고, 언제나 그를 〈탤리 씨〉라고 불렀으며, 절대 계급으로 부르지 않았다. 민간인의 습성이었다. 혹은 어쩌면 그들은, 여기서 유니언인들은 여전히 반역자로 간주되며 계급 따위는 없다는 점을 분명히 하는 건지도 몰랐다. 또한 어쩌면 그를 증오하는지도 몰랐다. 하지만 그들은 정중하지 않은 적이 단 한 번도 없었고, 언제나 친절했다. 그럼에도 그는 이 때문에 두려움을 느꼈다. 이 친절이 가짜라고 의심했기 때문이다.

그들은 그에게 작성해야 할 서류를 더 주었다. 의사가 탁자 맞은편에 앉아 앞으로의 절차를 상세히 설명하려 애썼다. 「듣고 싶지 않습니다.」 탤리가 말했다. 「서류에 그냥 서명만 하고 싶습니다. 벌써 며칠을 이런 식으로 보냈으니, 이젠 충분하지 않나요?」

「당신은 검사에 정직하게 응하지 않았어요.」 의사가 말했다. 「당신은 인터뷰에서 거짓말을 했고, 거짓 대답을 했어요. 기계들을 보면, 당신이 거짓말을 했다고 나와 있습니다. 혹은 스트레스를 받고 있었거나요. 전 당신에게 강요당한 적이 있느냐고 물었고, 당신은 그런 일 없었다고 대답했지만, 기계들은 거짓말이라고 인식했습니다.」

「펜을 주시죠.」

「누가 당신에게 무엇을 강요하고 있나요? 당신의 대답은 녹음되고 있습니다.」

「아무도 제게 강요하지 않았어요.」

「이것도 거짓말이군요, 탤리 씨.」

「거짓말 아닙니다.」 그는 애썼지만 목소리가 떨리는 것을 감추지 못했다.

「우린 일반적으로 범죄자들을 상대합니다. 역시 거짓말하는 경향이 있는 이들이죠.」 의사는 쉽게 잡기 힘든 곳으로 펜을 들어 올렸다. 「스스로 원하는 이를 가끔 만나기도 하지만, 그건 아주 드물어요. 이건 일종의 자살이에요. 협의를 거치고 모든 관련 사항을 이해했다면, 당신에겐 일정한 법적 제한 내에서 이에 대한 의학적 권리가 있습니다. 정기적으로 치료를 계속한다면, 한 달쯤 뒤엔 다시 제대로 기능하기 시작할 겁니다. 6개월 정도 더 지난 뒤에는 법적 독립성을 갖추게 됩니다. 완전히 정상으로 돌아오는 것은…… 영구적 손상이 생길 수 있음을 아셔야 합니다. 정신적 혹은 육체적 손상도 포함합니다……」

탤리는 펜을 잡아채 서류에 서명했다. 의사는 서류들을

받아 훑어보았다. 마침내 의사는 주머니에서 종이 한 장을 꺼내 탁자에 놓고 탤리 쪽으로 밀었다. 종이는 구겨지고 여러 번 접혀 있었다.

탤리는 종이를 반듯하게 펴고 여섯 개의 서명이 적힌 편지를 보았다. 〈스테이션 콤프의 당신 계좌에 50크레디트가 있어요. 뭐든 부둣가에서 당신이 원하는 것을 사는 데 써요.〉 유치장 보초 여섯 명이 거기에 서명을 했다. 탤리와 함께 카드놀이를 했던 남녀들이었다. 그들이 자기들 주머니를 털어 모아서 보낸 것이었다. 탤리의 눈에 눈물이 고였다.

「마음을 바꾸고 싶으신가요?」 의사가 물었다.

탤리는 고개를 젓고 종이를 접었다. 「제가 가지고 있어도 됩니까?」

「그 종이는 당신의 다른 소지품들과 함께 보관될 겁니다. 방면될 때 모두 돌려받으실 거고요.」

「그때 가서 문제가 되진 않겠지요?」

「그때는 아닙니다.」 의사가 말했다. 「그 뒤로도 한동안은 아닙니다.」

탤리는 종이를 돌려주었다.

「이제 안정제를 드릴 겁니다.」 의사가 간호사를 부르자, 간호사는 안정제를 가지고 들어왔다. 컵에 푸른색 액체가 담겨 있었다. 탤리는 컵을 받아 마셨지만, 전과 아무런 차이를 느끼지 못했다.

의사는 탤리 앞으로 빈 종이를 밀고, 펜을 옆에 놓았다. 「펠에 대해 당신이 받은 인상을 써주세요. 하시겠습니까?」

탤리는 감상을 쓰기 시작했다. 탤리는 그간 테스트를 받으며 더 기묘한 요청들도 받았었다. 탤리는 보초들에게 어떻게 심문받았는지에 대해 한 단락 쓰고, 마침내 자신이 어떤 대우를 받았다고 느꼈는지도 썼다. 단어들이 엉뚱한 곳에 적히기 시작했다. 탤리는 이제 종이 위에 쓰고 있지 않았다. 탤리는 종이 너머로 떨어져 탁자 위에 있었고, 돌아갈 방법을 찾지 못했다. 글자들은 서로를 감싸고, 매듭지어져 묶여 있었다.

의사는 손을 뻗어 탤리의 손에서 펜을 가져갔다. 탤리에게서 목적을 강탈해 갔다.

제9장

펠: 2352년 5월 28일

데이먼은 책상 위의 보고서를 읽었다. 평소에 해왔던 익숙한 절차가 아니라, 현재 Q에 존재하는 계엄령의 절차였다. 그 절차는 거칠고 신속했다. 보고서는 세 개가 한 벌인 필름 카세트들과, 다섯 명의 남자를 조정 형에 처한다는 서식 한 더미와 함께 데이먼의 책상으로 전해졌다.

데이먼은 필름을 보았다. 폭동 장면들이 커다란 벽 스크린을 메울 땐 이를 악물었고, 녹화된 살인 장면에서는 움찔했다. 범죄와 신원 확인 면에선 의문의 여지가 없었다. 이미 법률 사무실을 가득 메운 사건들의 경우, 숙고하거나 세세하게 따질 시간이 없었다. 지금 이들이 다루고 있는 건 스테이션 전체를 무너뜨릴 수 있는 상황이었고, 이 상황은 모든 걸 〈한스퍼드〉가 도착한 이후의 방식으로 바꿔 놓을 수도 있었다. 일단 생명 유지 장치가 위협받으면, 일단 사람이 스테이

135

션 부두에 모닥불을 피울 정도로 미쳐 버리면…… 식칼을 들고 스테이션 경찰에게 돌진할 정도로 미치면…….

데이먼은 문제의 파일들을 꺼내 인가란에 기록했다. 공평함 따위는 없었다. 이들은 보안 경찰이 격리선 너머로 끌어낼 수 있던 다섯 명, 유죄인 수많은 사람 중 다섯 명이었던 것이다. 그러나 이 다섯 명은 다시는 살인하지 않을 자들이었고, 수천 명이 살고 있는 스테이션의 연약한 안정성을 위협하지도 않을 자들이었다. 〈완전 조정〉은 인격 재구축을 의미한다고 데이먼은 썼다. 일단 진행하고 나면 부당한 처사가 될 터였다. 지금 이 순간, 혹시라도 무고한 사람이 있다면 심문을 통해 무고함을 밝힐 수 있었다. 데이먼은 자신이 한 짓이 부정하다고 느꼈고, 두려움을 느꼈다. 계엄령은 정말로 너무나 급작스러웠다. 위원회가 계엄령을 통과시키자, 데이먼의 아버지는 그 결정을 놓고 밤새 괴로워했었다.

국선 변호사의 사무실로도 복사본이 갔다. 국선 변호사들은 개별 면담을 한 뒤 충분한 근거를 찾으면 상소하곤 했다. 그 절차마저 현 상황에서는 간략화되었다. 오류가 있었다는 증거를 내밀어야만 이 절차를 밟을 수 있었다. 그리고 증거는 Q에 있었다. 손댈 수 없는 곳이었다. 그러니 불공평하게 처리될 가능성이 있었다. 그들은 공격받은 경찰의 말과 필름만 가지고 유죄를 선고하고 있었다. 그러나 이런 걸로는 그 전에 무슨 일이 있었는지 전혀 알 수 없었다. 데이먼의 책상에는 절도와 주요 범죄에 대한 보고서가 5백 개나 있었다. 격리 지구가 생기기 전에는 이런 일이 1년에 두세 건 될까 말까 했었다. 콤프에는 정보 요청이 쇄도했다. 격리 지구의 신원 확인과 서류 작업을 하는 데만 며칠이 걸렸고, 모든 게 폐기되었다. 서류들은 도둑맞고 파괴되었으며, 격리 지구에서 정확하다고 믿을 수 있는 서류는 전혀 없는 지경이 되었다. 대부분의 서류 요청은 사기일 가능성이 컸고, 부정직한 사람들일수록 목청을 높였다. 협박이 지배하는 곳에서 선서와 진술서는 아무 의미도 없었다. 사람들은 안전을 위해 무엇에라도 선서하고 진술했다. 심지어 신분이 확실한 사람들조차 확증되지 않은 서류를 가지고 다녔다. 도난 방지 명목으로 보안대가 카드들과 서류들을 몰수했던 것이다. 또한 보안대는 사람들 일부를, 확실히 신분을 증명하고 스테이션 측 보증인을 찾을 수 있는 곳으로 내보냈다. 그러나 유입량에 비해 처리 속도가 느렸다. 그리고 주 스테이션에는 이 사람들을 받아 줄 자리가 없었다. 이건 광기였다. 그들은 모든 수단을 동원해 관료적 형식주의를 없애려 애썼고 서둘렀다. 그러나 상황은 점점 더 악화되었다.

「톰.」데이먼은 입력했다. 국선 변호사 사무실의 톰 어션트에게 보내는 개인적인 쪽지였다. 「이 사건들 중 어디서든 뭔가 잘못됐다는 직감이 들면, 절차에 상관없이 바로 제게 다시 항소해요. 우린 지금 너무 많은 유죄 선고를 너무 빨리 내리고 있거든요. 얼마든지 실수할 수 있어요. 처리가 시작된 뒤 실수한 부분을 찾고 싶진 않아요.」

데이먼은 답변을 기대하지 않았다. 그런데 답변이 왔다. 「데이먼, 잠 설칠 거리가 필요하면, 탤리 파일을 봐요. 러셀이 조정을 사용했어요.」

「당신 말은, 탤리가 조정을 〈겪었다〉는 거예요?」

「치료가 아니에요. 제 말은, 그자들이 탤리를 심문하며 조정을 썼다고요.」

「제가 한번 살펴볼게요.」 데이먼은 콤 통신을 종료하고 액세스 번호를 찾아내 콤프 화면에 그 파일을 불러냈다. 스크린에 그들이 한 심문 자료가 한 쪽 한 쪽 넘어갔다. 대부분은 정보로서 가치가 없었다. 우주선 이름과 번호, 임무들…… 암스콤퍼라면 데이먼 앞의 자료와 탤리가 무엇을 썼는지도 알 수 있었지만, 그게 다였다. 그다음엔 고향에 대한 기억이 이어졌다…… 사이틴계 광산들이 함대의 습격을 받았고, 가족이 죽었다. 남동생은 군복무 중에 죽었다. 마음만 먹으면 얼마든지 원한을 품을 이유가 되었다. 탤리는 사이틴 본토에서 이모 손에 컸다. 그곳은 일종의 농장이었다…… 그런 뒤 정부 학교에서 정신 주입식 교육을 통해 기술을 배웠다. 탤리는 자신은 고위 정치에 대해 전혀 모르며, 이 상황에 대해서도 아무런 원한이 없다고 주장했다. 이제 심문 내용은 탤리의 뒤죽박죽인 횡설수설을 전혀 압축하지 않고 받아적은 부분으로 넘어갔다…… 대단히 개인적인 것들이었고, 조정 중에 표면으로 떠오른 아주 사적이고 세세한 부분들이었다. 자아의 상당 부분이 적나라하게 드러나고, 조사받고, 분류되었다. 버림받을까 봐 두려워하는 마음이 보일 정도로, 깊은 부분까지 드러났다. 친척들에게 짐이 되지 않을까 하는 두려움, 버림받아 마땅한 존재가 될 거란 두려움. 탤리는 가족을 잃은 일에 대해 여러 감정이 뒤엉킨 죄책감을 느꼈고, 누군가와 엮이면 다시 이런 일을 겪을 수 있다는 공포가 마음속에 가득했다. 탤리는 이모를 사랑했다. 〈날 돌봐 줬어.〉 어느 순간 그 이야기가 나오기 시작했다. 〈가끔 날 안아 줬어. 안아 줬어…… 날 사랑했어.〉 탤리는 이모 집을 떠나고 싶지 않았다. 그러나 유니언이 탤리를 필요로 했다. 탤리는 주에서 원조를 받고 있었는데, 성년이 되자 그들은 탤리를 데려갔다. 그 후로는 주에서 운영하는 정신 주입식 교육, 테이프를 통한 교육, 군사 훈련 따위가 이어졌고, 집에는 절대 갈 수 없었다. 한동안 이모는 탤리에게 편지를 보냈다. 이모부는 절대 편지를 쓰지 않았다. 탤리는 이제 이모가 죽었다고 믿었다. 몇 년 전부터 편지가 끊겼기 때문이다. 〈살아 계시면 편지를 쓰셨을 거야.〉 탤리는 믿었다. 〈이모는 날 사랑했어.〉 하지만 탤리는 내면 깊은 곳에서 이모가 실은 자신을 사랑하지 않았다는 공포를 느꼈다. 실은 이모가 원한 건 정부에서 보내 주는 돈이었다는 공포를 느꼈다. 죄책감도 있었다. 자신이 고향으로 돌아가지 않았다는 죄책감, 자신은 이렇게 이별해도 마땅하다는 죄책감이었다. 탤리는 이모부에게 편지를 썼지만 답장을 받지 못했다. 탤리는 이모부와 서로 사랑한 적이 없었음에도, 답장이 없다는 점에 상처를 받았다. 태도, 믿음…… 또 다른 상처, 깨진 우정. 미숙했던 연애. 편지가 끊긴 또 다른 경우였다. 이 상처는 옛 상처들과 뒤엉켰다. 나중에 군 복무 중에 만난 이와도 연애를 했다……. 관계는 불편하게 끝났다. 탤리는 필사적일 정도로 상대에게 전념하는 경향이 있었다. 〈날 안아 줘.〉 탤리는 반복해서 말했다. 애처로웠고, 꽁꽁 숨겨 왔던 외로움이 밖으로 묻어 나왔다. 그외에도 탤리는 많은 것을 말했다.

데이먼은 깨닫기 시작했다. 어둠에 대한 공포. 모호하면서 자꾸만 되풀이되는 악몽. 하얀 장소. 심문. 약. 러셀은 약을 썼다. 모든 컴퍼니 방침을 어기고, 모든 인간의 권리를 위배해 가면서 그들은 약을 썼다. 탤리에게 없는 무언가를 러셀은 간절히 원했다. 러셀은 마리너 영역에서, 마리너에서 탤리를 데려왔다. 공포가 절정에 달했을 때 러셀로 데려왔다. 위기에 놓인 스테이션에서 그들은 정보를 원했다. 심문에서 조정 기법을 썼다. 데이먼은 손으로 입을 막은 채 턱을 괴고 단편적인 기록이 계속되는 것을 지켜보았다. 속이 울렁거렸다. 데이먼은 이 새로운 발견에 수치심을 느꼈다. 자신이 너무 순진했다. 데이먼은 러셀의 보고서를 들여다보지 않았었다. 직접 그 보고서들을 조사하지 않았었다. 그땐 다른 일들로 정신이 없어, 부하 직원에게 그 일을 맡겼던 것이다. 인정하거니와, 데이먼은 정말로 꼭 그래야 할 때가 아니면 더 이상 그 일을 다루고 싶지 않았다. 탤리는 한 번도 데이먼에게 전화하지 않았다. 데이먼을 속이기만 했다. 이미 그전의 조정 치료로 약해진 상태에서도 정신을 바짝 차리고 펠을 속여 자신이 원하는 대로 움직이게 했다. 자신의 정신적 지옥을 끝내 줄 수도 있는 유일한 일을 하게 만들었다. 탤리는 데이먼의 눈을 똑바로 들여다보며 자신의 자살을 준비했다.

기록에는 횡설수설이 계속 이어졌다……. 약에 취해 심문당하던 때부터, 한쪽에는 스테이션인들이 떼를 지어 있고 맞은편에는 군대가 위협하는 난장판 속에서 소개하던 때까지 이야기가 이어졌다.

그리고 마지언의 우주선 중 한 척에서 죄수로 사는 게 어떠했는지, 그 긴 항해 동안 무슨 일이 있었는지 말했다…….

〈노르웨이〉…… 그리고 맬러리.

데이먼은 스크린을 꺼버리고는 쌓여 있는 서류들을, 아직 마치지 못한 유죄 선고들을 가만히 바라보며 앉아 있었다. 잠시 후, 데이먼은 다시 일하기 시작했다. 허가서에 서명하느라 손가락이 얼얼할 지경이었다.

〈러셀의 별〉에서 우주선에 탔던 사람들 역시 탤리처럼 이모든 일이 시작되기 전까진 제정신으로 살았을 사람들이었다. 그 우주선들에서 내린 이들, 지금 Q에서 목숨을 부지하는 이들…… 전과 다름없이 제정신인 사람들이었다.

데이먼은 탤리 같은 이들의 삶에 그저 파괴 버튼만 눌렀다. 이미 다 끝난 일이었다. 자신 같은 사람들, 문명이 더는 아무 의미도 없게 된 곳에서 이미 문명화됐느냐 아니냐의 경계선을 넘은 사람들에게 자신이 그 버튼을 누른 거라고 데이먼은 생각했다.

마지언의 함대는, 심지어 그들마저, 심지어 맬러리 같은 이들마저, 확실히 다른 식으로 시작했었다.

「전 항의하지 않을 겁니다.」 톰이 식사 중에 데이먼에게 말했다. 둘 다 식사보단 술을 더 많이 마시고 있었다.

점심 식사를 마친 뒤, 데이먼은 레드 구역에 있는 작은 조정 시설로 갔다가 치료실로 돌아갔다. 데이먼은 조시 탤리를 보았다. 그렇게 중요한 것 같진 않지만, 탤리는 데이먼을 보지 못했다. 탤리는 그때 막 뭔가를 먹고 휴식을 취하고 있었다. 탤리는 배부르게 식사를 했고, 쟁반은 아직도 탁자 위에 놓여 있었다. 탤리는 침대에 앉아 있었는데, 얼굴의 모든 긴장이 풀어지고 묘하게 머릿속이 씻겨져 나간 표정이었다.

2

앤절로는 부관을 올려다보고 출항하는 우주선에 대한 보고서를 받아 적하 목록을 훑어본 뒤 다시 시선을 들었다. 「어째서 〈한스퍼드〉지?」

부관은 스트레스를 느끼며 체중을 다른 발로 옮겼다. 「네?」

「놀고 있는 우주선이 스무 대도 넘는데 하필 〈한스퍼드〉가 발진하느냐고? 설비도 없이? 선원은 어디서 구했고?」

「현재 적이 없는 자들 중에서 고용한 것 같습니다.」

앤절로는 보고서를 훌훌 넘기며 보았다. 「루커스 컴퍼니. 목적지는 바이킹이고, 우주선엔 아무것도 없으며, 승객은 부두 전문 승무원들과 데인 저코비? 존 루커스한테 나와 콤으로 얘기 좀 하자고 해.」

「총감독관님.」 부관이 말했다. 「그 우주선은 벌써 부두를 떠났습니다.」

「나도 시간 볼 줄 알아. 존 루커스를 연결해 줘.」

「네.」

부관이 나갔다. 곧 책상 스크린이 밝아지고 존 루커스가 나타났다. 앤절로는 숨을 깊이 들이쉬고 마음을 가라앉힌 뒤 보고서를 수신 장치 쪽으로 비스듬히 기울였다. 「보이시나요?」

「무슨 질문이라도?」

「이게 지금 무슨 상황인가요?」

「우린 바이킹에 소유물이 있습니다. 해야 할 사업이 있지요. 거기서 우리가 볼 수 있는 이득을 공포와 무질서 속에 묻히게 두는 게 맞을까요? 그 물건들을 확인해야만 합니다.」

「〈한스퍼드〉로요?」

「표준 가격 이하로 우주선을 고용할 기회가 생겼답니다. 경제적이죠, 앤절로.」

「그게 다입니까?」

「무슨 뜻인지 잘 이해가 안 되는군요.」

「〈한스퍼드〉는 화물실을 꽉 채우지 않았어요. 바이킹에서 어떤 물건들을 실을 생각이죠?」

「지금 상태를 고려하면 〈한스퍼드〉에는 최대한 많이 실을 겁니다. 〈한스퍼드〉에서 현재 설비가 덜 들어가 있는 곳들은 수리 예정입니다. 굳이 알고 싶으시다면, 수리비가 〈한스퍼드〉 사용 임대료였죠. 〈한스퍼드〉에 싣는 것들로 그 비용을 충당할 겁니다. 돌아올 때는 화물실을 꽉 채우고, 긴급히 필요한 물자들을 가져올 거고요. 당신도 만족하실 거라 생각합니다. 데인이 우주선에 타서 감독하고, 바이킹 사무소에서도 몇몇 업무를 맡게 될 겁니다.」

「이 화물이라는 것에 루커스 컴퍼니…… 또는 다른 누군가가 포함되어 있는 건 아니겠죠? 바이킹에 통행권을 팔려는 건 아니길 바랍니다. 그곳 사무소를 닫지도 않고요.」

「아, 〈그게〉 걱정이셨군요.」

「우주선이 이동을 정당화할 수 있을 만큼 충분한 화물 없이 여기서 나가려 한다면, 게다가 공황 상태에 빠질 경우 우리가 처리할 수 없을 정도의 인구가 있는 곳으로 가려 한다면, 당연히 제가 걱정해야죠. 제 말 잘 들으십시오, 존. 우린 뒷말이 나도는 것을 감당할 여유가 없어요. 소수 직원을 빼돌리고 다른 스테이션에 공황 상태를 일으키려는 일개 컴퍼니에 운명을 맡길 수 없습니다. 제 말 알겠습니까?」

「저도 데인과 그 문제를 논의했습니다. 안심하시라고 말씀드리는데, 우리의 이 임무는 펠을 돕기 위한 겁니다. 교역은 계속되어야 합니다. 안 그런가요? 교역이 끊기면, 우리는 질식사합니다. 그리고 우리보다 먼저 바이킹이 질식사하겠지요. 바이킹이 의존하던 스테이션들은 이미 붕괴됐습니다. 바이킹이 물자 부족 상태에 빠지도록 내버려 두면, 바이킹이 언제 우리 스테이션으로 밀고 들어올지 모릅니다. 우린 그곳에 음식과 화학제품들을 가져다줄 겁니다. 펠에는 부족하지 않을 것들이죠……. 그리고 그 우주선에 물건을 가득 실은, 쓸 만한 화물실은 둘뿐입니다. 여기선 우주선이 발진할 때마다 이런 식으로 심문을 받아요? 만약 원하신다면, 컴퍼니 장부들을 준비해 드리지요. 전 이번 일로 기분이 상하는군요. 우리의 사적 감정이야 어떻든 간에 앤절로, 전 데인이 지금 이런 상황에서 저 밖으로 나가려 하는 게 충분히 칭찬받을 만하다고 생각합니다. 팡파르를 울릴 일은 아니더라도 이렇게 비난받을 줄은 정말 몰랐습니다. 장부를 원합니까, 앤절로?」

「됐습니다. 고맙습니다, 존. 그리고 제 사과를 받아 주시죠. 데인과 당신 우주선의 선장이 위험을 아는 한은요. 모든 우주선은 발진하기 전에 꼼꼼한 조사를 받습니다. 개인적인 감정에서 그러는 건 절대 아닙니다.」

「모든 우주선이 동등하게 조사받는 한, 앤절로, 어떤 질문이라도 환영합니다. 고맙습니다.」

「고맙습니다, 존.」 존은 콤 통신을 끊었다. 앤절로도 똑같이 하고 의자에 앉은 채 보고서를 뚫어져라 바라보다가 펄럭펄럭 넘겨 보고는, 마침내 사후 승인 서명을 한 뒤 보고서를 기록함에 던져 넣었다. 모든 사무실에 일이 밀려 있었다. 모두가. 격리 지구 처리에 너무 많은 노동력과 콤프 시간을 썼다.

「총감독관님.」 앤절로의 비서 밀스였다. 「아드님이십니다, 총감독관님.」

앤절로는 통화 수락 버튼을 눌렀지만, 곧 깜짝 놀라며 고개를 들었다. 통화가 시작되는 대신 문이 열리고 데이먼이 걸어 들어왔던 것이다. 「처리 보고서를 직접 가져왔어요.」 데이먼이 말했다. 데이먼은 자리에 앉아 양팔로 책상에 몸을 기댔다. 데이먼의 눈이 지쳐 보였다. 앤절로는 자신도 저만큼, 똑같이 상당히 지쳐 있다고 느꼈다. 「전 오늘 아침에 다섯 명을 조정에 넣으라고 했어요.」

「다섯 명 정도면 비극은 아니지.」앤절로는 피곤해하며 말했다.「난 누가 떠나고 누가 스테이션에 남을지 뽑기 위해 콤프에 제비뽑기를 지시했어. 다운빌로에는 또다시 폭풍이 몰아쳐 제조소는 다시 범람했고, 마지막 붕괴 피해자들을 이제야 찾아냈어. 공포가 휩쓸고 간 우주선들이 이제 도착하기 시작했어. 한 대는 바로, 두 대는 내일 도착할 거야. 만약 마지언이 피난처로 펠을 골랐다는 소문이 돌면, 다른 스테이션들은 어떨 것 같으냐? 그자들이 공황 상태에 빠져 우주선에 사람들을 가득 싣고 여기로 향하면 어떻게 될 것 같으냐? 지금 당장 저 밖에 누군가가 없는지, 더 겁먹은 이들에게 이곳으로 오는 길을 제공하지 않는지 어떻게 알지? 우리의 생명 유지 장치는 이제 거의 한계에 이르렀어.」앤절로는 한가득 쌓인 서류들을 대충 손으로 가리켰다.「우린 가능한 한 모든 화물선을 군용으로 바꿀 거야. 재정적 압박을 통해서라도.」

「난민선에 발포하려고요?」

「우리가 감당할 수 없는 우주선들이 들어오면, 쏴야지. 오늘쯤 엘렌에게 말하려고 한다. 엘렌이 상선들에 접근해야 할 거야. 오늘은 폭도 다섯 명에게까지 동정심을 느낄 기운이 없구나. 용서하렴.」

앤절로의 목소리가 갈라졌다. 데이먼은 책상 너머로 손을 뻗어 앤절로의 손목을 잡고 힘을 주었다가 다시 놓았다.「에밀리오 형은 저 아래에서 도움이 필요하지 않대요?」

「그 애 말로는 괜찮다는구나. 그 공장은 완전히 난장판이야. 사방이 진흙탕이지.」

「모두 죽었대요?」

앤절로는 고개를 끄덕였다. 「베넷 저신트와 타이 브라운을 어젯밤에 발견했어. 웨스 카일은 어제 낮에 찾았고……. 이렇게 오랫동안 하염없이 강둑들과 갈대밭을 뒤지고 있어. 에밀리오와 밀리코는 현지의 사기가 그 정도면 괜찮다고 하더구나. 다우너들은 제방들을 만들고 있어. 다우너들 중 더 많은 이들이 인간과의 교역을 열렬히 바라고 있다고. 난 기지로 다우너를 더 많이 받아들이라고 지시했고, 훈련된 이들 중 일부를 이 위의 정비 업무로 데려오라고 허가했어. 〈그자들의〉 생명 유지 장치는 상태가 좋고, 우리가 기술을 무료로 나눠 주고 있어. 난 가겠다는 인간 자원자들을 모두 거기로 보내고, 훈련받은 부두 작업원들이라도 간다면 보내 주고 있다. 그 사람들은 건설 장비를 다룰 수 있어. 몰라도, 배우면 되고. 새로운 시대야, 훨씬 빡빡한 시대지.」앤절로는 입술을 꼭 다물었다가 길게 숨을 들이쉬었다. 「너랑 엘렌은 지구에 대해 생각해 본 적 있니?」

「네?」

「너, 네 형, 엘렌, 밀리코. 생각해 보렴, 알았지?」

「싫어요.」데이먼이 말했다. 「여기서 내빼라고요? 아버지는 그렇게까지 상황이 나빠질 거라고 생각하세요?」

「가능성을 계산해 봐라, 데이먼. 우린 지구에서 도움을 받지 못했어. 지구는 그저 지켜보기만 했지. 그곳 사람들은 어떻게 하면 손실을 줄일까 그 궁리만 하지, 우리에게 보급품이나 우주선을 보내 주지 않아. 절대로. 우린 점점 더 가라앉고 있어. 마지언이 언제까지라도 버틸 순 없어. 마리너의 그 조선소는…… 치명적이었어. 곧 바이킹 차례야. 그리고 그다음엔 어디든, 유니언이 손을 뻗쳐 가지려는 곳이지. 유니언은 함대의 물자 공급을 끊고 있어. 지구는 벌써 그렇게 했고. 우린 이미 모든 게 바닥났지만, 아직 도망칠 공간은 있어.」

「힌더 스타들요……. 그 스테이션들 중 하나를 다시 여는 일에 대한 얘기가 있는 거 아시죠?」

「꿈이야. 그런 기회는 절대 오지 않을 거야. 만약 함대가 가면…… 유니언은 그걸 표적으로 삼을 거야. 우리에게 그러했듯이 재빨리 말이야. 그리고 이기적이지만, 완전히 이기적이지만, 난 내 아이들이 여길 벗어나는 걸 보고 싶다.」

데이먼의 얼굴이 백지장처럼 창백했다. 「아뇨, 절대 안 돼요.」

「고결한 척하지 마라. 난 네가 날 도와주는 것보단 네가 안전하기를 바라. 콘스탄틴 가문은 앞으로 한참 동안 잘 지내지 못할 거야. 만약 그자들이 우릴 데려간다면, 바로 정신 세척행이야. 넌 범죄자들을 걱정하지. 너와 엘렌을 생각해. 유니언식 해법은…… 사무실에 꼭두각시들을 세우는 거야. 세상은 출산실에서 태어난 사람들로 채우고…… 그자들은 다운빌로를 일구고 건설할 거야. 하늘이 다운너들을 보우하시길. 난 그자들에게 협력할 거다……. 너도 그럴 거야……. 최악의 상황을 막고 펠을 안전하게 지키기 위해서. 하지만 그자들은 일이 그리 쉽게 풀리게 두지 않을 거야. 그리고 난 네가 그자들 손에 들어가는 걸 보고 싶지 않다. 우린 표적이야.

난 평생을 이런 상황에서 살아왔어. 내가 이기적인 일 하나 하는 게…… 내 아들들을 구하려는 게 그리 무리한 부탁은 분명 아닐 게다.」

「형은 뭐라던가요?」

「에밀리오와 난 여전히 그 문제를 토론 중이야.」

「형이 싫다고 했군요. 흠, 저도 그래요.」

「어머니가 너와 이야기를 하고 싶어 한다.」

「어머니를 펠에서 내보내실 건가요?」

앤절로는 얼굴을 찡그렸다. 「그건 불가능하단 거 알잖니.」

「그렇죠, 저도 압니다. 그리고 전 안 가요. 형도 가지 않을 거라 생각하고요. 만약 형이 가겠다면, 앞길을 축복해 줄 거예요. 하지만 전 안 갑니다.」

「이렇게 철이 없어서야.」 앤절로는 무뚝뚝하게 말했다. 「나중에 다시 얘기하자꾸나.」

「이야기는 여기서 끝이에요.」 데이먼이 말했다. 「만약 우리가 떠나면, 여기도 공황 상태에 빠질 거예요. 아시잖아요. 그게 어떤 식으로 보일지 아시잖아요. 전 애시당초 그렇게 하지도 않겠지만요.」

맞는 말이었다. 앤절로는 그 말이 사실이란 걸 알았다.

「안 가요.」 데이먼은 다시 한번 말하고, 아버지의 손에 자신의 손을 얹었다가 뗀 뒤 방을 나갔다.

앤절로는 앉아서 벽 쪽을 바라보다가 선반에 세워 놓은 입체 사진들을 보았다. 사고를 당하기 전의 얼리샤. 젊은 얼리샤와 자신. 아기 때부터 어른이 될 때까지, 그리고 결혼을 하고 손자를 기대하게 만들어 준 데이먼과 에밀리오. 앤절로는 선반에 둔 모든 사진을 보았다. 온갖 나이의 그들을 보고, 이제부터는 좋은 날들이 훨씬 적으리라 생각했다.

앤절로는 어느 정도 아들들에게 화가 나 있었다. 그리고 어느 정도는…… 아들들이 자랑스러웠다. 자신이 두 아들을 지금 이런 모습으로 키워 낸 것이다.

〈에밀리오.〉 앤절로는 입체 사진들의 주인공에게, 다운빌로에 있는 아들에게 편지를 썼다. 〈네 동생이 사랑한다고 전해 달라는구나. 혹시 가능하다면, 숙련된 다우너들을 좀 보내 주렴. 난 스테이션에서 자원자 1천 명을 보낼 생각이다. 그 사람들이 장비를 등에 지고 들어가는 한이 있더라도 새 기지 건을 계속 추진하렴. 다우너들에게 도움을 청하고, 현지 식량과의 교역을 제안하렴. 사랑한다, 아들아.〉

앤절로는 보안대에도 편지를 썼다. 〈확실히 비폭력적인 사람들을 골라 낼 것. 우린 그 사람들을 자원자로서 다운빌로에 보낼 것임.〉

앤절로는 편지를 쓰면서도 이게 어떤 결과를 부를지 생각하고 있었다. 최악의 자들은 스테이션에 남을 터였다. 펠의 심장과 두뇌 옆에. 범법자들을 내려보내고 그들을 거기에 계속 눌러 둘 수도 있었다. 일각에선 그러자고 계속 주장했다. 그러나 원주민들과의 위태위태한 협정들, 다운빌로의 진흙과 원시적 환경으로 가기로 설득당한 기술자들의 망가지기 쉬운 자존심에 대한 문제가 있었다……. 다운빌로를 유형지로 바꿀 순 없었다. 이건 삶이었다. 다운빌로는 펠의 본체였고, 앤절로는 펠의 본체를 더럽히고 싶지 않았다. 미래를 향해 그들이 품어 온 모든 꿈을 파괴하고 싶지 않았다.

앤절로는 고의로 사고를 내 Q의 모든 압력을 줄여 볼까 하는 음산한 생각을 한 적도 있었다. 무고한 사람들 수천 명을 탐탁지 않은 사람들과 함께 죽인다는, 입에 담을 수도 없는 생각이며, 미친 사람이나 낼 만한 해결책이었다……. 우주선 한가득씩 사람들을 차례차례 받아들인 뒤 연거푸 사고를 내고, 그래서 펠의 부담을 덜고, 펠을 예전 모습 그대로 지킨다는 생각이었다. 데이먼은 다섯 명 때문에 밤새 잠을 이루지 못했다. 그러나 앤절로는 이미 엄청나게 공포스러운 생각에 잠기기 시작했다.

그런 이유에서도 앤절로는 아들들이 펠을 떠나길 바랐다. 앤절로는 가끔, 일부가 주장하는 그런 방법을 자기가 정말 쓸지도 모른다는 생각, 아직까지 그러지 않은 건 오직 심약해서라는 생각, 자신이 매일 강간과 살인을 일으키는 타락한 폭도를 구하기 위해 선량한 사람들을 위험에 빠뜨리고 있다는 생각을 했다.

이윽고 앤절로는 펠을 경찰국가로 만들면 그 결과가 어떨지, 그리고 그들 모두가 어떤 삶을 마주하게 될지 생각했고, 이제껏 펠이 가졌던 모든 신념을 떠올리며 그 생각을 물리쳤다.

「총감독관님.」 누군가가 본부에서 전송되는 특유의 날카로운 목소리로 불쑥 끼어들었다. 「이쪽으로 들어오는 우주선들이 있습니다.」

「이쪽으로 정보를 보내.」 앤절로는 이렇게 말한 뒤, 스크린에 개략도가 뜨자 침을 꿀꺽 삼켰다. 총 아홉 척이었다. 「저게 뭐지?」

「모함 〈대서양〉입니다.」 본부의 목소리가 대답했다. 「화물선 여덟 척을 호송해 오고 있습니다. 도킹을 요청하고 있습니다. 그리고 화물선들이 위험한 상태라고 보고했습니다.」

「거절해.」 앤절로가 말했다. 「우리와 상호 협정을 맺기 전엔 안 된다고 전해.」 저렇게 많은 사람을 받아들일 순 없었다. 불가능했다. 맬러리 때처럼 또 한 무더기를 받을 순 없었다. 앤절로는 심장이 빠르게 뛰다 못해 아픈 것을 느꼈다. 「〈대서양〉의 크레쇼프에게 통화하자고 해. 내게 연결해.」

저쪽에서 교신을 거절했다. 전함은 자신들이 원하는 대로 밀어붙일 것이었다. 저들을 막을 방도가 없었다.

난민선들은 조용히 펠로 들어왔다. 불길한 징조들을 태운 채. 앤절로는 보안 조치를 위해 경보 장치에 손을 뻗었다.

3
다운빌로: 중앙 기지, 2352년 5월 28일

아직도 비가 내리고 있었다. 천둥은 점차 잦아들었다. 탐-우차-피탄은 양팔로 무릎을 감싸고 인간들이 오가는 것을 지켜보았다. 맨발은 진창에 잠겨 있고, 털에선 천천히 계속해서 물이 뚝뚝 떨어졌다. 인간들이 하는 일들은 많은 부분이 이해 불가였다. 인간들이 만드는 것들은 많은 부분이 뚜렷하게 쓸모 있지 않았다. 어쩌면 신을 위해서였고, 어쩌면 미쳤기 때문이었다. 하지만 무덤들…… 이 슬픈 것을 히사는 이해했다. 눈물, 마스크들 뒤에서 흐르는 눈물을 히사는 이해했다. 그녀는 살짝 몸을 흔들며, 시체를 놓아둔 이곳에 진흙과 비만 남고 마지막 인간이 가버릴 때까지 계속 지켜보았다.

얼마 후, 탐-우차-피탄은 힘을 내 일어나서 공기통들과 무덤들이 있는 곳으로 걸어갔다. 맨발로 진흙 위를 걷자 철벅철벅 소리가 났다. 인간들은 베넷 저신트와 다른 두 명의 시신 위에 흙을 덮어 놓았다. 이제 그곳은 비 때문에 커다란 호수로 변했지만, 그녀는 작업하는 모습을 지켜보았다. 그녀는 인간들이 자기들끼리 알아보려고 만들어 놓은 표시에 대해선 아는 바가 전혀 없었지만, 하나만은 알았다.

탐-우차-피탄은 기다란 막대기를 들고 왔다. 장로가 만든 것이었다. 그녀는 빗속에 알몸으로 서 있었지만, 구슬들과 가죽들을 줄에 꿰어 어깨에 두르고 있었다. 그녀는 무덤 위에서 발걸음을 멈추고 양손으로 막대기를 쥔 뒤 부드러운 진흙에 강하게 박아 넣었다. 그녀는 영혼-얼굴을 최대한 기울여 위를 보게 하고, 그 돌출부 주위에는 억수같이 퍼붓는 비에도 불구하고 조심스럽게 구슬들과 가죽들을 걸었다.

근처 웅덩이에서 발소리가 나고, 인간의 쉿쉿거리는 숨소리도 들렸다. 탐-우차-피탄은 몸을 돌려 옆으로 펄쩍 뛰었다. 그러고는 자신이 인간 한 명의 소리에 놀랐다는 사실에 질겁하며 이 인간의 호흡기 마스크 쓴 얼굴을 빤히 바라보

153

았다.

「뭐 하는 거죠?」남자가 다그치며 물었다.

탐-우차-피탄은 몸을 똑바로 펴고, 진흙투성이인 두 손을 허벅지에 문질러 닦았다. 벌거벗고 있어서 당혹스러웠다. 알몸으로 있으면 인간들이 힘들어했던 것이다. 그녀는 인간에게 뭐라 대답해야 할지 몰랐다. 남자는 영혼-막대기를 바라보고 나서 무덤에 바친 제물을 바라보았다……. 그리고 그녀를 보았다. 그녀는 남자의 얼굴을 보고는 목소리에 비해 훨씬 덜 화나 보인다고만 생각했다.

「베넷인가요?」남자가 그녀에게 물었다.

탐-우차-피탄은 여전히 슬퍼하며 그렇다는 뜻으로 고개를 끄덕였다. 그 이름을 듣자 눈에 눈물이 가득 고였지만, 비가 눈물을 씻어 내렸다. 그녀는 분노 또한 느꼈다. 다른 사람도 아니고 베넷이 죽어야 했다는 점에 분노를 느꼈다.

「전 에밀리오 콘스탄틴입니다.」남자가 말했다. 탐-우차-피탄은 곧장 똑바로 일어나 전투 도피 반응으로 인한 긴장을 풀었다. 「베넷 저신트에게 해주신 일에 감사드립니다. 베넷도 당신에게 고마워할 겁니다.」

「콘스탄틴-인간.」탐-우차-피탄은 얼른 태도를 고치고 그 남자를 만졌다. 이자는 키 큰 종족 중에서도 아주 키가 컸다. 「베넷-인간 사랑해, 모두 베넷-인간 사랑해. 좋은 인간. 그는 친구라고 말해. 모든 다우너들 슬퍼.」에밀리오는 그녀의 어깨에 손을 올렸다. 이 키 큰 콘스탄틴 인간이. 그녀는 몸을 돌려 자신의 팔로 인간을 안고 머리를 인간의 가슴에 기댔다. 엄숙하게 인간을 안았다. 비에 젖어 끔찍한 느낌이 나는 노란색 옷 위로 인간을 안았다. 「좋은 베넷이 루커스를 화나게 해. 다우너들의 좋은 친구. 그가 죽어서 너무 슬퍼. 너무너무 슬퍼, 콘스탄틴-인간.」

「들었습니다.」 에밀리오가 말했다. 「여기 상황이 어땠는지 들었습니다.」

「콘스탄틴-인간 좋은 친구.」 탐-우차-피탄은 에밀리오의 손길을 느끼고 고개를 들었다. 그러고는 기묘한 마스크를 똑바로 바라보았다. 마스크 때문에 에밀리오는 아주 무시무시해 보였지만, 그녀는 두려움 없는 눈으로 바라보았다. 「좋은 인간들 사랑해. 다우너들은 콘스탄틴을 위해 열심히 일해, 열심히, 열심히 일해. 당신에게 선물 줘. 더는 멀리 가버리지 마.」

탐-우차-피탄은 진심이었다. 다우너들은 루커스 가문의 사람들이 어떤 자들인지 알게 되었다. 캠프 어딜 가도, 다우너들은 콘스탄틴 가문을 위해 뭔가 도움을 줘야 한다고 말했다. 콘스탄틴-인간들은 언제나 최고의 인간들이었고, 히사가 줄 수 있는 것보다 더 많은 선물을 가져오는 자들이었다.

「이름이 뭐죠?」 에밀리오는 여자의 뺨을 쓰다듬으며 물었다. 「우리가 당신을 뭐라고 부르나요?」

탐-우차-피탄은 에밀리오의 친절함에 진심으로 반응하며 갑자기 활짝 웃었다. 그녀는 자신의 매끄러운 털가죽을 쓰다듬었다. 지금은 비록 젖었어도 이 털이 그녀의 허영심을 채워 주었다. 「인간들은 나를 새틴이라 불러.」 그녀는 대답한 뒤 깔깔 웃었다. 진짜 이름은 그녀의 것이었고, 히사의 것이었다. 그러나 베넷은 그녀의 허영심을 위해 그녀에게 이 이름을 주었다. 이 이름과 반짝이는 빨간 천조각을 주었다. 그녀는 천이 너덜너덜해질 때까지 입고 다녔고, 아직도 자신의 영혼-선물들과 함께 보물로 소중히 간직했다.

「나와 함께 걸어서 돌아갈래요?」 에밀리오는 인간 캠프를 의미하며 물었다. 「당신과 얘기를 좀 하고 싶군요.」

탐-우차-피탄은 이게 호의에서 나온 행동임을 알았기에 그리고 싶은 마음이 들었다. 그러나 그녀는 곧 의무를 생각하고 애써 몸을 뺀 뒤 팔짱을 끼고, 사랑하는 사람을 잃은 슬픔에 다시 낙심했다. 「난 앉는다.」 그녀가 말했다.

「베넷과요.」

「그 사람 영혼이 하늘을 보게 한다.」 탐-우차-피탄은 말하며 영혼-막대기를 보여 주었고, 히사가 설명하지 않은 것을 설명했다. 「그 사람이 집을 보게 한다.」

「내일 오세요.」 에밀리오가 말했다. 「전 히사와 얘기해야 해요.」

탐-우차-피탄은 고개를 다시 기울이고 깜짝 놀라 에밀리오를 보았다. 인간들은 그들을 히사라고 부르는 경우가 거의 없었다. 인간 입에서 그 단어를 듣다니 참으로 묘했다. 「다른 이들 데려와?」

「오겠다고 하면 높은 분들을 모두 데려와요. 우린 업어보브Up-above에 히사가 필요하고, 좋은 일꾼들, 좋은 작업자들이 필요해요. 우린 다운빌로에 교역이 필요해요. 더 많은 인간을 위한 자리가 필요해요.」

그녀는 손을 쭉 뻗어 언덕들과 끝없이 펼쳐지는 평원을 가리켰다.

「자리 있다.」

「하지만 원로들이 말해야 할 거예요.」

탐-우차-피탄은 깔깔 웃었다. 「영혼-물건들 말하라. 나 새틴은 이걸 콘스탄틴-인간에게 준다. 모든 우리 것. 나 주고, 당신 받는다. 모든 교역, 많은 좋은 것. 모두 행복하다.」

「내일 와요.」 에밀리오는 말하고 나서 걸어갔다. 키가 크고 낯선 이가 장대비 속으로 걸어갔다. 새틴-탐-우차-피탄은 다시 쭈그리고 앉았고, 빗줄기가 구부린 등을 내리치고 온몸을 두들겼다. 그녀는 무덤을 응시했다. 비는 무덤에 곰보처럼 얽은 웅덩이들을 만들었다.

그녀는 기다렸다. 이윽고 다른 이들이 왔다. 인간들에게 덜 익숙한 자들이었다. 달루트-호스-메도 그런 자였고, 인간에 대해 그녀처럼 낙관적으로 느끼지 않았다. 그러나 그조차 베넷을 사랑했었다.

인간들은 많았다. 히사는 그렇게 인간들에 대해 많이 배워 갔다.

탐-우차-피탄은 기나긴 저녁의 어둠 속에서 달루트-호스-메, 즉 〈구름-사이로-빛나는-태양〉에게 몸을 기댔고, 그는 이 행동에 기뻐했다. 이번 겨울, 봄을 기대하며 그녀의 매트 앞에 선물들을 늘어놓기 시작했었다.

「업어보브에 히사가 필요하대.」 탐-우차-피탄이 말했다.

「난 업어보브를 보고 싶어. 내가 가고 싶어.」

탐-우차-피탄은 늘 업어보브를 보고 싶어 했다. 업어보브에 대한 베넷의 말을 들은 이후 쭉. 이곳에서 콘스탄틴 가문이 왔다(그리고 루커스 가문도. 하지만 그녀는 그 생각을 떨쳐 버렸다). 그녀는 물자와 멋진 것들을 가지고 업어보브에서 내려오는 모든 우주선처럼, 업어보브도 밝고 선물과 좋은 것들로 가득하다고 여겼다. 베넷은 그들에게 태양을 향해 팔을 내밀고 태양의 힘을 마시는 거대한 금속 장소에 대해 얘기한 적이 있었다. 그곳에선 다우너들이 상상도 못 해봤을 만큼 거대한 우주선들이 거인처럼 오간다고 했다.

모든 것이 이곳으로 흘러가고 이곳에서 흘러나왔다. 베넷은 이제 죽었고, 태양 아래 사는 그녀의 인생에 〈시간〉을 만들었다. 평원의 이미지들로 가득이, 이미지들의 그림자 속에서 밤잠을 자듯이, 이건 순례의 한 방법이었다. 그녀는 이 순례 여행으로 이 〈시간〉을 기리고 싶었다.

그들은 인간들에게도 그곳에서 보라고 업어보브를 위한 이미지들을 준 적이 있었다. 순례란 말이 딱이었다. 이 〈시간〉은 그 여행에서 온 베넷과 관계있었다.

「왜 나한테 그런 말을 해?」 달루트-호스-메가 물었다.

「나의 봄은 저기, 업어보브에 있을 거야.」

그가 더 가까이 다가왔다. 탐-우차-피탄은 그의 몸에서 나는 열기를 느꼈다. 그는 팔로 그녀를 안았다. 「나도 갈래.」 그가 말했다.

잔인하긴 했지만, 첫 여행에 대한 욕망이 그녀의 마음속에 자리 잡았다. 그리고 잿빛 겨울이 지나고 그들이 봄을 생각하기 시작하면, 따뜻한 바람과 구름의 갈라짐을 생각하게 되면, 그녀에 대한 그의 욕망 역시 점점 커질 것이었다. 그리고 베넷, 땅속에 차갑게 누워 있는 베넷이었다면 기묘한 인간식 웃음을 터뜨리며 껄껄 웃고 그들에게 행복을 빌어 줬을 것이다.

봄이 되면 히사는 늘 이렇게 방랑했고, 보금자리를 꾸몄다.

4
쎌: 블루 구역 5층, 2352년 5월 28일

저녁 식사는 또다시 냉동식품이었다. 둘 다 저녁 늦게야 집에 돌아와 스트레스로 멍해져 있었다. 피난민이 더 늘어났고, 혼돈도 더 커졌다. 데이먼은 식사를 했다. 그러다가 마침내 자신이 넋 놓고 있었음을 깨닫고 고개를 들었다. 엘렌도 혼자 침묵에 빠져 있었다…… 최근 둘 사이에 생겨난 버릇이었다. 그 점을 생각하자 데이먼은 마음이 뒤숭숭해져, 식탁 너머로 손을 뻗어 엘렌의 손 위에 올렸다. 엘렌의 손은 접시 옆에 놓여 있었다. 엘렌은 손을 뒤집어 데이먼과 깍지를 꼈다. 엘렌도 데이먼만큼 지쳐 보였다. 엘렌은 요즘 너무 오래 일하고 있었다. 오늘은 그나마 적게 일한 편이었다. 이는 일종의 치료법이었다. 생각하지 않기 위한 방책. 엘렌은 절대로 〈에스텔〉에 대해 말하지 않았다. 말 자체를 많이 하지 않았다. 어쩌면 엘렌은 직장에선 말할 일이 거의 없어서 늦게까지 직장에 있는 건지도 모른다고 데이먼은 생각했다.

「오늘 탤리를 봤어.」 데이먼은 적막한 공간을 채울 수 있길, 엘렌의 관심을 돌릴 수 있길 바라며 쉰 목소리로 말했다. 그래도 주제가 우울했다. 「탤리는…… 조용해 보이더라. 고통은 없고. 고통은 전혀 없었어.」

엘렌이 손에 힘을 주었다. 「결국 당신이 그 사람에게 제대로 해준 거네, 안 그래?」

「모르겠어, 절대로 알 수 없을 것 같아.」

「탤리가 부탁했어.」

「탤리가 부탁했지.」 데이먼은 따라 말했다.

「당신은 할 수 있는 모든 일을 했어. 그게 당신이 할 수 있는 전부야.」

「사랑해.」

엘렌은 웃음 지었다. 더 이상 웃음 지을 수 없을 때까지 입술을 떨며 웃음을 지었다.

「엘렌?」

엘렌은 손을 뺐다. 「우리가 펠을 지켜 낼 거라고 생각해?」

「못할 것 같아?」

「당신은 우리가 펠을 지키지 못할 거라 생각하는 것 같아.」

「그건 무슨 논리야?」

「당신이 나와 토론하지 않으려 하는 것들이 있으니까.」

「수수께끼 내지 말고. 난 수수께끼 잘 못하는 거 알잖아. 무슨 일인데.」

「난 아이를 원해. 난 이제 피임을 하고 있지 않아. 당신은 여전히 하고 있는 것 같지만.」

데이먼은 얼굴이 확 달아올랐다. 한순간 데이먼은 거짓말을 할까 생각해 보았다. 「맞아, 지금은 그걸 토론하기에 적기가 아니라고 생각했어. 아직은 아니라고 봤어.」

엘렌은 괴로워하며 입술을 꼭 다물었다.

「당신이 뭘 원하는지 모르겠어.」 데이먼이 말했다. 「정말 모르겠어. 만일 엘렌 퀸이 아기를 원한다면, 그래 좋아. 그러자. 괜찮아, 뭐라도 괜찮아. 하지만 거기 내가 알 만한 이유가 있길 바랐어.」

「당신이 무슨 밀을 하는 건지 모르겠어.」

「왜 혼자서만 고민하는 거야. 그동안 난 당신을 지켜봤어. 하지만 나에게 한 번도 무슨 생각을 하는지 말해 주지 않았지. 뭘 원해? 내가 어떻게 할까? 당신을 임신시킨 뒤 놔줄까? 어떻게 하면 될지만 알면 도와줄게. 내가 뭘 하면 돼?」

「싸우고 싶지 않아. 싸우기 싫어. 난 내가 뭘 원하는지 이미 말했어.」

「〈어째서〉야?」

엘렌은 어깨를 으쓱했다. 「더는 기다리고 싶지 않아.」 엘렌은 이마를 찡그렸다. 요 며칠 동안 처음으로, 데이먼은 엘렌과 눈을 마주쳤다는 느낌을 받았다. 진짜 엘렌의 눈. 부드러운 뭔가의 눈. 「나를 걱정했구나.」 엘렌이 말했다. 「난 알아.」

「가끔은 당신 말을 다 알아듣지 못하겠어.」

「우주선에서는…… 아이를 갖건 말건 그건 내가 결정할 일이야. 우주선 가족들은 어떤 일엔 깊이 개입하지만 어떤 일엔 끼어들지 않아. 하지만 당신과 당신 가족은…… 난 이해해. 그리고 존중해.」

「당신 집이기도 해. 여긴 당신 집이야.」

엘렌은 보일 듯 말 듯한 웃음을 지었다. 아마 일종의 제안일 터였다. 「그래서, 당신은 어떻게 생각해?」

스테이션 기획청들은 긴박한 경고들과 함께 〈애원〉 수준의 자제 권고를 내놨다. 단지 Q가 생겨서만은 아니었다. 전쟁이 벌어지고 있었고, 점점 더 가까워지고 있었다. 모든 규칙은 콘스탄틴 가문에 가장 먼저 적용되었다.

데이먼은 고개를 끄덕였다. 「그럼 우리 이제 그만 기다리기로 하자.」

둘에게 드리워져 있던 어두운 그림자가 걷힌 것 같았다. 제비뽑기로 배정받은 블루 구역 5층의 작은 아파트, 전에 살던 곳보다 작아 가구가 맞지 않고, 모든 게 엉망이었던 이곳에서 〈에스텔〉의 유령이 사라졌다. 옷장에 접시를 넣어야 했고, 밤에는 침실이 되는 거실, 끈으로 묶인 상자들이 쌓여 있는 구석, 옷장에 들어가야 할 물건들이 들어 있는 다우너 고리버들 세공 상자가 놓인 이곳이 갑자기 집이 되었다.

데이먼과 엘렌은 낮에 소파로 쓰는 침대에 누웠다. 엘렌은 데이먼의 팔에 안긴 채 누워 이야기했다. 엘렌은 몇 주 만에 처음으로 이야기했고, 사귀고 나서 이제까지 한 번도 얘기한 적 없는 기억들을 밤늦도록 쏟아 냈다.

데이먼은 엘렌이 〈에스텔〉에서 잃은 것들을 헤아려 보려 애썼다. 엘렌의 우주선. 엘렌은 아직도 그걸 자기 우주선이라 불렀다. 형제, 친척. 스테이션인이 쓰는 말에 〈상인의 도덕〉이라는 표현이 있었다. 그러나 데이먼은 다른 상인들 속에 있는 엘렌을 상상할 수가 없었다. 부둣가에서 법석을 떨며 술잔치를 벌이고 누구든 하겠다는 사람만 있으면 같이 하룻밤 보내려고 우주선에서 내리는 난폭한 상인들, 그런 사람들 속에 있는 엘렌을 상상할 수가 없었다. 믿을 수가 없었다.

「믿어야 해.」엘렌은 말했다. 그녀는 데이먼의 어깨에 대고 떨리는 숨을 쉬었다.「그게 우리가 사는 방식이야. 그거 말고 뭘 원해? 근친? 그 우주선에 탄 사람들은 내 사촌들이었어.」

「당신은 달랐어.」데이먼은 우겼다. 데이먼은 엘렌을 처음 봤을 때를 기억했다. 그녀가 사촌이 얽힌 문제 때문에 사무실에 왔을 때 처음 만났다…… 늘 다른 우주선 사람들보다 조용했다. 대화를 하고, 다시 만나고 또다시 만나고. 두 번째 항해…… 그리고 다시 펠. 엘렌은 한 번도 사촌들과 술집을 돌아다니지 않았고, 상인들과 어울리지도 않았다. 엘렌은 데이먼에게로 왔고, 스테이션에서 머무는 날들을 데이먼과 함께 보냈다. 그리고 우주선에 다시 타지 않았다. 상인들은 결혼하는 일이 거의 없었다. 그러나 엘렌은 결혼했다.

「아니.」엘렌이 말했다.「달랐던 건 〈당신〉이야.」

「누구의 아기라도 가진다고?」그 생각에 데이먼은 머릿속이 혼란해졌다. 자신이 안다고 생각해서 한 번도 엘렌에게 물어본 적 없는 것들이 좀 있었다. 그리고 엘렌은 한 번도 그런 식으로 말한 적이 없었다. 데이먼은 뒤늦게야 자신이 안다고 생각했던 모든 것을 되돌아보기 시작했다. 그 결과에 상처받으려고, 그리고 싸우려고. 이 여자는 엘렌이었다. 아직도 데이먼이 믿는, 신뢰하는 대상이었다.

「그 외에 어디에서 우리가 아기를 얻을 수 있었겠어?」엘렌이 기묘한 의미를 분명히 하려 반문했다. 「우린 아기들을 사랑해. 그렇다고 생각 안 해? 아기들은 우주선 전체의 것이야. 이젠 아무도 안 남았지만.」엘렌은 갑자기 그에 대해 이야기할 수 있었다. 데이먼은 몸에서 긴장이 확 풀리는 것을, 안도의 한숨이 흘러나오는 것을 느꼈다. 「아기들은 모두 죽었어.」

「당신은 엘트 퀜을 아버지라 불렀지. 티아 제임스를 어머니라 불렀고. 그게 그런 식이었어?」

「그 사람은 아버지가 맞았어. 어머니는 알았지.」그리고 잠시 침묵. 「어머니는 아버지와 함께하기 위해 스테이션을 떠났어. 흔한 경우는 아니지.」

엘렌은 데이먼에게 그렇게 해달라고 부탁한 적이 없었다. 데이먼도 딱히 그런 생각을 해본 적이 없었다. 콘스탄틴 가문의 사람에게 펠을 떠나라는 부탁이라니…… 데이먼은 자신이 과연 그렇게 했을지 자문하고는 매우 곤혹스러움을 느꼈다. 〈난 그렇게 했을 거야.〉데이먼은 애써 우겨 보았다. 〈그렇게 했을지도 몰라.〉「힘들 거야.」데이먼은 소리 내어 인정했다. 「당신도 우주선을 떠나며 힘들었고.」

엘렌은 고개를 끄덕였다. 데이먼은 팔로 엘렌의 고갯짓을 느꼈다.

「후회해, 엘렌?」

엘렌은 살짝 고개를 저었다.

「이제야 이런 얘기를 하게 되다니.」데이먼이 말했다.「진작에 얘기했으면 좋았을 텐데. 우리가 서로에게 얘기할 만큼 충분히 알았다면 좋았을 텐데. 우리는 몰랐던 게 너무 많아.」

「그래서 신경 쓰여?」

데이먼은 엘렌을 당겨 안고, 머리카락 사이로 키스하고, 손으로 엘렌의 머리를 쓸어 넘겼다. 데이먼은 아니라고 말할까 잠시 생각하다가, 곧 아무 말 않기로 결심했다.「그동안 당신은 펠을 봐왔어. 내가 셔틀보다 큰 우주선에는 발을 들여 본 적도 없다는 걸 이젠 알았겠지? 이 스테이션 밖으로 나가 본 적이 없다는 것도? 난 어떤 것들에 대해선 어떻게 바라봐야 할지 모르겠고, 심지어 그 질문을 어떻게 해야 할지도 모르겠어. 내 말 이해하지?」

「나도 당신에게 어떻게 부탁해야 할지 모르겠는 것들이 있어.」

「뭘 부탁하고 싶은데?」

「방금 했어.」

「난 긍정이든 부정이든 어떻게 대답해야 할지 모르겠어. 엘렌, 나라면 과연 펠을 떠날 수 있었을지 모르겠어. 난 당신을 〈사랑해〉. 하지만 펠을 떠날 수 있었을지는 모르겠어⋯⋯ 그렇게 짧은 시간 후에 말이야. 그리고 그 점이 계속 신경 쓰여. 〈정말로〉 신경 쓰여. 만일 내가 그 생각을 전혀 못 했던 게 내 안의 무언가 때문인지……. 내가 어떻게 하면 펠에서 당신을 행복하게 해줄까만 생각하려 애쓰며 모든 계획을 짰던 게, 내 내면의 무언가 때문인지 신경 쓰여…….」

「내가 잠시 머무르는 게…… 콘스탄틴 가문의 사람이 펠에서 뿌리를 걷고 떠나는 것보단 쉬웠어. 잠시 멈춰 있는 건 쉬워. 우린 늘 그러는걸. 하지만 〈에스텔〉을 잃는 것만은 내 계획에 없었어. 저 밖에 있는 것들처럼, 이건 절대로 당신이 계획한 게 아냐. 당신은 방금 내게 대답을 줬어.」

「내가 어떻게 대답했는데?」

「뭣 때문에 신경 쓰이는지.」

그 말에 데이먼은 어리둥절해졌다. 〈우린 늘 그러는걸.〉 그 말에 데이먼은 덜컥 겁이 났다. 하지만 엘렌은 데이먼에게 기대 누운 채 계속 이야기했다. 사물이나 일보다는…… 내면 깊이 담아 둔 감정에 대해 말했다. 상인들에게 유년기가 어떤 식인지. 열두 살 때 생전 처음 어떤 스테이션에 발을 디디고, 모든 상인을 봉이라 여기는 무례한 스테이션인들에게 놀라 겁먹었던 것. 오래전 마리너에서 사촌 한 명이 어느 스테이션인과 말다툼을 하다 칼에 찔려 죽은 것. 그 사촌은 상대의 질투심을 이해조차 못 하면서 죽었다.

그리고 믿을 수 없는 엄청난 일이 벌어졌다……. 우주선을 잃고 엘렌의 긍지는 상처를 입었다. 〈긍지…….〉 그 생각에 데이먼은 좌절해, 한동안 누운 채 껌껌한 천장을 응시하며 그에 대해 생각했다.

그 〈이름〉이 쇠약해졌다……. 이름은 우주선처럼 재산이었다. 누군가 그 이름을 약화시켰고, 적이 워낙 익명에 묻혀 있었기 때문에 이름을 되찾아 올 상대조차 없었다. 잠시 데이먼은 맬러리 생각을 했다. 엘리트 계층의 참기 힘든 오만함, 특권층의 거들먹거림을 생각했다. 밀폐된 세계들과 거기에 적용된 법, 거기선 누구도 재산이 없었고, 모두가 함께 소유했다. 우주선과, 그 우주선에 속하던 모든 사람. 부두 현장 주임의 눈에 침을 뱉는 상인들이라도 맬러리나 퀜이 명령하면 툴툴거리며 뒤로 물러났다. 엘렌은 〈에스텔〉을 잃은 점에 애통해했다. 당연했다. 하지만 부끄러운 일이기도 했다……. 엘렌은 그곳에 있어야 했을 때 그 자리에 없었던 것이다, 펠은 엘렌을 부둣가 사무실들로 보내 퀜 가문의 평판을 이용하게 했다. 하지만 이제 엘렌 뒤에는 아무것도 없었고, 오직 엘렌이 그 자리에서 보복하지 못했다는 평판만이 남았다. 죽은 이름. 죽은 우주선. 어쩌면 엘렌은 다른 상인들에게서 동정을 감지했을지도 모른다. 그랬다면 그게 가장 비통한 일이 될 것이다.

엘렌이 데이먼에게 부탁한 한 가지, 데이먼은 논의도, 고민도 해보지 않고 엘렌을 피했었다.

「첫아이는 퀜이란 이름으로 통하게 될 거야.」 데이먼은 베개에서 고개를 돌려 엘렌을 바라보며 조용히 말했다. 「내 말 듣고 있어, 엘렌? 펠에 콘스탄틴 가문 사람은 차고 넘쳐. 아버지는 실쭉해지실지도 모르지만 이해하실 거야. 어머니도 마찬가지고. 난 그렇게 하는 게 중요하다고 생각해.」

엘렌은 울기 시작했다. 엘렌이 데이먼 앞에서 우는 건 처음이었다. 엘렌은 전혀 울음을 억누르지 않았다. 엘렌은 양 팔로 데이먼을 안고 그대로 아침이 될 때까지 있었다.

제10장

바이킹이 눈앞 허공에 떠 있는 것이 보였다. 강렬한 별빛 속에서 어렴풋이 빛나고 있었다. 광업, 즉 금속과 광물에 관련된 산업……. 이것이 바이킹을 받쳐 주고 있었다. 시거스트 에어리스는 화물선 선교의 전망 좋은 곳에서 스크린에 뜬 영상을 지켜보았다.

그런데 뭔가 잘못되었다. 선교의 스테이션들이 조용하면서도 부산하게 경보를 전달했고, 사람들은 얼굴을 찡그리고 힘든 표정을 지었다. 에어리스는 동료 세 명을 흘끗 보았다. 동료들도 사태를 눈치채고 불편한 마음으로 서 있었으며, 장교들이 스테이션들을 뛰어다니며 지휘할 동안 모두 장교들의 일처리에 방해가 되지 않으려 애썼다.

또 다른 우주선 한 척이 그들과 함께 들어오고 있었다. 에어리스도 그 정도는 해석할 수 있었다. 우주선은 점점 더 다가오다가 스크린에 보일 정도가 되었다. 원래 우주선들끼리

169

는 항행 시 이 정도로 가까우면 안 되었다. 스테이션에도 이 정도로 가까우면 안 되었다. 우주선은 컸고 날개가 여럿 달려 있었다.

「우리의 규정 항로에 들어와 있습니다.」마시 대표가 말했다.

우주선은 계속해서 다가왔고, 상선 선장이 자리에서 일어나 그들에게로 걸어왔다. 「문제가 생겼습니다.」선장이 말했다. 「우리는 호위를 받고 있습니다. 하지만 우릴 압박하는 저 우주선의 정체를 도무지 모르겠습니다. 저 우주선은 군용입니다. 솔직히, 우린 더 이상 컴퍼니 공간에 있는 것 같지 않습니다.」

「도약해 도망칠 생각인가요?」에어리스가 물었다.

「아니요. 그렇게 명령하실 순 있겠지만, 우린 그리하지 않을 겁니다. 당신은 상황을 이해하지 못해요. 여긴 광활한 우주입니다. 가끔 우주선들이 기습을 당하기도 하죠. 여기서 무슨 일이 벌어졌어요. 우린 우연히 그 현장에 들어오고 만 거고요. 전 계속 〈발포 없음〉 메시지를 보내고 있습니다. 우린 평화롭게 들어갈 겁니다. 그리고 만약 운이 따라준다면, 저자들은 우릴 다시 보내 줄 겁니다.」

「유니언이 여기 있다고 생각하는군요.」

「오직 그자들과 우리만 있지요.」

「그리고 〈우리의〉 상황은요?」

「아주 곤란한 상황입니다. 하지만 이건 당신이 선택한 모험입니다. 당신들이 구금되지 않을 거란 장담은 못 합니다.

정말입니다. 죄송합니다.」

마시는 항의하기 시작했다. 에어리스는 한 손을 내밀었다. 「됐습니다. 본실에 가서 술이나 한잔하고 사태가 진정되기를 기다리는 게 어떨까요. 함께 얘기를 나눠 봅시다.」

에어리스는 총 때문에 신경이 곤두섰다. 에어리스는 라이플을 든 청소년들의 재촉을 받으며 펠의 부두와 거의 같은 부두를 나아갔고, 너무나 똑같이 생긴 이 어린 혁명주의자들과 함께 리프트에 빽빽이 밀어 넣어졌다. 에어리스는 숨이 찼고, 동료들이 걱정됐다. 나머지 동료들은 타고 온 우주선의 정박지 근처에서 아직도 보초들의 감시 아래 있었다. 에어리스가 바이킹 부두를 걸어가며 본 군인들은 모두가 찍어 낸 듯 똑같았고, 위아래가 붙은 초록색 작업복을 제복으로 입은 탓에 부둣가를 초록색으로 물들이면서, 가끔 눈에 보이는 민간인들을 압도했다. 사방에 총이 보였다. 그리고 빈 공간들. 저 너머 부두들의 위쪽으로 굽어지는 부분을 따라 빈 공간들이 보였다. 사람들이 떠나 버린 곳들이었다. 사람들이 충분하지 않았다. 바이킹 스테이션 전역에 화물선들이 도킹되어 있음에도 불구하고, 바이킹의 거주민 수는 펠과 비교도 할 수 없이 적었다. 에어리스는 자신들이 함정에 걸려 들었다고 추측했다. 상인들은 필시 아주 정중한 대접을 받고 있겠지만 (에어리스가 탄 우주선에 올라온 군인들은 차갑게 예의 발랐다), 우주선은 여길 떠날 수 없다고 봐야 옳을 듯했다.

그들을 데려온 우주선도, 저 밖의 다른 우주선들 중 어떤 것도 이곳을 떠날 수 없었다.

리프트는 위쪽 층 어딘가에서 멈췄다.「나가시죠.」젊은 대령이 말했다. 그는 에어리스에게 복도를 따라가라고 라이플 총신을 저어 명령했다. 이 장교는 끽해야 열여덟 살 정도 되어 보였다. 머리카락을 아주 짧게 자른 남녀 군인들은 모두 같은 또래로 보였다. 어린 군인들이 에어리스 앞뒤로 쏟아져 나왔다. 에어리스 정도의 나이와 신체적 조건의 남자에겐 좀 지나치게 많은 수의 보초였다. 창문 달린 사무실들이 이어지는 복도에는 더 많은 군인이 줄지어 있었는데, 다들 정확한 자세로 라이플을 들고 있었다. 모두가 열여덟 살 정도였고, 모두가 짧게 깎은 머리였고, 모두가…….

……매력적이었다. 바로 그 점이 에어리스를 강하게 자극했다. 이 군인들에겐 생기 넘치는 얼굴과 흔치 않은 유쾌함이 있었다. 마치 아름다움이 죽은 듯이, 마치 평범한 이와 사랑스러운 이가 더는 서로 구별되지 않는 듯이 보였다. 이런 이들 속에 흉터 혹은 어떤 종류의 홈이라도 있는 사람이 섞여 있으면, 두드러지게 기괴해 보일 것이었다. 평범한 사람이 낄 자리는 없었다. 남성과 여성, 모두가 일정한 오차 허용도 안의 신체 비율을 보였고, 머리 색과 이목구비만 다를 뿐 모두가 같았다. 마치 마네킹 같았다. 에어리스는 〈노르웨이〉의 흉터 있는 군대와 〈노르웨이〉의 백발이 된 함장, 평판이 좋지 않은 장비, 규율이라곤 전혀 모르는 듯한 그들의 태도를 떠올렸다. 비열한 언동. 흉터. 나이. 이들에게는 그런 결함이 전혀 없었다. 그런 부정확함은 절대 없었다.

에어리스는 남몰래 몸을 떨었다. 그는 마네킹들 사이를 걸어가며 배 속이 차갑게 죄어 오는 것을 느꼈다. 에어리스는 사무실로 들어간 뒤 다시 다른 방으로 들어가 탁자 앞에 섰다. 좀 더 나이 든 남자들과 여자들이 탁자 뒤에 앉아 있었다. 에어리스는 이들의 회색 머리와 결점들, 과체중인 몸 따위를 보고 안도했다. 미칠 듯이 마음이 놓였다.

「에어리스 씨가 오셨습니다.」마네킹 하나가 라이플을 든 채 큰 소리로 알렸다. 「컴퍼니 대표입니다.」마네킹은 앞으로 나아가 에어리스에게서 몰수한 신임장을 탁자에 놓았다. 마네킹이 신임장을 건넨 핵심 인물은 살집이 좋은 회색 머리의 여자였다. 여자는 신임장을 후루룩 넘겨 본 뒤 얼굴을 살짝 찌푸리며 고개를 들었다. 「에어리스 씨…… 전 이니스 앤딜린입니다.」여자가 말했다. 「갑작스레 이런 일을 당해 기분이 별로 안 좋으실 줄 압니다. 하지만 살다 보면 이런 일도 있는 거죠. 이제 당신 우주선을 압수한 일 때문에 컴퍼니의 이름으로 우릴 비난할 건가요? 어디 마음껏 해보시죠.」

「아뇨, 앤딜린 시민. 사실 처음엔 놀랐습니다만, 그렇게 파괴적인 결과로 이어지진 않았습니다. 전 뭔가 볼 수 있을까 해서 왔고, 충분히 봤습니다.」

「그래 뭘 보셨나요, 에어리스 시민?」

「앤딜린 시민.」에어리스는 몇 걸음 앞으로 나아갔다. 사람들의 표정에 걱정이 어리며 갑자기 라이플이 움직이자 에어리스는 발걸음을 멈췄다. 「전 지구 안보위원회 제2서기관입니다. 저와 함께 온 사람들은 지구 컴퍼니의 최고위층 출신들이고요. 우리는 상황 조사를 통해 컴퍼니 함대 내에 무질서와 군국주의가 존재하며 컴퍼니가 질 수 있는 책임의 모든 한계를 넘었음을 알게 되었습니다. 우린 우리가 본 것들에 경악했습니다. 이제 우린 마지언을 버립니다. 우리는 다른 식의 통치를 받고 싶다고 결정한 시민들의 영토를 소유하고 싶지 않습니다. 우린 정말로 부담스러운 충돌과 손해나는 투기사업에서 손을 떼고 싶습니다. 이 영토가 당신 것이라는 건 당신도 잘 아실 겁니다. 경계선은 너무 길면서 가늘어 이제 그 의미를 상실했습니다. 우린 비욘드의 주민들이 원하지 않는 일은 절대 강요할 수 없습니다. 우리가 뭐 하러 그러겠습니까? 우리는 이 스테이션에서 이렇게 만난 걸 재난으로 생각하지 않습니다. 사실 우린 당신을 찾고 있었습니다.」

회의실 안이 조용해지고, 사람들은 당혹스러운 표정을 지었다.

「우린 분쟁 중인 모든 영토를 공식적으로 할양할 준비가 되어 있습니다.」에어리스는 큰 소리로 말했다. 「솔직하게 말씀드리건대, 현재 경계선 너머로는 더 이상 아무런 관심도 없습니다. 컴퍼니의 대항성 군대는 컴퍼니 이사회의 투표 결과에 따라 해산됐습니다. 이제 우리에게 남은 유일한 관심사는 우리가 질서 있게 여기서 손을 떼는 것, 즉 후퇴하는 것이고, 우리 둘 다에게 합리적 범위에서 확고한 국경을 만드는 겁니다.」

사람들이 고개를 숙였다. 그러고는 서로 이리저리 뭐라고 속삭였다. 심지어 방 가장자리에 있던 마네킹들조차 동요하는 듯했다.

「우린 지방 당국입니다.」 마침내 앤딜린이 말했다. 「당신의 제안을 더 높은 분들에게 제시할 기회를 드리겠습니다. 당신은 마지언 일당을 억제하고 우리의 안전을 보장할 수 있습니까?」

에어리스는 숨을 훅 들이쉬었다. 「마지언의 함대를요? 아뇨. 거기 함장들을 말씀하시는 거라면, 불가능합니다.」

「당신은 펠에서 오셨죠?」

「그렇습니다.」

「그 말은 마지언의 함장들을 경험하셨다는 건가요?」

에어리스는 순간 머릿속이 멍해졌다······. 에어리스는 이런 실수에 익숙하지 않았다. 또한 이렇게 멀리서는 그러한 왕래가 뉴스가 된다는 사실에도 익숙하지 않았다. 하지만 상인들은 자신만큼 알고 또 말할 것임을 에어리스는 곧바로 알아차렸다. 정보를 감추는 것은 정말 아무 의미도 없었다. 위험한 일이었다. 「전 〈노르웨이〉의 함장인 맬러리란 자와 만났습니다.」 에어리스는 인정했다.

앤딜린은 엄숙하게 고개를 들었다. 「시그니 맬러리라. 대단한 특권을 누리셨군요.」

「제겐 특권이 아닙니다. 컴퍼니는 〈노르웨이〉에 대해 책임지기를 거부합니다.」

「무질서, 서투른 관리, 책임 부정······. 그런데도 펠은 질서가 잡혀 있다고 평판이 자자하죠. 당신의 말에 아연실색할 지경입니다. 거기서 무슨 일이 있었죠?」

「첩보원 노릇은 하지 않습니다.」

「하지만 당신은 마지언 및 그 함대와의 관계를 부인했습니다. 이건 과격한 조치인데요.」

「펠의 안전을 부인하진 않았습니다. 그곳은 우리의 영토니까요.」

「그럼 분쟁 중인 〈모든〉 영토를 할양할 준비가 되어 있지는 않은 거지요.」

「우리가 말하는 분쟁 중인 영토란 물론 파곤과 함께 시작된 영토들을 뜻하는 거랍니다.」

「아, 그럼 당신의 요구 사항은 뭔가요, 에어리스 시민?」

「질서 있는 권력 이양, 우리의 이익을 확실하게 보호해 준다는 협정들입니다.」

앤딜린이 큰 소리로 웃으며 얼굴의 긴장을 풀었다. 「〈우리〉와 조약을 맺겠다고요? 그쪽 군사들을 팽개치고, 〈우리〉와 조약을 맺겠다고요?」

「양쪽 모두의 곤경을 타개할 합리적인 해결책이죠. 비욘드에서 신뢰할 만한 보고를 마지막으로 받은 지 10년이 지났습니다. 서로 유리한 무역을 할 수도 있는데 전쟁이나 하며 함대가 우리의 통제를 벗어나고 지시를 거부한 지는 더 오래되었죠. 바로 〈이런〉 이유로 우리가 여기 온 겁니다.」

방 안이 쥐 죽은 듯 조용해졌다.

마침내 앤딜린은 고개를 끄덕였다. 그러자 이중턱이 생겨났다. 「에어리스 씨, 우린 당신을 아주 금지옥엽 다루듯, 너무나 부드럽게, 너무나너무나 부드럽게 사이틴으로 넘길 겁니다. 마침내 지구의 누군가가 제정신이 들었다는 원대한 희망을 품고서 말이죠. 말만 바꾸어 다시 마지막 질문을 드리죠. 펠에서 맬러리는 혼자였습니까?」

「대답할 수 없습니다.」

「당신은 아직 그 함대와의 관계를 부인하지 않았습니다.」

「그 선택권은 교섭 때 계속 쥐고 있겠습니다.」

앤딜린은 입을 오므렸다. 「중대한 정보를 넘기는 점에 대해선 걱정하실 필요 없습니다. 어차피 상인들은 우리에게 어떤 것도 감추지 않을 테니까요. 당신이 마지언 함대의 당면한 작전을 제지할 수 있었을까요? 한번 시도해 보시라고 하고 싶군요. 당신의 제안이 진지하단 걸 증명하기 위해 해보라고 권하고 싶어요······. 그럼 협상 동안, 적어도 당신이 그런 제지를 할 수 있다는 상징적 제스처를 보여 주는 게 될 테니까요.」

「우린 마지언을 통제할 수 없습니다.」

「당신들은 본인들이 질 거란 걸 알아요.」 앤딜린이 말했다. 「사실, 이미 졌다는 것을 알아요. 당신은 이미 우리가 손에 넣은 것을 우리에게 주려는 겁니다······. 그리고 그 대가로 양보를 얻어 내려 하고요.」

「이기든 지든, 우리는 더 이상 전쟁에 흥미가 없습니다. 우리의 원래 목적은 별들이 생존 능력을 갖춘 상업적 투기 대상물이라는 걸 확인하는 것이었던 듯하니까요. 그리고 당신들은 명백히 생존 능력을 갖췄지요. 당신들과는 교역할 만한 가치가 있습니다. 예전에 우리와 맺었던 경제적 관계와는 다른 면에서요. 원치 않으면 비욘드와 갈등을 겪지 않아도 됩니다. 당신네 우주선들과 우리 우주선들이 공동 사용권을 지니고 오갈 수 있는 길, 접점에 대해 합의할 수 있습니다. 당신들 쪽에서 뭘 하건 흥미 없습니다. 비욘드는 원하는 대로 개발하십시오. 또한 우린 교역 개시를 위해 일부 도약 화물선들을 집으로 불러들일 겁니다. 혹시라도 우리가 콘래드 마지언을 제지할 수 있다면 그 우주선들도 소환할 겁니다. 제 태도가 지금 아주 퉁명스럽지요? 우린 서로 추구하는 관심사가 너무 다릅니다. 멀쩡한 정신으로 전쟁을 계속할 이유도 없습니다. 당신들은 모든 면에서 바깥 콜로니들의 합법적인 정부로 인정받고 있습니다. 전 협상자이고, 협상이 성공할 경우 임시 대사이기도 합니다. 우린 이 일을 패배라고 생각하지 않습니다. 만약 콜로니들 중 대다수가 당신들을 지지한다면 말입니다. 당신들이 이 지역들에서 정부라는 사실이 그 점을 충분히 설명해 줍니다. 그리고 당신네 중앙 기관에 나중에 더 자세히 설명할 상황이 하나 있지요. 즉 당신들의 새로운 관리국이 우리의 업무를 담당하고 있고, 당신들을 공식으로 인정하겠다는 겁니다. 또한 동시에 우리는 무역 협상을 시작할 준비가 되어 있습니다. 우리가 조종할 수 있는 범위 안의 모든 군사 작전은 중지될 겁니다. 불행히도…… 마지언 일당을 중지시키는 건 우리 능력 밖의 일입니다. 그저 지원과 승인을 철회할 수 있을 뿐입니다.」

「전 지방 행정관이고, 우리의 중앙 정부에서 한 단계 떨어져 있습니다. 하지만 에어리스 〈대사〉, 전 우리 정부가 이런 일에 대한 토론을 머뭇거릴 거라곤 절대 생각하지 않습니다. 적어도 지방 행정관이 보기엔 말입니다. 당신을 진심으로 환영합니다.」

「서둘러야 합니다. 그래야 사람들을 살릴 수 있습니다.」

「정말로 서두르고 있습니다. 이 군인들이 당신을 안전한 거처로 안내해 드릴 겁니다. 같이 오신 분들도 곧 그리로 모시겠습니다.」

「체포하는 겁니까?」

「정확히 그 반대입니다. 스테이션은 접수된 지 얼마 되지 않았고 아직 불안정합니다. 우린 당신이 어떤 위험에도 처하시 않게 확실히 해두고 싶습니다. 금지옥엽처럼 다루겠습니다, 에어리스 대표. 어디든 가고 싶은 곳으로 걸어가셔도 좋습니다. 하지만 언제나 보안요원들을 호위대로 대동하십시오. 그리고 진심으로 충고드리자면, 쉬십시오. 허가가 나는 즉시 다시 우주선을 타고 이동하셔야 하니까요. 출발 전까지 하룻밤 잘 수 있을지도 불분명합니다. 동의하십니까?」

「동의합니다.」 에어리스가 동의하자, 앤딜린은 어린 장교를 불러 뭐라고 말했다. 장교는 이번엔 손으로 가리켰다. 에어리스가 일어나자 탁자의 모든 이가 예의 바르게 고개를 끄덕여 인사했다. 에어리스는 등에 서늘한 기운을 느끼며 밖으로 걸어 나왔다.

실용주의라고 에어리스는 생각했다. 에어리스는 자신이 본 것들이 마음에 들지 않았다. 지나치게 비슷하게 생긴 보초들, 사방의 냉랭한 기운. 지구의 안보위원회가 명령을 내리고 계획을 짰을 때는 이런 모습을 몰랐다. 힌더 스타 기지들이 무너진 뒤로 중간 지역의 지구편 스테이션들이 없었기 때문에 병참학적으로 확전 가능성이 없어졌지만, 마지언은 전쟁이 비욘드 전체에 퍼지는 걸 막는 데 실패했다…… 상황을 더욱 악화시켰고, 교전 상태를 위험한 수준까지 올려놓았다. 갑자기 에어리스는 마지언의 군대가 펠 너머의 방위선을 공고히 하기 위해 힌더 스타 스테이션들을 다시 활성화시킬 수도 있다고 예측했고, 그 가능성을 생각하는 것만으로도 속이 울렁거렸다.

분리주의자들은 자신들의 길을 갔다……. 너무 멀리까지 갔다. 이제 씁쓸한 결정을 내려야 했다……. 유니언이라 불리는 이것에 화해를 청해야 했다. 협정들, 국경들, 장벽들…… 그리고 봉쇄.

경계선을 지키지 못하면, 곧바로 참사가 닥칠 것이었다……. 버려진 지구 지역 스테이션들, 편리한 기지들을 유니언이 직접 활성화할 가능성이 있었다. 솔 스테이션에서 건조 중인 함대가 하나 있었다. 시간을 벌어야 했다. 그때까지 마지언은 유니언을 막을 총알받이였다. 솔은 다음 저항군을 지휘해야 했다. 컴퍼니 명령을 무시하고 자기 멋대로 구는, 위아래도 모르는 어리석은 컴퍼니 함대가 아니라, 솔이 지휘관이 되어야 했다.

무엇보다도, 그들은 펠을 지켜야 했다. 그 기지 하나만큼은 지켜야 했다.

에어리스는 안내인을 따라 걸어간 뒤 몇 층 아래에 있는 아파트로 들어갔다. 그들이 배정해 준 아파트는 아주 안락했다. 에어리스는 그 안락함에 위안을 받았다. 에어리스는 억지로 자리에 앉은 뒤, 마음 편히 동료들을 기다리는 척했다. 그들은 에어리스의 동료들이 곧 합류할 거라고 보장했다……. 그리고 마침내 동료들이 왔다. 그들은 현재 상황에 겁을 먹고 있지 않았다. 에어리스는 호위병들을 나가게 한 뒤 문을 닫고, 방 가장자리 쪽을 재빨리 눈짓했다. 마음 놓고 말하면 안 된다는 소리 없는 경고였다. 다른 이들, 즉 테드 마시, 칼 벨라, 러모나 디아스는 에어리스의 경고를 이해하고는 에어리스의 의도대로 아무 말 하지 않았다. 에어리스는 그들이 다른 곳에서도 속내를 말한 적이 없길 바랐다.

에어리스는 바이킹 스테이션의 누군가가, 즉 화물선의 승무원들이 큰 곤경에 빠져 있을 것이라 확신했다. 상인들은 전선을 지날 수 있다고들 했다. 일이 잘못되어 봤자, 간혹 애초에 계획했던 곳과 다른 항구로 가게 되는 정도가 다였다. 혹은 때때로, 상선을 멈춰 세운 게 마지언의 우주선 중 한 척이면 화물 일부 또는 남자나 여자 선원 한 명을 징발당했다. 상인들은 그런 일을 참아 냈다. 그리고 그들을 바이킹으로 데려와 준 상인들은, 펠과 이곳에서 그들이 본 것들에서 군사적 가치가 사라질 때까지 구금되겠지만, 그 상황도 견뎌 낼 것이었다. 에어리스는 상인들이 정말로 견뎌 낼 수 있길 바랐다. 그들을 위해 아무것도 해줄 수 없었다.

그날 밤 에어리스는 제대로 잠을 이루지 못했고, 주일 아침이 되기 전, 앤딜린에게 경고받은 것처럼 유니언 영토로 더 깊이 들어가는 우주선을 타야 했다. 그들은 사이틴으로, 반란군의 수뇌부로 간다고 약속받았다. 이제 시작이었다. 후퇴란 없었다.

제11장

펠 구치소: 레드 구역, 2352년 6월 27일

〈그가〉 돌아왔다. 조시 탤리는 자기 방의 창문을 본 뒤, 이곳에 너무나 자주 들르는 얼굴을 바라보았다……. 뭐든 최근 일을 떠올릴 때 그렇듯이 모호하게, 조시는 자신이 이 남자를 알았다는 사실을 기억했다. 그리고 이 남자가 자신에게 일어난 모든 일의 일부란 사실도 기억했다. 조시는 그와 눈이 마주쳤고, 평소보다 더 강하게 호기심을 느끼며 침대에서 창문으로 나아갔다. 걷기가 쉽지 않았다. 팔다리가 모두 전반적으로 약해져 있었던 것이다. 조시는 가까운 거리에서 젊은 남자를 마주 보았다. 그리고 간절하게 창문으로 손을 내밀었다. 모든 이가 조시에게서 멀리 떨어져 있었다. 조시는 하얀 연옥, 모든 것이 정지되어 있는 곳, 감각이 둔하고 모든 맛이 밍밍한 곳, 말이 멀리서 들리는 곳에서만 살았기 때문이다. 조시는 홀로 떨어져 고립된 채 이 순백 속에서 떠돌았다.

「나오세요.」 의사는 그렇게 말했다. 「내키면 언제라도 나와요. 세상이 바로 여기 바깥에 있어요. 준비되면 나오세요.」

여긴 자궁 속처럼 안전했다. 조시는 그 안에서 점점 더 강해졌다. 전에는 침대에 누우면 팔다리가 납처럼 무겁고 피곤해 움직이기조차 싫었다. 그러나 이제 조시는 훨씬, 훨씬 강해졌다. 조시는 일어나서 이 낯선 이를 꼼꼼히 살펴보고 싶은 마음이 들었다. 조시는 다시 용감해졌다. 처음으로 조시는 몸이 회복되고 있음을, 그 덕분에 더욱 용감해지고 있음을 알았다.

창 뒤의 남자가 움직이더니 손을 뻗어 창문에 대고 조시와 손을 맞췄다. 조시의 마비된 신경들은 감촉을 기대하고, 저쪽 손의 무감각한 신경들은 흥분으로 따끔거렸다. 우주가 한 장의 플라스틱 뒤에 존재했다. 모든 것이 저 뒤에서 만져달라고 하는 듯했다. 느껴지지 않고, 격리되고, 단절된 채로. 조시는 이 의외의 새로운 사실에 매혹되었다. 조시는 검은 눈과 마르고 젊은 얼굴을 들여다보았다. 상대는 갈색 정장을 입고 있었다. 조시는 저 사람이 자궁 밖에 있는 자신일까 생각했다. 서로 손을 너무나 완벽하게 대고 있는, 같이 만지고 있지만 만지고 있지 않은 자신일까 생각했다.

하지만 조시는 하얀 옷을 입고 있었다. 따라서 이건 거울이 아니었다.

얼굴도 달랐다. 조시는 어렴풋이나마 자신의 얼굴을 기억했지만, 기억 속의 얼굴은 소년이었고, 오래전 모습이었다. 조시는 남자가 누군지 떠올릴 수가 없었다. 조시가 뻗은 손은 소년의 손이 아니었다. 조시의 의지와 무관하게 조시에게 뻗어 온 손도 소년의 손이 아니었다. 조시는 엄청나게 많은 일을 겪었다. 그러나 그 모든 일을 하나로 모을 수가 없었다. 그러고 싶지 않았다. 조시는 공포를 기억했다.

창 뒤의 얼굴이 조시를 보고 웃었다. 옅고 친절한 미소였다. 조시는 함께 웃고는 다른 손을 내밀어 차가운 플라스틱 뒤에 가로막힌 남자의 얼굴을 만졌다.

「나와요.」 벽 뒤에서 목소리가 말했다. 조시는 자신이 그렇게 할 수 있다는 것을 기억했다. 조시는 머뭇거렸지만, 낯선 이는 계속 조시에게 나오라고 말했다. 어딘가 다른 곳에서 들리는 소리에 맞춰 입술이 움직이는 것이 보였다.

조시는 조심스럽게 문으로 갔다. 그들은 문은 언제나 열려 있다고 말했다.

문이 열렸다. 갑작스레 조시는 안전장치 없이 우주를 마주해야 했다. 그는 그곳에 서서 자신을 바라보는 남자를 보았다. 만약 그가 만진다면, 손에 닿는 건 차가운 플라스틱일 것이었다. 그리고 만약 남자가 얼굴을 찌푸리기라도 하면, 숨을 곳이 전혀 없었다.

「조시 탤리.」 젊은이가 말했다. 「전 데이먼 콘스탄틴입니다. 절 기억하시나요?」

콘스탄틴. 강력한 힘을 가진 이름이었다. 이 이름은 펠을 뜻했고, 힘을 뜻했다. 이 이름이 뜻했던 다른 것들은 생각나지 않았다. 한때 그들이 적이었다는 것, 이제 더는 적이 아니라는 것을 빼면. 모두 깨끗이 지워졌고, 모두 용서되었다. 〈조시 탤리.〉 남자는 조시를 알았다. 조시는 개인적 이유에서 이 데이먼이란 자를 기억해 내야 한다고 느꼈지만 기억할 수 없었다. 그래서 조시는 당혹감을 느꼈다.

「기분이 어때요?」 데이먼이 물었다.

기분이 복잡했다. 조시는 요약하려 애썼지만 실패했다. 요약하려면 생각들을 한데 묶어야 하는데, 조시의 생각들은 동시에 사방으로 뿔뿔이 흩어졌다.

「뭐 원하는 거라도 있으신가요?」 데이먼이 물었다.

「푸딩요.」 조시가 말했다. 「과일이 들어간 걸로요.」 과일 푸딩은 조시가 가장 좋아하는 음식이었다. 조시는 아침만 빼고 끼니마다 과일 푸딩을 먹었다. 그들은 조시가 부탁하는 것을 주었다.

「책은요? 책을 읽고 싶으신가요?」

책을 준다는 제안은 처음이었다. 「네.」 조시는 책 읽는 걸 좋아했다는 기억에 얼굴이 환하게 밝아지며 말했다. 「고맙습니다.」

「절 기억하시나요?」 데이먼이 물었다.

조시는 고개를 흔들었다. 「미안합니다.」 조시는 비참한 마음으로 대답했다. 「아마도 우린 만난 적이 있을 거예요. 하지만 보시다시피, 전 아무것도 제대로 기억하지 못해요. 제가 여기 온 뒤에 당신을 만난 적이 있지 않았나 싶어요.」

「잊는 건 당연합니다. 그 사람들 말로는 당신이 아주 잘하고 있다던걸요. 전 당신을 살펴보러 여러 번 왔습니다.」

「그건 기억납니다.」

「그래요? 몸이 회복되면, 언젠가 제 아파트에 찾아와 줬으면 해요. 아내와 전 당신을 초대하고 싶습니다.」

　조시는 데이먼의 제안을 생각해 보았다. 우주가 확장되어 두 배로 커지고 몇 배로 더 커져, 조시는 이제 발밑이 불안하다고 느꼈다. 「제가 당신 아내분도 아니요?」

　「아뇨, 하지만 아내는 당신에 대해 압니다. 제가 당신 얘기를 했거든요. 아내도 당신이 찾아와 줬으면 한다고 말했어요.」

　「이름이 뭐죠?」

　「엘렌, 엘렌 퀜입니다.」

　조시는 입술을 움직이며 이름을 발음해 보았지만, 소리를 내진 않았다. 데이먼의 아내인 엘렌 퀜은 상인의 이름이었다. 그는 그동안 우주선 생각을 하지 않았으나 이제는 우주선을 생각했다. 암흑 그리고 별들을 기억했다. 그는 데이먼의 얼굴을 뚫어져라 보았다. 데이먼과의 접촉이 끊어지지 않게 하려는 것이었다. 데이먼은 움직이는 하얀 세계에서 현실과의 접점이었다. 조시는 눈만 깜박여도 다시 혼자가 될지 몰랐다. 자기 방에서, 침대에서, 이 모든 것이 사라진 채 붙잡을 것 하나 없이 깨어날지도 몰랐다. 조시는 온 힘을 다해 마음으로 데이먼을 꽉 잡았다. 「다시 오실 거죠?」 조시가 말했다. 「제가 잊더라도요. 제발 다시 와서 제 기억을 되살려 줘요.」

　「기억할 겁니다.」 데이먼이 말했다. 「하지만 당신이 기억 못 해도 전 다시 오겠습니다.」

　조시는 울었다. 조시는 원래 쉽게 그리고 자주 울었다. 눈물이 얼굴에 흘러내렸다. 그저 감정이 북받쳐 그런 거였지, 슬픔이나 기쁨 때문은 아니었다. 단순히 깊은 안도감 때문이었다. 감정의 정화였다.

「괜찮아요?」 데이먼이 물었다.

「피곤하네요.」 조시가 말했다. 계속 서 있었더니 두 다리가 피로했다. 조시는 이제 자신이 침대로 돌아가지 않으면 현기증을 느낄 것임을 알았다. 「들어오시겠어요?」

「전 여기서 더 들어가면 안 됩니다.」 데이먼이 말했다. 「그래도 책은 보내 드리겠습니다.」

조시는 벌써 책에 대해 잊고 있었다. 조시는 기쁨과 당혹감을 동시에 느끼며 고개를 끄덕였다.

「그만 들어가세요.」 데이먼이 말했다. 조시는 몸을 돌려 안으로 다시 들어갔다.

문이 닫혔다. 조시는 침대로 돌아갔다. 생각했던 것보다 훨씬 더 어지러웠다. 조시는 좀 더 걸어야 했다. 누워 있는 건 이제 충분했다. 걸어다니면 몸이 훨씬 빨리 회복될 것이었다.

데이먼. 엘렌. 데이먼. 엘렌.

조시에게 현실이 되는 곳이 저 밖에 있었다. 처음으로 조시는 가고 싶은 장소, 여기서 풀려나면 가보고 싶은 장소가 생겼다.

조시는 창문을 보았다. 아무도 없었다. 끔찍하고 외로운 한순간, 조시는 모든 게 자신의 상상이었다는 생각을 했다. 모든 게 이 하얀 공간 속에서 스스로 형체를 갖추고 있는 꿈속 세상의 일부였다고 생각했다. 모든 게 자신이 창조한 것들이었다고 생각했다. 하지만 그것은 이름을 알려 주었다. 자신과 무관한 세부 사항들이 있었고 실체가 있었다. 이게 진짜거나, 아니면 자신이 미쳐 가는 중이었다.

책들이 도착했다. 재생기에 넣을 카세트테이프도 네 개 있었다. 조시는 책과 카세트테이프를 가슴에 꼭 안은 채 다리를 포개고 침대에 앉아 혼자 미소를 지으며 껄껄 웃고 앞뒤로 몸을 흔들었다. 이건 진짜였기 때문이다. 조시는 진짜 바깥세상을 만졌었고, 바깥세상도 조시를 만졌었다.

조시는 주위를 둘러보았다. 그곳은 조시에겐 더 이상 필요하지 않은 벽들로 둘러싸인 방에 지나지 않았다.

제2부

제1장

1
다운빌로: 중앙 기지, 2352년 9월 2일

그날 아침, 하늘은 맑았다. 머리 위로 뜬 양털 구름 몇 개가 강 너머 북쪽 지평선에 일렬로 늘어서고 있었다. 시야가 아주 멀리까지 트여 있었다. 지평선 구름들이 다운빌로 기지까지 도착하려면 보통 하루 반 정도가 걸렸다. 그들은 그 틈을 이용해 폭우로 붕괴된 곳을 수리하기로 했다. 이 무너진 곳 때문에 4번 기지와, 일렬로 이어지며 더 멀리 있는 모든 캠프로 가는 길이 막혀 버렸다. 그들은 이게 겨울의 마지막 폭풍이길 바랐다. 나무에 난 봉오리들은 점점 더 커져 터질 듯이 부풀어 올랐고, 홍수로 인해 들판의 격자들 사이로 빽빽이 솟아오른 곡식의 싹들은 곧 좀 더 성기게 옮겨 심어질 터였다. 중앙 기지는 가장 먼저 물이 빠지고 마르는 곳이었다. 그다음엔 하류 쪽의 기지들이 말랐다. 오늘은 강 수위가 좀 낮아 공장에서 보고서가 들어왔다.

에밀리오는 자원 수송용 크롤러가 하류 쪽의 진흙길을 가는 것을 보고는 등을 돌려 더 높은 지대를 향해, 그리고 언덕 속에 가라앉은 돔들을 향해 발에 수없이 다져진 완만한 길을 걸어갔다. 돔들은 예전보다 두 배는 더 많아졌고, 도로를 따라 저 아래쪽으로 옮겨진 것들은 말할 필요도 없었다. 공기 압축기들은 엇박자로 쿵쿵거렸다. 펌프는 다운빌로에 있는 인류의 끊임없는 맥박이었다. 펌프들은 온 힘을 다해 일했다. 사람들이 바닥을 방수로 만들려 최선을 다했음에도 돔들에 스며든 물을 펌프들은 쿵쿵거리며 밖으로 뱉어 냈다. 더 많은 펌프가 저 아래 공장 제방들 옆에서, 그리고 저쪽 들판들 옆에서 돌아가고 있었다. 들판의 물이 모두 빠져 원상태로 돌아갈 때까지 펌프는 멈추지 않을 터였다.

봄. 원주민들 코에 봄 공기는 필시 쾌적하게 느껴질 터였다. 마스크의 개폐 장치를 통해 축축한 공기를 가쁘게 숨 쉬는 인간들은 그런 걸 거의 느끼지 못했다. 에밀리오는 등에 와닿는 햇살이 따사롭다고 생각하며 그날을 즐겼다. 다우너들은 깡충거리며 돌아다녔다. 다우너들은 활기찬 모습에 비해서는 좀 어중되게 일처리를 했다. 어디로든 짐을 가득 들고 불편하게 한 번 가는 것보다는 조금씩 들고 종종걸음 치며 열 번 다녀오는 쪽을 선호했다. 다우너들은 큰 소리로 웃었고, 기회만 생기면 장난을 치려고 자신들이 나르던 가벼운 짐들을 떨어뜨렸다. 사실 에밀리오는 봄이 오고 있는데도 다우너들이 아직 이렇게 진지하게 일하고 있어 무척 놀랐다. 하늘이 맑게 갠 첫날 밤, 다우너들은 시끄럽게 지껄이고 별이 총총한 하늘을 행복하게 가리키고 별들을 향해 말을 하며 캠프 전체를 잠 못 이루게 했었다. 맑게 갠 첫 새벽에는 떠오르는 태양을 향해 손을 젓고 외치며 퍼져 나가는 빛에 환호했다. 겨울이 끝나 간다는 확실한 첫 신호에 인간들도 그날은 훨씬 기분 좋게 일했다. 이제 기온이 전보다 확연히 따뜻했다. 여자 다우너들은 새침 떨며 유혹적인 모습이었고, 남자 다우너들은 넋을 놓고 들떠 있었다. 다우너들은 잡목림과 언덕 위의 봉오리 맺힌 나무들에서 노래를 불렀고, 떨리는 음으로 노래하는 소리와 재잘대는 소리, 휘파람 소리가 부드럽고 관능적으로 퍼져 나갔다.

하지만 본격적으로 나무에 꽃이 만발하면 소리는 지금과 비교도 안 될 만큼 아찔하게 더 관능적일 터였다. 이제 곧 히사가 일에 완전히 관심을 잃고, 방황하기 시작하는 시기가 올 것이다. 여자 다우너들이 먼저 홀로 이리저리 헤매고, 남자 다우너들은 집요하게 그 뒤를 쫓아다니며 인간들이 간섭하지 않는 장소까지 갈 것이다. 세 번째 철을 맞는 여자 다우너 상당수는 여름 내내 점점 더 토실토실해져서 어지간히 체격 좋은 히사 못지않게 몸집이 커지다가, 겨울이 되면 언덕 중턱 터널에 아늑하게 자리를 잡고 아기를 낳을 것이다. 이렇게 태어난, 팔다리를 꼬물거리고 불그스름한 털이 송송 난 아기들은 다음 해 봄이면 혼자 힘으로 이리저리 내달릴 것이고, 인간들이 히사의 아이들을 볼 수 있는 드문 기회가 될 터였다.

에밀리오는 히사들이 모여 노는 듯 일하는 곳을 지나, 언덕에 가장 높이 솟아 있는 돌인 지휘소를 향해 쇄석 깔린 길을 올라갔다. 그때 뒤에서 돌들을 저벅저벅 밟는 소리가 들려 에밀리오는 뒤를 돌아보았다. 새틴이 느릿느릿 따라오고 있었다. 새틴은 몸의 균형을 잡으려 양팔을 옆으로 벌리고, 날카로운 돌들을 맨발로 걷고 있었다. 인간이 부츠 신은 발로 걷도록 만들어진 길을 걷느라, 새틴은 개구쟁이 같은 얼굴을 고통으로 찡그리고 있었다. 에밀리오는 자신처럼 성큼성큼 걸으려 흉내 내고 있는 새틴의 모습을 보고 싱긋 웃었다. 새틴은 발걸음을 멈추고 서서 에밀리오를 보며 웃었다. 부드러운 털가죽에 구슬과 붉은 인조천 누더기를 걸친 새틴은 유난히 멋져 보였다.

「셔틀 온다, 콘스탄틴-인간.」

정말이었다. 이 화창한 날, 셔틀 한 척이 오기로 되어 있었다. 에밀리오는 이들이 봄철에 불안정해질 것을 알면서도, 새틴과 새틴의 짝을 스테이션에 보내 주기로 이미 약속한 바 있었다. 새틴은 〈휘청거릴〉 정도로 짐을 잔뜩 지고 옮기곤 했다. 새틴은 에밀리오에게 깊은 인상을 남기려고 필사적으로 애썼다……〈봐요, 콘스탄틴-인간, 저 일 잘하죠.〉

「갈 준비를 마쳤군요.」 에밀리오가 말했다. 새틴은 몸 여기저기에 걸쳐 놓은, 뭐가 들었는지 짐작도 안 가는 작은 가방 여러 개를 보여 주고는, 가방들을 툭툭 치며 기쁜 얼굴로 활짝 웃었다.

「짐 쌌다.」 그런 뒤 새틴의 얼굴이 어두워졌다. 새틴은 두 팔을 앞으로 벌렸다. 「사랑한다, 콘스탄틴-인간, 당신과 당신 친구.」

〈아내.〉 히사는 남편과 아내를 이해하지 못했다. 「들어와요.」 에밀리오가 새틴의 이런 모습에 감동해서 말했다. 새틴의 두 눈이 기쁨으로 빛났다. 다우너들은 지휘소 돔의 근처까지 오는 것만으로도 풀이 죽곤 했다. 다우너가 들어오라고 초대받는 일은 아주 드물었다. 에밀리오는 나무 계단을 내려가 매트에 신발을 문질러 닦고는 새틴이 들어갈 수 있게 문을 잡은 뒤, 안쪽 에어로크를 열기 전 새틴이 호흡기를 착용할 수 있게 기다렸다.

일하던 인간 몇 명이 고개를 들어 빤히 바라보았고, 일부는 다우너가 들어왔다는 점에 얼굴을 찡그리다가 자기 일로 돌아갔다. 많은 기술자가 돔 안에 사무실을 가지고 있었고, 각각의 공간은 낮은 고리버들 세공 칸막이로 나뉘어 있었다. 에밀리오와 밀리코가 함께 쓰는 공간은 저 끝 뒤쪽이었다. 둘은 커다란 돔에서 유일하게 단단한 벽으로 사생활을 보장받았다. 3미터 남짓한 이 공간은 실로 짠 매트가 바닥에 깔린 침실 겸 사무실이었다. 에밀리오는 로커들 옆의 문을 열었다. 새틴은 에밀리오를 따라 들어와 마치 눈에 보이는 것 중 반은 이해하지 못하겠다는 듯한 얼굴로 주위를 둘러보았다. 〈지붕에 적응을 못 하는 거야.〉 에밀리오는 이렇게 생각하며, 다우너가 갑자기 우주선을 타고 스테이션으로 실려 가면 얼마나 충격을 받을지 상상했다. 〈바람도 없고, 태양도 없고, 주위엔 오로지 강철뿐일 텐데. 불쌍한 새틴.〉

「아.」 밀리코가 그들이 쓰는 침대에 도표를 잔뜩 늘어놓고

보다가 고개를 들며 외쳤다.

「당신을 사랑한다.」 새틴은 이렇게 말한 뒤 아주 자신 있는 태도로 다가가 밀리코를 안더니 거추장스러운 호흡기를 피해 밀리코와 서로 뺨을 마주 대고 포옹했다.

「이제 멀리 떠나는군요.」 밀리코가 말했다.

「당신 집으로 간다.」 새틴이 말했다. 「베넷 집을 본다.」 새틴은 주저하다 양손을 머뭇머뭇 뒷짐 지고 고개를 살짝 까닥거리며 에밀리오와 밀리코를 번갈아 보았다. 「베넷-인간을 사랑한다. 그의 집을 본다. 그의 집으로 눈을 채운다. 우리 눈을 따뜻하게, 따뜻하게 만든다.」

다우너가 무슨 말을 하는지 알아들을 수 없을 때도 있었지만, 가끔은 저렇게 떠듬거리는데도 놀랄 만큼 분명하게 의미가 확 전해지는 때도 있었다. 에밀리오는 다소 죄책감을 느끼며 새틴을 바라보았다. 이제까지 다우너들을 다뤄 왔지만, 재잘거리는 다우너 말을 몇 개 이상 이해할 수 있는 사람은 그들 중에 아무도 없었던 것이다. 이 방면에선 베넷이 가장 나았었다.

히사는 선물을 사랑했다. 에밀리오는 침대 옆 선반에 있는 선물 하나를 머릿속에 떠올렸다. 강가에서 발견한 조개껍데기였다. 에밀리오가 이 조개껍데기를 찾아 새틴에게 주자, 새틴의 까만 눈동자가 환하게 빛났다. 새틴은 양팔을 벌려 에밀리오를 확 끌어안았다.

「당신을 사랑한다.」 새틴이 큰 소리로 말했다.

「저도 당신을 사랑해요, 새틴.」 에밀리오가 말했다. 에밀리오는 새틴의 어깨에 양팔을 두르고 바깥 사무실들을 지나 에어로크로 데려간 뒤, 거기서 배웅했다. 플라스틱 너머에서 새틴은 바깥 출입문을 열고 마스크를 벗은 뒤 에밀리오를 보며 웃고는 손을 흔들었다.

「나 일하러 간다.」 새틴이 에밀리오에게 말했다. 셔틀이 도착할 때가 되었다. 인간 일꾼이라면 떠나는 날에는 일하지 않았다. 그러나 새틴은 얄팍한 문을 힘차게 열고 빨리 일하고 싶다는 열정이 담긴 태도로 밖으로 나갔다. 마치 이제 와서 누군가 마음을 바꿀 수도 있다는 듯한 태도였다.

어쩌면 새틴에게 인간적 동기를 적용하는 것부터가 불공정한 건지도 몰랐다. 어쩌면 그냥 기뻐서 혹은 감사해서 그러는 건지도 몰랐다. 다우너들은 품삯의 개념을 이해하지 못했다. 다우너들은 〈선물〉이라고 말했다.

베넷 저신트는 다우너들을 이해했었다. 다우너들은 베넷의 무덤을 돌봤다. 베넷의 무덤에 완벽한 조개껍데기들만 골라서 놓았고, 가죽들을 놓았으며, 자신들에게 중요한 의미가 있는 기묘한 흑투성이 조각상들을 세웠다.

에밀리오는 몸을 돌려 지휘 본부를 다시 통과한 뒤 밀리코가 있는 숙소로 갔다. 에밀리오는 재킷을 벗어 못에 걸었다. 호흡기는 아직 그대로 목에 걸려 있었다. 아침에 옷을 걸칠 때부터 저녁에 벗을 때까지 모두가 늘 지니고 다니는 장신구였다.

「스테이션에서 기상 보고서가 들어왔어.」 밀리코가 말했다.「다음 폭풍이 오고 하루 정도 있다가 또다시 폭풍이 올 거야. 큰 폭풍우가 바다에 몰아치려고 해.」

에밀리오는 욕을 뱉었다. 에밀리오는 봄에 대한 희망을 그만 접었다. 밀리코는 침대에 놓아둔 도표들 사이에 에밀리오가 앉을 자리를 만들어 주었다. 에밀리오는 그곳에 앉아 밀리코가 빨간 연필로 표시해 둔 피해 상황들과 스테이션에서 찍어 보내 준 범람 지대들을 본 뒤, 손으로 직접 일궈 만든 비포장도로들을 따라 그들이 줄줄이 세운 캠프들을 보았다.

「아, 상황이 더 나빠질 거야.」 밀리코는 지형도를 보여 주며 말했다. 「콤프는 이번 폭풍우로 우리의 블루 존들이 다시 물에 잠기고도 남을 만큼 많은 비가 올 거라고 예측하고 있어. 2번 기지 바로 앞까지 물이 들어찰 거래. 하지만 노반 대부분은 홍수위선 위에 있게 될 거야.」

에밀리오는 얼굴을 찌푸리고 부드럽게 숨을 내뱉었다. 「그러길 바라야지.」 도로는 이들에게 아주 중요했다. 들판들은 몇 주 더 물에 잠겨 있겠지만, 일정에 차질이 생기는 것 외엔 별문제가 되지 않았다. 이 지역의 곡물들은 물에서 잘 자랐고, 성장 초기 단계에는 물에 의존했다. 어린 식물들은 하류로 떠내려가지 않게 격자로 잡아 놓았다. 물 때문에 가장 괴로운 것은 인간들의 기계류와 인간들의 기분이었다. 「다우너들은 뭘 좀 알아.」 에밀리오가 말했다. 「겨울비가 내릴 땐 포기하고 있다가, 나무에 꽃이 피면 이리저리 헤매고, 사랑을 나누고, 높은 곳에 보금자리를 만들고, 곡물이 익길 기다리잖아.」

밀리코는 씩 웃으며 계속 지형도에 표시를 했다.

에밀리오는 한숨을 쉬었고, 밀리코는 에밀리오의 한숨을 모르는 척했다. 에밀리오는 책상으로 쓰는 플라스틱판을 끌어당겨 사람마다 할 일을 작성하고 장비들의 우선순위를 다시 매기기 시작했다. 어쩌면, 어쩌면 다우너들에게 간청하고 특별한 선물들을 더 주면, 다우너들이 봄이 됐다고 떠나는 시기를 평소보다 늦춰 줄지도 모른다고 에밀리오는 생각했다. 새틴과 푸른 이빨이 떠나게 되어 유감이었다. 이 한 쌍은 콘스탄틴-인간이 아주 간절하게 원하는 것이 있으면 다우너 동료들을 열렬히 설득해 에밀리오에게 큰 도움을 주었다. 그러나 오는 게 있으면 가는 것도 있어야 했다. 새틴과 푸른 이빨은 가고 싶어 했다. 〈그들〉은 에밀리오의 힘으로 에밀리오가 그들에게 줄 수 있는 것을 원했고, 이제 그들은 자신들의 길을 가야 했다. 몸이 봄을 느껴 모든 자기 통제력을 잃기 전에.

그들은 숙련자들과 훈련생들과 Q에서 온 자들을 도로를 따라 새로 생긴 기지들로 분산시키고 있었다. 직원들이 폭동으로 마음이 기울지 않게 비율을 맞추고, 자기들이 이용당하고 있다고 믿는 Q 사람들을 진짜 일꾼으로 만들기 위해, 의욕을 가지고 일할 수 있도록 하기 위해서였다. 이주시킨 이들은 자원자였고, 중앙 기지의 거대한 돔에 있을 자들은 가장 퉁명스러운 사람들이었다. 그 돔은 몇 번이나 확장하고 이어 붙여 돔이라고 부르기 민망할 정도까지 커졌으며, 이들에게 거듭되는 방해가 되는 다음 언덕까지 불규칙하게 뻗어 있었다. 인간 일꾼들은 그 옆의 여러 돔을 차지했다. 상급의 돔들, 안락한 돔들이었다. 우물 쪽이나 새로운 캠프 같은 더욱 원시적인 환경으로 일터를 옮길 때면 인간들은 언제나 마지못해 움직였다. 그런 곳엔 숲과 범람하는 물과 Q와 기묘한 히사 말곤 아무것도 없었다.

의사소통이 늘 문제였다. 그들은 콤으로 연결되어 있었다. 그럼에도 저 밖에선 여전히 외로웠다. 이상적으로는 비행기 링크가 있어야 했지만 몇 년 전에 그들이 만든 연약한 비행기 한 대는 2년 전 착륙장에 추락해 버렸다……. 가벼운 비행기와 다운빌로의 폭풍우는 서로 궁합이 맞지 않았다. 땅을 간척해 셔틀용 착륙장을 만드는 일……. 적어도 3번 기지는 일정대로 진행됐지만, 벌목은 반드시 다우너들과 함께 해야 했고, 까다로운 작업이었다. 이 세계에서 그들이 쓰는 기술 수준으로 주위를 돌아다니려면 크롤러들이 여전히 가장 효율적인 방법이었고, 다운빌로에서의 삶이 늘 그러하듯, 크롤러들은 끈기 있고 느릿느릿하게 칙칙 소리를 내며 진흙과 범람하는 물을 헤치고 나아갔으며, 다우너들은 놀라고 즐거워했다. 휘발유와 곡물, 나무와 겨울 채소, 말린 생선, 다우너들이 사냥해 온 무릎 높이의 〈피추〉를 길들이는 시도……. (「당신들 나쁘다.」 다우너들은 이 일을 놓고 이렇게 선언했었다. 「당신들은 그들을 캠프에서 따뜻하게 해주고, 그들을 먹는다. 이건 좋지 않다.」 그러나 1번 기지의 다우너들은 목동이 되었고, 다들 가축의 고기 먹는 법을 배웠다. 루커스가 명령한 일이었고, 제대로 성공한 루커스 프로젝트였다.) 다운빌로의 인간들은 충분한 장비를 지니고 잘 지냈으며, 본인들과 스테이션 모두를 먹여 살렸다. 사람들이 새로 유입되어도 마찬가지였다. 간단한 일이 아니었다. 스테이션의 공장들과 여기 다운빌로의 공장들은 쉼 없이 돌아갔다. 자급자족이었다. 평소 수입하는 모든 물건을 똑같이 만들어 냈고, 자신들만을 위해서가 아니라 지나친 부담을 지고 있는 스테이션을 위해서도 모든 할당액을 채웠으며, 가능하면 비축도 했다……. 그 모든 게 여기 다운빌로의 몫이 되었다. 초과분의 인구, 스테이션 사람들, 그들 자신과 피난민들이 주는 부담까지도. 한 번도 이곳에 발을 들여 본 적 없는 이들을 위해. 한때는 무역이 바이킹과 마리너, 에스퍼런스와 팬-파리와 러셀과 보이저와 다른 곳들을 대원 안으로 짜 넣으며 서로의 수요를 충족시켜 주었지만, 이제 그들은 이 무역에 더는 의지할 수 없었다. 다른 스테이션들 중 어느 곳도 자력으로 살수 없었다. 자력으로 생존 가능한 세계가 있는 스테이션은 그 어디에도 없었다. 그러한 세계도, 그러한 세계를 관리할일손도 스테이션에는 없었다. 현재 계획들이 토의되고 있었고, 오랫동안 미뤄 왔던 행성 채광을 하러 가려고 첫 번째 팀이 움직이고 있었다. 펠에서는 이미 널리 구할 수 있는 물질들을 똑같이 만들어 내려는 시도가 이루어지고 있었다……. 그저 그 누구도 생각하고 싶지 않은 수준 이하로 상황이 더나빠질 경우에 대비하기 위해서였다. 여름이 되면, 즉 다우너들이 다시 인간들의 말을 잘 받아들이는 때가 되면, 거대한 새 프로그램들이 실행될 것이었다. 가을, 즉 다우너들이일하는 계절, 차가운 바람이 불어 다우너들이 다시 겨울을

203

생각하게 되고 절대 쉬지 않는 듯 보이는 때가 오면 일에 속도를 낼 수 있었다. 다우너들은 인간들을 위해 일하고, 나무가 무성한 언덕에 있는 자신들의 터널 안으로 부드러운 이끼를 가져가느라 일했다.

다운빌로는 이제 변화할 터였다. 다운빌로의 인간들이 네 배로 늘어났다. 에밀리오는 그 점에 한탄했다. 밀리코도 그랬다. 둘은 이미 지역들을 나눠 두었다……. 밀리코의 보호구역 지형도, 즉 인간이 절대 건드리지 말아야 할 곳들, 그 아름다운 곳들, 신성한 존재를 위한 곳이라 알려진 곳들, 히사와 야생 동물의 순환 주기에 똑같이 필수불가결한 곳들.

그들 세대에 의회에서 그걸 밀어붙여야 했다. 이번 해에라도, 압력이 더 커지기 전에 그래야 했다. 지속되어야 하는 것들을 위해 보호책을 마련해야 했다. 압력은 벌써 가해졌다. 땅에 벌써 흉터가 남았고, 공장의 연기, 나무의 그루터기들, 강가에 진흙투성이 도로들을 따라 땅을 온통 파헤치며 세운 볼썽사나운 돔들과 들판들. 그들은 개발해 나가며 이곳을 아름답게 만들고 싶었다. 정원을 만들고, 자연과 하나로 섞여 드는 도로들과 돔들을 만들고 싶었다. 그러나 그럴 기회가 사라져 버렸다.

그렇게 두지 않을 것이다. 에밀리오와 밀리코는 함께 결심했다. 더는 이곳에 피해가 가지 않게 할 것이다. 둘은 다운빌로를 사랑했고, 다운빌로의 최고와 최악, 미친 듯이 날뛰는 히사와 폭풍우의 맹렬함을 모두 사랑했다. 인간 피난민을 위해선 언제나 스테이션이 있었다. 살균된 복도들과 부드러운 가구들이 언제나 기다리고 있었다. 하지만 밀리코는 에밀리오처럼 이곳에서 생기가 넘쳤다. 둘이 밤에 기분 좋은 사랑을 나누는 동안, 비가 플라스틱 돔을 후드득 때리고, 공기 압축기들은 어둠 속에서 쿵쿵거리고, 다운빌로의 밤 생물들은 밖에서 미친 듯이 노래를 불렀다. 둘은 시시각각으로 하늘이 만들어 내는 변화들과 주위의 풀과 숲에 부는 바람 소리를 즐겼고, 다우너들의 못된 장난에 깔깔 웃었고, 날씨만 빼고 모든 걸 해결할 수 있는 힘으로 이 세상 전체를 다스렸다.

에밀리오와 밀리코는 집이 그리웠고, 가족과, 다르고 더 넓은 저쪽 세상이 그리웠다. 하지만 둘이 있을 땐 입에서 전혀 다른 이야기가 나왔다……. 심지어, 앞으로 몇 년 안에 짬이 나서 이곳에 집들을 세울 수 있게 되면 자신들의 돔을 세우자는 이야기를 하기도 했다. 1년 전쯤, 다운빌로 개척지가 조용하고 태평하던 시절, 맬러리와 다른 이들이 오기 전, Q 전에는 훨씬 가능성 있던 이야기였다.

그러나 이젠 지금 살고 있는 수준에서 살아남을 방법만 찾았다. 무슨 짓을 할지 모르니 보초의 통제하에 사람들을 이리저리 옮겼다. 가장 원시적인 수준에서 불충분하게 준비된 상태로 새로운 기지들을 열었다. 땅과 다우너들을 한꺼번에 돌보려 애썼고, 스테이션에 잘못된 일이 전혀 없는 척하려 애썼다.

에밀리오는 임무 배정을 마치고 밖으로 나와 지령원인 짐 언스트에게 배정표를 건넸다. 언스트는 회계원이면서 콤프 담당자였다……. 모두가 이처럼 한꺼번에 여러 가지 일을 했다. 에밀리오는 다시 자신의 침실 겸 사무실로 돌아와 밀리코와 밀리코의 무릎 위에 가득한 지형도들을 살폈다. 「점심 먹을래?」 에밀리오가 물었다. 에밀리오는 오후에 공장에 갈까 생각하고 있었고, 지금은 평화롭게 커피 한 잔 마시고 돔의 다른 사치품 상위 목록에 들어가는 전자레인지를 가장 먼저 쓸 수 있었으면 했다……. 앉아서 휴식을 취할 시간이었다.

「거의 끝나 가.」 밀리코는 말했다.

그때 경보가 울렸다. 날카롭고 규칙적인 경보 세 번이 그날 하루를 어지럽혔다. 셔틀이 일찍 들어오고 있었다. 에밀리오는 셔틀이 저녁에 올 줄 알았다. 에밀리오는 고개를 흔들며 말했다. 「아직은 점심 먹을 시간 있어.」

셔틀은 그들이 식사를 마치기도 전에 내려왔다. 지휘소에 있던 모두가 같은 생각이었는지, 지령원인 언스트도 샌드위치를 먹으면서 지시를 내렸다. 모두에게 힘든 날이었다.

에밀리오는 마지막 한 입을 꿀꺽 삼키고 커피를 마저 마신 뒤 재킷을 집었다. 밀리코는 벌써 재킷을 걸치고 있었다.

「여기로 Q 인간들을 더 데려왔네요.」 짐 언스트가 지령 데스크에서 말했다. 그리고 잠시 후, 돔 전체에 들릴 정도로 큰 소리로 다시 말했다. 「〈2백 명〉이에요. 세상에, 2백 명이나 되는 사람들을 화물칸에 말린 생선처럼 꾸역꾸역 쑤셔 넣어 놨어요. 셔틀, 우리가 그 사람들을 어떻게 해야 하는 겁니까?」

지지직거리는 소리와 함께 잘 들리지 않는 단어들과 이해할 수 있는 단어들이 섞인 대답이 돌아왔다. 에밀리오는 격분하며 고개를 흔들고 나서 걸어가 짐 언스트 위로 몸을 숙였다. 「도로를 따라 사람들을 더 이동시킬 수 있을 때까진 좀 붐벼도 참아야 할 거라고 Q 돔에 알려요.」

「Q 대부분은 집에서 점심 식사 중이에요.」 언스트가 상기시켜 주었다. 정책상, 그들은 모든 Q가 모여 있을 때는 발표를 피했다. Q들은 쉽게 비이성적인 히스테리에 빠졌던 것이다. 「알려요.」 에밀리오는 언스트에게 말했고, 언스트는 그 정보를 전했다.

에밀리오는 호흡기를 위로 올려 쓰고 밖으로 나가기 시작했다. 밀리코가 그런 에밀리오를 바짝 뒤쫓았다.

가장 큰 셔틀은 이미 내려와, 그들이 스테이션에 요청했던 몇 안 되는 물자들을 토해 내고 있었다. 물건은 대체로 다운빌로에서 펠로 흘러갔다. 창고 돔들에는 다운빌로 생산품이 담긴 통들이 펠을 먹여 살리기 위해 다시 우주선에 실리길 기다리고 있었다.

셔틀이 언덕 너머 원형 착륙장에 도착하자, 승객들 일부가 먼저 이동 트랩을 내려왔다. 상하 일체형 작업복을 입고 기진맥진해 보이는 승객들은 이동 중에 죽을 수도 있다는 두려움에 사로잡혔던 듯했다. 수용 한계보다 더 많은 인원이 화물칸에 쑤셔박힌 채 왔으니 그럴 만도 했다…… 다운빌로에서 한 번에 필요한 인원보다 분명 훨씬 많았다. 좀 생생해 보이는 자원자들도 약간 보였다…… 제비뽑기에서 떨어진 뒤 지원한 사람들이었다. 이들은 옆쪽으로 걸어갔다. 그러나 셔틀에서 내린 보초들이 Q에서 온 이들을 한데 모으려고 라이플을 들고 기다리고 있었다. 승객들 중에는 노인도 있었고, 어린아이도 최소한 열두 명은 있었으며, 가족들과 이산가족들도 있었다. 모두가 스테이션 격리 지구에서 제대로 살아남지 못한 사람들이었다. 인도주의적 이송이었다. 이런 사람들은 자리만 차지했고, 공기 압축기를 축냈으며, 중요한 기계를 다뤄야 하는 일도 맡길 수가 없었다. 이들에겐 몸 쓰는 일을 주어야 했다. 그것도 이들이 견딜 수 있는 수준이어야 했다. 다행히 일을 못 할 정도로 너무 어린아이는 없었고, 호흡기 착용이나 호흡기의 공기통을 잽싸게 교환하는 법에 대해 이해 못 할 정도로 어린 아이도 없었다.

「약한 사람이 너무 많네.」 밀리코가 말했다. 「당신 아버지는 우리가 왜 여기 와 있다고 생각하시는 거야?」

에밀리오는 어깨를 으쓱했다. 「업어보브의 Q보단 나은 거 같은데. 훨씬 편하잖아. 저 화물 중에 새 공기 압축기들이 있으면 좋겠어. 그리고 플라스틱 판자도.」

「없다는 데 한 표.」 밀리코가 뚱하게 말했다.

언덕 저편에서 기지와 돔들 쪽을 향해 새된 소리가 들렸다. 다우너의 날카로운 소리였다. 특이한 일이 아니었다. 에밀리오는 뒤를 돌아보았지만, 아무것도 보이지 않아 더는 신경 쓰지 않았다. 셔틀에서 내리는 난민들은 비명을 듣고 발걸음을 멈췄다. 직원들이 피난민들을 다시 움직이게 했다.

비명이 점점 더 새되어졌다. 이건 정상이 아니었다. 에밀리오는 몸을 돌렸고, 밀리코도 뒤로 돌았다. 「여기 있어.」 에밀리오가 말했다. 「그리고 이쪽을 잘 통제하고 있어.」

에밀리오는 언덕 위로 이어지는 길로 뛰기 시작했다. 호흡기의 한계 때문에 한순간 어지럼증을 느꼈다. 꼭대기에 도착하자 돔들이 시야에 들어왔다. 거대한 Q 돔 앞에 싸움 장면 같은 게 보였다. 인간들이 소동을 피우는 주위를 다우너들이 둥글게 에워쌌으며, Q 사람들이 돔에서 점점 더 몰려나오고 있었다. 에밀리오는 공기를 쭉 들이마신 뒤 한꺼번에 내뱉었다. 다우너 중 한 명이 아래쪽 무리에서 빠져나와 죽어라 달려왔다…… 새틴의 푸른 이빨이었다. 에밀리오는 색깔을 보고 푸른 이빨임을 알았다. 푸른 이빨은 어른에게는 드문 적갈색이었던 것이다. 「루커스-인간.」 푸른 이빨은 씩씩거리며 에밀리오에게 합류했다. 걱정 때문에 끊임없이 몸을 깐닥거리고 깡충거렸다. 「루커스-인간들은 모두 미쳤다.」

설명이 필요 없었다. 에밀리오는 그곳의 보초들을 보는 순간 어찌 된 일인지 알았다…… 브랜 헤일과 그 일당, 즉 현장 감독관들이었다. Q 사람들 한 무리가 소리를 지르고, 보초들은 총을 겨누고 있었다. 헤일과 부하들은 이미 무리에서 소년 하나를 떼어 내 그의 호흡기를 잡아채 벗겼고, 소년은 컥컥거리고 있었다. 이 상황을 그대로 두면 소년의 호흡은 끊어질 터였다. 그들은 기절하려는 소년을 인질로 잡고 총을 겨누고 있었고, 다른 이들에게도 라이플들을 겨누고 있었으며, 가장자리에선 Q 사람들과 다우너들이 비명을 지르고 있었다.

「그만둬!」 에밀리오가 외쳤다. 「어서 떨어져!」 아무도 에밀리오의 말을 듣지 않았다. 에밀리오는 혼자 맹렬히 밀고 들어갔다. 푸른 이빨은 주춤거리며 꽁무니를 뺐다. 에밀리오는 라이플을 든 사람들을 밀어젖혔다. 그러길 반복하다가, 자신에겐 총이 없다는 것, 자신은 맨손이고 혼자라는 것, 그리고 다우너들과 Q 외엔 어떤 목격자도 없다는 것을 불현듯 깨달았다.

사람들은 길을 비켜 주었다. 에밀리오가 사람들에게서 소년을 낚아채자, 소년은 땅에 쓰러졌다. 에밀리오는 자신의 등이 무방비 상태임을 느끼며 무릎을 꿇고 땅에 놓인 호흡기를 집어 소년의 얼굴에 씌운 다음 꾹 눌렀다. Q 사람들 중 일부가 다가오려 하자 헤일의 부하 한 명이 그들의 발치에 총을 쏘았다.

「정말로, 이제 그만!」 에밀리오가 외쳤다. 에밀리오는 온몸을 사시나무 떨듯 떨며 일어나 돔 바깥에 있는 수십 명의 Q 일꾼들과 꽉 들어차 있는 돔 안의 일꾼들을 바라보았다. 그리고 라이플을 겨누고 있는 무장한 열 명을 바라보았다. 에밀리오는 온몸을 떨며 폭동을 생각했고, 언덕 바로 너머의 밀리코를 생각했고, 사람들을 이쪽으로 불러 모을까 생각했다. 「뒤로 물러나.」 에밀리오가 Q에게 외쳤다. 「진정해!」 그리고 브랜 헤일…… 젊고 뚱하고 무례한 브랜 헤일을 꾸짖었다. 「여기서 무슨 일이 있었죠?」

「도망치려 했습니다.」 헤일이 말했다. 「싸우는 중에 마스크가 떨어졌습니다. 총을 뺏으려 했고요.」

「거짓말이에요.」 Q 사람들이 여기저기서 헤일보다 큰 소리로 외쳐 헤일의 목소리를 누르려 했다.

「정말입니다.」헤일이 말했다.「저자들은 자기네 돔에 피난민이 더 이상 들어오는 걸 원치 않아요. 그래서 싸움이 시작됐고, 이 말썽꾸러기가 도망치려 했습니다. 우리가 녀석을 잡았죠.」

Q 사람들이 일제히 항의했다. 앞쪽의 여자 한 명은 소리 내어 울고 있었다.

에밀리오는 숨이 막히는 것을 느끼며 주위를 둘러보았다. 소년은 몸부림치고 기침하며 에밀리오의 발치로 온 듯 보였다. 다우너들은 한데 모여 있었고, 그들의 검은 눈들은 엄숙했다.

「푸른 이빨.」에밀리오가 말했다.「어떻게 된 거죠?」

푸른 이빨의 눈이 브랜 헤일의 부하들에게로 움직였다. 그게 다였다.

「나 눈 본다.」다른 목소리가 말했다. 새틴이 성큼성큼 걸어왔다. 새틴은 고민된다는 듯이 머리를 여러 번 깐닥거리다가 용기를 냈다. 새틴의 목소리는 높고 날카로웠다.「헤일은 헤일 친구 민다, 강하게 총으로, 심하게 민다 저 여자.」

헤일 쪽에서 외치는 소리들이 들렸다. 조롱하는 소리였다. Q 쪽에서도 외침이 들렸다. 에밀리오는 조용히 하라고 외쳤다. 거짓이 아니었다. 에밀리오는 다우너들을 알았고, 헤일도 알았다. 거짓이 아니었다.「저 사람들이 저 소년의 호흡기를 뺏었나요?」

「가져간다.」새틴은 말하고 나서 입을 굳게 다물었다. 새틴의 눈에 공포가 어려 있었다.

「알겠습니다.」에밀리오는 숨을 깊이 들이쉬고 나서 브랜 헤일의 굳은 얼굴을 똑바로 보았다. 「이 토론은 제 사무실에서 계속하는 게 좋겠군요.」

「여기서 얘기합시다.」헤일이 말했다. 헤일은 자기 사람들을 주위에 세우고 있었다. 헤일에게 유리한 상황이었다. 에밀리오는 헤일의 시선을 똑바로 맞받았다. 무기도 없고 지원해 줄 후방 세력도 없는 에밀리오가 할 수 있는 건 그게 다였다. 「다우너가 하는 말은 증거가 안 됩니다.」헤일이 말했다. 「다우너 따위의 말로 절 모욕하지 마십시오. 콘스탄틴 씨, 안 됩니다.」

에밀리오는 그냥 떠날 수 있었다. 물러날 수 있었다. 확실히 지휘소와 상주 일꾼들은 무슨 일이 벌어지고 있는지 볼 수 있었다. 어쩌면 그들은 이미 돔에서 밖을 내다보았지만, 무슨 일인지 보지 않는 쪽을 택했는지도 몰랐다. 이곳에선 사고가 일어날 수 있었다. 콘스탄틴이라 해도 예외는 아니었다. 오랫동안 다운빌로 권력층은 존 루커스와 존이 직접 고른 사람들로 구성되어 있었다. 에밀리오는 그냥 떠날 수 있고, 어쩌면 지휘소까지 갈 수도 있었으며, 헤일의 방해를 받지 않는다면 셔틀에 도와 달라고 부탁할 수도 있었다. 그러면 남은 평생, 에밀리오 콘스탄틴이 위협에 어떻게 대처했는지 이야기가 떠돌 것이다. 「짐 싸세요.」에밀리오는 부드럽게 말했다. 「그리고 저 셔틀을 타고 떠나세요. 당신들 모두요.」

「다우너 년의 말 때문에 말입니까?」헤일은 품위를 잃고 소리 지르는 쪽을 택했다. 헤일은 거리낄 게 없었다. 라이플 몇 정이 에밀리오 쪽으로 돌아 있었다.

「떠나십시오.」에밀리오가 말했다. 「진심입니다. 저 셔틀에 타요. 여기서 당신의 근무는 끝났습니다.」

에밀리오는 헤일이 긴장한 것을 보았고, 눈알을 굴리는 것도 보았다. 누군가 움직였다. 라이플 한 대가 발사됐고, 진흙 속을 뜨겁게 지글거렸다. Q 사람들 중 한 명이 총을 쳐내렸던 것이다. 한순간 상황은 폭동이 일어난 듯 보였다.

「떠나요!」에밀리오가 다시 말했다. 갑자기 힘의 균형이 무너졌다. Q의 젊은 일꾼들이 앞쪽에 나와 있었다. Q 무리의 대장인 웨이도 거기에 있었다. 헤일은 눈을 좌우로 굴리며 상황을 다시 가늠하다가 마침내 동료들에게 짧게 고개를 끄덕였다. 헤일의 무리가 떠났다. 에밀리오는 서서 그들이 삐기며 일반 막사들로 물러나는 것을 지켜보았지만, 분란이 끝났다고는 믿지 않았다. 에밀리오 옆에서 푸른 이빨은 길게 쉿 소리를 내며 숨을 뱉었고, 새틴은 침 뱉는 소리를 냈다. 에밀리오의 근육은 일어나지도 않은 싸움 때문에 벌벌 떨리고 있었다. 에밀리오는 공기가 새어 나오는 소리를 들었다. 3백 명의 Q 사람들이 에어로크를 열고 밖으로 뛰쳐나온 것이다. 에밀리오는 그들을 보았다. 그들은 많았지만 에밀리오는 혼자였다. 「새로 온 사람들을 당신들 돔으로 데려가고, 어떤 말다툼이나 논쟁도 벌이지 말아요. 새로운 캠프들을 만들 거예요. 당신들 그리고 새로 온 사람들 모두가 최대한 빨리요. 새로 온 사람들이 야외에서 자길 바라요? 그에 대한 헛소리는 꺼내지도 말아요.」

「알겠습니다.」웨이는 잠시 후 대답했다. 울던 여자가 앞으로 조금씩 나왔다. 에밀리오가 뒤로 물러나자, 여자는 고통스러워하는 소년을 도와주려고 몸을 숙였다. 소년은 일어나 앉으려 애쓰고 있었다. 〈어머니야.〉에밀리오는 생각했다. 다른 사람들이 와서 함께 소년을 일으켰다. 그 바람에 상당한 소동이 일었다.

에밀리오는 소년의 팔을 잡았다. 「치료하러 들어갔으면 좋겠구나.」에밀리오가 말했다. 「당신 둘은 그 아이를 지휘소로 데려가요.」

그들은 망설였다. 원래는 보초들이 그들을 호위해야 했던 것이다. 그 순간, 에밀리오는 보초들이 없음을 깨달았다. 에밀리오는 방금 중앙 기지의 모든 보안 병력에게 이 세계를 떠나라고 명령했던 것이다.

「안으로 들어가요.」에밀리오는 나머지 사람들에게 말했다. 「저 돔을 정상으로 돌려놔요. 그에 대한 얘기는 나중에 드리겠습니다.」그리고 사람들의 관심이 아직 집중되는 동안, 에밀리오가 말했다. 「주위를 둘러보세요. 여기가 우리가 지내야 하는 세상입니다. 여러분에게 신의 축복이 있기를 빕니다. 우릴 도와주십시오. 불만이 있으면, 제게 말해 주세요. 반드시 만나 드리겠습니다. 우린 모두 여기서 북적거리며 지냅니다. 우리 모두가요. 혹시 아닐 거란 생각이 드시면, 오셔서 제 숙소를 보시지요. 절 못 믿으시겠다면, 당신들 중 몇 명에게 한 바퀴 돌아볼 기회를 드리겠습니다. 우린 이렇게 삽니다. 우리가 건설하고 있으니까요. 건설을 도우면, 여기서 우리 모두가 잘 지낼 수 있습니다.」

겁에 질린 눈들이 에밀리오를 빤히 바라보았다……. 눈빛에 믿음이 없었다. 이들은 과밀집 상태로 사람들이 죽어 나가는 우주선을 타고 여기까지 왔다. 스테이션에서는 Q에 있었다. 여기서는 진흙과 밀폐된 숙소에서 살았고, 총부리가 겨누는 가운데 돌아다녔다. 에밀리오는 숨을 내쉬며 분노도 함께 내보냈다.

「어서요.」에밀리오가 말했다.「해산해요. 자기 일로 돌아가요. 저 사람들을 위해 자리를 만들어 주세요.」

사람들이 움직였다. 소년과 젊은이 두 명은 지휘소로 갔고, 나머지는 자신들의 돔으로 돌아갔다. 이제 얄팍한 문들이 차례차례 닫히고 잠겼으며, 사람들이 한 무리씩 사라지다 모두가 가버렸다. 공기 빠진 돔 꼭대기는 공기 압축기가 쿵쿵거리면서 점차 주름이 펴지기 시작했다.

부드럽게 재잘대는 소리가 들리고 깐닥거리는 몸이 보였다. 다우너들은 아직도 에밀리오 옆에 있었다. 에밀리오는 손을 뻗어 푸른 이빨을 만졌다. 푸른 이빨도 대답 대신 에밀리오의 손을 만졌다. 못 박힌 피부가 에밀리오의 손을 스쳤고, 아직도 흥분이 남아 몇 번이나 까닥거렸다. 에밀리오의 다른 쪽에는 새틴이 혼자 서서 단단히 팔짱을 끼고 있었다. 그녀는 평소보다 더 검어진 눈을 크게 뜨고 있었다.

에밀리오 주위의 모든 다우너가 똑같이 불안한 얼굴을 하고 있었다. 인간들의 말다툼, 폭력, 다우너들은 이런 것들이

215

낯설었다. 다우너들은 순간적으로 분노를 느끼긴 해도 신경질을 내는 게 다였다. 에밀리오는 다우너들이 떼거지로 말다툼하는 것을 한 번도 보지 못했고, 무기도 본 적이 없었다……. 다우너들에겐 칼이 유일한 도구이자 사냥 수단이었다. 다우너들은 오직 사냥감만 죽였다. 다우너들은 무슨 생각을 했을까, 에밀리오는 궁금했다. 그런 광경을 보고 무슨 상상을 했을까. 인간들은 서로에게 총을 겨눈다고?

「우리 업어보브로 간다.」 새틴이 말했다.

「알겠습니다.」 에밀리오는 동의했다. 「두 분은 그대로 가세요. 잘했어요, 새틴, 푸른 이빨, 두 분 모두요. 와서 제게 말씀해 주신 건 정말 잘하신 겁니다.」

둘은 몸을 깐닥거렸다. 모든 히사들이 쓰는 안도의 표현이었다. 마치 이제까진 확신이 없었다는 듯이 보였다. 에밀리오는 자신이 혜일과 부하들에게 이 둘과 같은 셔틀로 떠나라고 명령했다는 생각이 퍼뜩 떠올랐다……. 아까 본 인간의 악의 때문에 둘은 아직 상황을 불편하게 느끼는지도 몰랐다.

「우주선의 책임자와 얘기할게요.」 에밀리오가 말했다. 「당신과 혜일은 우주선의 다른 쪽에 타게 될 겁니다. 아무런 말썽도 없을 거예요. 약속해요.」

「좋다-좋다-좋다.」 새틴은 속삭이듯 말하고 나서 에밀리오를 안았다. 에밀리오는 새틴의 어깨를 쓰다듬은 뒤 뒤로 돌아 푸른 이빨에게서도 포옹을 받고 푸른 이빨의 거친 털가죽을 툭툭 쳤다. 에밀리오는 새틴과 푸른 이빨을 떠나 언덕 꼭대기를 향해 걷기 시작했다. 그리고 착륙장으로 가다가 그곳에 여러 명이 서 있는 걸 보고 발걸음을 멈췄다.

밀리코와 두 명이 더 있었는데, 모두 라이플을 들고 있었다. 에밀리오는 후방에서 자신을 지켜보던 사람들이 있었음을 깨닫자 갑자기 안도감이 몰려왔다. 에밀리오는 괜찮다고 손을 젓고 서둘러 그쪽으로 걸어갔다. 밀리코가 가장 먼저 다가왔다. 에밀리오는 밀리코를 안았다. 함께 온 두 명도 밀리코를 따라왔다. 셔틀에서 내린 보초들이었다. 「전 직원 몇 명을 당신들과 함께 보낼 겁니다.」 에밀리오가 말했다. 「해임된 사람들이고, 고발될 사람들입니다. 그 사람들이 무장하지 못하게 하세요. 그리고 다우너 몇 명도 함께 보낼 건데, 그 사람들과 다우너들이 가까이 하지 않게 해주세요. 그 어떤 경우에도요.」

「알겠습니다.」 두 보초는 더는 어떤 이견도 달지 않았다.

「돌아가셔도 좋습니다.」 에밀리오가 말했다. 「이제 Q에서 새로 온 이들을 이쪽으로 이동시키세요. 괜찮습니다.」

보초들은 명령을 수행하러 갔다. 밀리코는 누군가에게서 빌려 온 라이플을 계속 들고 옆에 서서 팔로 에밀리오를 강하게 안고 있었다. 에밀리오도 팔로 밀리코를 안고 있었다.

「헤일의 패거리야.」 에밀리오가 말했다. 「몽땅 추방할 거야.」

「그럼 우리에겐 보초가 전혀 없게 되는데.」

「Q는 말썽거리가 아니었어. 이번 일로 스테이션에 연락하려고 해.」 에밀리오는 배 속이 죄어 왔다. 아까 일의 반응이 이제야 나타나기 시작했다. 「내 생각엔 그 사람들이 산등성이에 있는 당신을 본 것 같아. 어쩌면 그래서 마음을 바꿨는지도 모르지.」

「스테이션은 이미 위기 경보를 발령했어. 난 그게 분명 Q 때문이라고 생각했지. 셔틀이 스테이션 본부에 연락했어.」

「그럼 지휘소에 가서 취소하는 게 좋겠네.」에밀리오는 밀리코를 데리고 걷기 시작했다. 둘은 돔을 향해 비탈을 내려갔다. 에밀리오는 다리에 힘이 하나도 없었다.

「난 저 위에 있지 않았어.」밀리코는 말했다.

「어디 있었는데?」

「산등성이에. 우리가 저 위에 도착했을 땐, 다우너들과 Q 뿐이었어.」

에밀리오는 욕을 했다. 그리고 자신의 허세가 통했음에 놀랐다.「브랜 헤일은 잘 없앤 거야.」에밀리오가 말했다.

에밀리오와 밀리코는 언덕들 사이의 계곡에 도착한 뒤, 호스들 위의 다리를 건너 다시 지휘소로 올라갔다. 지휘소 안에서는 소년이 의사에게 치료를 받고 있었고, 권총으로 무장한 기술자 두 명이 긴장한 채 서서 소년을 데려온 Q 사람들을 감시하고 있었다. 에밀리오는 그만 됐다고 기술자들에게 손짓했다. 기술자들은 조심스레 총을 치우고 이 모든 상황에 불만스러운 표정을 지었다.

신중하게 중립을 지킨다고 에밀리오는 생각했다. 저 밖의 다툼에서 누가 이기든 이들은 그 승자를 따랐을 것이고, 에밀리오를 돕지 않았을 터였다. 에밀리오는 그 때문에 화가 나진 않았다. 그저 실망했을 뿐이다.

「괜찮으세요?」 짐 언스트가 물었다.

에밀리오는 고개를 끄덕이고 서서 계속 지켜보았다. 밀리코가 옆에 있었다. 「스테이션에 연락하세요.」 에밀리오는 잠시 후 말했다. 「문제가 해결됐다고 보고하세요.」

2

둘은 함께 자리에 앉았다. 이곳은 인간들이 그들을 위해 마련해 준 껌껌한 공간이었고, 우주선의 거대하고 텅 빈 배 속이었으며, 기계 소리가 무시무시하게 메아리치는 곳이었다. 둘은 호흡기를 써야 했다. 이건 수많은 불편 중 첫 번째일 뿐이었다. 둘은 몸을 손잡이에 묶었다. 인간들이 안전을 위해 꼭 그래야 한다고 경고했던 것이다. 새틴은 푸른 이빨-달루트-호스-메를 껴안으며 이곳의 느낌과 추위와 호흡기의 불편함에 진저리쳤다. 두려운 마음이 드는 이유의 대부분은 안전을 위해 몸을 묶어야 한다는 말을 들었기 때문이었다. 새틴은 이제껏 우주선을 벽과 지붕의 관점에서 생각해본 적이 없어서 공포에 질렸다. 우주선을 타고 나는 것이, 날다가 내던져져 죽을 수 있을 만큼 폭력적일 것이라곤 상상해본 적도 없었다. 그저 하늘을 나는 새처럼 자유롭고 굉장하고 황홀한 것이라고만 생각했었다. 새틴은 인간들이 준 쿠션에 등을 기대고 몸을 떨고 또 떨다가 마침내 몸을 떨지 않으려 애썼고, 푸른 이빨 또한 떨고 있음을 느꼈다.

「우린 돌아갈 수 있어.」푸른 이빨이 말했다. 이 비행은 푸른 이빨이 선택한 일이 아니었기 때문이다.

새틴은 아무 말도 하지 않고, 이를 악물었다. 맞다고, 돌아가야 한다고, 인간들에게 연락해 아주 작고 아주 불행한 다우너 두 명이 마음을 바꿨다고 말해야 한다는 외침이 자기 입에서 터져 나올까 봐 두려웠던 것이다.

이윽고 엔진 소리가 들렸다. 새틴은 이게 무슨 뜻인지 알았다……. 종종 들었던 소리였다. 그리고 이제 그 소리를 〈느꼈다〉. 뼛속 깊이 공포가 스멀거렸다.

「이제 우린 위대한 태양을 볼 거야.」새틴이 말했다. 이젠 돌이킬 수 없었기 때문이다. 「우린 베넷의 집을 보게 될 거야.」

푸른 이빨은 새틴을 더욱 꼭 안았다. 「베넷.」푸른 이빨은 다시 말했다. 둘 다에게 위안이 되는 이름이었다. 「베넷 저신트.」

「우린 업어보브의 영혼-이미지들을 보게 될 거야.」새틴이 말했다.

「우린 태양을 볼 거야.」푸른 이빨은 온몸이 엄청나게 짓눌리는 느낌이 드는 동시에 으깨지는 느낌이 들었다. 새틴은 푸른 이빨이 너무 세게 잡아 아팠다. 그러나 새틴도 만만찮게 푸른 이빨에게 있는 힘껏 매달려 있었다. 인간들은 견뎌내도 자신들은 이 거대한 힘에 눌려 아무도 모르게 으깨질지 모르겠다는 생각이 불현듯 새틴의 머리를 스쳤다. 인간들은 우주선의 깊은 어둠 속에 그들이 있다는 사실조차 잊을지도 몰랐다. 하지만 아니었다, 다우너들은 오고 갔다. 히사는 이 거대한 힘을 이겨 냈고, 날았으며, 업어보브에 존재하는 그 모든 경이로운 것들을 보았다. 또한 별들이 내려다보일지도 모르는 곳을 걸었고, 위대한 태양의 얼굴을 똑바로 바라보았으며, 좋은 것들로 그들의 눈을 채웠다.

이런 일들이 그들을 기다리고 있었다. 이제 봄이었고, 열기가 새틴 안에, 그리고 푸른 이빨 안에 피어오르기 시작했다. 이 여행은 새틴이 선택한 것이었다. 그 어떤 여행보다 길었으며, 새틴이 첫 봄을 보낼 곳은 그 어떤 높은 곳보다 높았다.

압력이 누그러졌다. 새틴과 푸른 이빨은 여전히 서로를 잡고 있었고, 여전히 움직임을 느꼈다. 아주 멀리까지 가는 비행이라고 경고를 받긴 했다. 둘은 누가 와서 말해 주기 전까진 끈을 풀어선 안 되었다. 콘스탄틴은 그들에게 뭘 해야 할지 말해 줬고, 그들은 분명 안전할 것이었다. 몸을 누르는 힘이 약해질수록 그 믿음이 점점 강해졌다. 새틴은 자신들이 살았음을 알았다. 그들은 업어보브로 가고 있었다. 그들은 〈날았다〉.

새틴은 콘스탄틴에게 받은 조개껍데기, 즉 콘스탄틴이 자신을 위해 이번 〈시간〉을 표시한 선물을 꽉 움켜쥐었다. 몸에는 자신의 특별한 보물, 최고의 물건, 베넷이 직접 자신에게 이름을 지어 줬다는 영광스러운 상징인 붉은 천을 두르고 있었다. 새틴은 이런 것들에, 그리고 푸른 이빨, 즉 점점 더 좋아지고 진정한 애정을 느끼는 푸른 이빨에게 더 안정감을 느꼈다. 짝짓기의 봄철 열기가 아니었다. 푸른 이빨은 몸집이 가장 큰 다우너도 아니었고, 가장 잘생긴 다우너라고도 할 수 없었지만, 똑똑했고 명석했다. 어느 정도는.

푸른 이빨은 가져온 주머니 중 하나를 뒤져 작은 가지 하나를 꺼냈다. 봉오리가 벌어진 가지였다……. 푸른 이빨은 호흡기를 움직여 가지 냄새를 맡고 새틴에게도 내밀었다. 가지가 그들에게 세상을, 강가를, 희망을 가져다주었다.

새틴의 몸에 열기가 확 돌면서 추위에도 불구하고 땀이 나기 시작했다. 푸른 이빨과 이렇게 가까이 있고, 자유로운 땅, 즉 달릴 곳이 없다는 건 부자연스러운 일이었다. 불안함은 새틴을 이미지들이 지배하는 고독한 땅으로 점점 더 깊숙이 이끌 터였다. 둘은 여행하고 있었고, 그 방식이 무척이나 묘하고 색달랐으며, 위대한 태양은 여전히 전처럼 위에서 내려다보았다. 그래서 새틴은 아무것도 할 필요가 없었다. 새틴은 푸른 이빨의 배려를 받아들였다. 처음엔 긴장했지만 곧 점점 더 편안하게 수용했다. 그게 옳으니까. 땅에서라면 했을 게임들, 푸른 이빨이 새틴이 이끄는 곳까지 따라갈 만큼 결의가 굳은 마지막 수컷이 될 때까지 했을 그 게임들……. 이젠 그런 게 필요 없었다. 푸른 이빨은 가장 멀리까지 온 한 명이었고, 여기에 있었고, 아주 옳은 행동이었다.

우주선의 움직임이 바뀌었다. 새틴과 푸른 이빨은 순간 공포 속에서 서로를 잡았지만, 이건 인간들이 경고했던 일이었고, 새틴과 푸른 이빨은 엄청나게 낯선 순간이 있을 거란 말을 들었었다. 둘은 큰 소리로 웃었고, 하나가 되었으며, 웃음을 멈추었다. 현기증이 나고 광란 상태에 빠진 듯이 흥분됐다. 새틴과 푸른 이빨은 꽃이 피는 가지 조각에 경탄했다. 가지는 공중에서 그들 옆을 떠다녔고, 둘이 번갈아 가지를 치자 가지가 움직였다. 새틴은 조심스레 손을 뻗어 공중에서 가지를 휙 잡아당겼다가, 다시 깔깔 웃으며 가지를 놓아주었다.

「여기가 바로 태양이 사는 곳이야.」 푸른 이빨은 추측했다. 새틴도 분명 그런 것 같다고 생각하며, 태양이 그 강력한 빛 속에서 장엄하게 떠도는 모습과 자신들이 그 안에서 엎어 보브, 즉 자신들을 향해 양팔을 내밀고 있는, 인간들의 금속 집을 향해 둥둥 떠가는 모습을 상상했다. 그들은 복받치는 기쁨 속에서 하나가 되고 또 하나가 되었다.

아주, 아주 오래 지나 또 다른 변화가 찾아왔다. 안전띠가 아주 은근하면서 가볍게 몸을 눌렀으며, 점차 둘은 몸이 다시 무거워지는 것을 느꼈다.

「내려가고 있어.」 새틴은 혼잣말을 했다. 그러나 새틴과 푸른 이빨은 인간들에게 들은 말을 떠올리며 가만히 있었다. 누가 와서 이제 안전하다고 말해 줄 때까지 기다려야 한다고 했다.

그리고 연속적으로 덜컹거리고 끔찍한 소리들이 나 둘은 서로 팔을 꽉 잡았다. 하지만 이제 발밑의 바닥은 단단했다. 머리 위의 스피커에서 인간의 목소리가 울리며 지시 사항들을 쏟아 냈다. 그중 어떤 것도 겁먹은 듯 들리지 않았으며, 오히려 평소의 인간들 목소리처럼 들렸다. 서두르고 유머가 없었다. 「내 생각에 우린 괜찮은 것 같아.」 푸른 이빨이 말했다.

「가만히 있어야 해.」 새틴이 푸른 이빨에게 상기시켰다.

「인간들이 우릴 잊어버릴 거야.」

「잊지 않을 거야.」 새틴은 이렇게 말했지만, 자신도 불안했다. 이곳은 너무나 어두웠고 너무나 황량했으며, 그들이 있는 곳 바로 위에만 약간의 불빛이 있을 뿐이었다.

금속이 심하게 충돌하는 소리가 났다. 그들이 들어왔던 문이 열리고, 이제 언덕이나 숲은 전혀 보이지 않았지만, 골이 진 목구멍 같은 통로가 보이고 거기서 차가운 공기가 둘에게 몰아쳤다.

거기서 남자 한 명이 나타났다. 갈색 옷을 입고 확성기를 들고 있었다. 「나오세요.」 남자는 새틴과 푸른 이빨에게 말했다. 둘은 서둘러 끈을 풀었다. 자리에서 일어난 새틴은 다리가 후들거리는 것을 느꼈다. 새틴은 푸른 이빨에게 기댔지만, 푸른 이빨도 휘청거렸다.

남자는 둘에게 선물을 주었다. 목에 걸 은색 끈이었다. 「당신들 번호입니다.」 남자가 말했다. 「언제나 몸에 걸치고 있어요.」 남자는 새틴과 푸른 이빨의 이름을 적은 뒤 통로를 따라가라고 손짓했다. 「저와 함께 가시죠. 저희가 체크인해 드리겠습니다.」

새틴과 푸른 이빨은 남자를 따라 무시무시한 통로를 걸어간 뒤, 아까까지 있던 우주선 배 속과 비슷한 장소로 나왔다. 금속이었고 차가웠지만 아주, 아주 거대했다. 새틴은 몸을 떨며 주위를 뚫어져라 바라보았다. 「우린 더 큰 우주선 속에 있어.」 새틴이 말했다. 「여기도 우주선이야.」 새틴은 인간에게 말했다.「인간, 우리 업어보브에 있나?」

「여긴 스테이션입니다.」인간이 대답했다.

은근한 냉기가 새틴의 심장에 파고들었다. 새틴은 바깥 풍경을 볼 수 있길 바랐었다. 태양의 따뜻한 온기를 바랐었다. 새틴은 인내심을 가지라고, 결국 보게 될 거라고, 여전히 아름다울 거라고 자신을 타일렀다.

3
펠: 블루 구역 5층, 2352년 9월 2일

아파트는 말쑥하게 정리되어 있고, 잡동사니들은 바구니 안에 쌓여 있었다. 데이먼은 재킷을 입고 나서 옷깃을 세웠다. 엘렌은 아직도 옷을 입으며 살짝 끼는 허리 부분 때문에 소란을 피우고 있었다. 엘렌은 벌써 두 벌이나 입어 보고 있었다. 그러나 이 옷도 맞지 않는 듯 보였다. 데이먼은 엘렌 뒤로 걸어가 허리춤을 가볍게 안으며 거울로 엘렌과 눈을 마주쳤다.「당신 멋져 보여. 좀 티가 난들 뭐 어떻겠어?」

엘렌은 거울로 자신과 데이먼을 살핀 뒤 데이먼의 손에 자신의 손을 얹었다.「그냥 살찐 걸로만 보인단 말이야.」

「당신 정말 근사해 보여.」데이먼은 엘렌이 웃어 주길 바라며 말했다. 그러나 거울에 비친 엘렌의 얼굴은 계속 걱정스러운 표정이었다. 데이먼은 잠시 어찌할 바를 모르다, 엘렌이 그러길 바라는 듯해서 그녀를 껴안았다.「괜찮아?」데이먼이 물었다. 엘렌은 어쩌면 무리했고, 괜찮아 보이려고 좀 지나치게 애썼고, 배급소에서 특별한 물건들을 구해 왔다……. 그리고 저녁 내내 신경이 곤두서 있었다고 데이먼은 생각했다. 그래서 저렇게 애쓰는 거야. 그래서 작은 일에도 저렇게 초조해하는 거야. 「탤리를 여기로 오게 해서 신경 쓰여?」

엘렌의 손가락들이 데이먼의 손가락들을 천천히 더듬었다. 「그렇진 않은 거 같아. 하지만 그 사람에게 뭐라고 해야할지 잘 모르겠어. 유니언인을 대접하긴 처음이라서.」

데이먼은 두 팔을 떨어뜨리고 엘렌이 뒤로 돌자 그녀의 눈을 똑바로 보았다. 기진맥진할 정도로 준비를 하고…… 대접을 위해 그토록 정성을 다하고. 이건 열의 때문이 아니었다. 데이먼은 이럴까 봐 두려웠다. 「당신이 제안했어. 난 진심이냐고 물었고. 엘렌, 만일 조금이라도 거북하면…….」

「그 사람은 석 달 넘게 당신 양심을 괴롭혀 왔어. 내 불안함은 잊어 줘. 난 호기심을 느낀다고. 그럼 안 되는 거야?」

데이먼은 의심했다……. 탤리를 기꺼이 접대하는 정도 이상이었다. 이건 엘렌이 쓰는 대차대조표였다. 아마도 감사의 마음일 터였다. 혹은 자신이 관심을 기울이고 있다고 데이먼에게 알리려는 엘렌만의 방식이었다. 데이먼은 그 기나긴 저녁들을 떠올렸다. 엘렌은 식탁 저쪽에서 생각에 잠겨 있었고 데이먼은 자기 생각에 잠겨 있었다. 엘렌은 〈에스텔〉을 생각했고, 데이먼은 자신이 다루는 생명들을 생각했다. 데이먼은 어느 날 밤 엘렌의 이야기를 들어 주는 대신 탤리에 대해 말했다. 그리고 기회가 왔다. 실로 엘렌다운 제스처였다. 그

외에 엘렌에게 다른 문제를 안긴 기억은 없었다. 그래서 엘렌은 그 기회를 받아들였고, 그 문제를 풀려고 노력했다. 아무리 힘들어도 그랬다. 유니언인. 데이먼으로선 엘렌이 이런 상황에서 어떻게 느끼는지 전혀 알지 못했다. 데이먼은 자신이 안다고 생각했었다.

「그런 표정 짓지 마.」 엘렌이 말했다. 「난 궁금하다고 말했잖아. 하지만 문제는 사회적 상황이야. 어떻게 생각해? 옛날 이야기를 할까? 〈우리가 혹시 전에 만난 적이 있을까요, 탤리 씨? 서로 총질을 해댔으려나요?〉 아님 가족 이야기는 어때……. 〈당신 가족은 잘 지내시나요, 탤리 씨?〉 아님 병원 이야기를 할 수도 있지. 〈펠에서 지내신 경험은 어떠셨어요, 탤리 씨?〉」

「엘렌…….」

「당신이 물었잖아.」

「난 당신이 이 일을 어떻게 느끼는지 알고 싶어서 그랬어.」

「당신은 어떤데…… 솔직히?」

「거북해.」 데이먼은 고백하고는 카운터에 몸을 기댔다. 「하지만 엘렌…….」

「만약 당신이 내 느낌을 알고 싶다면…… 난 불편해. 그냥 불편해. 그 사람은 여기 올 거고, 우리의 초대를 받고 오는 거야. 그리고 솔직히, 난 우리가 그 사람에게 어찌해야 할지 모르겠어.」 엘렌은 거울로 몸을 돌리고 허리선을 잡아당겼다. 「그런 게 내가 〈생각하는〉 거야. 난 그 사람이 편하게 느끼길 바라고, 우리 모두 즐거운 저녁이 됐으면 좋겠어.」

데이먼은 다른 식이 되리라는 것을…… 긴 침묵의 시간이 되리라는 것을 알 수 있었다. 「난 그만 가서 탤리를 데려올게.」 데이먼이 말했다. 「탤리가 기다릴 거야.」 이윽고 데이먼은 좀 더 즐거운 생각이 떠올랐다. 「같이 중앙광장으로 올라가면 어때? 여기 상황은 신경 쓰지 말고. 전반적으로 모든 일이 한결 쉬워질지도 몰라. 우리 둘 다 집에서 접대하느라 신경 안 써도 되고.」

엘렌의 눈이 반짝였다. 「거기서 만날까? 내가 먼저 가서 자리를 잡고 있을게. 차린 음식은 다 냉동고에 넣으면 돼.」

「그러자.」 데이먼은 엘렌의 귀에 키스했다. 할 수 있는 건 그게 전부였다. 데이먼은 엘렌을 가볍게 쓰다듬은 뒤 지체한 시간을 만회하기 위해 서둘러 밖으로 나갔다.

보안 데스크에서 데이먼이 부르자, 탤리는 재빠르게 홀로 내려왔다……. 새 정장을 입었고, 모든 게 새것이었다. 데이먼은 탤리를 보자 손을 내밀었다. 데이먼의 손을 잡으며 탤리의 얼굴에 평소와 다른 미소가 나타났다 금세 사라졌다.

「당신은 이미 체크아웃됐어요.」 데이먼은 이렇게 말하고 나서 데스크에서 작은 플라스틱 지갑을 집어 탤리에게 주었다. 「다시 체크인할 때는 이게 모든 걸 자동으로 처리해 줄 거예요. 당신의 신분 서류들과 신용 카드, 그리고 콤프 번호를 적은 쪽지예요. 콤프 번호를 외운 뒤 쪽지는 없애 버려요.」

탤리는 그 안의 서류들을 보고 눈에 띄게 감동했다. 「전 이제 석방된 건가요?」 직원이 아직 말해 주지 않은 게 분명했다. 탤리는 두 손을 떨었고, 작은 글씨로 인쇄된 글자를 따라가며 읽는 가느다란 손가락들도 벌벌 떨고 있었다. 탤리는 서류들을 뚫어져라 보며 신중하게 그 내용을 흡수했다. 마침내 데이먼이 탤리의 소매를 잡고 그를 데스크에서 끌어내 함께 복도를 걸어갔다.

「얼굴이 좋아 보이네요.」데이먼이 말했다. 정말이었다. 앞의 문에 반사된 그들의 모습은 어둠과 빛이었다. 데이먼의 모습은 단단하고 독수리 같은 암흑이었고, 탤리의 모습은 환영처럼 창백했다. 갑작스레 데이먼은 엘렌을 생각했고, 옆에 있는 탤리에게서 자신의 안전함을 느꼈으며, 이 대조적인 모습에서 자신의 모든 잘못을 느꼈다…… 탤리의 겉모습뿐 아니라, 그 내면에서 우리나 언제나처럼 늘 천진한 눈으로 물끄러미 바라보는 그 모습에서.

〈탤리에게 뭐라고 해야 하지?〉데이먼은 엘렌이 했던 못난 질문들을 되풀이했다. 〈미안하다고? 제가 너무 바빠서 당신 폴더를 읽지 못해 미안하다고? 당신에게 조정 형을 내려서 미안하다고……? 우린 시간에 쫓겼어요, 절 용서해 주세요……. 평소엔 이렇게 엉망이지 않아요.〉

데이먼은 문을 열었다. 탤리는 문을 지나가며 데이먼과 눈을 마주쳤다. 비난의 눈빛도 전혀 없고, 괴로워하는 기색도 없었다. 탤리는 기억하지 못했다. 할 수가 없었다.

「당신 통행증은 소위 흰 딱지라고 불리는 거예요.」데이먼이 함께 리프트로 걸어가며 말했다. 「저기 문 옆에 색깔 있는 원들이 보이죠? 거기에 하얀색 원도 있어요. 당신 카드가 열쇠예요. 당신의 콤프 번호도요. 만약 하얀 원이 있으면 그건 당신 카드나 번호로 접근이 가능하다는 뜻이에요. 컴퓨터가 수락할 거예요. 하얀색이 없으면 절대 어떤 시도도 하지 말아요. 경보가 울리면서 보안대가 곧바로 뛰어올 테니까요. 어떤 시스템인지 아시겠죠?」

「알겠습니다.」

「콤프 기술들이 기억나요?」

잠시 침묵이 흘렀다. 「암스콤프는 특수화되어 있어요. 하지만 몇 가지 이론은 기억나요.」

「많이 기억나요?」

「계기반 앞에 앉으면…… 필시 기억날 거예요.」

「절 기억하나요?」

둘은 이미 리프트 앞에 와 있었다. 데이먼은 개인 호출 버튼을 눌렀다. 그가 가진 보안 허가의 특권이었다. 그는 사람들과 부대끼고 싶지 않았다. 그래서 몸을 돌려 탤리의 과할 정도로 솔직한 시선을 마주했다. 평범한 성인이라면 움츠러들고 눈을 피하고 이리저리 시선을 주다가 이런저런 하찮은 일에 집중했을 텐데, 탤리의 시선엔 그런 움직임이 없었다. 마치 광인 혹은 아이 혹은 조각해 놓은 신 같았다.

「전에도 그 질문을 하셨죠.」 탤리가 말했다. 「당신은 콘스탄틴 가문의 사람이에요. 펠의 주인이죠, 아닌가요?」

「주인은 아닙니다. 하지만 여기에 온 지 아주 오래되긴 했죠.」

「전 아니고요, 그렇죠?」

걱정하는 기운이 느껴졌다. 〈도대체 어떨까?〉 데이먼은 피부가 스멀거리는 느낌을 받으며 생각했다. 〈내 정신의 일부가 사라진 걸 안다는 건 어떤 기분일까? 뭐 하나라도 어떻게 이치에 맞을 수가 있을까?〉 「우린 당신이 여기 왔을 때 만났어요. 당신이 알아야 할 게 있어요…… 제가 바로 조정에 동의한 그 사람이에요. 법무처 사무실에서요. 제가 조정 실행 서류에 서명했습니다.」

그러자 탤리는 살짝 주춤했다. 차가 도착했다. 데이먼은 손을 넣어 문을 잡았다. 「당신이 제게 서류를 주셨어요.」 탤리가 말했다. 탤리는 안으로 들어갔고, 데이먼이 뒤따라 들어간 뒤 문이 닫혔다. 차는 데이먼이 입력한 대로 그린 구역을 향해 출발했다. 「당신은 계속 절 만나러 왔어요. 정말 자주 오셨죠. 그렇죠?」

데이먼은 어깨를 으쓱했다. 「전 그런 일이 일어나지 않길 바랐어요. 그게 옳은 일이라고 생각하지 않았어요. 이해하시겠죠?」

「제게서 원하는 게 있나요?」 목소리에서 기꺼이 들어주겠다는 느낌이 전해졌다. 적어도 묵묵히 동의하고 있었다. 어쨌거나 그 부분은 확실했다.

데이먼은 시선을 마주쳤다. 「용서겠죠, 아마도.」 데이먼은 냉소적으로 말했다.

「그건 쉬워요.」

「그래요?」

「그 때문에 오셨던 건가요? 그런 이유로 절 만나러 오셨냐고요? 지금은 어째서 함께 가자고 하셨죠?」

「당신은 무엇 때문이라고 생각했나요?」

멍한 시선이 살짝 흐릿해졌다. 정신을 집중하는 듯 보였다. 「제가 어찌 알겠어요. 당신이 와주신 건 정말 친절한 행동이었습니다.」

「그게 친절한 행동이 아닐 수도 있다고 생각했나요?」

「제게 기억이 얼마나 남아 있는지 모르겠습니다. 기억들 사이에 빈 공간이 있다는 건 알아요. 제가 전에 당신을 알았을지도 모르죠. 제 기억이 사실과 다를 수도 있고요. 아무래도 상관없지만요. 당신은 제게 아무 일도 하지 않았어요, 안 그래요?」

「제가 그 일을 막을 수도 있었어요.」

「전 조정해 달라고 부탁했어요……. 맞죠? 제 생각엔 제가 부탁했어요.」

「맞아요, 당신이 부탁했어요.」

「그럼 제가 제대로 기억하는 것도 있긴 한 거군요. 혹은 사람들이 말해 줬거나요. 모르겠군요. 제가 당신과 함께 가야 하나요? 그게 당신이 원한 전부예요?」

「안 갔으면 싶나요?」

탤리는 눈을 몇 번 끔벅였다. 「전…… 그다지 몸이 좋지 않았을 때는…… 당신을 알았는지도 모르겠다고 생각했어요. 그땐 기억이란 게 전혀 없었으니까요. 당신이 와줘서 기뻤죠. 누가 있었으니까…… 벽 너머 바깥에. 그리고 책들…… 책들을 보내 주셔서 감사해요. 그걸 받고 정말 기뻤어요.」

「절 보세요.」

탤리는 데이먼을 보고 순간적으로 집중했다. 그의 표정에서 잠시 이해하는 기색이 보였다.

「전 당신과 함께 가길 바라요. 당신이 함께 가면 〈좋겠어요〉. 그게 다예요.」

「어디로 간다고 했죠? 당신 아내를 만날 거라 했던가요?」

「엘렌을 만나러 갑니다. 그리고 펠도 보고요. 펠의 더 멋진 곳들을요.」

「좋아요.」탤리의 시선은 계속 데이먼에게 머물러 있었다. 시선이 불안하게 움직이면…… 그건 방어이고, 퇴각이라고 데이먼은 생각했다. 똑바로 향한 시선은 믿음을 뜻했다. 기억에 빈 공간이 있는 남자는 전적인 신뢰를 보이고 있었다.

「전 당신을 알아요.」데이먼이 말했다.「병원 기록을 읽고 당신에 대해 알게 됐어요. 제 친형에 대해서도 이렇게 속속들이 알진 못해요. 당신에게 그 점을 알려 주는 게 공정할 것 같아요.」

「모두가 그걸 읽어 봤어요.」

「누구…… 〈모두〉라고요?」

「제가 아는 모두요. 의사들…… 센터의 모두요.」

데이먼은 그 말에 대해 곰곰이 생각해 보았다. 누구라도 이렇게 까발려질 수 있다는 생각에 진저리가 쳐졌다.「그 기록 중 받아 적은 부분은 삭제될 겁니다.」

「저처럼요.」유령처럼 남은 미소가 탤리의 입꼬리를 올렸다. 슬픔이었다.

「완전한 재구축은 아니었어요.」 데이먼이 말했다. 「이해하시죠?」

「그 사람들이 제게 말해 준 만큼은 안답니다.」

차는 천천히 들어오다 그린 구역 1층에서 멈췄다. 펠에서 가장 붐비는 복도들 중 하나에서 문들이 열렸다. 다른 승객들이 들어오려 했다. 데이먼은 탤리의 팔을 잡고 사람들을 헤치고 나갔다. 군중 속에서 그들을 본 몇 명이 고개를 돌렸다. 특이한 얼굴의 이방인이라서, 혹은 콘스탄틴 가문의 얼굴이라서…… 작은 호기심이었다. 끊임없이 재잘대는 소리들이 들렸다. 음악이 중앙광장에서 흘러나왔다. 가늘고 달콤한 선율이었다. 복도에서 다우너 일꾼 몇 명이 식물들을 돌보고 있었다. 데이먼과 탤리는 사람들의 흐름을 따라 그 안에 조용히 묻힌 채 걸어갔다.

복도는 중앙광장으로 이어졌고, 껌껌한 중앙광장의 유일한 조명은 벽들에 있는 거대한 영사 스크린들에서 나오고 있었다. 별들의 모습, 초승달로 보이는 다운빌로의 모습, 필터를 통해서도 강렬하게 번쩍이는 태양의 모습, 외부 카메라에 비치는 부두들의 모습 따위였다. 음악은 느긋했고, 매력적인 전자음과 종소리, 그리고 가끔씩 들리는 떨리는 낮은 음은 매 순간 들려오는 부드러운 테너 톤의 대화 소리와 잘 어우러졌다. 대화 소리는 곡선을 그리며 휘어진 홀의 중앙을 채운 탁자들에서 들리고 있었다. 스크린들은 펠의 끊임없는 회전에 맞춰 변했고, 바닥에서 드높은 천장까지 뻗은 스크린들을 따라, 이미지들도 시시각각 바뀌었다. 바닥과 조그만 인

234

간의 모습들과 탁자들만이 어둠에 잠겨 있었다.

「퀜-콘스탄틴.」데이먼은 입구 옆 접수대에 있는 젊은 여자에게 말했다. 웨이터 한 명이 곧장 다가와 예약석으로 안내했다.

그러나 탤리는 발걸음을 멈췄다. 데이먼은 뒤를 돌아보았다. 탤리가 진지한 표정으로 스크린들을 뚫어져라 보고 있었다. 「조시.」불러도 반응하지 않자 데이먼은 탤리의 팔을 부드럽게 잡았다. 「이쪽이에요.」중앙광장에 처음 온 경우 탁자들이 작아 보일 만큼 거대하면서 천천히 돌아가는 이미지들 때문에 몸의 중심을 잃는 사람들이 가끔 있었다. 데이먼은 계속 탤리를 잡은 채 예약된 자리로 갔다. 예약석은 가장자리에 있는 특급 자리로, 아무런 방해 없이 스크린들이 보였다.

엘렌은 탤리와 데이먼이 도착하자 자리에서 일어났다. 데이먼이 말했다. 「이쪽은 엘렌 퀜입니다. 제 아내죠.」

엘렌은 눈을 깜박였다. 탤리에게 보인 반응이었다. 엘렌은 천천히 손을 내밀었고, 탤리는 그 손을 잡았다. 「조시, 맞죠? 엘렌이에요.」엘렌은 다시 의자에 앉았고, 데이먼과 탤리도 의자에 앉았다. 웨이터는 주문을 기다리며 서 있었다. 「한 잔 더요.」엘렌이 말했다.

「스페셜로요.」데이먼은 말한 뒤 탤리를 보았다. 「특별히 원하시는 거라도? 아님 제게 맡겨 주세요.」

탤리는 불편한 표정으로 어깨를 으쓱했다.

「두 잔요.」데이먼이 말하자 웨이터는 사라졌다. 데이먼은 엘렌은 보았다.「오늘 저녁은 많이 붐비네.」

「요즘은 부둣가로 가는 주민이 많지 않으니까.」엘렌이 말했다. 그랬다. 우주선을 정박시키고 눌러앉은 상인들이 술집 두 개를 독차지해서 보안대와 계속 마찰을 일으켰다.

「여기선 저녁을 주거든요.」데이먼은 탤리를 보며 말했다. 「적어도 샌드위치라도 줘요.」

「저녁은 먹었어요.」탤리는 어떤 대화도 끊을 정도의 무관심한 목소리로 말했다.

「스테이션들에서 오랜 시간을 보내 보셨나요?」엘렌이 물었다.

데이먼은 탁자 아래로 엘렌의 손을 향해 손을 뻗었지만, 탤리는 상당히 침착하게 고개를 저었다.

「러셀에서만요.」

「펠이 스테이션들 중 최고예요.」엘렌은 보지도 않고 데이먼의 손을 밀어냈다.〈단번에 거절이군.〉데이먼은 엘렌이 정말로 간섭하지 말라는 의미로 손을 밀쳐 낸 것인지 궁금했다.「다른 곳에는 이런 거 없거든요.」

「퀸은…… 상인 이름인데요.」

「〈이었죠.〉마리너에서 모두 죽었어요.」

데이먼은 엘렌의 무릎 위에서 엘렌의 손을 꼭 쥐었다. 탤리는 괴로워하는 얼굴로 엘렌을 보았다.「미안합니다.」

엘렌은 고개를 흔들었다.「당신 잘못이 아니에요. 상인들은 양쪽 모두에서 죽임을 당해요. 운이 나빴어요. 그게 다예요.」

「탤리는 기억하지 못해.」데이먼이 말했다.

「기억을 〈못 한다〉고요?」 엘렌이 물었다.

탤리는 살짝 고개를 저었다.

「그럼, 여기도 아니고 저기도 아니네요.」 엘렌이 말했다. 「당신이 와서 기뻐요. 우주는 당신을 거부했죠. 당신에게 희망이 있다고 본 건 오로지 스테이션인뿐인가요?」

데이먼은 여전히 어찌할 바를 몰랐다. 하지만 힘없이 미소 짓는 것으로 보아 탤리는 이걸 가벼운 농담으로 이해한 듯했다.

「그런 것 같네요.」

「다 운이죠.」 엘렌이 말하자 데이먼은 흘끗 곁눈질하고는 손을 꽉 쥐었다. 「부둣가에서 주사위 놀이를 해서 이길 수는 있지만, 우주도 만만치 않아요. 운이 좋았던 이를 기억해 두었다가 나중에 그걸 받아 내려 하죠. 여기는 그 생존자들을 위한 곳이에요, 조시 탤리.」

씁쓸한 아이러니? 아니면 환영하며 반기려는 노력? 이는 상인식 유머였다. 다른 언어로는 이해가 어려웠다. 탤리는 그 점에 안도한 듯 보였다. 데이먼은 손을 빼고 뒤로 기대앉았다. 「그 사람들이 일자리 얘기도 하던가요, 조시?」

「아뇨.」

「당신은 〈정말로〉 석방됐어요. 만일 당신이 일할 수 없다면, 스테이션에서 한동안 당신을 돌봐 줄 거예요. 하지만 일단 제가 임시로 손을 써뒀으니, 주일 아침마다 가서 할 수 있겠다고 느끼는 만큼 일하시고, 오후엔 집으로 돌아가실 수 있어요. 괜찮을 것 같아요?」

탤리는 아무 말도 하지 않았지만, 탤리의 표정은…… 느린 회전 속에 현재 가장 가까이 와 있는 태양의 이미지에 반쯤 빛을 받은 얼굴은…… 그 자리를 원한다고, 거기에 의지한다고 말했다. 데이먼은 대수롭지 않은 일자리라 겸연쩍어하며 탁자에 양팔을 기댔다. 「어쩌면 실망하셨겠네요. 당신은 훨씬 높은 자격 조건을 갖췄으니까요. 소소한 기계 폐품 수집 일인데, 그래도 일자리는 일자리니까요. 적어도…… 다른 뭔가를 하시기 전까지는요. 그리고 제가 방을 하나 찾아 놨어요. 중앙 상인 숙박소에 있고, 욕실은 있지만 부엌은 없답니다……. 모든 물자가 놀랄 만큼 빡빡하거든요. 당신이 거기서 일하고 받게 될 크레디트는 스테이션 법에 의해 기본적인 음식과 주거 비용을 감당할 만큼은 돼요. 집에 부엌이 없기 때문에, 정해진 한도까지 모든 레스토랑에서 카드를 쓸 수 있어요. 그 한도를 넘으면 당신이 지불해야 하는 것들도 있고요……. 하지만 콤프에는 늘 자원봉사자가 필요하죠. 거기에 지원해 일하면 추가 크레디트를 받을 수 있어요. 결국 스테이션은 식사와 방의 대가로 하루를 꽉 채워 일하길 요구하겠지만, 그것도 당신에게 그럴 능력이 있다고 입증된 후의 일이에요. 괜찮으시겠죠?」

「전 자유인가요?」

「사실상, 그렇죠.」 술이 나왔다. 데이먼은 여름 과일과 알코올을 섞은, 자신의 거품 나는 음료를 손에 들고 흥미로운 눈으로 탤리를 지켜보았다. 탤리는 펠의 별미 중 하나를 시음한 뒤 기뻐하고 있었다. 데이먼은 자신의 술을 홀짝였다.

「당신은 스테이션인이 아니에요.」 잠시 침묵이 흐른 뒤 엘렌이 말했다. 탤리는 엘렌과 데이먼 너머로 벽 쪽을, 느릿느릿 발레를 추는 별들을 응시하고 있었다. 〈우주선에 있으면 풍경이 잘 안 보여.〉 엘렌은 데이먼에게 설명하려 애쓰며 이렇게 말한 적이 있었다. 〈당신 생각이랑 전혀 달라. 우주선에서 보는 풍경은 그곳에 존재한다는 느낌이고, 우주의 작동을 보는 거고, 언제라도 당신을 깜짝 놀라게 할 수 있는 것을 헤치고 나아간다는 느낌이야. 그 규모에서 난 그냥 먼지 한 점이고, 난 내 방식대로 저 모든 허공을 뚫고 나가는 거야. 어떤 세계도 그렇게 할 수 없고, 다른 것 주위를 빙빙 도는 것도 전혀 없어. 그리고 심술궂은 우주가 그저 당신이 기대고 있는 금속의 저편이란 걸 언제나 아는 거야. 당신 같은 스테이션인들은 자신의 환상을 좋아해. 발붙인 이들과 푸른 창공을 나는 이들은 현실이 어떤지 알지 못해.〉

데이먼은 갑자기 한기를 느꼈고, 소외감을 느꼈다. 엘렌과 탁자 맞은편의 이방인이 한패 같았다. 데이먼의 아내와 신처럼 생긴 탤리. 이건 질투심 때문이 아니었다. 일종의 공포감 때문이었다. 데이먼은 천천히 술을 마셨다. 그리고 탤리를 지켜보았다. 탤리는 스크린들을 보았다. 스테이션인은 절대로 저런 행동을 하지 않았다. 이건 숨 쉬는 법을 기억하려는 것과 비슷했다.

〈스테이션은 잊어버려.〉 데이먼은 엘렌의 목소리로 이 말을 들은 적이 있었다. 〈당신은 절대 여기에 만족하지 못할 거야.〉 마치 엘렌과 탤리가 데이먼은 모르는 언어로 말하는 것 같았고, 심지어 둘이 똑같은 단어들을 쓰는 것 같았다. 마치 유니언에 우주선을 잃은 상인이 역시 자신처럼 우주선을 잃고 육지에 오른 유니언인에게 동정을 느끼는 것 같았다. 데이먼은 탁자 아래로 손을 뻗어 엘렌의 손을 꼭 잡았다. 「어쩌면 전 당신이 가장 원하는 것을 드릴 수 없을지도 모르겠군요.」 데이먼은 마음이 아픈 것을 참고 일부러 정중하려 애쓰며 탤리에게 말했다. 「펠은 이제 당신을 영원히 잡아 두려 하지 않을 거고, 당신의 서류 작업이 완전히 끝난 뒤에 당신이 당신을 태워다 줄 상인을 찾을 수 있다면…… 언젠가는 그렇게 하는 것도 가능해요. 하지만 조언하건대, 여기서 꽤 오래 머무를 각오로 계획을 짜세요. 아직 상황이 안정되지 않았고, 상인들은 광산에 다녀오는 게 아니면 어디로도 가려 하지 않아요.」

「장거리 수송선원들은 부둣가에서 곤드레만드레 취하도록 술을 마시고 있어요.」 엘렌이 투덜거리며 말했다. 「펠에 빵이 바닥나기 전에 술부터 바닥날걸요. 아뇨, 한동안은 괜찮아요. 상황은 나아질 거예요. 신의 가호로, 뭐든 한번 삼켰으면 언젠간 소화하기 마련이거든요.」

「엘렌.」

「이분도 펠에 있지 않아?」 엘렌이 물었다. 「우리 모두 그렇지 않아? 이분의 삶은 펠에 완전히 묶여 있다고.」

「전 펠에 해를 끼치지 않을 겁니다.」 탤리가 말했다. 탤리의 손이 탁자 위에서 움찔거렸다. 가벼운 틱 증상이었다. 이건 혐오감을 주는 몇 개 안 되는 후유증 중 하나였다. 데이먼은 심리 장애에 대해 아는 바가 있었지만 계속 입을 꼭 다물었다. 심층 교육을 받은 탤리가 똑똑하다는 건 분명했다. 어쩌면 결국 탤리가 자신에게 무슨 일이 있었는지 알아낼 수도 있었다.

「전…….」 탤리의 손이 또다시 의미 없이 움직였다. 「전 여길 모릅니다. 전 도움이 필요해요. 전 가끔 제가 어떻게 여기로 오게 됐는지 의문이 듭니다. 당신은 아시나요? 전 알았나요?」

말이 뒤죽박죽이었다. 데이먼은 불안한 눈으로 탤리를 바라보며 탤리가 갑자기 당혹스러운 히스테리에 빠지는 것 아닌가 싶어 한순간 걱정되었다. 이런 공공장소에서 탤리를 어떻게 해야 할지 당혹스러웠다.

「제게 기록이 있어요.」 데이먼은 탤리의 질문에 대답했다. 「제가 아는 바는 거기 있는 게 다랍니다.」

「전 당신의 적인가요?」

「아닌 것 같군요.」

「전 사이틴을 기억해요.」

「당신이 하는 말들이 서로 무슨 연관관계가 있는지 이해가 잘 안 되네요, 조시.」

탤리의 입술이 떨렸다. 「저도 이해 못 해요.」

「도움이 필요하다면서요. 무슨 도움이 필요하죠, 조시?」

「여기 스테이션에서요. 정말로 계속 들러 주실…….」

「당신을 방문할 거냐고요? 당신은 더는 병원에서 지내지 않을 거예요.」 갑자기 데이먼은 탤리가 그 사실을 안다는 것을 깨달았다. 「당신 말은, 제가 당신에게 일자리를 구해 준 뒤 혼자 두고 떠나 버릴 거냐고요? 아뇨. 전 다음 주에 당신을 또 불러낼 거예요. 그러니 걱정 마요.」

「조시에게 콤프 승인을 내줘서 아파트까지 전화할 수 있게 해주자고 제안하려 했어.」 엘렌이 조용히 말했다. 「문제가 어디 업무 시간 지켜서 터지는 것도 아니고, 우리가 상황을 해결할 수도 있을 테니까. 우린 법률적으로 당신의 보증인이에요. 만약 데이먼과 연락이 안 되면, 제 사무실로 전화하세요.」

털리는 고개를 끄덕여 그 제안을 받아들였다. 끊임없이 바뀌는 스크린들에는 현기증이 날 것 같은 경로가 계속 보였다. 셋은 오랫동안 별말 없이 음악에 귀를 기울이고 술을 한 잔씩 더 시켰다.

「제 생각엔 당신이……」 마침내 엘렌이 입을 열었다. 「이번 주말에 저희 집에 오셔서 같이 저녁을 드시면 정말 좋을 것 같아요……. 제 요리도 한번 맛보시고요. 같이 카드 게임도 해요. 물론 카드 게임 할 줄 아시겠죠?」

털리의 눈이 마치 허락을 구하는 듯 데이먼 쪽으로 살짝 움직였다. 「한번 시작하면 밤늦게까지 가는 게임이죠.」 데이먼이 말했다. 「한 달에 한 번씩 형과 형수님이 저희와 근무 시간이 겹치거든요. 형네는 부일 팀이었어요……. 그런데 이번 위기 이후 다운빌로로 전임되어 갔죠. 조시는 카드 게임을 정말 잘해.」 데이먼이 엘렌에게 말했다.

「잘됐네.」

「그 정도는 아닙니다.」 탤리가 말했다.

「해봐야 알 일이죠.」 엘렌이 말했다.

「가겠습니다.」

「좋아요.」 엘렌이 말했다. 잠시 후 조시의 눈이 반쯤 감겼다. 조시는 눈을 뜨려고 갖은 애를 써 순간적으로 정신이 들었다. 그러나 조시의 몸에서 모든 긴장이 풀렸다.

「조시.」 데이먼이 말했다. 「걸을 수 있겠어요?」

「잘 모르겠어요.」 조시가 괴로워하며 말했다.

데이먼이 일어나자 엘렌도 일어났다. 탤리는 아주 조심스럽게 탁자에서 의자를 밀며 일어나 데이먼과 엘렌 사이에서 걸어갔다…… 이건 술 두 잔 때문이 아니라고 데이먼은 생각했다. 순한 술이었다. 스크린들과 탈진 때문이었다. 탤리는 잠시 복도를 침착하게 걸어갔다. 밖의 조명 속에서 숨을 고르고 나자 안정을 되찾는 듯 보였다. 다우너 셋이 마스크를 낀 채 동그란 눈으로 그들을 바라보았다.

데이먼과 엘렌은 탤리를 리프트까지 데려간 뒤, 레드 구역에 있는 시설까지 함께 차를 타고 가서 탤리를 유리문들 너머 보안 데스크의 보호 아래로 돌려보냈다. 그들은 이제 부일로 들어갔다. 당직 보초는 멀러 집안 사람이었다.

「탤리가 안정을 찾을 수 있게 신경 써주세요.」 데이먼이 말했다. 데스크 너머에서 탤리는 머뭇거리더니 묘하고 강렬한 눈으로 데이먼과 엘렌을 돌아보았다. 이윽고 보초가 돌아와 탤리를 데리고 복도를 걸어갔다.

데이먼은 엘렌에게 팔을 두르고 함께 집을 향해 걷기 시작했다.「조시를 초대한 건 좋은 생각이었어.」데이먼이 말했다.

「조시는 어색해하더라.」엘렌이 말했다.「하지만 누군들 안 그렇겠어?」엘렌은 데이먼을 따라 문들을 지나 복도로 나온 뒤, 데이먼과 손을 잡고 걸어갔다.「전쟁 때문에 심각한 사상자들이 생기고 있어.」엘렌이 말을 이었다.「만약 퀜 가문 중 누구라도 마리너에서 살아 나올 수 있었다면…… 그건 그냥 거울의 또 다른 면에 불과했을 거야. 안 그래? 우리 자신 가운데 하나를 위해서 말이야. 그러니 신이 우리를, 그리고 탤리를 보우하시길. 탤리도 우리 가운데 하나가 될 수 있을 거야.」

엘렌은 데이먼보다 많이 마셨다……. 그리고 엘렌은 취하면 늘 기분이 침울해졌다. 데이먼은 아기를 생각했다. 그러나 지금은 엘렌에게 뭐든 가혹한 얘기를 하기에 적절하지 않았다. 데이먼은 엘렌의 손을 한 번 꽉 쥐고 엘렌의 머리를 헝클어뜨린 다음 함께 집으로 향했다.

제2장

마시는 아직 도착하지 않았고, 짐도 사람도 아직이었다. 에어리스는 다른 이들과 함께 숙소에 들어가 방 네 개 중 하나를 골랐다. 각 방에서 칸막이를 옆으로 밀어 열면 중앙의 공간이 나왔고, 이 중앙 공간은 은색 트랙 위에 놓인 이동 가능한 하얀색 패널들로만 이루어져 있었다. 가구들도 트랙 위에 놓여 있고, 빈약하고, 효율적이지만 편리하진 않았다. 지난 열흘 동안 이렇게 숙소를 옮긴 게 벌써 네 번째였다. 이번 숙소는 마지막으로 바꾼 숙소에서 많이 떨어지지 않았고, 눈에 띄게 다르지도 않았으며, 더는 어린 마네킹들이 보초를 서지도 않았다. 무장한 마네킹들은 언제 어딜 봐도 복도들마다 있었다…… 이리저리 옮겨 다니기 전 이 스테이션에서 지낸 몇 달간도 상황은 마찬가지였다.

사실, 그들은 자신들이 어디 있는지, 바이킹 근처의 무슨 스테이션에 있는 건지, 아니면 사이틴 주위를 도는 스테이션에 있는 건지도 몰랐다. 질문해 봤자 상대는 그저 어물쩍 넘어갈 뿐이었다. 〈보안 때문입니다.〉 그들은 숙소 이동에 대해 이렇게 말했다. 그리고 〈인내심을 가지십시오〉라고 했다. 에어리스는 자신과 함께 온 대표들 앞에선 침착함을 유지했다. 그리고 자신들을 조사하는 온갖 고관들과 기관들 앞에서도, 그게 유니언에서 과연 무슨 차이가 있는지 모르지만 군이든 민간이든 누구 앞에서든 그렇게 침착함을 유지했다. 혼자든 다 같이든, 심문할 때도 토론할 때도 마찬가지였다. 에어리스는 이제까지 자신들이 평화를 간구하는 이유들과 조건들을 어찌나 많이 말했던지, 이윽고 목소리 억양이 자동적으로 변하고, 같은 질문에 대한 동료들의 반응을 달달 외울 지경이었다. 그들의 공연은 그 자체가 목적인 공연으로 변했고, 그들은 이곳의 주인/심문자들의 인내심이 한계에 달할 때까지 이걸 끝없이 해야 할지도 모를 일이었다. 만약 이들이 지구에서 협상했다면, 벌써 오래전에 포기하고 넌더리 난다고 선언한 뒤 다른 작전으로 돌아서고도 남았을 것이다. 그러나 여기선 선택의 여지가 없었다. 이쪽이 취약했고, 이들은 할 수 있는 일들을 했다. 에어리스의 동료들은 이런 비참한 상황에서도 당당하게 행동했다…… 마시만 빼고. 마시는 신경이 예민해지고 불안해했으며 긴장했다.

그리고 물론 유니언인들은 특별 관리 대상으로 마시를 골랐다. 유니언인들과 일대일 면담을 할 때면 마시의 면담 시간이 가장 길었다. 최근에 겪은 네 번의 이동에서도, 마시는 마지막으로 들어왔다. 벨라와 디아스는 이 일에 대해 아직 아무 말도 하지 않았다. 그들은 무엇에 대해서도 논의하거나 깊이 생각하지 않았다. 에어리스는 따로 의견을 달지 않았고, 그들에게 주어진 숙소의 거실에 있는 여러 의자 중 하나에 앉아, 유니언인들이 언제나 오락거리로 제공하는 비디오들 중 최신 선전물을 보았다. 폐쇄 회로든 스테이션 비디오든, 이 비디오를 본다는 건 지루함을 엄청나게 잘 참는 사람이란 뜻이었다. 오래된 옛날 역사 이야기, 컴퍼니와 컴퍼니 함대가 저질렀다는 악한 행위 따위가 계속해서 나왔다.

에어리스는 이 광경이 낯설지 않았다. 에어리스 일행은 이미 자신들이 현지 당국자과 한 인터뷰 필기록을 보고 싶다고 요청했지만 거절당했다. 이런 기록용 설비가 짐 속에 있었지만 설비는 물론이고 필기 도구들마저 도둑맞았고, 항의했으나 저쪽에선 꾸물거리고 무시해 버렸다. 외교 관례에 대한 존중 따위는 아예 찾아볼 수 없었다…… 이런 건 지금 같은 상황에서 전형적인 경우일뿐더러, 라이플을 들고 눈에는 광기가 어려 있으며 언제라도 규칙을 읊을 준비가 된 소년들이 지지하는 정부에서도 전형적인 일이라고 에어리스는 생각했다. 에어리스가 가장 두려움을 느낀 것은 바로 이 아이들, 광기 어린 눈을 하고 너무나 똑같이 생긴 소년소녀들이었다. 이들은 자기 머릿속에 심어진 것들만 알았기 때문에 광신적이었다. 마치 아무 생각 없이 그대로 복사한 것만 같았다. 〈그자들과 얘기하지 마.〉 에어리스는 동료들에게 경고했었다. 〈뭐든 그자들이 하라는 대로 하고, 할 말이 있으면 그자들의 상관에게 말해.

에어리스는 비디오에서 관심을 잃은 지 이미 오래되었다. 그는 위와 주위를 슬쩍 둘러보았다. 디아스는 스크린에 시선을 고정하고 있었고, 벨라는 임시변통으로 만든 말을 가지고 논리력이 필요한 게임을 하고 있었다. 에어리스는 남몰래 손목시계를 보았다. 그는 손목시계의 시간을 유니언인들의 시간에 맞추려 노력했었다. 유니언의 시간은 지구 시간과 달랐고, 펠의 시간과도 달랐으며, 컴퍼니의 표준 시간과도 달랐다. 마시는 한 시간 지각이었다. 에어리스 일행이 이곳에 도착한 지 한 시간이 지났다.

에어리스는 입술을 깨물고는 억지로 스크린에 떠 있는 영상으로 주의를 돌렸다. 스크린의 영상은 사람을 무감각하게 마비시키려는 것이라고밖에 할 수 없었고, 그나마 효과도 미미했다. 이미 에어리스 일행이 익숙해져 있는 헐뜯기였다. 이들을 화나게 하려는 의도라면, 이 영상은 아무런 성과도 거두지 못했다.

마침내 누군가 문을 만지더니 곧 문이 열렸다. 테드 마시가 가방 두 개를 들고 슬그머니 안으로 들어왔다. 젊은 보초 두 명이 무장한 채 복도에 서 있는 게 흘끗 보였다. 문이 닫혔다. 마시는 풀 죽은 눈으로 숙소 안으로 발걸음을 옮겼지만, 모든 침실 문이 스르르 닫혔다. 「어느 방?」 마시는 어쩔 수 없이 걸음을 멈추고 다른 이들에게 물었다.

「맞은편, 대각선 방.」 에어리스가 말했다. 마시는 몸을 돌려 방을 다시 빠르게 가로질러 가서 가방들을 문가에 내려놓았다. 마시의 갈색 머리털은 완전히 헝클어져 있었고, 귓가에 가는 머리털들이 보였다. 옷깃은 주름져 있었다. 마시는 다른 이들을 보지 않으려 했다. 행동 하나하나가 모두 소심하고 긴장한 듯했다.

「어디 갔다 온 거지?」 에어리스는 마시가 미처 도망치기 전에 날카롭게 물었다.

마시는 재빨리 뒤를 돌아보았다. 「절 여기 배정하는 데 혼선이 있었어요. 컴퓨터가 제 이름을 다른 곳에 올려놔서요.」

두 사람은 고개를 들고 대화에 귀를 기울였다. 마시는 에어리스를 뚫어져라 보며 땀을 흘렸다.

〈저 거짓말을 까발려 버려? 걱정한다는 티를 낼까?〉 모든 방이 감시를 받았다. 에어리스 일행은 그 점에 대해 확신했다. 에어리스는 마시를 거짓말쟁이라 부르고 게임의 양상이 바뀌었다고 분명히 알릴 수도 있었다. 그들은…… 그러나 에어리스의 육감이 그러지 말자고 주춤했다……. 마시를 욕실로 데려가 물에 처박고 진실을 알아낼 수도 있었다. 유니언의 심문만큼이나 효과적인 방법이다. 정말로 이 방법을 쓴다면, 마시는 거의 견뎌 내지 못할 것이었다. 그로 인한 이득은 어떻게 봐도 의심스러웠지만.

어쩌면…… 에어리스의 마음속에 동정심이 일었다……. 마시는 침묵하라는 에어리스의 명령을 지켰는지도 모른다. 어쩌면 마시는 유니언에게 비밀을 털어놓고 싶었는데 충성심 때문에 괴로워하면서 그냥 침묵하라는 에어리스의 명령에 복종했는지도 모른다. 에어리스는 과연 그럴까 의심했다. 물론 유니언인들은 마시를 찍었다……. 마시는 약한 자가 아니었시만, 네 명 중에선 가장 약한 사람이었다. 마시는 슬쩍 곁눈질한 뒤 가방들을 자기 방으로 옮기고는 문을 밀어서 닫았다.

에어리스는 심지어 다른 이들과 눈길을 주고받는 것조차 거부했다. 영상 감시가 계속되고 있을 가능성이 컸던 것이다. 에어리스는 스크린을 마주 보고 비디오를 지켜보았다.

그들이 원하는 건 시간이었다. 이런 방법으로든 협상으로든 시간을 벌어야 했다. 따라서 그에 따른 스트레스는 참을 수 있었다. 그들은 매일 유니언과 논쟁했고, 장교들은 계속해서 줄줄이 바뀌었다. 유니언은 원칙적으로는 에어리스 일행의 제안에 동의했고, 관심 있다고 공공연히 밝혔으며, 함께 이야기하고 토론하고, 그들을 이런저런 위원회로 보냈고, 협정서의 작은 부분들에서 괜한 트집을 잡았다. 바로 이때, 짐에서 물건들을 도둑맞았다! 양쪽 모두 시간을 벌려고 속임수를 부릴 뿐이었다. 에어리스는 저쪽의 이유를 알고 싶었다.

군사 작전이 진행 중인 게 확실했고, 협상에서 에어리스 쪽에 도움이 될 일은 아닌 듯했다. 저쪽은 결정적인 단계에서 그 결과물을 던져 주면서 뭔가 더 양보하길 기대할 터였다.

당연히, 펠이었다. 할양해 달라고 요구할 가능성이 가장 높은 곳은 펠이었다. 그러나 이는 절대 들어줄 수 없었다. 그 외에 또 가능성이 높은 것은 유니언의 혁명정부 법정에 컴퍼니 장교들을 인도하는 것이었다. 실제로 실행 가능성은 없었지만, 타협 차원에서 의미 없는 서류 작업이 다르게 이루어질 순 있었다. 아마도 법익 박탈이 될 것이었다. 에어리스는 자기 힘으로 가능한 한 함대 사람들의 생명을 양도하는 증서에 서명할 생각이 전혀 없었다. 그러나 국가의 적으로 분류된 일부 스테이션 공무원들의 처형에 이의를 제기하는 것은…… 시도해 볼 만한 가치가 있을 터였다. 유니언은 어쨌거나 원하는 대로 하고 말 터였다. 그리고 이렇게 멀고 외딴 곳에서 벌어진 일은 지구에 정치적으로 거의 영향을 미치지 못할 것이었다. 영상 매체가 거실 안까지 전달하지 못하는 일에는, 일반 대중도 오랫동안 관심을 보이지 못했다. 통계적으로, 유권자의 대다수가 복잡한 논쟁점들을 읽을 수 없거나 읽지 않았다. 그림이 없으면, 뉴스도 없었다. 뉴스가 없으면, 사건도 없었다. 대중에게서 크게 공감을 자아낼 수도 없고, 언론에서 지속적인 관심을 받을 수도 없었다. 컴퍼니로선 안전한 정치였다. 무엇보다 그들은 다른 논쟁점들에서 환심을 사둔 대다수 사람을 다시 잃을 수도 없었다. 그들은 반세기 동안 신중하게 사람들을 조종했고, 고립주의자 우두머리들을 불신하게 만들었다…… 이미 희생을 치렀다.

　에어리스는 바보 같은 비디오를 경청하면서 이 상황을 분명히 밝혀 줄 증거를 이 선전 방송에서 찾으려 했고, 유니언이 자기네 시민에게 해준다는 이익들에 대한 보도와 내부 개선을 위한 거대 프로그램들에 대한 보도에 귀 기울였다. 에어리스가 무엇보다 알고 싶은 것은 지구 쪽 외의 방향에서 유니언 영토가 어디까지 뻗어 있는지, 유니언이 가진 기지수는 얼마나 되는지, 함락된 스테이션들에서 무슨 일이 있었는지, 유니언이 영토를 더 멀리까지 활발하게 개발 중인지 혹은 전쟁에 모든 자원을 끝까지 쏟아붓고 있는지 따위였다……. 이런 정보들은 구할 수 없었다. 소문만 무성한 출산실들이 얼마나 광범위한지, 유니언이 생산한 시민들의 규모가 어떤지, 그렇게 태어난 시민들이 어떤 처치를 받았는지에 대한 정보도 전혀 없었다. 함대의 반항에 대해 에어리스는 수천 번 넘게 욕을 했다. 특히 시그니 맬러리의 함대가 맘에 들지 않았다. 에어리스의 방식이 옳았는지는, 즉 그 함대를 작전에서 빼버린 결정이 옳았는지는 결국 알 수 없었다. 그 함대를 끼워 줬더라면 어떤 일이 일어났을지도 알 수 없는 일이었다. 그들은 결국 그들이 있어야 할 곳에 와 있었다. 그게 전에 이미 경험한 다른 하얀 방들 같은 이 하얀 방들이라 해도 말이다. 그들은 해야 할 일을 하고 있었다. 함대가 없을 뿐이었다. 함대는 이들에게 (사소한) 협상력을 줄 수도 있었지만, 협상에서 어디로 튈지 모르는 제3자가 될 수도 있었다. 펠의 완강함도 상황에 도움이 되지 않았다. 펠은 함대를 달래는 쪽을 택했다. 스테이션이 도와줬더라면, 그들은 맬러리 같은 이들의 마음을 어느 정도 돌릴 수 있었을지도 모른다.

이는 결국 자기 이익을 최우선으로 생각하는 함대를 과연 설득할 수 있는가 하는 문제로 다시 돌아왔다. 지구가 방어 준비를 하는 데 필요한 시간 동안, 마지언과 그 패거리를 통제하는 것은 불가능했다. 그들은 지구 출신이 〈아니라고〉 에어리스는 상기했다. 자신이 본 바대로 판단한다면, 규칙을 따르는 자들이 아니었다. 저 옛날에 지구의 이민 금지령과 지구로의 귀환 명령에 반항했던 과학 연구 요원들과 비슷했다……. 그들은 더 멀리 비욘드로 도망쳐 버렸다. 궁극적으론 유니언에게 갔다고 할 수 있었다. 혹은 자신들의 작은 제국에서 너무나 오랫동안 폭군 노릇을 해서 이젠 지구에 대해 아주 작은 의무조차 느끼지 않는 콘스탄틴 가문처럼 되었다.

그리고…… 자연스레 이 생각을 하게 되면서 에어리스는 갑자기 겁이 났다……. 에어리스는 우주에 존재하는 〈차이〉를 미리 예상하지 못했다. 유니언의 사고방식이 어떨지도 미처 생각해 보지 못했다. 유니언의 사고방식은 자신들의 행동과 유사하지도, 완전히 다르지도 않은 그런 행동으로 기우는 경향이 있는 듯했다. 유니언은 그들을 와해시키려 들었다……. 마시와의 이 기묘한 게임은 확실히 〈분할 정복〉에 해당했다. 그렇기 때문에 에어리스는 마시를 건드리지 않기로 결심했다. 마시, 벨라, 디아스는 상세한 정보를 가지고 있지 않았다. 이들은 그저 컴퍼니 장교일 뿐이었고, 그들이 아는 것은 그리 위험하지 않았다. 에어리스는 자신처럼 너무 많은 걸 아는 대표 두 명을 이미 지구로 돌려보냈다. 돌려보내면서, 함대가 더는 통제 불가이며, 스테이션들은 무너지고 있다고 전하게 했다. 그 정도가 할 수 있는 전부였다. 여기 남은 에어리스 일행은 주어진 게임을 수행했고, 언제나 수도사처럼 침묵을 지켰으며, 자신들의 심기를 어지럽히기 위해 계속 주거지를 바꾸고 혼란스럽게 만드는 일들을 말없이 참아 냈다. 에어리스는 이런 주거지 변경과 혼란이 협상에서 일행을 약하게 만들기 위한 책략일 뿐이지 좀 더 무시무시한 가능성, 즉 심문을 위해 체포한다는 예고편은 아니길 바랐다. 그들은 이 상황을 꿋꿋이 견뎌 냈고, 협상에서 전보다 더 성공을 거두길 바랐다.

그리고 마시는 그들 사이를 헤치고 걸어와 중간에 앉았다. 상처 입고 헝클어진 표정으로 그들을 은밀히 보았지만 동료들에게 정신적 지지를 받지 못했다……. 이유를 묻거나 위로하는 것은 그들의 방어벽인 침묵을 깨는 게 되기 때문이었다. 〈어째서?〉에어리스는 마시의 팔 옆, 플라스틱 탁자 윗면에 이렇게 쓴 적이 있었다. 손가락 끝에 기름을 찍어서 썼기 때문에 어떤 렌즈로도 잡아 낼 수 없을 거라고 생각했다. 그리고 어떤 대답도 돌아오지 않자 그는 다시 썼다. 〈뭘?〉마시는 둘 다 지우고 아무런 대답도 쓰지 않은 채 고개를 돌려 버렸다. 당장이라도 무너질 듯이 입술이 떨렸다. 에어리스는 거기서 질문을 끝냈다.

마침내 에어리스는 일어나 마시의 문으로 걸어간 뒤 노크도 없이 그냥 문을 열었다.

마시는 옷을 완전히 갖춰 입고 침대에 앉아, 갈비뼈 위로 팔짱을 끼고 벽 혹은 그 너머를 쏘아보았다.

에어리스는 마시에게로 걸어가 몸을 구부리고 귓가에 속삭였다. 「간단히 말하지.」에어리스는 과연 마시가 들을 수 있을지 의심스러울 만큼 작은 소리로 속삭였다. 「지금 무슨 일이 벌어지고 있다고 생각해? 그자들에게 심문당하고 있어? 대답해.」

잠시 침묵이 흘렀다. 마시는 천천히 고개를 흔들었다.

「대답해.」에어리스가 말했다.

「전 시간 끌기용으로 뽑혔어요.」마시는 말을 더듬으며 속삭였다. 「제 배정은 늘 엉망이에요. 언제나 혼란이 있어요. 그자들은 절 몇 시간이고 앉혀 놓고 기다리게 해요. 그게 〈다예요〉.」

「자네 말을 믿어.」에어리스가 말했다. 에어리스는 자신이 정말 믿는지 자신 없었지만, 그럼에도 그렇게 말해 주고 마시의 어깨를 툭툭 쳤다. 마시는 쓰러지며 꺼이꺼이 울었고, 진정하려 무진 애를 쓰는데도 눈물이 폭포처럼 쏟아졌다. 상상 속의 카메라들…… 그들은 여기 있다고 믿는 그 카메라들을 끊임없이 의식했다.

에어리스는 이 일로 크게 동요했고, 자신들이 유니언 못지않게 마시를 괴롭히고 있는 것 아닌가 하는 생각을 품게 되었다. 에어리스는 마시의 방을 나와 다른 방으로 돌아갔다. 이윽고 마음이 분노로 가득 찬 에어리스는 방 한가운데에서 발걸음을 멈추고 복잡한 크리스털 조명을 향해 고개를 들었다. 에어리스는 이 조명이 감시 기구일 가능성이 가장 크다고 생각했다. 「항의합니다.」에어리스는 날카롭게 말했다. 「이렇게 고의적이고 부당하게 괴롭히는 일을 그만두십시오.」

이윽고 에어리스는 몸을 돌려 앉아 다시 비디오를 지켜보았다. 동료들은 그저 고개를 들어 바라보기만 할 뿐, 다시 침묵이 내려앉았다.

이튿날 아침, 총을 든 마네킹이 그날의 일정을 가져왔지만, 전날 사건에 대해선 아무 말도 하지 않았다.

〈0800시에 회의.〉 마네킹은 그렇게 알렸다. 오늘은 하루의 시작이 일렀다. 다른 정보는 없었다. 주제, 회의 상대, 장소, 심지어 평소엔 알려 주던 점심 식사에 대한 언급조차 없었다. 마시는 잠을 못 잔 듯 쑥 꺼진 눈으로 방에서 나왔다. 「아침 식사할 시간이 별로 없어.」 에어리스가 말했다. 아침 식사는 보통 0730시에 숙소로 배달되었는데, 그때까지는 시간이 몇 분 남지 않았다.

문의 불빛이 두 번째로 번쩍였다. 밖에서 문이 열렸지만, 아침 식사는 없었고, 마네킹 보초 세 명이 서 있었다.

「에어리스.」 한 명이 말했다. 그게 다였다. 정중한 호칭 따위는 없었다. 「나와.」

에어리스는 뭐라고 대꾸하려다 입술을 꽉 물고 참았다. 저들과 논쟁은 금물이었다. 에어리스는 동료들에게 그렇게 지시해 두었다. 에어리스는 다른 이들을 바라본 뒤 돌아가 재킷을 집었다. 에어리스는 똑같은 게임을 하고 있었다. 여유를 부려 저들이 자신을 기다리게 하며 고의적으로 상대를 약 올렸다. 이 정도면 충분히 시간을 끌어 자기 의도를 전달했다는 생각이 들자, 에어리스는 혼자 문으로 가서 어린 보초들이 자신을 데려가게 했다.

〈마시.〉 에어리스는 어쩔 수 없이 이런 생각을 했다. 〈그자들은 마시와 무슨 게임을 했던 걸까?〉

보초들은 에어리스를 데리고 리프트 쪽 방향인 복도를 걸어간 뒤, 아무 표시나 명칭도 없이 연달아 줄지어 있는 리프트들과 복도들을 지나, 회의실들과 사무실들로 들어갔다. 이로써 에어리스의 불안감이 당장은 덜어졌다. 보초들은 에어리스를 데리고 친숙한 방으로 들어가더니 이제껏 쓰던 면담실 세 곳 중 한 곳으로 다시 들어갔다. 이번엔 군인이었다. 작은 원형 탁자 앞에 앉은 은발의 남자는 검은 제복을 입었는데, 제복의 주머니 덮개에는 금속이 수없이 붙어 있었다. 에어리스가 마지막으로 얘기한 여러 명의 계급들을 다 합친 듯 보였다. 비상식적인 도안의 기장이었다. 이 복잡한 상징들이 정확히 뭘 뜻하는지는 알 수 없었다…… 유니언이 이렇게 복잡한 메달과 기장 체계를 고안할 수 있었다니, 한편으론 즐거운 면이 있었다. 마치 상대에게 깊은 인상을 남기려고 저 모든 금속을 만든 것 같았다. 하지만 이건 권력이고 힘이었다. 그리고 이 점은 전혀 즐겁지 않았다.

「에어리스 대표.」회색 머리의 남자…… 머리가 회색인데 얼굴엔 주름이 거의 없이 활기가 넘치는 걸 보면 회춘요법을 쓰는 게 분명했다. 여기선 어디서나 회춘약을 쉽게 구할 수 있었다…… 지구에선 열등한 대체품으로만 구할 수 있었지만…… 남자는 일어나서 손을 내밀었다. 에어리스는 엄숙하게 손을 잡고 악수했다. 「세브 아조프입니다.」남자는 자기소개를 했다. 「이사회에서 왔습니다. 만나서 반갑습니다, 에어리스 대표.」

중앙 정부, 즉 이사회는 이제 312명의 이사로 구성되어 있다고 에어리스는 배웠다. 이게 스테이션들과 세계들의 숫자

외 어느 정도 비례해 관계있는지는 알 수 없었다. 이사회는 사이틴에서뿐 아니라 다른 곳에서도 모였다. 그리고 누가 거기에 어떻게 들어가는지도 에어리스는 몰랐다. 이 남자는, 의심할 여지없이 군인이었다.

에어리스는 차갑게 말했다. 「항의로 첫 만남을 시작하게 되어 유감입니다, 아조프 시민. 하지만 일이 깨끗하게 해결되기 전엔 대화를 거부하겠습니다.」

아조프는 온화한 눈썹을 치키고는 다시 의자에 앉았다. 「일이라고요, 에어리스 대표?」

「우리 일행 중 한 명이 괴롭힘을 당하는 것 말입니다.」

「괴롭힘이라뇨, 에어리스 대표?」

에어리스는 상대가 자신이 평정을 잃길, 신경과민이 되거나 분노하길 기대하는 걸 알았다. 에어리스는 그러지 않기로 마음먹었다. 「마시 대표와 당신네 컴퓨터는 방 배정을 찾는 데 어려움을 겪는 것 같더군요. 놀라운 일입니다. 우리는 어쩔 수 없이 다 함께 한곳에 묵고 있으니까요. 전 당신들의 기술력이 그보단 좋다고 평가합니다. 그러니 소위 불일치란 것들이 해결될 때까지 마시가 몇 시간이고 기다려야 하는 이걸 괴롭힘이라고밖엔 도무지 부를 수가 없군요. 전 이게 사람을 기진맥진하게 해서 우리의 능률을 떨어뜨리려는 의도의 괴롭히기라고 단언합니다. 그리고 다른 책략들에 대해서도 불만을 호소합니다. 가령 우리에게 기분 전환이나 운동할 공간을 제공하지 못한다는 점이나, 자기들에겐 권한이 없다고 늘 주장하는 것, 우리가 이 기지 이름에 관해 문의하면 말을 둘러대며 대답하는 것 따위 말이지요. 우린 사이틴에 간다고 약속받았습니다. 우리는 여기에 중요한 문제들을 협상하러 왔지만, 우리가 그 협상 권한을 부여받은 사람들과 얘기하고 있는지, 아니면 그저 아무 능력도 권한도 없는 하급 공무원들과 얘기하고 있는지 어떻게 알죠? 우린 먼 거리를 왔습니다, 아조프 시민. 비통하고 위험한 상황을 해결하기 위해서요. 그러나 여기서 만난 이들은 전혀 협조적이지 않았습니다.」

이건 갑자기 생각해 낸 이야기가 아니었다. 에어리스는 기회가 오면 말하려고 미리 준비해 두었는데 마침 고위 관료가 눈앞에 나타났던 것이다. 아조프는 공격을 받고 살짝 당황한 게 분명했다. 에어리스는 계속 분노한 척했고, 이는 에어리스 평생 최고의 무언극이었다. 사실 에어리스는 겁에 질려 있었던 것이다. 에어리스의 심장은 갈비대 안에서 방망이질을 했고, 에어리스는 자신의 얼굴색이 눈에 띄게 변하지 않았기만을 바랐다.

「살펴보겠습니다.」 잠시 후 아조프가 말했다.

「전 좀 더 강력한 보장을 원합니다.」 에어리스가 말했다.

아조프는 잠시 의자에 앉은 채 에어리스를 가만히 응시했다. 「제 말을 믿으시지요.」 아조프는 힘을 주어 말했다. 그 때문에 목소리가 떨렸다. 「만족하시게 될 겁니다. 이제 앉으시겠습니까, 에어리스 대표? 우리에겐 당장 풀어야 할 과제가 있습니다. 마시 대표가 겪은 불편에 대해선 제 개인적인 사과를 받아 주시지요. 그 문제는 조사해 보고 조치하도록 하겠습니다.」

에어리스는 여기서 걸어 나가 버릴까 좀 더 논쟁할까 고민하고, 눈앞의 남자에 대해 생각해 본 뒤, 남자가 제안한 의자에 앉았다. 에어리스는 자신에게 고정된 아조프의 두 눈에 어느 정도 존중하는 빛이 어려 있다고 생각했다.

「믿겠습니다, 아조프 시민.」에어리스가 말했다.

「저도 그 일을 유감으로 생각합니다. 당장은 뭐라 더 말씀드릴 수가 없군요. 그보다 협상과 관련해 긴급한 문제가 있습니다. 당신들 식으로 말하자면…… 사태라고 할 만한 경우와 맞닥뜨렸습니다.」남자는 탁자 콘솔의 버튼을 눌렀다. 「저코비 씨 좀 들여보내 주시겠어요.」

에어리스는 천천히 문 쪽을 보았다. 비록 속으론 강한 불안을 느꼈지만 겉으론 내색하지 않았다. 문이 열렸다. 민간인 복장의 한 남자가 들어왔다…… 남자는 평상복을 입고 있었다. 이제까지 그들을 상대하던, 금방 알아볼 수 있는 제복이나 제복 비슷한 정장이 아니었다.

「시거스트 에어리스 씨, 여긴 펠 스테이션의 데인 저코비 씨입니다. 두 분은 이미 만난 적이 있으신 걸로 압니다.」

에어리스는 자리에서 일어나 새로 온 이에게 손을 내밀었다. 그저 차가운 예의 차원의 행동이었다. 에어리스는 이 모든 게 점점 더 맘에 들지 않았다. 「아마도 무심하게 만나고 지나갔나 봅니다. 죄송합니다, 기억이 안 나는군요.」

「의회에서 만났습니다, 에어리스 씨.」저코비는 에어리스의 손을 잡았다가 놓았다. 따뜻함이 전혀 느껴지지 않았다. 저코비는 둥그런 탁자 앞의 세 번째 의자에 앉으라는 손짓을 받아들였다.

「3자 회담이 되었군요.」아조프는 낮게 웅얼거렸다. 「에어리스 씨, 당신들은 협정 요구안에서 펠과 그 앞쪽에 위치한 스테이션들을 당신들이 보호하고 싶다고 주장하셨죠. 이는 그 스테이션 시민들의 바람과 일치하지 않는 것으로 보입니다…… 그리고 당신은 민족 자결 원칙을 지지하신다고 널리 알려져 있죠.」

「이분은…….」에어리스는 저코비에게 시선을 주지 않으며 말했다. 「펠에서 전혀 힘 있는 분이 아니며, 협정을 맺을 권한도 절대 없습니다. 앤절로 콘스탄틴 씨에게 의견을 구하시고, 스테이션 의회로 문의하심이 옳을 듯합니다. 사실 전 이분을 알지 못하고, 의회에 계셨다는 주장에 대해서도 타당한 근거를 전혀 찾지 못하겠군요.」

아조프는 미소를 지었다. 「우린 펠에서 제안을 받았고, 수락하려 합니다. 그럴 경우, 현재 토의 중인 제안들은 문제가 되겠지요. 펠이 없으면, 당신들은 유니언 영토 〈안의〉 섬에 대해 권리를 주장하는 셈이 되니까요. 분명히 말씀드리지만, 유사한 결정에 의해 그 스테이션들은 이미 유니언 영토의 일부입니다. 당신들은 비욘드에 영토가 전혀 없습니다, 전혀요.」

에어리스는 가만히 앉아 있었고, 사지에서 피가 빠져나가는 듯한 느낌을 받았다. 「이건 신의 성실 원칙에 따라 협상한다는 합의에 어긋납니다.」

「당신네 함대는 지금 기지 하나 없는 상태입니다, 에어리스 대표. 우린 당신네 함대를 완전히 고립시켰어요. 인도주의적으로 행동하시길 부탁드립니다. 당신네 함대에 사실을 통보하시고 어떤 대안이 있는지 알리셔야 합니다. 더는 존재하지 않는 영토를 방어하기 위해 우주선과 생명을 희생할 필요는 전혀 없습니다. 협조해 주시면 참으로 감사하겠습니다, 에어리스 대표.」

「분노를 금할 수가 없군요.」에어리스는 고함을 쳤다.

「그럴지도요. 하지만 생명을 구하기 위해서라면, 그 메시지를 전달하는 쪽을 택하시는 것이 좋지 않을까요.」아조프가 말했다.

「펠은 영토를 할양하지 않았어요. 진짜 상황은 다르다는 걸 금방 알게 되실 겁니다, 아조프 시민. 그리고 더 나은 조건으로 협정을 원하시는 거라면, 우리 양쪽 모두에게 이득이 될 수도 있는 그런 거래를 원하신다면, 지금 뭘 내던지고 계신지 생각해 보시지요.」

「지구도 〈하나의 세계〉입니다.」

에어리스는 아무 말도 하지 않았다. 할 말이 없었다. 에어리스는 지구가 얼마나 탐나는 대상인지를 두고 논쟁하고 싶지 않았다.

「펠 문제는 쉽습니다.」아조프가 말했다. 「스테이션이 얼마나 취약한지 아십니까? 그리고 시민들의 마음이 저 밖의 이들을 지지하면, 아주 간단한 문제가 됩니다. 파괴는 없습니다. 그건 우리의 목적이 아닙니다. 하지만 함대는 기지 없이 성공적으로 작전을 펼치지 못할 겁니다……. 그리고 당신들에겐 기지가 없습니다. 우린 당신이 요청한 조항들에 서명할 겁니다. 펠을 공공 회의 장소로 삼는 것을 포함해서요. 하지만 관리는 당신들이 아닌 우리가 합니다. 사실 아무 차이가 없습니다…… 당신이 너무나 소중하게 꼭 잡고 있으려는 사람들…… 그 사람들의 뜻을 따르는 거란 점만 빼면요.」

　걱정했던 것보다 나은 결과였다. 하지만 그렇게 보이도록 계획된 것이기도 했다. 「여기엔 펠의 시민 대표가 〈없습니다〉.」 에어리스가 말했다. 「오직 자칭 대표가 한 명 있을 뿐이죠. 전 이분의 권한 위임서를 보고 싶군요.」

　아조프는 앞에 놓인 가죽 장정이 된 폴더를 집어 들었다. 「아마도 여기에 흥미가 있으실 겁니다, 에어리스 대표. 당신이 우리에게 준 서류입니다…… 유니언의 정부와 이사회, 그리고 당신의 표현대로 정확히 말하자면, 의회가 〈서명〉했지요…… 이제 우리 손에 들어온 스테이션들의 통제와, 펠의 상태에 관한 사소한 단어 몇 개만 뺐습니다. 〈컴퍼니의 관리하에〉란 말이 지워졌답니다. 여기 그리고 교역 문서에서요. 별것 아닌 세 단어죠. 그 외엔 모두 당신 제안대로입니다. 정확히 당신이 제안하신 그대로죠. 전 당신이 거리상 문제로 당신네 정부들과 컴퍼니를 대신해 서명할 권한을 받으셨다고 압니다.」

　거절의 말이 입술에 맴돌았다. 에어리스는 그 말을 밖으로 내뱉을까 말까 고민했다. 말이 입에서 빠져나가기 전에 먼저 한 번 고민해 보는 버릇이 있었던 것이다. 「우리 정부의 비준을 받아야 합니다. 그 단어들이 빠지면 곤란한 상황이 발생할 겁니다.」

「곰곰이 생각해 보시고 나면, 당신이 그쪽을 잘 설득하시리라 믿습니다, 에어리스 대표.」아조프는 폴더를 탁자에 내려놓고 에어리스 쪽으로 밀었다. 「한가할 때 한번 찬찬히 보십시오. 우리 쪽 입장은 〈확고〉합니다. 당신이 원한 모든 조항, 그러니까 솔직히 말해 당신네 영토가 존재하지 않기 때문에 최대한의 범위에서 당신이 요구할 수 있던 모든 조항이 들어 있습니다.」

「솔직히, 과연 그게 사실일까 의심이 가는군요.」

「아, 그거야 당신 자유지요. 하지만 의심한다고 사실이 바뀌진 않는답니다, 에어리스 대표. 당신이 〈이미〉 손에 넣은 것에 만족하시길 권합니다……. 이 교역 협정은 우리 모두에게 이익이 될 것이고, 오랜 불화를 해소할 겁니다. 에어리스씨, 이성적으로 당신이 무얼 더 요구할 수 있다고 생각하나요? 펠 시민들이 우리에게 기꺼이 주려는 것을 다시 당신네에게 할양해 달라고요?」

「그건 사실과 다릅니다.」

「하지만 당신에겐 조사할 방법이 전혀 없고, 따라서 통제와 소유에서 당신의 한계를 인정해야 합니다. 가령 당신을 보낸 지구의 정부가 깊은 변화를 겪었고, 우리는 지나간 모든 불만은 깨끗이 잊고 당신을 새로운 존재로 다루어야 한다고 해봅시다. 이 새로운 존재는…… 과연 서류에 더 많은 요구 조건을 적어 와서 우리에게 서명하라고 할까요? 당신네 군사력은 지금 쇠퇴기에 있습니다, 에어리스 대표……. 당신은 그 무엇도 증명할 방법이 없고, 상인들의 변덕에 따라 화물선들을 번갈아 타며 여기까지 와야 했습니다. 적대적인 태도는 당신네 정부에 이익이 되지 않습니다.」

「협박입니까?」

「현실을 말하는 겁니다. 우주선이 없는 정부, 자신의 군사를 통제하지 못하고 자원도 없는 정부…… 이런 정부는 조항 하나 바꾸지 않고 서류에 그대로 서명해 달라고 주장할 처지가 안 됩니다. 우린 의미 없는 조항들과 세 단어를 뺐고, 그리하여 그게 무엇이든 본질적으로 펠 시민들이 택하는 정부가 펠을 맡도록 했습니다. 당신이 대표하는 세력 편에서는 도대체 이게 반대할 거리로 말이 되나요?」

에어리스는 잠시 가만히 있었다. 「다른 대표들과 상의해 봐야겠습니다. 감시가 이루어지는 가운데서 그렇게 하지는 않을 거고요.」

「감시 따위는 없습니다.」

「우린 그 반대라고 생각합니다.」

「다시 한번 말씀드리지만, 당신은 이렇게든 저렇게든 증명할 수단이 없습니다. 그저 최선을 다해 처리하셔야 합니다.」

에어리스는 폴더를 집었다. 「저나 제 동료들이 오늘 어떤 회의에든 참석할 거라곤 기대하지 마십시오. 우리끼리 회의가 필요합니다.」

「그렇게 하시지요.」 아조프는 일어나서 손을 내밀었다. 저코비는 가만히 앉은 채 어떤 예의도 차리지 않았다.

「서명한다고 약속드릴 순 없습니다.」

「회의를 하세요. 정말로 이해합니다, 에어리스 대표. 그쪽

265

방식대로 하십시오. 하지만 이번 협정을 거절하면 어떤 결과를 불러오게 될지 진지하게 생각해 보시길 권합니다. 현재 우리는 우리의 국경으로 펠을 고려 중입니다. 당신들에게는 힌더 스타들을 남길 것이고, 원하신다면 거기를 개발해 이익을 남기실 수도 있습니다. 이 협정이 무산될 경우, 우린 직접 경계선을 정해야 할 것이고, 지구는 유니언을 바로 이웃으로 두어야 할 겁니다.」

에어리스의 심장이 미친 듯이 뛰었다. 에어리스가 절대로 토론하고 싶지 않은 수준까지 이야기가 나아가고 있었다.

「덧붙여…….」 아조프가 말했다. 「당신네 함대에 탄 사람들의 생명을 구하고 우주선들도 되찾고 싶으실 경우를 위해, 그 폴더에 우리 서류를 첨부해 뒀습니다. 함대의 소환 시도에 동의하시고, 이번 조약에 서명함으로써 당신네 영역이라 간주되는 영토로 철수하라고 함대에 명령하신다면, 우리도 함대에 대해 그리고 당신이 지명하는 그 외 국가의 적들에 대해 모든 소송을 취하하겠습니다. 그 사람들이 우리의 호위하에 철수하고 또한 당신들과 함께 집까지 갈 수 있게 허가할 겁니다. 이게 우리 쪽에는 상당한 위험을 무릅쓰는 것인데도 말이지요.」

「우린 싸움을 좋아하지 않습니다.」

「현재 우리 시민들을 공격하는 당신네 우주선들에 중지 명령을 내리는 걸 거부하지 않으리라고 믿고 싶군요.」

「전 함대에 통제력이 없고 소환할 힘도 없다고 이미 분명히 말씀드렸는데요.」

「우린 당신이 상당한 영향력을 행사할 수 있을 거라 믿습니다. 메시지 전송을 위해 설비를 쓸 수 있게 해드리겠습니다…… 함대가 사격을 중지하면 휴전은 절로 따라올 겁니다.」

「생각해 보겠습니다.」

「좋습니다.」

에어리스는 고개 숙여 인사하고는 몸을 돌려 걸어 나갔다. 늘 보이는 어린 보초들이 에어리스를 기다리고 있었다. 보초들은 사무실들 사이의 다른 곳으로 에어리스를 이끌기 시작했다. 「다른 회의는 모두 취소됐어요.」 에어리스가 보초들에게 말했다. 「우린 숙소로 돌아갑니다. 제 동료들도 모두요.」

「우린 위에서 명령을 받았습니다.」 선두에 있는 이가 말했다. 그게 그들이 말한 전부였다. 이 상황이 제대로 해결되려면, 일단 0800시 회의 장소에 도착해서 모든 인원을 모은 뒤, 다시 숙소로 데려다줄 새로운 어린 보초들을 만나야 했고, 통신 채널들을 통해 상황이 정리될 동안 한참 기다려야 했다. 언제나 이런 식이었다. 에어리스 일행을 미치게 만들려는 비효율적 방식이었다.

아까 받은 가죽 폴더를 잡은 에어리스의 손에서 땀이 났다. 유니언 정부가 서명한 서류가 든 폴더였다. 펠을 잃었다. 적어도 함대를 되찾을 기회이면서, 함대를 파괴할 수도 있는 제안이었다. 에어리스는 유니언 정부가 지구가 상상하는 것 이상으로 앞선 계획을 짜고 있을까 봐 심히 두려웠다. 긴 안목, 유니언은 긴 안목하에 태어났다. 지구는 이제야 긴 안목을 익히기 시작했다. 에어리스는 자신이 빤히 들여다보이고 취약하다는 느낌을 받았다. 〈우린 당신들이 시간을 벌려고 애쓴다는 거 알아.〉에어리스는 아조프의 넓적하고 힘 있는 얼굴 뒤에서 어떤 생각이 오갈지 상상해 보았다. 〈시간을 끌어 보려는 거 알아. 왜인지도 알고. 그리고 지금은 그게 우리에게도 편리해. 우리도 당신들도 언제든 편할 때 재빨리 파기할 시시한 협정이잖아.〉

유니언은 소화하겠다고 마음먹은 것을 모두 삼켜 버렸다…… 당장은.

그들은 토론할 여유가 없었고, 사생활 같은 게 있을 리 없으니 비밀리에 결정적인 논쟁을 할 수도 없었다. 서명하고 집에 가져간다. 중요한 건 에어리스의 머릿속에 든 것들이었다. 그들은 비욘드에 대해 배웠다. 하나의 얼굴과 사실상 하나의 정신을 가진, 군인들이란 이름의 그들에 대해 배웠다. 〈노르웨이〉함장의 반항, 콘스탄틴 가문의 거만함, 수 세대 동안이나 사방에서 벌어지는 전쟁을 무시하는 상인들…… 지구는 절대로 이해 못 할 태도였고, 그 색다른 힘들이 색다른 논리로 이곳을 다스렸다.

발에서 지구의 흙을 털어 낸 세대들.

집으로 간다. 의미 없는 서류에 서명을 해서. 맬러리가 고분고분 명령에 따르지 않듯, 마지언도 이 서류를 결코 마음에 두지 않을 것이었다. 자신이 본 것들을 이해시키려면, 살아서 돌아가는 게 중요했다. 그러기 위해, 에어리스는 꼭 필요한 일들을 할 것이었다. 거짓말과 희망에 서명하는 일을.

제3장

펠: 블루 구역 1층, 스테이션 총감독관 사무실,
2352년 9월 9일, 1100시

매일 엄청나게 쏟아지던 재난들이 이제는 스테이션 너머 지역들에까지 뻗어 나갔다. 앤절로 콘스탄틴은 손에 머리를 기대고 앞에 놓인 출력물을 살펴보았다. 펠 IV의 세 번째 달인 센토 광산에서 에어로크가 터졌다……. 열네 명이 죽었다. 열네 명, 그들은 숙련되고 신분이 확실히 입증된 일꾼들이었다. 앤절로는 걱정을 하지 않을 수 없었다. Q 격리선 저쪽에는 자신의 오물 속에서 썩어 가는 인간들이 있는데도, 그들은 이런 확실한 일꾼들을 잃어야 했다. 물자가 부족했기 때문에 오래된 부속들, 즉 교체돼야 할 것들이 그냥 설치되고 계속 쓰였다. 약간의 물자를 아끼려다가 에어로크가 고장 났고 열네 명이 진공 상태에서 죽었다. 앤절로는 펠 기술자들 중에서 죽은 일꾼을 대신할 사람을 찾으라고 메모를 썼다.

부두들은 아무 일 없이 놀고 있었다……. 주 정박지들과 보조 정박지들에 우주선들이 꽉꽉 들어찼지만, 드나들며 움직이는 우주선은 거의 없었다……. 그리고 사람도 저 밖의 광산에서 일하는 쪽이 훨씬 나았다. 전문 기술이 뭔가 도움이 되었던 것이다.

전임된 일꾼들 모두가 배치된 자리에 필요한 기술을 갖춘 건 아니었다. 어떤 일꾼은 다운빌로에서 미숙련 일꾼이 모는 크롤러를 진흙에서 빼내려다 크롤러에 깔려 죽었다. 에밀리오가 이미 스테이션의 가족에게 애도의 편지를 썼지만, 앤절로도 애도의 뜻을 더 전해야 했다.

Q에서 알려진 살인 사건도 두 건이나 더 있었고, 시체 한 구가 부두들 근처를 떠다니다 발견되었다. 희생자는 산 채 우주로 방출되었다는 소문이 돌았다. 다들 Q를 비난했다. 보안대는 희생자의 신원을 확인하려 애썼지만, 시체가 꽤 많이 훼손되어 있었다.

또 다른 종류의 사건이 있었다. 부일마다 돌아가며 숙소를 공유하는 장기 거주 두 가정이 얽힌 소송이었다. 원래 살던 가정이 새로 들어온 가정을 도둑질과 건물 용도 변경으로 고소했다. 데이먼은 점점 더 커져 가는 문제의 한 예로 이 사건을 앤절로에게 보냈다. 이런 경우 책임 소재를 분명히 하기 위해 의회는 모종의 입법 조치를 취해야 할 것이었다.

최근에 배정받은 어느 부두 일꾼은 군용화된 상선 〈야누스〉의 승무원에게 맞아 초주검이 되어 병원에 있었다. 군인이 된 승무원들은 상인의 특권과 술집 출입권을 요구했고,

이는 이들을 군대 규율로 다스리려는 스테이션 당국의 뜻과 어긋났다. 봉합되어야 할 균열이었다. 스테이션 측 장교들과 상선 승무원들의 관계는 훨씬 더 나빴다. 그다음으로 부임한 스테이션인 장교는 순찰대와 함께 다녔지만 언제 죽을지 모른다고 생각하는 듯했다. 상인 가족들은 모르는 사람들이 우주선에 오르는 것에 익숙하지 않았다.

〈우주선 선장의 허가 없이는 그 어떤 스테이션 사람도 시민군 우주선에 배정되지 않습니다.〉앤절로는 시민군 사무실에 그렇게 전했다. 〈꺾인 사기 문제가 해결될 때까지 시민군 우주선은 자신들의 장교들과 순찰을 나갑니다.〉

이로써 일부 진영에서 고통을 겪게 될 것이었다. 그래도 스테이션 당국이 상선을 지시하려다 상선에서 폭동이 일어나는 경우보단 고통이 덜할 것이었다. 엘렌은 이미 이렇게 될 걸 경고했다. 앤절로는 이제 그 충고를 받아들일 때임을 알았다. 무장한 화물선을 자신의 지배 아래 두고 싶어 하는 의회의 경솔한 바람을 총감독관이 무효로 뒤엎을 수 있는 비상사태였다.

물자 공급은 작은 위기 상황에 있었다. 앤절로는 필요한 곳에 인가 도장을 찍었고, 때로는 사후에 찍기도 했다. 앤절로는 지역 감독관의 교묘한 재간에 승인을 내렸다. 광산에서 특히 더 그러했다. 앤절로는 다른 부서들에 숨겨진 잉여 물자들을 쏙쏙 찾아내는 법을 배운 숙련된 부하들을 축복했다.

Q에 수리해야 할 곳들이 있었고, 보안대는 공사가 진행될

동안 무장 병력이 오렌지 구역 3층을 40번까지 봉쇄하고 비우게 해달라고 허가를 요청했다. 그 말은 막사들마다 가득한 사람들을 다른 곳으로 옮겨야 한다는 뜻이었다. 이는 긴급 등급이긴 해도, 목숨을 위협하는 수준은 아니었다. 하지만 그 지역을 봉쇄하지 않고 수리 팀을 들여보내면 생명이 위태로웠다. 앤절로는 허가 도장을 찍었다. 그 구역에서 배관이 망가지면 사람들이 질병의 위험에 놓일 수 있었다.

「상선 선장인 일리코가 만나기를 청합니다, 총감독관님.」

앤절로는 숨을 들이쉬고 콘솔의 버튼을 거칠게 눌렀다. 그 여자를 들여보내란 뜻이었다. 문이 열리고, 몸집이 거대한 여자가 들어왔다. 머리털은 회색으로 바래고, 제때 회춘 요법을 받지 못해 얼굴에는 세월의 주름이 잡혀 있었다. 혹은 이미 노년에 접어든 듯했다…… 약을 쓴다 해도 세월을 영원히 멈추게 할 수는 없었다. 앤절로는 의자에 앉으라고 손짓했다. 선장은 감사해하며 호의를 받아들였다. 선장은 한 시간 전에 우주선을 타고 들어오며 면담 요청을 했다. 선장의 우주선은 〈백조의 눈〉이었는데, 마리너에서 나온 컨테이너 수송선이었다. 앤절로는 마리너 사람들을 알았지만, 이 여자에 대해선 몰랐다. 선장은 이제 이쪽 사람이었고, 군인이 되었다. 푸른 소매 끈은 그런 내용을 표시하기 위해 선장이 착용한 기장이었다.

「무슨 메시지죠?」 앤절로가 물었다. 「누가 보낸 겁니까?」

나이 든 여자는 재킷을 뒤져 봉투 하나를 꺼내더니 몸을 앞으로 깊이 숙여 앤절로의 책상에 놓았다. 「올빅 가족의 상선 〈망치〉에서 보낸 겁니다.」여자가 말했다. 「바이킹에서요. 거기서 우릴 번개처럼 스쳐 가며 이걸 직접 건네줬습니다. 그 사람들은 한동안 스테이션 스캔에서 벗어나 있을 겁니다……. 겁이 난답니다. 그 사람들은 자신들이 본 게 영 맘에 들지 않는다더군요.」

「바이킹이라.」 그 재난 소식은 이미 오래전에 전해 들었다. 「그 뒤론 어디서 지냈답니까?」

「그 사람들의 메시지가 그 점을 더 분명히 알려 줄 겁니다. 그 사람들은 바이킹을 빠져나오면서 손상을 입었다고 합니다. 그래서 단거리 도약을 한 뒤 아무것도 없는 곳에서 머물렀다는군요. 그 사람들 말로는 그렇습니다. 상처가 남은 건 분명하지만, 대신 그 사람들은 뭔가를 얻었습니다. 우리는 운이 좋아서 도망칠 수 있었던 게 분명합니다. 하지만 우리가 시민군 봉사를 한 걸로 해서 부두 사용료를 면제받을 수는 없겠지요?」

「이 안에 뭐가 들었는지 아시나요?」

「압니다.」 선장이 말했다. 「현재 뭔가가 진행 중입니다. 상황이 악화되고 있습니다, 콘스탄틴 씨. 제 생각대로라면 말입니다……. 〈망치〉는 유니언 쪽으로 도약하려 시도했고, 결국 그쪽이 그리 좋지 못하단 걸 알았죠. 유니언은 〈망치〉를 잡으려 했던 것 같지만, 〈망치〉는 황급히 달아났어요. 〈망치〉는 여기서와 똑같은 것에 겁을 먹은 겁니다. 〈망치〉는 제가 자기들보다 먼저 여기에 와서 메시지를 전해 주길 바랐습니다. 자기 손을 더럽히지 않으려고요. 〈망치〉가 유니언 쪽

일을 밀고했다는 걸 유니언이 알게 될 경우 〈망치〉의 입장이 어떨지 생각해 보십시오. 유니언은 움직이고 있습니다.」

앤절로는 여자를, 여자의 둥근 얼굴과 쑥 들어간 검은 눈을 응시했다. 그리고 천천히 고개를 끄덕였다. 「당신 승무원들이 스테이션이나 다른 곳에서 입을 열면 여기서 무슨 일이 벌어질지 아시겠죠. 우리에게 아주 견디기 어려운 상황이 될 겁니다.」

「가족뿐입니다.」 선장이 말했다. 「우린 외부인들과는 얘기하지 않습니다.」 선장의 검은 눈이 계속 앤절로에게 꽂혀 있었다. 「전 시민군이 됐습니다, 콘스탄틴 씨. 우리는 운이 나빠 화물 없이 이곳에 들어왔고, 당신은 우리에게 부두 사용료를 청구했기 때문이죠. 그리고 여기 말고 다른 곳은 없으니까요. 〈백조의 눈〉은 컴바인 수송선들 중 하나가 아닙니다. 이곳의 다른 이들처럼 비축물이 있는 것도 아니고 크레디트도 없죠. 하지만 펠이 꺾이면, 네, 콘스탄틴 씨, 크레디트 따위가 무슨 소용인가요? 이제부턴 당신 은행의 크레디트 따윈 신경 쓰지 마십시오. 전 제 화물실에 실을 물자들을 원합니다.」

「협박인가요?」

「저는 제 승무원들을 데리고 다시 저 밖으로 나가 순찰할 것이고, 당신을 위해 당신네 주변부를 살필 겁니다. 그러다 유니언 우주선을 보게 되면 잽싸게 당신에게 알린 뒤 얼른 도약할 겁니다. 컨테이너 수송선은 탐색하고 얼른 피하는 면에서 라이더와 대적이 안 되니까요. 그리고 전 절대 영웅인 척하지 않습니다. 전 펠 승무원들이 누리는 것과 똑같은 편의를 원합니다. 즉, 적하 목록에 기록하지 않고 음식과 물을 축적하고 싶습니다.」

「펠에서 물자를 몰래 쌓아 두는 자들이 있다고 비난하시는 겁니까?」

「스테이션 측 일에 관여한 우주선은 모두 물자를 쟁이고 있다는 거 당신도 〈알잖습니까〉. 그렇지만 그 우주선들을 조사해 그런 도당들을 적으로 돌릴 생각도 없고요, 그렇죠? 당신의 스테이션 측 장교들 중 얼마나 많은 이가 제복을 더럽혀 가며 화물실들과 탱크들을 일일이 눈으로 확인하고 있죠, 네? 저는 빈털터리입니다. 그리고 전 다른 이들이 얻을 수 있는 것과 똑같은 이익을 요구하는 겁니다. 물자들요. 그러고 나면 다시 경계선으로 나갈 겁니다.」

「드리지요.」 앤절로는 곧바로 몸을 돌려 이것을 우선 사항으로 입력했다. 「최대한 빨리 이 스테이션에서 떠나십시오.」

앤절로가 말을 마치고 다시 마주 보자, 선장은 고개를 끄덕였다. 「그 정도면 됐습니다, 콘스탄틴 씨.」

「어디로 도약할 겁니까, 필요한 경우에요?」

「차가운 심우주로요. 저 깜깜한 곳에 제가 아는 곳이 하나 있지요. 많은 화물선이 그렇게 한답니다, 아시지요, 콘스탄틴 씨? 군사 공격이 시작되면, 우린 오랫동안 힘든 세월을 보내게 될 겁니다. 유니언은 오래전 유니언이었던 이들을 보호할 거고요. 그런 일이 생기면 우린 납작 엎드려 때를 살피며 그 사람들에게 우주선이 간절히 필요하기만을 바라야지요.

새로운 영토들이 생기면 우주선들이 담당하는 영역이 넓어지며 새로운 우주선들이 필요해질 겁니다. 아니면 지구 쪽으로 살며시 도망치겠지요. 분명 그런 놈들도 있을 겁니다.」

앤절로는 얼굴을 찌푸렸다. 「정말로 그런 일이 벌어질 거라 생각하시는군요.」

선장은 어깨를 으쓱했다. 「찬바람이 느껴지지 않나요? 만약 경계선이 방어되지 않는다면 그 어떤 뇌물을 써도 이 스테이션은 버틸 수 없습니다.」

「당신 의견에 동조하는 상인들이 많은가요?」

「우린 이미 준비를 마쳤습니다.」 선장은 낮은 목소리로 말했다. 「벌써 50년도 더 전에요. 퀜에게 물어보시죠. 당신도 피난처가 필요하신가요?」

「아니요.」

선장은 뒤로 몸을 기대고 천천히 고개를 끄덕였다. 「그 점에 대해선 존경을 표합니다. 우리가 경고 없이 도약하지 않을 거란 점은 믿으셔도 됩니다. 그리고 우리 같은 부류 중 일부보다는 그래도 잘해 드리는 겁니다.」

「당신에게 위험 부담이 큰 일이란 거 압니다. 그리고 이제 필요한 물자를 모두 얻으셨지요. 더 필요한 거라도 있으신가요?」

선장이 고개를 흔들자, 거대한 몸이 함께 살짝 흔들렸다. 선장은 일어나 양쪽 발을 넓게 벌리고 섰다. 「행운을 빕니다.」 선장이 말한 뒤 손을 내밀었다. 「행운을 빕니다. 여기에 있는 모든 상인은, 경계선 너머 저쪽이 아닌 여기 있는 모든 상인은 곤란을 무릅쓰고 편을 골랐습니다. 그 사람들은 아직도 깜깜한 우주에서 상대를 만나 유니언에서 곧장 당신들에게로 물자를 가져다줍니다. 그 사람들은 단지 이익 때문에 그 일을 하는 게 아닙니다. 여기선 이익이 전혀 없습니다. 아시겠지요, 총감독관님? 저쪽 편에 있었으면 상황이 훨씬 쉬웠을 겁니다…… 어떤 면에서는요.」

앤절로는 선장의 굵은 손을 잡고 흔들었다. 「고맙습니다, 선장.」

「허.」 선장은 멋쩍게 어깨를 으쓱하고 비척비척 걸어 나갔다.

앤절로는 메시지가 담긴 봉투를 열었다. 손으로 갈겨쓴 메모였다. 〈유니언 쪽에서 돌아옴. 바이킹의 궤도를 도는 모함은 넷, 어쩌면 그 이상임. 소문에 따르면 마지언의 함대는 도망 중, 우주선들을 잃었음.《이집트》,《프랑스》,《미국》, 어쩌면 다른 우주선들도. 완전히 붕괴 중.〉 서명도 없고 우주선의 이름도 없었다. 앤절로는 잠시 메시지를 꼼꼼히 보더니 이윽고 일어나 손가락으로 암호를 입력해 금고를 연 뒤 종이를 넣고 다시 잠갔다. 배 속이 울렁거렸다. 잘못된 관찰일 수도 있었다. 거짓 정보일 수도 있고, 고의적으로 유포된 소문일 수도 있었다. 이 우주선은 들어오지 않을 것이다. 〈망치〉는 한동안 지켜보고 있다가 들어올 수도 있고 도망칠 수도 있었다. 직접 묻기 위해 끌어 오려 했다간 다른 상인들에게 나쁜 선례가 될 것이었다. 화물선들은 음식을 바라며, 물을 바라며 펠 주위를 돌았다. 스테이션 물자들을 소비했고, 컴바인 크레디트로 비용을 치렀다. 펠은 폭동이 일어날까 두려워 컴바인 크레디트를 모두 받아들여야 했다. 사라진 스테이션들이 진 오랜 빚들이었다. 그리고 상인들은 우주선에 쟁여놓은 귀중한 저장물들을 쓰니 스테이션 물자를 썼다……. 언젠가는 도망쳐야 하는 날이 올 수도 있었기에. 일부는 물자들을 〈가져왔다〉. 맞는 말이었다. 하지만 더 많은 이가 그 물자들을 소비했다.

앤절로는 버튼을 눌러 밖의 데스크로 연결했다. 「이제 오늘 일과를 마칩니다.」 앤절로가 말했다. 「일이 있으면 집으로 연락해요. 시급한 일이 생기면, 사무실로 돌아오지요.」

「알겠습니다.」 웅얼거리는 대답이 돌아왔다. 앤절로는 덜 심란한 서류 몇 개를 챙겨 가방에 넣고 재킷을 걸친 뒤 비서에게 살짝 고개를 까닥여 인사하며 걸어 나와, 같은 방에 사무실이 있는 공무원 여러 명을 지나 바깥 복도로 나왔다.

앤절로는 지난 며칠 동안 늦게까지 일했다. 적어도, 훨씬 편한 상태에서 일할 수 있고, 서류 가방에 가득 든 서류들을 방해받지 않고 읽을 기회였던 것이다. 앤절로는 다운빌로 때문에 골치를 썩고 있었다. 가령 지난주에 에밀리오는 몇몇 인물과 그들이 대표하는 정책들을 가차 없이 비난하며 모두 스테이션으로 돌려보내 버렸다. 데이먼은 이 말썽꾼들을 광산으로 보내자고 주장했다. 필요한 일꾼 수를 채우기에 좋은 신속한 방법이었다. 피고 측 변호사는 법무처 사무실에서 불리한 대우에 대해 항의했고, 더럽혀진 업무 기록을 완전한 재교육으로 깨끗이 만들어 달라고 촉구했다. 일이 점점 더 크게 번져 나갔다. 존 루커스는 제안을, 요구를 했다. 그리고 마침내 일이 해결되었다. 현재 앤절로는 〈임시〉로 분류된 Q 거주민들에 대한 서류철을 50개 가지고 있었다. 앤절로는 가는 길에 중역용 라운지에 들러 술 한잔하며 업무를 보고 아직까지 진땀나게 하는 일들을 마음에서 떨칠까 생각해 보았다. 주머니에 무선 호출 수신기가 있었다. 앤절로는 한 번도 이 수신기를 몸에서 떼놓은 적이 없었다. 심지어 의지할 수 있는 콤까지 있었다. 앤절로는 그 점에 대해 생각했다.

앤절로는 블루 구역 1-12를 걸어 금세 집에 도착해, 조용히 문을 열었다.

「앤절로?」

얼리샤가 깨어 있었다. 앤절로는 가방과 재킷을 문 옆 의자에 내려놓았다. 「나 왔어.」 앤절로는 이렇게 말하고 얼리샤의 방에서 나오는 나이 든 여자 다우너에게 공손히 웃어 보였다. 다우너는 앤절로의 손을 토닥이며 반겨 주었다. 「오늘도 잘 지냈어, 릴리?」

「오늘 잘 지낸다.」 릴리는 그렇다고 대답하며 부드러운 미소를 지었다. 릴리는 앤절로가 내려놓은 것들을 소리 없이 집어 들었고, 앤절로는 얼리샤의 방으로 들어가 침대 위로 몸을 숙이고 얼리샤에게 키스를 했다. 얼리샤는 웃음을 지었고, 언제나처럼 얼룩 한 점 없는 리넨 시트에 누워 릴리의 간호를 받고 있었다. 릴리는 오랫동안 헌신적으로 얼리샤를 돌보고, 몸을 돌려 주고, 사랑해 주었다. 벽들은 모두 스크린이었나. 침대 주위는 마치 우주 한가운데 있는 듯 별들이 보였다. 별들 그리고 가끔 태양, 부두들, 펠의 복도들이 보였다. 혹은 다운빌로 숲, 기지, 가족, 그 외에 얼리샤를 기쁘게 해 줄 만한 것들의 사진이 보였다. 릴리가 얼리샤 맘에 들게 사진의 순서를 바꾸어 주었다.

「데이먼이 들렀어.」 얼리샤가 웅얼거리며 말했다. 「데이먼과 엘렌이 함께 와서 아침 먹고 갔어. 착한 것들. 엘렌은 좋아 보이더라고. 행복해 보였어.」

데이먼과 엘렌은 번갈아 가며 종종 집에 들렀다…… 에밀리오와 밀리코가 멀리 떠나자 특히 더 자주 찾아왔다. 앤절로는 깜짝 선물이 있음을 기억했다. 잊어버릴까 봐 재킷 주머니에 넣어 둔 테이프였다. 「에밀리오에게서 메시지가 왔어. 내가 틀어 줄게.」

「앤절로, 무슨 일 있어?」

앤절로는 숨을 쉬다 멈추며 슬프게 고개를 흔들었다. 「날카롭네.」

「당신 표정을 보면 알아. 나쁜 뉴스지?」

「에밀리오 쪽은 아냐. 저 아래는 상황이 아주 좋아. 훨씬 나아졌어. 에밀리오는 새 캠프들에 상당한 진전이 있다고 보고했어. Q 사람들이 말썽도 부리지 않고, 도로는 2까지 뚫렸고, 도로를 내려가 새 캠프로 옮겨 가겠다는 사람들도 많대.」

「보고서에서 좋은 부분만 들려주는 것 같네. 난 그 복도들을 지켜보고 있어. 나도 안다고, 앤절로.」

앤절로는 얼리샤가 좀 더 편하게 자신을 볼 수 있도록 얼리샤의 고개를 부드럽게 돌려 주었다. 「전쟁이 가열되고 있어.」 앤절로가 말했다. 「충분히 소름 끼치지?」

얼리샤의 눈은 야위고 창백한 얼굴에서도 여전히 아름다웠다……. 두 눈은 생생하고 침착했다. 「이제 시간이 얼마나 남았어?」

「상인들만 신경을 곤두세우고 있어. 아직 멀었어. 전쟁의 징조는 전혀 없어. 하지만 사기 문제가 걱정돼.」

얼리샤는 눈알을 굴렸다. 벽 쪽을 보라는 뜻이었다. 「당신은 내 세계를 전부 아름답게 만들어 줬어. 저 밖…… 아름답지 〈않아〉?」

「펠은 아무 해도 입히지 않았어. 긴박한 일도 없고. 내가 당신에게 거짓말 안 하는 거 알지?」 앤절로는 침대 가장자리에 앉아 얼리샤의 손을 잡았다. 시트는 깨끗하고 매끄러웠다. 「전에도 전쟁이 격해지는 걸 봤잖아. 하지만 우린 아직도 여기에 있다고.」

「얼마나 안 좋은데?」

「몇 분 전에 상인 한 명과 얘기했는데, 그 사람이 상인들의 분위기에 대해 말하더라. 저 밖 심우주에 있는, 가만히 엎드려 기다리기 좋은 장소들에 대해서도 말했고. 그 말을 들으니 이런 생각이 들더군. 펠과 비슷한 일종의 스테이션들이 남아 있지 않을까 하고 말이야. 전혀 있음 직하지 않은 장소에 돌무더기들이 있는 거지. 아마도 상인들은 모두 알 거야. 어쩌면 마지언도. 마지언도 분명히 알 거야. 그냥, 우주선들이 아는 갈 만한 곳들이야. 그러니 만약 폭풍이 닥치면……

피난처도 있어, 안 그래? 혹시라도 상황이 나빠지면, 우리에겐 선택할 여지가 좀 있다고.」

「당신은 떠날 거야?」

앤절로는 고개를 흔들었다. 「절대, 절대로. 하지만 우리 아이들에겐 그러라고 설득할 기회가 아직 있어, 안 그래? 하나는 이미 설득해서 다운빌로로 보냈으니, 막내를 설득하자. 엘렌을 공략해 봐⋯⋯. 엘렌이 가장 가능성이 커. 엘렌에겐 저 밖에 친구들이 있잖아. 엘렌은 알아, 그리고 걘 데이먼을 설득할 수 있어.」 앤절로는 얼리샤의 손을 꼭 쥐었다. 얼리샤 루커스-콘스탄틴에겐 펠이 필요했고, 이 기계들이 필요했다. 우주선이 쉽게 건사할 수 없는 장비들이었다. 얼리샤는 펠과 이 기계들과 한 몸이 되어 있었다. 금속으로 만들어진 얼리샤의 환경과 전문가들을 어디로든 옮겼다간 공공연히 소문이 나면서 종말의 날이 왔다고 대문짝만 하게 비디오에 헤드라인이 붙을 터였다. 얼리샤는 앤절로에게 그 점을 상기시킨 적이 있었다. 〈난 펠이야.〉 얼리샤는 깔깔대며 웃었지만, 웃어도 웃는 게 아니었다. 한때 얼리샤는 앤절로 옆을 지켰다. 앤절로는 떠나지 않을 것이었다. 앤절로가 얼리샤 없이, 자신의 가족이 오랜 세월에 걸쳐 세운 것을, 그들이 함께 만든 것을 버릴까 고민하는 날은 절대 오지 않을 것이다. 「아직 멀었어.」 앤절로는 다시 말했다. 하지만 정말 그럴지 앤절로는 겁이 났다.

2
펠: 화이트 부두, 루커스 컴퍼니 사무실들, 1100시

존 루커스는 관련 서류들을 한데 모은 뒤, 고개를 들고 자신의 부두 앞 사무실을 가득 메운 남자들을 노려보았다. 자신의 뜻이 전달되도록 상당히 오랫동안 노려보았다. 존은 책상 앞쪽에 서류들을 내려놓았고, 브랜 헤일은 서류를 집어 다른 남자들에게 건넸다.

「우리 모두 감사하게 생각하고 있습니다.」 헤일이 말했다.

「루커스 컴퍼니는 누굴 더 고용할 필요가 없어. 알겠지. 〈알아서〉 유용한 사람이 되도록 해. 이건 개인적으로 베푸는 호의이고, 원한다면 빚이라 해도 좋아. 난 충성심을 높이 치는 사람이야.」

「말썽은 없을 겁니다.」 헤일이 말했다.

「그냥 납작 엎드려 있어. 성질 부렸다간 우선 보안 허가가 철회되는 대가를 치르게 될 거야. 어떻게 성질을 부려도 그게 내게 득 될 일은 없어. 내가 경고했지. 우리가 함께 다운빌로에서 일할 때 경고했잖아…….」

「기억합니다.」 헤일이 말했다. 「하지만 루커스 씨, 우린 사적인 이유로 쫓겨났습니다. 콘스탄틴은 구실을 찾고 있었어요. 그자는 방침들을 바꾸고, 온갖 것을 갈기갈기 찢고, 당신이 해놓은 모든 것을 어지럽히고 있어요. 그리고 우린 노력했습니다.」

「어쩔 수 없지.」 존이 말했다. 「난 저 아래에 있지 않아. 더는 운영자도 아니고. 그리고 이젠 자네도 마찬가지야. 저코비가 자넬 좀 더 가벼운 벌로 끝내 줄 수 있었다면 좋았겠지만, 지금 자넨 여기 있군. 자넨 이제 개인적으로 고용된 거야.」존은 의자에 등을 기댔다. 「어쩌면 앞으로 자네 도움이 필요할 수도 있겠어.」존은 냉정하게 말했다. 「어떻게 하면 그렇게 할 수 있는지 잘 생각해 봐. 상황이 더 나빴을 수도 있었어. 하지만 이젠 스테이션에서 살게 됐고, 진흙은 더 이상 없고, 나쁜 공기 때문에 두통을 겪는 일도 없어. 무슨 일이 생기면 자네는 루커스 컴퍼니를 위해 일하는 거고. 머리를 쓰도록 해. 자넨 잘 해낼 거야.」

「네, 루커스 씨.」헤일이 말했다.

「그리고, 리⋯⋯.」존은 침착하고 평온한 눈으로 리 퀘일을 보았다. 「자넨 루커스 소유지에서 보초를 설 수도 있어. 총을 휴대하게 될 거고. 하지만 쏘진 마. 그때 사건으로 자네가 조정받을 가능성이 얼마나 높아졌는지 알지?」

「개자식이 총열을 쳤어요.」퀘일이 투덜거렸다.

「〈데이먼〉 콘스탄틴은 법무처의 책임자야. 에밀리오의 동생이지. 앤절로는 모든 걸 자기 주머니에 챙겼어. 만약 더 나은 건수만 있었다면 자네에게 아주 시련의 끝을 보여 줬을 놈이야. 다음에 콘스탄틴 가문의 사람들을 혼자 마주칠 가능성에 대해 생각해 봐.」

문이 열렸다. 비토리오는 존이 방해하지 말라고 얼굴을 찡그리는데도 아랑곳 않고 슬그머니 들어왔다. 비토리오는 존의 의자 옆으로 다가와 그의 귀 쪽으로 몸을 기울였다.

「누가 왔어요.」비토리오가 속삭였다.「〈백조의 눈〉이란 우주선에서 내렸어요.」

「난 〈백조의 눈〉 같은 거 모르는데.」존은 씩씩대며 말했다.「기다리라고 해.」

「안 돼요.」비토리오는 강경하게 말하며 다시 존에게로 몸을 숙였다.「제 말 잘 들으세요. 전 그자가 허가받은 사람인지 잘 모르겠어요.」

「뭐, 허가를 안 받았다고?」

「〈서류〉요. 그자가 스테이션에 있는 걸로 되어 있는지조차 의심스러워요. 지금 저 밖에 있어요. 그자를 어찌해야 할지 모르겠어요.」

숨을 헉 들이쉬자 존은 갑자기 몸이 오싹해졌다. 사무실엔 증인이 가득했다. 부두에도 증인이 가득했다.「들여보내.」존이 말했다. 그런 뒤 헤일과 다른 사람들에게 말했다.「나가 봐. 서류를 작성해서 인사과에 내. 그쪽에서 오늘 몫으로 뭐든 주면 그냥 받아.〈어서.〉」

사람들은 자기들이 뭔가 기분 상하게 했나 하는 생각에 눈빛이 어두워졌다.「어서 나가.」헤일이 말하며 다른 사람들을 밖으로 몰고 나갔다. 비토리오도 서둘러 따라 나갔고, 문을 열어 둔 채 사라졌다.

잠시 후, 상인 옷을 입은 남자가 슬그머니 들어와 문을 닫았다. 아무렇지 않다는 듯이 자연스러운 행동이었다. 남자의 움직임에는 두려움도 은밀함도 없었다. 마치 이곳을 지휘하는 건 〈자신〉이라는 듯한 분위기였다. 얼굴은 평범했고, 30대

정도 되어 보이며, 특별히 눈에 띄는 점이 전혀 없었다. 남자의 태도는 차갑고 평온했다.

「존 루커스 씨.」남자가 말했다.

「제가 존 루커스입니다.」

남자는 머리 위와 벽 쪽으로 의미심장한 눈짓을 했다.

「감시 장치는 없습니다.」존이 숨차하며 말했다.「사람들이 보는 앞에서 여기로 걸어 들어와 놓고 감시를 두려워하나요?」

「전 위장 신분이 필요합니다.」

「이름이 뭔가요. 당신은 〈누구〉죠?」

남자는 앞으로 걸어 나와 손가락에서 금반지를 빼낸 다음, 주머니에서 스테이션 신분증을 꺼내 둘 다 존 앞의 책상 위에 올려놓았다.

〈데인 거야.〉

「당신은 제안을 했어요.」남자가 말했다.

존은 꼼짝 않고 가만히 앉아 있었다.

「위장 신분을 구해 주십시오, 루커스 씨.」

「당신은 누구죠?」

「전 〈백조의 눈〉을 타고 왔습니다. 시간이 없어요. 그 사람들은 물자를 실은 뒤 다시 출발할 거예요.」

「이름을 밝히십시오. 전 존재하지 않는 사람과는 거래하지 않습니다.」

「제게 이름을 하나 주시죠. 당신 사람 하나를 〈백조의 눈〉에 태워요. 인질이에요. 필요하면 당신 이름으로 협정이 가능한 자로. 당신에겐 아들이 하나 있죠.」

「비토리오요.」

「그 사람을 보내요.」

「사람들이 그 애가 사라졌다는 것을 알 겁니다.」

남자는 차갑고 완강하게 존을 응시했다. 존은 카드와 반지를 챙기고 감각을 잃은 손을 인터콤으로 뻗었다. 「비토리오.」

문이 열렸다. 비토리오가 불안감에 빠르게 눈알을 굴리며 들어와 문을 닫았다.

「절 데려온 우주선이 당신을 데려갈 겁니다, 비토리오 루커스.」 남자가 말했다. 「〈망치〉란 우주선으로 간 다음 경계로 갈 겁니다. 어딜 가도 승무원 때문에 걱정할 필요는 없습니다. 모두가 믿을 수 있는 사람들이니까요. 심지어 〈백조의 눈〉의 선장에게도 당신의 안전이 굉장히 중요합니다……. 그 여자는 자기 가족을 돌려받길 원하거든요. 당신은 아주 안전할 겁니다.」

「저 사람 말대로 해라.」 존이 말했다. 비토리오는 얼굴이 허옇게 질려 있었다.

「〈가라〉고요? 이렇게?」

「넌 안전해.」 존이 말했다. 「정말로 안전해……. 여기 있는 것보다 훨씬. 앞으로 닥칠 일을 생각하면 여긴 안전하지 않아. 네 서류, 카드, 열쇠, 이런 것들을 저 사람에게 줘라. 전할 물건을 가지고 〈백조의 눈〉으로 가렴. 켕기는 얼굴 하지 말고, 우주선에서 내리지만 않으면 돼. 아주 쉬워.」

비토리오는 그저 존을 물끄러미 바라보기만 했다.

「당신은 안전해요, 제가 보증합니다.」 낯선 자가 말했다. 「당신은 저 밖으로 나가 가만히 기다려요. 우리 작전의 연락원 노릇을 해요.」

「우리라고요?」

「전 당신이 제 말을 이해한다고 들었는데요.」

비토리오는 주머니에서 모든 서류를 꺼내 남자에게 주었다. 얼굴엔 마비된 듯한 공포가 어렸다. 「콤프 번호도요.」 남자가 재촉했다. 비토리오는 메모지에 번호를 적었다.

「넌 괜찮아.」 존이 말했다. 「분명히 말하지만, 넌 여기보다 거기서 더 잘 지낼 거야.」

「데인에게도 그렇게 말씀하셨죠.」

「데인 저코비는 아주 잘 있습니다.」 낯선 이가 말했다.

「실수 안 하게 조심해라.」 존이 말했다. 「늘 정신 바짝 차리고. 네가 저 밖에서 까닥 실수하면, 우리 모두가 조정을 받게 될 거야. 내 말 알겠지?」

「네, 아버지.」 비토리오는 힘없이 대답했다. 존은 비토리오를 보며 문 쪽으로 고갯짓을 했다. 나가란 뜻이었다. 비토리오는 머뭇거리며 한 손을 내밀었다. 존은 마지못해 비토리오의 손을 잡았다. 자신의 아들이긴 해도, 존은 지금 이 순간에조차 이 녀석을 〈좋아할〉 수가 없었다. 어쩌면 지금 이 순간이 비토리오의 쓸모를 증명하는 것에 그나마 가장 가까운지도 몰랐다.

「고맙구나.」 존은 어느 정도 예의를 차려 주어야 상처가 달래질 거라고 느끼며 웅얼거렸다. 비토리오는 고개를 끄덕였다.

「이 부두입니다.」낯선 이는 비토리오의 서류들을 정리하며 말했다. 「2번 정박지입니다, 서둘러요.」

비토리오는 방을 나갔다. 낯선 이는 서류와 콤프 번호를 자기 주머니에 넣었다.

「콤프 번호를 정기적으로 써야 안전할 겁니다.」남자가 말했다.

「당신은 누굽니까?」

「제사드라고 아시면 됩니다.」남자가 대답했다. 「콤프를 통해서는 비토리오 루커스가 될 거고요. 비토리오의 집은 어디죠?」

「저와 함께 삽니다.」존은 따로 살았으면 좋았을 거라 생각하며 말했다.

「또 누가 같이 살죠? 여자나 친한 친구, 동정적이지 않을 사람이……?」

「우리 둘뿐입니다.」

「저코비도 그렇게 말하더군요. 당신과 함께 산다고……. 참으로 편리하군요. 이렇게 입고 거기까지 걸어가면 사람들이 이상하게 생각할까요?」

존은 책상 가장자리에 앉아 손으로 얼굴을 문질렀다.

「비통해하실 필요 없습니다, 루커스 씨.」

「그 사람들은…… 유니언 함대는…… 여기로 오는 중인가요?」

「전 몇 가지 일을 준비하러 온 겁니다. 전 고문입니다, 루커스 씨. 이렇게 말하는 게 적절하겠군요. 소모품, 한 사람. 우주선 한두 척……. 이득에 비하면 작은 위험이죠. 이해하시겠죠, 전 살고 싶고 소모되지 않을 생각입니다…… 정말 그럴 만큼 보람 있지 않은 한요. 그러니 괜히 힘들게 마음 바꾸실 필요 없습니다, 루커스 씨.」

「그 사람들은 당신을 여기에 보내면서…… 후방 지원도 없이…….」

「함대가 오면 후방 지원은 든든합니다. 오늘 밤 당신 집에서 얘기하도록 하죠. 전 이제 당신 손안에 있습니다. 제가 알기론, 아드님과의 사이가 그리 끈끈하지 않다던데요.」

존의 얼굴이 후끈 달아올랐다. 「당신이 알 바 아닙니다, 제사드 씨.」

「아니라고요?」 제사드는 천천히 존을 위아래로 훑어보았다. 「함대가 오고 있어요. 그 점은 마음 놓으셔도 됩니다. 당신은 이미 이기는 쪽에 붙기로 했으니까요. 몇 가지 일을 하기로 하고…… 자리를 약속받았죠. 전 당신을 평가할 겁니다. 아주 사무적으로요. 확실히 약속드립니다. 하지만 제 명령에 따르시고, 제 조언 없이는 아무것도 하지 않는 게 좋습니다. 전 이런 상황에 전문적 지식이 있습니다. 듣자 하니, 당신네들은 스테이션에서 감시를 허가하지 않는다더군요. 펠이 이점에서 매우 완강하다고 들었습니다. 아예 장치 자체가 없다더군요.」

「없습니다.」 존은 침을 꿀꺽 삼키며 말했다. 「법에 심하게 저촉됩니다.」

「좋네요. 전 카메라 아래에서 걷는 게 정말 싫거든요. 이 옷들 말입니다, 루커스 씨. 당신네 복도들에서 이 정도면 괜찮겠습니까?」

존은 몸을 돌리고 책상을 살펴 적당한 서류를 찾았다. 내내 가슴이 쿵쾅거렸다. 만약 이 남자가 검문에라도 걸리면, 만약 의심을 받게 된다면, 자신의 서명이 그 서류에……. 하지만 이미 늦었다. 만일 누가 〈백조의 눈〉에 승선해 수색한다면, 만일 우주선을 도킹에서 풀기 전에 비토리오가 우주선에서 내리지 않은 걸 누가 알아챈다면……. 「여기 있습니다.」 존은 통행증을 뜯어 주며 말했다. 「보안대에 검문당하지 않는 한, 이건 누구에게도 보여 주지 마십시오.」 존은 콤 버튼을 누르고 마이크 위로 몸을 숙였다. 「브랜 헤일 아직도 밖에 있나? 이리 들어오라고 해, 혼자서만.」

「루커스 씨.」 제사드가 말했다. 「이 일에 다른 사람들은 필요 없습니다.」

「복도들에 대해 조언을 청하셨죠. 제 조언을 받으세요. 누가 당신을 잡으면, 당신은 서류를 도둑맞은 상인인 겁니다. 당신은 이 때문에 행정부서에 얘기하러 가는 길이고, 헤일이 당신을 데려다주고 있습니다. 비토리오의 서류는 이리 주시죠. 〈제가〉 가지고 있겠습니다. 당신은 상인인 척해야 하니 그걸 가지고 있다 잡히면 안 됩니다. 오늘 저녁 아파트에 도착하면, 서류를 정리해 두겠습니다.」

제사드는 서류를 건네주고 통행증을 받았다. 「그럼 그 사람들은 서류를 도둑맞은 상인들을 어떻게 합니까?」

「우주선의 가족 모두를 부르고, 아주 대단한 소동이 됩니다. 상황이 거기까지 가면 당신은 구금과 조정을 받을 수도 있습니다, 제사드 씨. 하지만 서류가 도둑맞는 일은 흔하게 일어나고, 이 위장이 당신 계획보단 훨씬 낫습니다. 그런 일이 생기면, 일단 순순히 따라가시고, 제 판단을 믿으십시오. 제겐 우주선들이 있습니다. 제가 어떻게든 하겠습니다. 〈시바〉에서 내렸다고 하세요. 제가 그 가족을 압니다.」

문이 열렸다. 브랜 헤일이 서 있어 제사드는 하려던 말을 삼키고 입을 다물어 버렸다.

「절 믿으세요.」 존은 상대의 좌절을 즐기며 다시 말했다. 「브랜, 자넨 이미 유용해졌어. 이 남자를 내 아파트까지 데려다줘.」 존은 손으로 여는 손님용 열쇠를 찾아 주머니를 뒤졌다. 「이 손님을 집 안까지 데리고 가서 내가 갈 때까지 같이 있어, 알겠지? 좀 오래 걸릴 수도 있어. 그러니 집에서 편하게 있도록. 만약 검문에 걸리면, 이 사람이 다른 이야기를 할 거야. 그냥 이 사람의 신호대로 따라가기만 하면 돼, 알겠지?」

헤일은 제사드를 꼼꼼히 살펴보고는 다시 재빨리 존을 보았다. 헤일은 영리한 자였다. 헤일은 고개를 끄덕이고는 아무 질문도 하지 않았다.

「제사드 씨.」 존이 웅얼거렸다. 「이 사람이 당신을 집까지 잘 데려다줄 거라고 믿으셔도 됩니다.」

제사드는 긴장한 웃음을 지으며 손을 내밀었다. 존은 제사드와 악수했다. 남다른 배짱을 가진 자의 건조한 악수였다. 헤일은 제사드에게 나가는 길을 보여 주었고, 존은 책상 옆에 서서 둘이 떠나는 걸 지켜보았다. 바깥 사무실의 직원들은 모두 헤일과 마찬가지로 존의 사람들이었고, 관리자급이었으며, 믿을 만했다. 존이 고른 사람들이었다……. 그중콘스탄틴에게서 돈을 받을 자는 단 한 명도 없었다. 존은 언제나 그 점에 주의했다. 아직도 불안했다. 루커스는 문에서장식장 쪽으로 몸을 돌리고 술을 한 잔 따랐다. 제사드가 아무리 침착해도, 이 만남과 만남에서 제시된 가능성들 때문에존은 두 손이 벌벌 떨렸다. 유니언의 첩자. 이건 어릿광대극이었고, 존이 저코비와 벌인 음모에 지나치게 공들인 결과였다. 존은 시험 삼아 첩자를 보냈는데, 누군가가 이 게임의 판돈을 말도 안 되는 수준까지 올려 버렸다.

유니언 우주선들이 오고 있었다. 아주 가까이까지 오면, 그들은 제사드 같은 이를 들여보낼 거대한 기회를 놓치지 않을 것이었다. 존은 술잔을 들고 다시 책상 앞 의자에 앉아 술을 홀짝이며 생각을 조리 있게 정리하려 애썼다. 콤프를 속이자는 제안은 말도 안 됐다. 존은 제사드/비토리오 속임수가 며칠은 통할 거라 생각했다. 하지만 일단 뭐가 잘못되면자신이 가장 먼저 잡히지, 콤프에 있지 않은 제사드는 잡히지 않을 것이었다. 제사드는 유니언 계획에서 소모품일지 몰라도, 존은 그보다 더 하찮게 소모될 수 있었다.

존은 술을 마시며 생각하려 애썼다.

갑자기 영감이 번쩍 떠오르며, 존은 종이를, 더 많은 서류를 찾아 쥐고 단거리 수송선의 소집 절차를 시작했다. 루커스의 피고용인들 중에는 〈시바〉처럼 입 다물 승무원들이 있었고, 우주선에 유령 승객을 태우고, 적하 목록을 위조하고, 승무원이나 승객 명단을 위조해 줄 사람들이 있었다……. 전에 암시장 통로들을 추적했을 때 온갖 흥미로운 정보들이 드러났었다. 어떤 선장들은 밝혀지길 원하지 않을 정보들이었다. 오늘 오후 다른 우주선이 광산으로 떠날 테고, 비토리오의 콤프 번호는 스테이션 기록으로 바뀔 수 있었다.

우주선 한 대가 이동하는 건 별 표시가 나지 않았다. 누구도 단거리 수송선엔 관심을 갖지 않았다. 광산으로 갔다 돌아오는 이런 우주선은 안보를 위협하지 않았다. 속도가 떨어지고 선적량도 떨어지고 무기도 없기 때문이었다. 앤절로에게 질문을 좀 받을 수도 있지만, 존은 뭐라 대답하면 될지 알았다. 존은 콤프에 명령을 보내고, 콤프의 반응을 만족스럽게 지켜보았다. 콤프는 그 명령을 삼킨 다음, 어느 우주선이든 곧 떠나는 우주선은 몇몇 스테이션 품목들을 광산까지 무료로 실어 가야 한다고 루커스 컴퍼니로 통지서를 보냈다. 보통 때라면, 존은 무료 수송 평가액의 크기를 보고 절대 안 된다고 퇴짜를 놓았을 터였다. 말도 안 되는 일이었다. 존은 응답했다. 〈1/4 스테이션 선적을 수락함. 주일 1700시에 출발.〉

콤프는 존의 수락을 받아들였다. 존은 안도의 한숨을 크게 내쉬며 의자에 등을 기댔고, 심장도 안정되며 좀 더 적절한 리듬을 타고 뛰었다. 직원은 쉬운 문제였다. 존은 더 훌륭한 일꾼들을 알았다.

존은 다시 일하기 시작했고, 콤프에서 이름들을 찾아 승무원을 뽑았다. 오랫동안 루커스에게 봉급을 받아 온 어느 상인 가족이었다. 「쿨린 가족이 오면 곧장 사무실로 들여보내.」존은 콤에 대고 비서에게 말했다. 「그 가족에게 줄 임무가 있어. 그 점을 확실히 알리고 서두르게 해. 우리가 수송하려던 것들은 〈뭐든〉 다 긁어모아 보내. 그런 다음, 부두 작업원을 임시로 한 명 구해 스테이션 화물 양륙장에서 무료로 수송할 것을 받으라고 해. 절대로 말다툼하지 말고, 뭐든 주는 대로 받아서 여기로 돌아와. 서류들에 흠이 없도록 각별히 주의하고, 콤프 입력 시 걸림돌이 없게 조심해…… 절대로 어떤 걸림돌도 없게 해. 알겠어?」

「네.」대답이 돌아왔다. 그리고 잠시 후 대답이 이어졌다. 「쿨린 가족과 연락이 됐습니다. 지금 오고 있고, 임무를 주셔서 감사드린답니다.」

〈애니〉가 딱이었다. 루커스 광산에 필요한 장기 여행에 편안하게 쓸 수 있는 우주선이었다. 눈에 띄지 않을 만큼 작기도 했다. 존은 젊은 시절 그런 여행들을 하며 사업을 배웠다. 비토리오도 그렇게 할 수 있었다. 존은 술을 마시고 초조해하며 책상 위의 서류들을 넘겼다.

3
펠: 중앙 실린더, 2352년 9월 9일, 1200시

조시는 체육관의 줄어든 중력 속에서 깔개 위에 풀썩 주저앉았고, 뒤로 쓰러졌다. 데이먼은 두 손으로 맨무릎을 짚고 조시 위로 몸을 숙였다. 얼굴에는 살짝 즐거운 기색이 엿보였다.

「전 그만 할래요.」 조시가 말했다. 옆구리가 욱신거렸다. 「전에도 운동을 하긴 했지만, 이만큼은 아니었어요.」

데이먼은 조시 옆 매트 위에 털썩 무릎 꿇고, 등을 구부린 채 역시 거칠게 숨을 내쉬었다. 「그래도 잘하시던데요. 저도 그만하고 싶네요.」 데이먼은 공기를 들이마셨다가 좀 더 느리게 내쉬고 조시를 보며 웃었다. 「도와 드려요?」

조시는 끙끙대며 뒤로 누워 버렸고, 한 팔로 기대며 몸을 일으킨 다음 힘겹게 일어났다. 온몸의 근육이 떨렸고, 펠의 중심핵 전체에 감겨 있는 가파른 길에서 둘 옆을 지나가는 훨씬 몸매 좋은 남녀들이 신경 쓰였다. 이곳은 사람들로 붐볐고, 소리쳐 말하는 대화 소리가 울렸다. 이건 자유였고, 겁낼 것은 작은 웃음소리 정도뿐 아무것도 없었다. 조시도 할 수만 있으면 계속 갔을 것이다…… 벌써 멈춰야 할 때를 지나 더 오래 뛰었지만, 조시는 이 시간을 끝내기가 정말 싫었다.

무릎이 떨리고 배가 당겼다. 「그만 가요.」 데이먼은 좀 더 쉽게 일어나며 말했다. 데이먼은 조시의 팔을 잡고 탈의실로 향했다. 「증기탕에 들어가요. 적어도 근육이 뭉친 건 풀릴 거예요. 저도 사무실로 돌아가기 전까지 시간이 좀 있어요.」

데이먼과 조시는 혼잡한 로커룸으로 들어가, 옷을 벗어 공용 세탁기 안에 던졌다. 수건은 가져다 쓰라고 한쪽에 쌓여 있었다. 데이먼은 두 개를 집어 조시에게 던져 주고 증기

탕이라고 표시된 문으로 들어가라고 가리켰다. 간단히 샤워할 수 있는 샤워실을 지나면 긴 통로를 따라 증기로 흐릿해진 아늑하고 작은 방들이 나왔다. 대부분의 방이 차 있었다. 데이먼과 조시는 통로 끝에서 빈방 몇 개를 찾아, 가운데 방으로 들어가 나무 벤치에 앉았다. 쓸 수 있는 물이 정말 많았다……. 조시는 데이먼이 물을 퍼서 머리에 붓고 남은 물은 뜨거운 금속판에 끼얹는 것을 지켜보았다. 증기가 확 피어올라 데이먼의 모습을 가렸다. 조시는 비슷한 방식으로 몸에 물을 붓고 수건으로 닦았다. 열기 때문에 숨이 차고 어지러웠다.

「괜찮아요?」데이먼이 물었다.

조시는 고개를 끄덕였다. 이 시간을 망치고 싶지 않았다. 데이먼과 함께 있는 내내 그런 생각을 했다. 조시는 지나친 신뢰라는 선 위를 걸으며 이쪽으로도 저쪽으로도 균형을 잃지 않으려 필사적으로 애썼다. 누군가를 믿는다는 것의 무서운 측면이었다. 조시는 혼자인 게 너무 싫었다……. 한 번도 좋은 적이 없었다……. 가끔 망가진 조시의 기억에서 확실한 것들이 번쩍 떠오를 때가 있었다. 진짜처럼 확고했다……. 혼자인 건 단 한 번도 좋은 적이 없었다. 데이먼은 조시에게 싫증을 낼 것이다. 신선함이 사라질 것이다. 어느 정도 시간이 지나면, 이런 동료는 분명 흥미를 잃었다.

그런 뒤 조시는 혼자가 된다. 반쪽인 정신과 형식적인 자유를 가지고 펠이란 이름의 이 감옥에서.

「뭐 마음에 걸리는 거라도 있어요?」

「아뇨.」 체육관에 함께 올 사람이 없다고 데이먼이 불평한 적이 있었기 때문에 조시는 필사적으로 화제를 바꾸려 했다. 「전 엘렌이 여기서 우리와 만나려는 줄 알았어요.」

「임신 때문에 몸이 좀 느려지기 시작했어요. 엘렌은 여기 오면 좀 버거울 것 같대요.」

「아.」 조시는 눈을 깜박이다가 다른 곳으로 시선을 돌려 버렸다. 이런 질문은 너무 친밀했다. 조시는 침입자가 된 듯한 기분이 들었다. 이런 일에는 실로 경험이 없었다. 여자들. 조시는 자신이 알던 여자들을 생각했지만, 그중에 임신한 여자는 없었고, 데이먼과 엘렌처럼 영속적인 관계를 맺어 본 적도 없었다. 조시는 자신이 사랑했던 누군가를 떠올렸다. 더 나이가 많았다. 훨씬 건조했다. 이미 지난 일이었다. 소년의 사랑. 조시가 그 아이였다. 조시는 단서가 이끄는 곳으로 따라가려 했지만, 모든 게 엉켜 버렸다. 조시는 그 점에 관해 엘렌을 생각하고 싶지 않았다. 생각할 수가 없었다. 조시는 경고들을 떠올렸…… 그들은 심리적 장애라고 불렀다. 장애…….

「조시…… 괜찮아요?」

조시는 다시 눈을 깜박였다. 이걸 그냥 두면 장차 신경성 틱으로 발전할 수도 있었다.

「뭔가가 당신을 괴롭히고 있어요.」

조시는 대답 대신 무력한 손짓을 했다. 토론에 빠지고 싶지 않았다. 「모르겠어요.」

「뭔가를 걱정하고 있군요.」

「그런 거 없어요.」

「절 못 믿어요?」

눈을 깜박이자 시야가 흐려졌다. 땀이 눈 속으로 똑똑 떨어졌다. 조시는 얼굴을 훔쳤다.

「괜찮아요.」 데이먼은 마치 진짜 그런 듯이 말했다.

조시는 일어나 나무로 만들어진 방의 문을 향해 걸어갔다. 어떻게든 둘 사이의 거리를 벌리고 싶었다. 배 속이 울렁거렸다.

「조시.」

깜깜한 공간, 폐쇄된 공간……. 조시는 달려서 이 폐쇄된 곳에서 벗어나고 자신에 대한 요구들을 떨쳐 버릴 수 있었다. 그러면 조시는 체포될 것이고, 병원으로, 그 하얀 벽들로 돌려보내질 것이다.

「두려워요?」 데이먼이 솔직하게 물었다.

다른 말 못지않게 날카로운 질문이었다. 조시는 무력하게 손짓을 했다. 불편했다. 다른 곳에서 나는 다른 목소리들이 모두 침묵 같은 것에 잠기고, 조시가 있는 방의 떠들썩한 소리는 저 멀리서 나는 듯이 멀어졌다.

「무슨 생각 해요?」 데이먼이 물었다. 「제가 당신에게 솔직하지 않다고요?」

「아뇨.」

「절 믿지 못하겠다고요?」

「아뇨.」

「그럼 뭔가요?」

조시는 속이 메스꺼워졌다. 일정 조건에 맞으면 이런 자기방어가 나타났다…… 그는 이게 조건 반사란 걸 알았다.

「저에게 말해 줬으면 좋겠어요.」 데이먼이 말했다.

조시는 뒤로 돌아 나무 칸막이 쪽을 보았다. 「당신은 싫증이 나면 멈출 거예요.」 조시는 무감각하게 말했다.

「뭘 멈춰요? 버림받는다는 그 주제로 돌아온 거예요?」

「그럼 당신은 뭘 원하는데요?」

「자신이 호기심 대상이라 생각하는군요.」 데이먼이 말했다.

「그게 아님 뭐죠?」 조시는 목구멍에서 치미는 담즙을 꿀꺽 삼켰다.

「엘렌과 제게서 그런 인상을 받았군요, 그렇죠?」 데이먼이 물었다.

「그렇게 생각하고 싶지 않아요.」 조시는 간신히 말했다. 「하지만 어찌 됐든 전 호기심 대상이에요.」

「아뇨.」 데이먼이 말했다.

그런데 조시의 얼굴 근육 하나가 움찔거리기 시작했다. 조시는 벤치로 가서 앉은 뒤 틱을 멈추려 애썼다. 여기에 쓰는 약이 있었다. 하지만 그는 이제 더는 그 약을 먹지 않았다. 조시는 지금 그 약이 있으면 좋을 거라고 아쉬워했다. 경련이 일지 않고, 생각을 하지 않아도 되도록. 이 심문에서 벗어날 수 있도록.

「우린 당신을 좋아해요.」 데이먼이 말했다. 「그게 무슨 문제라도 되나요?」

조시는 가만히 앉아 있었다. 몸이 마비되고, 심장이 방망이질 쳤다.

「그만 가죠.」 데이먼이 일어나며 말했다. 「뜨거운 곳에 너무 오래 있었어요.」

조시는 일어났다. 그런데 무릎에 힘이 없고, 땀과 온도와 감소한 중력 때문에 눈앞이 뿌옜다. 데이먼이 손을 내밀었다. 조시는 주춤하며 몸을 빼고는 데이먼을 따라 통로를 걸어간 뒤 방 끝에 있는 샤워실로 들어갔다. 시원한 공기 덕에 머리가 꽤 맑아졌다. 조시는 샤워실에 필요 이상으로 몇 분 더 머무르면서 찬 공기를 마셨고, 어느 정도 차분해지자 수건을 몸에 두르고 로커룸으로 나왔다. 데이먼도 뒤따라 나왔다. 「미안해요.」 조시는 데이먼에게 말했다. 조시는 그냥 모든 게 미안했다.

「반사 작용이에요.」 데이먼이 말했다. 데이먼은 난색을 표하며 조시의 팔을 잡고 옆으로 몸을 돌렸다. 그 바람에 조시는 뒤로 주춤했고, 로커에 심하게 부딪혀 소리가 울렸다.

깜깜한 곳, 무질서한 몸들, 자신을 잡은 손들, 조시는 억지로 그 생각을 떨치고 금속 로커에 몸을 기대고 벌벌 떨면서 데이먼의 걱정스러운 얼굴을 들여다보았다.

「조시?」

「미안해요.」 조시가 다시 말했다. 「미안해요.」

「꼭 기절할 것처럼 보여요. 저 안이 뜨거워서 그래요?」

「모르겠어요.」 조시가 웅얼거렸다. 「모르겠어요.」 조시는 벤치로 다가가 숨을 고르려고 앉았다. 시간이 조금 지나자

훨씬 좋아졌다. 어둠이 걷혔다. 「〈정말로〉 미안해요.」 조시는
침울해졌다. 데이먼이 자신을 오래 참아 내지 못할 거란 확
신이 들자 기분이 더욱 침울해졌다. 「시설로 돌아가는 게 나
을 것 같아요.」

「그렇게 안 좋아요?」

조시는 자기 방에 대해 생각하고 싶지 않았다. 숙박소에
있는 황량한 아파트, 휑한 벽들, 활기가 없는 곳. 병원에는
조시가 아는 사람들이 있었고, 조시를 아는 의사들이 있었
다. 그들은 이런 문제를 처리할 수 있었다. 그들의 동기는 오
로지 의무감이란 걸 조시는 알았다.

「사무실에 전화할게요.」 데이먼이 말했다. 「늦는다고 말
할 거예요. 필요하면, 제가 병원으로 데려다줄게요.」

조시는 양손에 얼굴을 묻었다. 「왜 이러는지 저도 모르겠
어요.」 조시가 말했다. 「뭔가 기억나려고 해요, 그게 뭔지 모
르겠지만 배 속이 울렁거리고요.」

데이먼은 두 다리를 벌리고 벤치에 앉아서 기다렸다.

「알 것 같아요.」 마침내 데이먼이 말했다. 조시는 고개를
들며 데이먼이 자신의 모든 기록에 접근했었다는 사실을 불
편한 마음으로 떠올렸다.

「〈뭘〉 알겠다는 거죠?」

「어쩌면 좀 폐쇄된 공간에 있어서 그럴 거예요. 많은 피난
민이 혼잡한 곳에서 공포를 느껴요. 상처가 남아 있어서 그
렇죠.」

「하지만 전 피난민들과 함께 오지 않았어요.」 조시가 말했

다. 「그 점은 기억나요.」

「그럼 왜 그럴까요?」

다시 얼굴에서 틱이 일었다. 조시는 일어나 옷을 입기 시작했다. 잠시 후 데이먼도 일어나 옷을 입었다. 다른 사람들이 주위를 오갔다. 문이 열리자 밖에서 나는 외침이 로커룸 안에까지 들렸다. 체육관에서 늘상 나는 소리였다.

「정말로 병원에 데려다줄까요?」 데이먼이 마침내 물었다.

조시는 재킷을 벗었다. 「아뇨, 괜찮아질 거예요.」 조시는 정말 괜찮다고 생각했지만, 옷을 입었는데도 한기 때문에 아직 피부가 당겼다. 데이먼은 얼굴을 찡그리며 문 쪽을 가리켰다. 데이먼과 조시는 추운 바깥쪽 방으로 나와 다른 사람들 여섯 명과 리프트에 타고 바깥쪽 셀 중력 속으로, 현기증이 날 만큼 수직으로 곧장 떨어져 내려왔다. 조시는 깊은 숨을 들이쉬고 비틀거리며 걸어가다가, 지나다니는 인파가 주위를 둘러싸자 발걸음을 멈췄다.

데이먼은 조시의 팔꿈치를 잡고 복도 벽을 따라 줄지어 있는 의자 쪽으로 부드럽게 끌었다. 조시는 기꺼이 앉아 잠시 쉬면서 지나가는 사람들을 지켜보았다. 둘이 있는 곳은 데이먼의 사무실이 있는 층이 아니라 그린 구역 1층이었다. 중앙광장에서 나오는 음악이 데이먼과 조시가 있는 곳까지 들렸다. 둘은 리프트를 타고 계속 내려가야 했다……. 하지만 여기서 멈췄다. 데이먼의 생각이었다. 여긴 병원으로 가는 길 근처라고 조시는 생각했다. 아니면 그냥 쉬기 위한 곳일 수도 있었다. 조시는 앉아서 숨을 골랐다.

「좀 어지러워요.」 조시가 솔직하게 말했다.

「최소한 돌아가서 검사를 받는 게 나을지도 몰라요. 당신에게 운동을 부추기면 안 되는 거였어요.」

「운동 때문이 아니에요.」 조시는 허리를 숙이고 양손에 얼굴을 파묻은 채 조용히 몇 번 숨을 쉰 뒤 다시 허리를 폈다. 「데이먼, 그 이름들요…… 당신은 제 기록 속의 이름들을 알죠? 제가 어디서 태어났죠?」

「사이틴요.」

「제 어머니의 이름도…… 아시나요?」

데이먼은 얼굴을 찡그렸다. 「아뇨, 당신이 말하지 않았어요. 당신은 대체로 이모 얘기만 했어요. 이모 이름은 매비스였어요.」

나이 든 여자의 얼굴이 다시 머릿속에 떠올랐고, 따뜻한 친근함이 확 느껴졌다. 「기억나요.」

「그것조차 잊고 있었나요?」

얼굴에 다시 틱이 돌아왔다. 조시는 정상으로 돌아오고 싶은 간절한 마음에 틱을 모르는 척하려 애썼다. 「아시다시피 전 뭐가 기억이고 뭐가 상상인지, 또는 꿈인지 알 방법이 없어요. 그것들끼리 뭐가 다른지 모르겠고, 구분할 수도 없을 때는 어떻게든 그 상황을 처리해 보려 애써요.」

「이모 이름은 매비스였어요.」

「이모가 기억나요. 전 이모에게 편지를 썼어요. 이모도 제게 편지를 쓰곤 했죠.」

「네, 당신은 농장에 살았어요.」

조시는 고개를 끄덕이며 갑자기 머릿속에 희미하게 떠오르는, 햇빛이 비치는 길과 낡은 울타리를 소중하게 마음에 새겼다. 조시는 꿈속에서 종종 그 길에 있었고, 미끄러운 흙 속에 맨발로 서 있었다. 집, 조립식이고 칠이 벗겨진 돔…… 수없이 많은 밭, 그 너머에 또 밭이 있고, 햇빛 속에서 금빛으로 여물었고. 「플랜테이션 농장이었어요. 평범한 농장보다 훨씬 컸어요. 전 거기서 살았어요……. 복무 학교에 들어갈 때까지 거기서 살았어요. 제가 행성에서 살았던 건 그때가 마지막이었어요. 맞죠?」

「그 외에 다른 얘기는 전혀 하지 않았어요.」

조시는 잠시 가만히 앉아 그 기억을 되새겼고, 아름답고 따뜻하고 진짜인 뭔가에 흥분을 느꼈다. 조시는 세세하게 기억을 떠올리려 애썼다. 하늘에 뜬 태양의 크기, 저녁놀의 색깔, 작은 정착지로 오가던 흙길. 몸집이 크고 부드럽고 편안한 여자와, 온종일 날씨를 욕하던 마르고 걱정스러운 남자. 조각들이 맞춰지고, 제자리에 맞아 들어갔다. 집. 집이었다. 조시는 그리움에 마음이 아렸다. 「데이먼.」 조시는 용기를 그러모아 말했다. 즐거운 꿈 이상의 뭔가가 있었던 것이다. 「당신은 제게 거짓말할 이유가 전혀 없어요, 안 그래요? 하지만 당신은 거짓말을 했어요. 제가 한참 전에 진실을 말해 달라고…… 악몽에 대해 진실되게 얘기해 달라고 부탁했을 때요. 왜 그랬죠?」

데이먼은 불편한 표정을 지었다.

「전 무서워요, 데이먼. 전 거짓말이 무서워요. 이해 가나요?

전 다른 것들이 무서워요.」 조시는 주체할 수 없이 떠듬거렸다. 자신의 상태를 참을 수가 없었다. 근육이 경련을 일으키고, 혀는 단어를 만들지 못했으며, 정신은 체처럼 모든 게 빠져나갔다. 「제게 이름들을 알려 줘요, 데이먼. 당신은 기록을 읽었잖아요. 당신이 읽은 거 다 알아요. 제가 어떻게 펠에 오게 됐는지 말해 주세요.」

「러셀이 무너지자 펠로 왔어요. 다른 사람들처럼요.」

「아뇨, 사이틴에서부터 시작해요. 이름들을 알려 줘요.」

데이먼은 벤치 등받이에 팔을 길게 걸치고 얼굴을 찌푸리며 조시를 마주 보았다. 「당신이 언급한 첫 번째 복무는 〈연〉이란 이름의 우주선에서였어요. 얼마나 오래였는지는 모르겠어요. 그게 유일한 우주선이었을 수도 있고요. 제가 알기로, 당신은 타의로 그 농장을 떠났고, 당신이 그곳을 뭐라 부르든 간에 우리가 복무 학교라 아는 곳으로 들어갔고, 암스콤프 훈련을 받았어요. 전 그 우주선이 아주 작았다고 생각해요.」

「정찰과 수색.」 조시는 웅얼거렸다. 그리고 머릿속에서 그에 딱 맞는 계기반들, 〈연〉의 혼잡한 내부를 보았다. 승무원들은 무중력 상태에서 손을 이리저리 짚으며 나아가야 했다. 이들은 파곤 스테이션에서 오랜 시간을 보냈다. 그곳에서 오랜 시간을 보냈고, 그리고 순찰을 나갔다. 그저 뭐가 보이는지 찾는 것이 임무였다. 키사…… 키사와 리…… 어린아이 같은 키사. 조시는 키사에게 특별한 애정을 느꼈다. 그리고 울프. 조시는 얼굴들을 기억해 냈고, 다시 기억할 수 있음에 기뻤다. 그들은 친밀하게 일했다. 복합적 의미에서 그랬다. 화살선들엔 선실도 사생활도 없었던 것이다. 그들은 그렇게 함께 지냈다……. 아주 오랫동안, 정말 오랫동안.

이젠 죽었다. 이건 그들을 다시 잃는 것과 비슷했다.

〈조심해!〉키사는 그때 소리 질렀다. 조시도 적이 사각지대에 있는 것을 깨닫고는 뭐라고 소리 질렀다. 울프의 실수였다. 조시는 자신의 계기반 앞에 무력하게 앉아 있었다. 이 위협에 대처할 총도 없었다. 조시는 겁이 났다.

「그자들이 절 잡았어요.」조시가 말했다. 「누군가가 그렇게 했어요.」

「〈티그리스〉란 우주선이 〈연〉을 포격했어요.」데이먼이 말했다. 「라이더였죠. 하지만 당신의 캡슐 신호를 자동 추적한 건 그 지역에 있던 화물선이었어요.」

「계속하세요.」

데이먼은 잠시 가만히 침묵을 지켰다. 마치 그 일에 대해 생각하는 듯도 했고, 생각하지 않으려는 듯도 했다. 조시는 마음이 점점 더 조마조마해지며 배 속이 죄어 왔다. 「당신은 스테이션으로 왔어요.」마침내 데이먼이 말했다. 「상선을 타고요. 들것에 실려 왔지만, 상처 입은 곳은 없었죠. 충격, 추위, 그런 거였다고 전 생각해요……. 당신의 생명 유지 장치가 꺼지려 하고 있어 하마터면 죽을 뻔했어요.」

조시는 고개를 흔들었다. 그 부분은 공백이었고, 희미하고 차가웠다. 조시는 부두들을, 의사들을 떠올렸다. 심문, 끝없는 질문들.

사람들, 소리치는 사람들, 그리고 부두들과 쓰러지는 보초. 누군가 비정하게도 보초의 얼굴에 총을 쐈고, 그동안 조시는 충격을 받은 채 땅에 누워 있었다. 사방에서 사람들이 죽고, 짓밟히고, 조시 앞으로 몰려드는 사람들. 이윽고 주위를 둘러싼 남자들. 무장한 군인들.

〈저들에게 총이 있어!〉 누가 외쳤다. 그리고 갑자기 공포감이 사람들을 휩쓸었다.

「당신은 마리너에서 체포됐어요.」 데이먼이 말했다. 「마리너가 폭발한 뒤, 사람들이 마리너의 생존자들을 찾고 있을 때요.」

「엘렌…….」

「그 사람들은 러셀에서 당신을 심문했어요.」 데이먼은 부드럽지만 완강하게 계속 말했다. 「그 사람들은 어떤 사태에 직면해 있었어요……. 그게 뭔지는 몰라요. 그 사람들은 겁에 질렸고, 서둘렀어요. 그 사람들은 불법적인 수법을 썼죠……. 조정 같은 거요. 그 사람들은 당신에게서 정보를 원했고, 시간표, 우주선의 동태, 모든 걸 알려고 했어요. 하지만 당신은 정보를 줄 수 없었어요. 소개가 시작됐을 때 당신은 러셀에 있었고, 이 스테이션으로 옮겨졌어요. 그게 있었던 일들이랍니다.」

스테이션에서 우주선으로 이어지는 시꺼먼 공급선. 군인들과 총들.

「전함에 탔어요.」 조시는 말했다.

「〈노르웨이〉였어요.」

조시는 배 속이 뒤틀렸다. 맬러리. 맬러리와 〈노르웨이〉. 그래프. 기억이 났다. 자존심…… 그건 그곳에서 죽었다. 조시는 무의미한 존재가 되었다. 조시가 누구였는지, 무엇이었는지……. 노르웨이의 군인들은 상관하지 않았다. 증오조차 아닌, 그저 씁쓸함과 지루함, 잔인함 속에서 조시는 전혀 중요하지 않은 존재였으며, 고통을 느끼고 수치심을 느끼는 살아 있는 그 무엇일 뿐이었다……. 조시는 공포가 온몸을 덮치면 비명을 질렀고, 누구도 전혀 신경 쓰지 않는다는 걸 깨닫고 비명 지르길, 혹은 느끼길, 혹은 맞서 싸우길 그만두었다.

〈그자들에게 돌아가고 싶어?〉 조시는 맬러리 목소리의 울림까지도 생생하게 들을 수 있었다. 〈돌아가고 싶어?〉 조시는 그러고 싶지 않았다. 그땐 아무것도 원하지 않았고, 단지 아무것도 느끼지 않게 되길 원했다.

이게 악몽의 근원이었다. 그 시커멓고 혼란스러운 형체들이 조시를 밤에 깨어나게 했다.

조시는 천천히 고개를 끄덕이며 인정했다.

「당신은 여기서 구금됐어요.」 데이먼이 말했다. 「잡혔죠. 러셀, 〈노르웨이〉, 여기로. 우리가 뭐든 거짓된 것을 당신 조정에 주입했다고 생각한다면…… 아녜요, 절 믿어요, 조시.」

조시는 땀을 흘렸다. 그리고 땀을 느꼈다. 「전 괜찮아요.」 조시는 잠시 숨을 쉬기도 힘들면서 그렇게 말했다. 배 속이 계속 울렁거렸다. 감정적 혹은 신체적으로 갇혔다는 느낌, 그런 느낌 때문이었다. 조시는 이제 그걸 확실히 알고는 몸을 통제하려 애썼다.

「거기 앉아요.」데이먼이 말하자, 조시는 뭐라 반대하기도 전에 일어나 복도의 가게들 중 한 곳으로 들어갔다. 조시는 고분고분 앉아 뒤의 벽에 머리를 기댔다. 마침내 맥박이 안 정되었다. 조시는 자신이 처음으로 혼자 편안하게 늘어져 있 다는 생각이 들었다. 숙박소에 있는 자신의 방과 일터를 오 갈 때를 빼면 정말 처음이었다. 이렇게 있으니 묘하게도 벌 거벗은 느낌이 들었다. 조시는 지나가는 사람들이 자신을 알 까 하는 생각을 했다. 그리고 그 생각에 갑자기 무서워졌다.

〈당신은 뭔가를 기억해 낼 겁니다.〉의사는 알약을 중단시 키며 그렇게 말했다. 〈하지만 그 기억에서 거리감을 느낄 수 도 있어요.〉〈뭔가〉를 기억해 내야 한다.

데이먼이 뭔가가 담긴 컵을 두 개 들고 돌아와 앉은 뒤 마 시겠느냐며 내밀었다. 과일 주스와 뭔가 다른데, 얼음과 설 탕이 들어 있었다. 이 음료는 조시의 배 속을 달래 주었다. 「이젠 돌아가도 늦겠네요.」조시는 데이먼이 돌아가야 한다 는 것을 떠올렸다.

데이먼은 어깨를 으쓱하고는 아무 말도 하지 않았다.

「전……」조시는 굉장한 수치감에 더듬거리며 말했다. 「당신과 엘렌을 저녁 식사에 초대하고 싶어요. 저도 이젠 일 을 해요. 시간외 수당을 벌었어요.」

데이먼은 잠시 조시를 바라보았다. 「좋아요, 엘렌에게 물 어볼게요.」

조시는 기분이 굉장히 좋아졌다. 조시는 다시 말했다. 「여기서 집까지 걸어가고 싶어요, 혼자서요.」

「그러세요.」

「전…… 제가 〈뭘〉 기억하는지 알아야 했어요. 사과드려요.」

「전 당신이 걱정돼요.」 데이먼의 말에 조시는 상당히 감동받았다.

「그래도 혼자 걸어갈게요.」

「저녁 식사는 언제 같이 할까요?」

「당신과 엘렌이 정해요. 전 일정이 그리 빡빡하지 않거든요.」

재미없는 농담이었다. 데이먼은 예의상 웃어 주고 나서 컵에 든 걸 마저 마셨다. 조시는 마지막 한 모금을 마신 뒤 일어났다. 「감사합니다.」

「엘렌과 얘기해 보고 내일 말씀드리죠. 잘 가요, 필요하면 전화하고요.」

조시는 고개를 끄덕이고 나서 몸을 돌려 사람들 속으로 걸어갔다. 사람들…… 어쩌면…… 조시의 얼굴을 알 사람들. 기억 속의 부두에 있던 사람들처럼 그냥 군중이었다. 하지만 똑같지 않았다. 이곳은 다른 세계였고, 조시는 그 속을 걸어갔다. 새로 편입된 펠의 소유자로서 자신에게 속한 복도를 걸었다…… 펠에서 태어난 이들과 함께 리프트로 걸어가 함께 서서 리프트 차를 기다렸다. 마치 자신도 평범한 사람인 듯이.

리프트가 도착했다. 「그린 구역 7층 부탁합니다.」 조시는 큰 소리로 말했다. 리프트 안에 사람이 너무 많아 버튼에 가까이 갈 수 없었던 것이다. 누군가가 친절하게도 조시 대신 버튼을 눌러 주었다. 차 안에서 사람들은 서로 어깨를 부딪쳤다. 조시는 괜찮았다. 리프트는 순식간에 조시의 층으로 갔다. 조시는 잠시만 비켜 달라고 양해를 구하며 지나갔다. 숙박소 근처에서 조시의 복도에 선 승객들은 조시에게 두 번도 눈길을 주지 않았다.

「텔리.」누군가의 목소리에 조시는 뛸 듯이 놀랐다. 오른쪽을 흘끗 보니, 제복을 입은 보안요원들이 있었다. 한 명이 조시를 향해 쾌활하게 고개를 끄덕였다. 조시의 심장이 미친 듯이 뛰다 차분해졌다. 왠지 낯익은 얼굴이었다. 「이제 여기 살아요?」 보초가 물었다.

「네.」 조시는 말하고 나서 사과조로 덧붙였다. 「예전 일은 기억이 잘 안 나요…… 아마도 제가 여기 왔을 때 계셨던 분인가 봐요.」

「맞아요.」 보초가 말했다. 「당신이 쌩쌩하게 나와 있는 걸 보니 좋네요.」

보초는 진심인 듯했다. 「고마워요.」 조시는 이렇게 말한 뒤 다시 길을 걸어갔고, 보초들도 마찬가지로 다시 가던 길을 갔다. 앞으로 먼저 나아가던 어둠이 뒤로 물러났다.

조시는 모두가 꿈이라고 생각했었다. 〈하지만 난 꿈을 꾸게 아냐.〉 조시는 생각했다. 〈그 일은 정말로 일어났어.〉 조시는 숙박소 입구의 접수대를 지나친 뒤 안쪽의 복도를 걸어 18번까지 갔다. 조시는 카드를 썼다. 문이 스르르 옆으로 열리자, 조시는 자신의 은신처로 들어갔다. 소박하고 창이 없는 방……. 모든 곳에 사람이 너무 많아 초만원을 이룬다고 비디오에서 들은 바를 생각해 보면 드문 특권이었다. 이 역시 데이먼이 조치해 준 것이었다.

평소에 조시는 비디오를 켜고 거기서 나오는 말소리로 방 안을 가득 채우곤 했다. 침묵이 흐르면 꿈이 그 자리를 차지했기 때문이다.

조시는 침대에 앉아, 그저 침묵 속에 잠시 앉아 반쯤 치유된 상처 같은 꿈들과 기억들을 깊이 더듬었다. 〈노르웨이.〉

시그니 맬러리.

맬러리.

4
펠: 화이트 부두, 루커스 컴퍼니 사무실들, 1830시, 주일, 0630시, 부일: 새벽

재난은 없었다. 존은 사무실에 머물렀다. 모든 사무실 중 가장 뒤에 위치해 있었다. 존은 평범한 전화들을 받고 늘 하던 창고 보고와 기록들을 했다. 그리고 마음 한구석으로 근심에 잠긴 채 최악의 상황이 닥치면 뭘 해야 할지 상세히 계획했다.

존은 평소보다 늦게까지 일했고, 부두의 불이 모두 살짝 어두워지고, 첫 근무조의 상당수가 그날 일을 마치고 주일 활동이 마무리된 뒤까지도 사무실에 남았다……. 바깥쪽 다른 사무실들의 사무원 몇 명만이 콤에 응답하고 일을 처리하며 부일 근무자가 오길 기다렸다. 〈백조의 눈〉은 아무 일 없이 1446시에 출발했다. 〈애니〉와 쿨린 가족은 1703시에 비토리오의 서류를 가지고 떠났고, 평소에 시민군 때문에 일정과 노선에 관해 묻는 꼼꼼한 문의 이상의 질문이나 소동은 없었다. 존은 이제 훨씬 편하게 숨을 쉬었다.

〈애니〉가 스테이션 부근에서 완전히 사라진 지 한참 지나 정당하게 항의가 들어올 가능성이 없어지자 존은 재킷을 집어 들고 문을 잠근 뒤 집으로 향했다.

존은 카드로 문을 열었다. 아무리 작은 것일지라도, 필요한 기록을 콤프에 모두 세세히 남기기 위함이었다…… 거실에 제사드와 헤일이 서로 마주 보며 조용히 앉아 있는 게 보였다. 커피가 있었고, 커피 향이 오후의 긴장을 풀어 주고 마음을 안정시켜 주었다. 존은 세 번째 의자에 털썩 앉아 등을 기대고 집이 주는 안정감을 즐겼다.

「커피 좀 줘.」 존이 브랜 헤일에게 말했다. 헤일은 얼굴을 찡그리고 일어나 커피를 가지러 갔다. 존은 제사드에게 말했다. 「오후 내내 따분하셨죠?」

「따분해서 감사했습니다.」 제사드는 조용히 말했다. 「하지만 헤일 씨가 저를 즐겁게 해주려 최선을 다하셨습니다.」

「여기까지 오는 데 문제는 없으셨고요?」

「전혀요.」 헤일이 부엌에서 말했다. 헤일은 커피를 가지고 돌아왔고, 존은 커피를 마시다가 헤일이 기다리고 있음을 깨달았다.

그만 가라고 해야지⋯⋯. 그리고 제사드와만 있어야 해. 그러나 존은 별로 그러고 싶지 않았다. 여기서든 어디서든, 헤일이 너무 마음껏 얘기하게 두고 싶지 않았다. 「자네의 신중함에 늘 고마워하고 있어.」 존이 헤일에게 말했다. 그런 뒤 조심스럽게 다시 말했다. 「지금 무슨 일이 벌어지고 있다는 거 알겠지? 금전적인 것 이상으로 가치가 있다는 걸 알게 될 거야. 그저 리 퀘일이 경솔한 짓을 하지 못하게 잘 지켜봐 줘. 더 많은 걸 알게 되는 즉시 자네에게 상세히 알려 주겠네. 비토리오는 갔어. 데인은⋯⋯ 사라졌고. 난 믿을 만하고 똑똑한 조력자가 필요해. 내 말 알겠지, 브랜?」

헤일은 고개를 끄덕였다.

「이 일에 대해선 내일 이야기하지.」 존은 이제 아주 조용히 말했다. 「고마워.」

「여기서 괜찮으시겠어요?」 헤일이 물었다.

「안 괜찮으면, 네가 잘 처리할 거야. 그렇지?」 존이 말했다.

헤일은 고개를 끄덕이고 나서 조심스레 나갔다. 존은 좀 더 자신감 있게 뒤로 몸을 기대고, 앞에 편안히 앉은 손님을 바라보았다.

「당신은 이 사람을 믿는군요.」 제사드가 말했다. 「그리고 이 사람을 승진시키고 싶고요. 자기편을 현명하게 선택하셔야지요, 루커스 씨.」

「제 사람은 제가 아닙니다.」 존은 혀를 델 듯이 뜨거운 커피를 한 모금 마셨다. 「전 당신을 모릅니다, 제사드 씨. 당신 이름이 뭐가 됐든 간에 말이죠. 전 제 아들의 신분을 이용하려는 당신의 계획을 허용할 수 없습니다. 이미…… 그 아이를 위한 다른 위장을 준비했고요. 루커스 컴퍼니의 사업상 출장이죠. 광산으로 가는 우주선이 한 척 있는데, 제 아들의 서류들이 거기에 실려 있죠.」

존은 상대가 불같이 화를 내리라 예상했다. 그러나 제사드는 눈썹을 정중하게 한 번 치켜뜰 뿐이었다. 「전 이의 없습니다. 하지만 전 서류들이 필요해질 거고, 서류를 구하려다 심문받게 되는 게 현명한 행동 같진 않군요.」

「서류는 구할 수 있습니다. 그건 별문제도 아닙니다.」

「그럼 큰 문제는 뭔가요, 루커스 씨?」

「전 먼저 대답을 좀 듣고 싶군요. 데인은 어디 있나요?」

「경계선 너머 안전한 곳에 있습니다. 걱정하실 이유가 없습니다. 전 만약의 경우를 상정해 보내졌습니다……. 이 제안이 유효하다는 가정하에요. 만약 이 제안이 유효하지 않다면, 전 죽게 되겠지요……. 그리고 전 이게 그런 경우가 아니길 바랍니다.」

「당신은 제게 뭘 제안할 수 있죠?」

「펠입니다.」 제사드는 부드럽게 말했다. 「펠입니다, 루커스 씨.」

「당신들은 제게 펠을 넘길 준비가 되어 있단 말이군요.」

제사드는 고개를 흔들었다. 「당신은 펠을 우리에게 넘길 겁니다, 루커스 씨. 그게 저의 제안입니다. 전 당신에게 지시를 내릴 겁니다. 그리고 제가 드리는 건 전문가로서의 판단

입니다……. 당신이 제공하는 건 이곳에 대한 정확한 지식이
고요. 당신은 여기 상황에 대해 제게 알려 주는 겁니다.」

「그럼 전 어떤 보호를 받습니까?」

「제 인가입니다.」

「당신의 지위가 어떻게 되는데요?」

제사드는 어깨를 으쓱했다. 「비공식적입니다. 전 세세한
부분까지 모두 알길 원합니다. 선적 스케줄에서 우주선들의
배치 상황, 의회 회의록……, 당신 사무실들의 운영에서 아주
사소한 부분들까지 모든 것을요.」

「내내 제 아파트에 살 생각인가요?」

「다른 곳으로 나갈 이유를 잘 모르겠군요. 당신의 사회적
일정이 그 때문에 좀 괴로울 순 있겠지요. 하지만 더 안전한
장소가 있나요? 이 브랜 헤일이란 자는…… 신중한 사람인
가요?」

「다운빌로에서 절 위해 일했습니다. 헤일은 콘스탄틴 놈
들에 맞서 제 정책들을 지키다 해고당했죠. 충성스러운 자입
니다.」

「믿을 만하고요?」

「믿을 만합니다. 헤일의 수하 중엔 살짝 의심 가는 자들도
있지만요……. 적어도 판단에 있어서 말입니다.」

「그럼 조심하셔야겠군요.」

「그러고 있습니다.」

제사드는 천천히 고개를 끄덕였다. 「하지만 제게 서류를
구해 주시죠, 루커스 씨. 전 서류가 없을 때보다 있을 때 더

안심이 됩니다.」

「그리고 제 아들은 어떻게 되는 겁니까?」

「걱정되시나요? 별로 아쉬울 것도 없는 사이라고 생각했는데.」

「대답하시죠.」

「저 멀리 나가 있는 우주선이 한 척 있습니다…… 우리가 가져온. 올빅 상인 가족 앞으로 등록됐지만 실은 군용 우주선이죠. 올빅 가족은 모두 구금되어 있습니다……. 〈백조의 눈〉의 사람들 대부분이 그렇듯이요. 이 올빅 우주선, 즉 〈망치〉는 우리에게 미리 경고를 줄 겁니다. 그리고 시간이 그리 많지 않아요, 루커스 씨. 우선…… 스테이션에 대해 개괄적으로 설명해 주시겠어요?」

〈제가 드리는 건 전문가로서의 판단입니다.〉 이런 일의 전문가, 이 일을 위해 훈련된 사람. 갑자기 끔찍하고 오싹한 생각이 들었다. 바이킹은 내부에서부터 무너졌다. 한편 마리너는…… 폭발해 버렸다. 사보타주. 내부에서 일어났다. 누군가가 스테이션 내에서…… 혹은 떠나면서 스테이션을 죽일 만큼 충분히 미쳐 있었다.

존은 제사드의 특징 없는 얼굴을 물끄러미 응시했고, 너무나, 너무나 무자비한 눈을 응시했고, 이자와 같은 자가 마리너에도 있었을 거라고 추측했다.

그런 뒤 함대가 나타났고, 스테이션은 파괴되었다.

5
펠: Q 지구, 오렌지 구역 9층, 1900시

아직도 밖에 사람들이 줄서 있었다. 줄은 9층 부두 진입로를 따라 계속되다가 밖의 부두까지 이어졌다. 바실리 크레시치는 두 손으로 머리를 받쳤다. 가장 최근에 들어온 사람이 콜리디의 부하 한 명에게 거친 대우를 받으며 밖으로 나가고 있었다. 지금 나가는 여자는 크레시치에게 소리를 질렀고, 도둑들에 대한 불만을 토하며 콜리디 무리 중 한 명을 지목했다. 크레시치는 머리가 지끈거리고 등이 아팠다. 이 시간들이 정말 싫었지만, 그럼에도 5일마다 한 번씩 이런 시간을 가졌다. 이것, 즉 Q의 의원이 문제들에 귀 기울이고, 불만 사항들을 기록하고, 뭔가 해결하려 〈애쓴다는〉 착각은 적어도 압력 조절 밸브로 작용했다.

여자의 불만에 대해선…… 구제책이 거의 없었다. 크레시치는 여자가 지목한 자를 알았다. 거의 사실일 터였다. 크레시치는 그자가 더 그러지 못하게 하라고 니노 콜리디에게 부탁할 테고, 어쩌면 여자는 더 심한 일은 겪지 않게 될 수도 있었다. 여자는 미친 듯이 불평을 해댔다. 그 정도면 좀 별난 히스테리라 할 수도 있었지만, 많은 사람이 이 정도까지 히스테리를 부렸고, 그쯤 되면 분노만이 중요해졌다. 그 결과는 자기 파괴였다.

남자 한 명이 들어왔다. 여자 뒤에 서 있던 레딩이었다. 크레시치는 남몰래 마음의 준비를 다시 한 뒤 의자에 등을 기

319

대고 1주일마다 돌아오는 이 만남에 대비했다. 「아직 노력 중입니다.」 크레시치가 몸집 큰 남자에게 말했다.

「난 돈을 냈어요.」 레딩이 말했다. 「내 통행증 값을 충분히 지불했다고요.」

「다운빌로에 낸 지원서는 꼭 된다고 보증할 수가 없습니다, 레딩 씨. 스테이션은 당장 필요한 만큼만 사람을 뽑으니까요. 부디 새 지원서를 제 책상에 두세요. 그럼 그 지원서를 계속 제출해 드리겠습니다. 조만간 빈자리가 나면……」

「난 나가고 싶어!」

「제임스!」 크레시치는 공포에 사로잡혀 외쳤다.

그 즉시 보안대가 나타났다. 레딩은 거칠게 주위를 둘러보았고, 허리띠에 손을 뻗었다. 크레시치는 당황했다. 짧은 칼날이 번쩍하고 보였다. 보안대를 찌르려는 게 아니었다……. 레딩은 몸을 돌려 〈크레시치〉를 향했다.

크레시치는 의자에 앉은 채 뒤로 몸을 던졌다. 데스 제임스가 레딩의 등으로 덤벼들었다. 레딩은 책상에 얼굴을 박으며 큰대자로 뻗었고, 종이들이 사방으로 날았다. 레딩이 거칠게 칼을 휘두르자, 크레시치는 의자에서 급히 일어나 벽으로 다가갔다. 밖에서 비명이 터지고 혼란이 일더니, 더 많은 사람이 방으로 쏟아져 들어왔다.

주위에서 계속 싸움이 벌어질 동안, 크레시치는 조금씩 움직이며 나아갔다. 레딩은 벽을 쳤다. 니노 콜리디가 다른 사람들과 함께 그곳에 있었다. 몇 명은 레딩을 땅에 넘어뜨렸고, 몇 명은 마구 들어오려는 호기심 많고 필사적인 청원자들을 뒤로 밀었다. 사람들은 제출할 수 있길 바라며 청원서를 흔들었다. 「제 차례예요!」 어떤 여자가 새된 소리를 지르며 종이를 쳐들고는 책상으로 다가오려 애썼다. 여자는 다른 청원자들과 함께 밖으로 밀려났다.

레딩은 바닥에 쓰러진 채 남자 세 명에게 붙잡혀 있었다. 네 번째 남자가 레딩의 머리를 발로 차는 바람에, 레딩은 더욱 조용해졌다.

콜리디는 칼을 쥐고 심각하게 살펴본 뒤 주머니에 넣고는 흉터가 난 젊은 얼굴에 미소를 지었다.

「저 사람 때문에 스테이션 경찰을 부를 필요는 없어요.」 제임스가 말했다.

「다쳤습니까, 크레시치 씨?」 콜리디가 물었다.

「괜찮아요.」 크레시치는 멍든 것을 무시하며 말한 뒤, 조심스럽게 책상으로 갔다. 밖에선 아직도 외치는 소리가 들렸다. 크레시치는 의자를 다시 책상 쪽으로 당긴 뒤 앉았다. 다리가 덜덜 떨렸다. 「그자가 돈을 냈다는 얘길 하던데요.」 크레시치는 어찌 된 일인지 너무나 잘 알면서 말했다. 지원서들은 콜리디에게서 나온 것이었고, 지원자들이 낼 수 있는 건 뭐든 다 비용으로 받아 챙겼다. 「그자는 스테이션에 나쁜 기록이 있고, 그래서 통행증이 나올 수가 없어요. 그런데 확실하게 통행증을 구해 주겠다며 돈을 받다니, 이게 무슨 말이죠?」

콜리디는 크레시치를 보다가 바닥에 쓰러진 남자에게로 천천히 시선을 돌리고는 다시 크레시치를 보았다. 「음, 이제 이자는 우리에게 나쁜 점수를 받았으니 상황이 더 나빠졌군. 이자를 여기서 내보내. 복도로, 반대쪽으로 끌고 나가.」

「더는 사람들을 못 보겠어요.」 크레시치는 양손에 얼굴을 묻으며 신음했다. 「다들 나가라고 해요.」

콜리디는 바깥 복도로 나갔다. 「여길 비워!」 항의하는 외침과 흐느낌 속에서 콜리디가 지르는 소리가 들렸다. 콜리디의 부하 중 몇 명이 사람들을 몰아내기 시작했다…… 일부는 금속 방망이로 무장한 상태였다. 사람들은 뒤로 물러났고, 콜리디는 사무실로 돌아왔다. 콜리디의 부하들은 다른 문을 통해 레딩을 밖으로 끌고 나가서는 자기 발로 걸어가라고 레딩을 흔들었다. 레딩은 이제 정신을 차리고 있었다. 그러나 관자놀이에서 붉은 피가 흘러 얼굴을 가렸다.

〈저들은 저 남자를 죽일 거야.〉 크레시치는 생각했다. 사람의 왕래가 뜸한 시간에 어디선가 죽일 터였고, 시체는 혼자 떠돌다 어딘가 스테이션에서 발견될 것이었다. 레딩도 그 점을 확실히 알았다. 레딩은 다시 맞서 싸우려 했지만 결국 끌려 나갔다. 그리고 문이 닫혔다.

「깨끗이 닦아.」 콜리디가 남아 있는 자들 중 한 명에게 이르자, 남자는 바닥을 닦을 만한 것을 찾아 두리번거렸다. 콜리디는 다시 책상 가장자리에 앉았다.

크레시치는 책상 아래에 손을 넣고 콜리디가 공급해 주는 와인들 중 하나를 꺼냈다. 잔도 꺼내 두 잔을 따랐다. 다우너 와인을 홀짝거리며 떨리는 팔다리와 욱신욱신한 가슴을 달래려 했다. 「이젠 너무 늙어 이 짓도 못하겠어요.」 크레시치가 투덜거렸다.

「레딩은 걱정할 것 없어요.」콜리디가 자기 잔을 들며 말했다.

「이런 상황을 만들면 안 됩니다.」크레시치가 딱딱하게 말했다.「당신이 무슨 속셈인지 다 알아요. 하지만 제가 도저히 어떻게 해줄 수 없는 사람들에게는 통행증을 팔지 말아요.」

그 말에 콜리디는 보는 사람으로 하여금 몸서리가 쳐지는 웃음을 지었다.「어찌되었든 레딩은 조만간 통행증 신청을 했을 겁니다. 레딩은 좀 더 빠른 처리라는 특권을 위해 돈을 치른 것뿐입니다.」

「알고 싶지 않아요.」크레시치가 못마땅해하며 말했다. 크레시치는 와인을 한입 가득 마셨다.「제게 자세히 말하지 말아요.」

「아파트로 모셔다 드리는 게 좋겠군요, 크레시치 씨. 보초를 좀 붙여 드리죠. 이번 일이 다 해결될 때까지만요.」

크레시치는 천천히 와인을 마저 비웠다. 콜리디 무리의 젊은이들 중 하나가 소동으로 바닥에 흩어진 서류들을 주워 책상에 올려놓았다. 크레시치는 이제 의자에서 일어났다. 무릎이 아직도 후들거렸다. 크레시치는 매트 위에 길게 흔적을 남기고 있는 피에서 눈길을 돌렸다.

콜리디와 부하 네 명이 크레시치를 호위하며 레딩과 보초들이 나간 바로 그 뒷문으로 나갔다. 일행은 복도를 지나 크레시치의 작은 아파트가 있는 구역으로 들어갔고, 크레시치는 손으로 열쇠를 돌려 문을 열었다……. 콤프가 차단돼 여기선 수동이 아니면 어떤 조종 장치도 작동하지 않았다.

「그만 가셔도 됩니다.」크레시치가 부드럽게 말했다. 콜리디는 심술궂고 놀리는 듯한 웃음을 짓더니 크게 허리 숙여 절하는 척했다.

「나중에 다시 얘기하죠.」콜리디가 말했다.

크레시치는 집으로 들어가 다시 수동식 열쇠로 문을 잠그고 현기증이 덮쳐 오는 것을 느끼며 그대로 서 있었다. 크레시치는 마침내 문 옆 의자에 쓰러지듯 앉아 잠시 가만히 있었다.

Q에 광기가 점점 더 심해지고 있었다. 통행증은 어떤 이들에겐 Q에서 벗어날 희망이었지만, 남겨진 이들에겐 좌절만 증가시켰다. 가장 거친 이들이 Q에 남게 되어 모든 것의 온도가 올라갔다. 갱들이 이곳의 법이었다. 갱 조직들 중 어디에라도 들어가지 않으면, 누구도 안전하지 않았다······. 남자든 여자든, 보호를 받는다고 알려진 사람이 아니면 누구도 복도들을 안전하게 걸어갈 수 없었다. 그리고 보호는 사야만 했다. 음식이나 호의나 몸이나, 뭐든 통화로 통용될 수 있는 것으로······. 약, 의료용과 그 외 용도의······ 약들이 Q로 들어왔다. 와인도 들어왔다. 귀금속, 가치 있는 모든 물건이······ Q에서 나가 스테이션으로 들어갔다. 격리선에서 일하는 보초들은 이익을 보았다.

그리고 콜리디는 Q에서 벗어나 다운빌로로 가서 살기 위한 지원서를 팔았다. 심지어 재판을 위해 줄설 권리까지 팔았다. 그리고 콜리디와 콜리디의 경찰들은 돈이 되겠다 싶은 게 있으면 뭐든 팔았다. 보호 갱들은 콜리디에게 가서 사업 허가를 받았다.

　다운빌로로 간다는 희망은 나날이 꺾여 갔고, 거절이나 유예 통보를 받은 이들은 자신의 스테이션 문서들에 거짓말들이 기록되어 있고 위험인물 표시가 되어 있어 영원히 Q에 머무를 수밖에 없다고 의심하며 히스테리에 걸렸다. 자살하는 사람들의 수가 많아졌다. 일부는 모든 악의 소굴이 된 막사들의 복도 안에서 폭음에 빠졌다. 일부는 범죄를 저지르고선 자신이 범인이라고 고발당할까 봐 두려워하는 듯했다. 일부는 그 희생자가 되었다.

　「그자들은 사람들을 죽여요.」 어떤 젊은이는 거절당하자 이렇게 울부짖기도 했다. 「사람들은 절대로 다운빌로에 가는 게 아니에요. 그자들은 사람들을 여기서 데려다가 죽여 버려요. 그게 사람들이 가는 곳이에요. 그자들은 일꾼들을 데려가지 않고, 젊은 남자들도 데려가지 않아요. 그자들은 늙은이들과 아이들을 데려가서 없애 버려요.」

　「입 닥쳐!」 다른 사람들이 소리쳤다. 그리고 젊은이는 콜리디의 경찰에 끌려 나가기 전에, 줄서 있던 다른 세 명에게 피투성이가 되도록 얻어맞았다. 하지만 다른 사람들은 여전히 통행 허가를 요청하는 지원서를 손에 꼭 쥐고 줄서 있었다.

　〈크레시치〉는 가겠다고 지원할 수 없었다. 크레시치는 자신의 지원 소식이 누설되어 콜리디의 귀에 들어갈까 봐 두려웠다. 보초들은 콜리디와 거래를 했고, 크레시치는 너무나 두려웠다. 크레시치에겐 암시장 와인이 있었고, 현재의 안전함이 있었고, 주위에서 신변을 지켜 주는 콜리디의 보초들이 있었다. 이 보초들 덕분에, 바실리 크레시치는 Q에서 해를 입지 않았다. 크레시치가 달아나려 한다고 콜리디가 의심을 품기 전까진 그럴 것이었다.

자신이 한 일이 좋은 열매를 맺었다고 크레시치는 자신을 설득했다. 자신이 Q에 있어서, 5일마다 청원을 듣는 시간을 만들어서, 적어도 최악의 잔학 행위에 반대할 수 있는 위치에 있어서 말이다. 어떤 일들은 콜리디가 중지시켰다. 어떤 일들은 콜리디의 부하들이 다시 생각해 보고 논쟁을 빚지 않게 그만두기도 했다. 크레시치는 Q의 질서를 어느 정도 지켜 냈다. 몇 명을 살렸다. 자신이 영향을 끼치지 않았다면 생겼을 Q의 미래에서 Q를 아주 살짝 구해 냈다.

그리고 〈크레시치〉에겐 외부 출입권이 있었다……. 여기 상황이 정말로 견딜 수 없을 정도가 되면, 피할 수 없는 위기가 닥치면…… 바깥에 보호를 요청할 수 있다는 희망이 언제나 있었다. 어쩌면 밖으로 나갈 수 있을지도 몰랐다. 그들은 크레시치를 죽게 놔두지 않을 것이다. 그러지 않을 것이다.

크레시치는 마침내 일어나 부엌에 둔 와인 병을 찾았고, 4분의 1쯤 따라 마시며 무슨 일이 일어났는지, 일어나는지, 일어날지 생각하지 않으려 애썼다.

레딩은 아침이 되기 전에 죽을 터였다. 크레시치는 레딩에게 동정을 느끼지 못했고, 그저 자신을 보는 레딩의 광기 어린 눈만 보았다. 레딩은 책상을 넘어 돌진해 종이들을 흩날리며 크레시치에게 칼을 휘둘렀다……. 〈크레시치〉에게.

콜리디의 보초들이 아니라.

마치 〈크레시치〉가 적인 것처럼.

크레시치는 몸을 떨고는 와인을 삼켰다.

6
펠: 다우너 주거지, 2300시

교대 시간이었다. 새틴은 욱신대는 근육으로 기지개를 켜며 침침하게 불 밝혀진 주거지로 들어가 마스크를 벗고, 그들을 위해 준비된 세면대에서 시원한 물로 꼼꼼히 몸을 씻었다. 푸른 이빨이 따라와(밤이든 낮이든 새틴에게서 멀리 가는 법이 없었다) 새틴의 매트 위에 쭈그리고 앉아 새틴의 어깨에 자신의 손을 얹고 새틴의 머리에 자신의 머리를 댔다. 둘은 지쳐 있었다. 그것도 아주 많이 지쳐 있었다. 이날 옮길 짐이 굉장히 많았다. 비록 커다란 기계들이 대부분의 일을 하긴 했지만, 그 짐들을 기계에 놓는 것은 다우너의 근육이었던 것이다. 인간들은 소리 지르는 일만 했다. 새틴은 푸른 이빨의 다른 손을 잡고 손바닥을 위로 가게 한 뒤 피부가 헌 부분을 핥아 주었다. 그런 다음 몸을 가까이 숙이고 마스크 때문에 털이 거칠어진 부분의 뺨을 핥아 주었다.

「루커스-인간들.」 푸른 이빨이 으르렁거렸다. 푸른 이빨의 눈은 앞을 뚫어져라 보았고, 얼굴엔 화가 가득했다. 그들은 오늘 루커스-인간들을 위해 일했고, 그중 몇 명은 다운빌로에, 그리고 기지에 문제를 일으킨 자들이었다. 새틴은 양손이 아프고 어깨가 욱신거렸지만, 새틴이 걱정하는 건 눈에 이런 표정을 담은 푸른 이빨이었다. 푸른 이빨을 진짜로 화나게 하기는 쉽지 않았다. 푸른 이빨은 아주 많이 생각하는 편이었고, 생각하는 동안엔 화를 내지 않았다. 하지만 이번엔 푸른 이빨이 두 가지를 한꺼번에 한다고 새틴은 생각했다. 푸른 이빨이 일단 화를 내면, 인간들 사이에 있거나 루커스-인간들이 주위에 있는 상황에선 푸른 이빨에게 나쁜 일이 될 것이었다. 새틴은 푸른 이빨이 좀 차분해질 때까지 푸른 이빨의 거친 털을 쓰다듬고 정돈해 주었다.

「먹자.」새틴이 말했다.「가서 먹자.」

푸른 이빨은 고개를 돌려 새틴의 뺨에 입술을 댔고, 털을 혀로 핥아 매만져 준 다음 팔로 새틴을 안았다.「가자.」푸른 이빨이 말했다. 둘은 일어나 금속 터널을 지나 큰 방으로 들어갔다. 큰 방엔 언제나 음식이 준비되어 있었다. 이곳을 책임지고 있는 젊은이들은 새틴과 푸른 이빨에게 각자 한 그릇씩 음식을 가득 담아 주었고, 둘은 조용한 구석자리로 갔다. 배가 차면서 기분이 점차 좋아져, 푸른 이빨은 손가락에 묻은 오트밀 죽을 만족스럽게 빨았다. 또 다른 남자 다우너가 발을 질질 끌며 들어와 음식을 받은 뒤 옆에 앉았다. 젊은 큰놈이었다. 큰놈은 둘을 보며 상냥하게 웃었고, 오트밀 죽 한 그릇을 비운 뒤 일어나 한 그릇을 더 받으러 갔다.

새틴과 푸른 이빨은 큰놈을 좋아했다. 큰놈도 다운빌로에서 온 지 그리 오래되지 않았다. 다른 캠프, 다른 언덕에서 오긴 했어도 새틴과 푸른 이빨처럼 강가에서 왔다. 큰놈이 돌아오자 다른 이들이 모여들었고, 점점 더 수가 많아지더니, 새틴과 푸른 이빨이 앉은 구석자리를 향해 따뜻하게 고개 숙여 인사했다. 대부분은 업어보브에 왔다가 한 계절만 일하고 다운빌로로 돌아가는 일꾼들이어서, 몸으로 일하고 기계에 대해선 잘 몰랐다. 그들은 새틴과 푸른 이빨에게 따뜻하게 굴었다. 지금 모인 친구들 너머에는 다른 히사, 즉 늘 여기 있는 상시 일꾼들이 있었다. 그들은 이쪽 히사와 별로 이야기를 하지 않았고, 멀찍이 떨어진 구석에서 자기들끼리만 앉았으며, 오랫동안 응시했다. 마치 인간들과 오래 있다 보니 히사가 아닌 다른 뭔가가 되었다는 듯한 태도였다. 대부분 나이가 많았다. 그들은 기계의 미스터리를 알았고, 깊은 터널들을 어슬렁거렸으며, 깜깜한 곳들의 비밀을 알았다. 그들은 언제나 따로 떨어져 지냈다.

「베넷 얘기를 해줘.」 큰놈이 청했다. 다운빌로의 어느 캠프에서 보내 여기로 왔느냐와 상관없이, 여기를 오가는 다른 이들처럼, 큰놈도 인간 캠프를 경험한 바 있고, 베넷 저신트를 알았던 것이다. 베넷이 죽었다는 소식을 듣자 업어보브에 있는 이들은 굉장한 비탄에 젖었다.

「알았어.」 새틴이 말했다. 히사가 이곳에서 말하는 여러 이야기 중 이것만큼은 여기에서 가장 신참인 새틴의 몫이었기 때문이다. 새틴은 금세 이야기에 열중했다. 새틴과 푸른 이빨이 온 뒤로, 매일 저녁 이야기는 늘 똑같은 삶을 사는 히사의 사소한 사건에 대한 것이 아니라 콘스탄틴 가문의 일

들, 에밀리오와 에밀리오의 친구인 밀리코가 어떻게 히사를
다시 웃게 했는지에 대한 것이었다……. 그리고 히사의 친구
인 죽은 베넷에 관한 이야기였다. 업어보브에 와서 이 이야
기를 하는 모든 이 중에, 자신이 〈보았다〉고 말하는 이는 전
혀 없었다. 그래서 그들은 새틴에게 그 얘기를 하고 또 하게
했다.

「베넷은 공장으로 내려왔어.」 이야기가 슬픈 부분에 이르
자 새틴이 말했다. 「그리고 베넷은 거기 히사에게 말해. 안
돼요, 안 돼, 제발 달려요, 인간들이 할 거예요, 인간들이 일
해서 강이 히사를 절대 데려가지 못하게 할 거예요. 그런 뒤
베넷은 직접 팔을 걷어붙이고 일해, 언제나, 언제나, 베넷-
인간은 직접 나서서 일했고, 절대 소리 지르지 않아, 절대로.
그리고 히사를 사랑해. 우린 그에게 이름을 지어 줬어. 〈내
가〉 지어 줬지. 베넷이 내게 인간 이름과 좋은 영혼을 줬으니
까. 난 그를 〈빛-에서-오다〉라고 불러.」

이것은 태양을 뜻하는 영혼-말이었지만, 그럼에도 비난
이 아니라 그 표현을 인정한다는 의미의 웅성거림이 들렸다.
새틴이 이 부분을 말할 때마다 히사는 각자 팔로 몸을 감싸
고 몸서리를 쳤다.

「그리고 히사는 베넷-인간을 떠나지 않아, 절대, 절대. 히
사는 공장을 구하기 위해 베넷과 함께 일해. 이윽고 오랜강
이 인간들에게 그리고 히사에게 화를 내, 언제나 화를 내. 하
지만 오랜강이 화내는 가장 큰 이유는 루커스-인간들이 강
둑을 헐벗게 하고 자신의 물을 가져가기 때문이야. 우린 베

넷-인간에게 오랜강을 믿으면 안 된다고 경고하고, 베넷은 우리 말을 귀담아듣고 돌아와. 하지만 우리는 히사이고, 우린 일해. 그래야 공장을 잃지 않을 거고 베넷이 슬프지 않을 테니까. 오랜강은 더 높아지고, 말뚝들을 가져가 버려. 우린 외쳐. 빨리, 빨리, 돌아와! 일하는 히사에게 외쳐. 나, 새틴, 나는 거기서 일해, 〈나는〉 봐.」 새틴은 주먹으로 가슴을 쿵쿵 치고, 푸른 이빨을 만지며 이야기를 아름답게 꾸몄다. 「푸른 이빨과 새틴, 우리는 봐. 우리는 히사를 도우러 달려가고, 베넷과 좋은 인간들인 베넷의 친구들, 모두, 모두 그들을 도우러 달려가. 하지만 오랜강은 그자들을 꿀꺽 삼키고, 우리는 달리지만 너무 늦어. 너무 늦어 버려. 공장이 무너져, 푸슉! 그리고 베넷은 오랜강의 팔에 안긴 히사에게 팔을 뻗어. 오랜강은 베넷도 데려가고, 도와주는 인간들도 데려가. 우린 외치고, 우린 울부짖고, 우린 빌어. 오랜강에게 베넷을 돌려 달라고 해. 하지만 오랜강은 베넷을 데려가. 오랜강은 모든 히사를 돌려주지만 베넷-인간과 친구들은 데려가. 우리 눈이 그 광경으로 가득 차. 베넷은 죽어. 베넷은 히사에게 두 팔을 내밀며 죽어. 베넷의 훌륭한 심장이 베넷을 죽게 하고, 오랜강, 나쁜 오랜강은 베넷을 삼켜. 인간들은 베넷을 찾아 묻어. 난 베넷 위에 영혼 막대기들을 꽂고 베넷에게 선물들을 줘. 나는 여기에 오고, 내 친구 푸른 이빨도 와. 〈시간〉이 됐으니까. 난 여기로 순례를 와, 베넷의 집인 이곳으로.」

웅얼대며 동의하는 소리가 들리고, 그들을 둘러싼 이들이 다 같이 몸을 흔들었다. 다들 눈이 눈물로 빛났다.

사실 아까부터 묘하고 두려운 일이 있었다. 저 기묘한 업어보브 히사 가운데 일부가 이야기를 듣는 무리의 뒤쪽 가장자리로 들어와, 역시 몸을 흔들며 지켜보고 있었던 것이다.

「베넷은 사랑해.」 낯선 히사 중 한 명이 말했고, 다들 깜짝 놀랐다. 「베넷은 히사를 사랑해.」

「맞아.」 새틴은 동의했다. 이렇게 자신의 가슴속에 얹혀 있는 괴로움을, 끔찍하게 기묘한 이들이 귀 기울여 들어 줬다는 말을 듣자, 새틴의 가슴속에 뭔가가 울컥했다. 새틴은 주머니들을 뒤져 영혼-선물들을 찾았다. 새틴은 밝은 색 천을 꺼내, 부드러운 손가락으로 들어 올렸다. 「이건 내 영혼-선물이고, 베넷이 내게 준 이름이야.」

다른 누가 몸을 흔들며 맞다고 웅얼거렸다.

「당신 이름이 뭐지, 이야기꾼?」

새틴은 자신의 영혼-선물을 가슴에 꼭 껴안고, 방금 질문한 낯선 이를 응시한 다음 크게 숨을 들이쉬었다. 〈이야기꾼.〉 낯선 장로에게서 이런 영광스러운 말을 듣자 새틴은 피부가 따끔거렸다. 「난 〈하늘이-그녀를-본다〉야. 인간들은 날 새틴이라 불러.」 새틴은 손을 뻗어 푸른 이빨을 어루만졌다.

「나는 구름-사이로-빛나는-태양이다.」 푸른 이빨이 말했다. 「하늘이-그녀를-본다의 친구다.」

낯선 이는 허리를 굽힌 채 몸을 흔들었고, 모여든 낯선 히사가 모두 서로 경외의 말을 속삭이더니 뒤로 물러나 그들과 새틴 사이에 빈 공간을 만들었다.

「우린 당신에게서 이 빛-에서-오다, 베넷-인간의 이야기를 들었다. 좋았어, 좋았어, 이 인간은. 그리고 당신이 베넷-인간에게 선물들을 준 것도 좋았다. 우린 당신의 여행을 따뜻이 대접하고, 당신의 순례에 경의를 표한다, 하늘이-그녀를-본다. 당신의 말들에 우리는 따뜻해졌고, 우리의 눈이 따뜻해졌다. 우린 오랫동안 기다린다.」

새틴은 지금 말하는 이의 나이와 그가 보여 준 대단히 정중한 태도를 생각해 앞으로 몸을 흔들었다. 다른 이들이 점점 더 많이 웅얼거렸다. 「이분은 장로야.」 큰놈이 새틴의 어깨 옆에서 속삭였다. 「이분은 우리에게 〈말하지〉 않아.」

장로가 침을 뱉고, 자신의 털을 오만하게 쓸었다. 「이야기꾼은 이치에 닿는 말을 해. 이야기꾼은 자신의 여행으로 〈시간〉을 기려. 이야기꾼은 두 손을 활짝 벌릴 뿐 아니라 눈도 크게 뜨고 걸어.」

「아.」 다른 이들이 웅얼거리며 뒤로 물러났고, 새틴은 앉은 상태로 당황했다.

「우린 베넷 저신트를 기린다.」 장로가 말했다. 「이런 이야기를 들으면 베넷 때문에 따뜻함을 느낀다.」

「베넷-인간은 〈우리〉의 인간이야.」 큰놈이 단호하게 말했다. 「다운빌로 인간. 베넷이 날 여기로 보냈어.」

「우릴 사랑했어.」 다른 이가 말하고, 또 다른 이가 입을 열었다. 「모두 베넷을 사랑했어.」

「베넷은 루커스들에게서 우릴 지켰어.」 새틴이 말했다. 「그리고 콘스탄틴-인간은 베넷의 친구이고, 우릴 여기로 보내. 나의 봄을 위해, 순례를 위해. 우린 베넷의 무덤 옆에서

333

만나. 난 위대한 태양 때문에 오고, 베넷의 얼굴을 보러, 업어보브를 보러 와. 하지만 장로, 우린 오직 기계만 봐. 위대한 빛은 없어. 우린 열심히, 열심히 일해. 우리에겐 꽃도 언덕도 없어, 내 친구와 나, 없어. 하지만 여전히 희망은 있어. 베넷은 여기가 좋은 곳이라고, 여기가 아름다운 곳이라고 말해. 베넷은 위대한 태양이 이곳 근처에 있다고 말해. 우린 보려고 기다려, 장로. 우린 업어보브의 이미지들을 요청했고, 여기 있는 누구도 아직 그 이미지들을 본 적이 없어. 그들은 인간들이 우리에게서 그걸 숨긴다고 말해. 하지만 우린 아직 기다려, 장로.」

긴 침묵이 흘렀고, 장로는 그동안 몸을 앞뒤로 흔들었다. 마침내 장로는 몸을 멈추고 뼈만 남은 앙상한 손을 들었다. 「하늘이-그녀를-본다, 당신이 찾는 것들은 여기에 있다. 〈우린〉 그곳에 방문한다. 그 이미지들은 장로들이 인간을 만나는 곳에 있다. 그리고 우린 그 이미지들을 보았다. 태양은 이곳을 내려다보고, 그래, 그건 진짜다. 당신의 베넷-인간은 당신을 속이지 않았다. 하지만 여기엔 당신의 뼈를 차갑게 만들 것들이 있다, 이야기꾼. 우린 이 비밀스러운 것들을 말하지 않는다. 다운빌로의 히사가 어떻게 그것들을 이해하겠나? 다운빌로의 히사가 어떻게 그것들을 견뎌 내겠나? 다운빌로 히사의 눈들은 보지 못한다. 하지만 이 베넷-인간은 당신의 눈을 따뜻하게 만들었고 당신을 불렀다. 아! 오랫동안 우린 기다린다, 오래, 오래. 그리고 당신은 우리의 가슴을 따뜻하게 하고, 그래서 우리의 심장은 당신을 환영한다.

쉬잇! 업어보브는 보이는 것과 다르다. 우리가 기억하는 평원의 이미지들. 〈나〉는 그것들을 본 적이 있다. 〈나〉는 그것들 옆에서 자봤고, 꿈들을 꾸었다. 하지만 업어보브의 이미지들…… 그것들은 우리가 꿈꿀 것들이 아니다. 당신은 우리에게 베넷 저신트에 대해 말하고, 우린 당신에게, 이야기꾼, 당신이 보지 못하는 우리 중 한 명에 대해 말한다. 릴리, 인간들은 그 여자를 릴리라고 부른다. 릴리의 이름은 〈태양이-그녀에게-웃는다〉이고 〈릴리〉는 대장로다. 나보다 훨씬 많은 계절을 살았다. 우리가 인간들에게 준 이미지들은 인간의 이미지가 되었고, 업어보브의 비밀스러운 곳들에서, 온통 빛나는 곳에서, 인간은 그 이미지들 근처에 있으면서 꿈을 꾼다. 위대한 태양이 인간인 그 여자를 찾아온다……. 그녀는 절대 움직이지 않는다, 절대로. 꿈은 좋은 거니까. 그녀는 온통 빛 속에 눕고, 눈은 태양으로 따뜻하다. 별들은 그녀를 위해 춤을 춘다. 그녀는 자신의 벽들에서 모든 업어보브를 지켜보고, 어쩌면 지금 이 순간에도 우리를 보고 있다. 〈그녀〉는 우리를 지켜보는 그 이미지다. 대장로는 그녀를 보살피고, 그녀를, 이 신성한 자를 사랑한다. 그녀의 사랑은 좋다, 좋은 거다. 그리고 그녀는 우리 모두를 꿈꾸고, 모든 업어보브를 꿈꾸고, 그녀의 얼굴은 위대한 태양에 영원히 미소 짓는다. 그녀는 〈우리〉의 것이다. 우린 그녀를 〈태양-그녀의-친구〉라고 부른다.」

「아.」 모인 이들은 누군가가 위대한 태양과 짝지었다는 이야기에 충격을 받아 속삭였다. 「아.」 새틴은 다른 이들과 함께 나직이 말했고, 팔로 자기 몸을 안고 떨었으며, 앞으로 몸을 숙였다. 「우리가 이 좋은 인간을 만나?」

「아니.」 장로는 딱 잘라 말했다. 「오직 릴리만이 거기에 간다. 그리고 나. 한 번, 딱 한 번 봤다.」

새틴은 깊이 실망하며 도로 털썩 앉았다.

「어쩌면 거기에 그런 인간은 〈없을〉 거야.」 푸른 이빨이 말했다.

장로가 귀를 뒤로 젖히고, 다들 숨을 들이쉬었다.

「〈시간〉이 됐어.」 새틴이 말했다. 「그리고 내 여행도. 장로, 우린 아주 멀리 오고, 우린 이미지들을 볼 수 없고, 우린 꿈꾸는 자를 볼 수 없어. 우린 태양의 얼굴을 아직 찾지 못했어.」

장로는 몇 번이나 입술을 오므렸다가 폈다. 「와라. 우리가 당신에게 보여 준다. 오늘 밤 와라. 내일 밤은 다른 이들…… 당신이 두렵지 않다면. 우리가 당신에게 어떤 곳을 보여 주겠다. 잠시 동안은 그 안에 인간이 전혀 없다. 〈한 시간.〉 인간들은 계산한다. 난 세는 법을 안다. 오겠나?」

푸른 이빨은 아무 소리도 내지 않았다. 「갈래.」 새틴이 말했다. 그러나 잡은 푸른 이빨의 팔에서 그가 주저하는 것이 느껴졌다. 다른 이들은 가려 하지 않았다. 그 정도로 용감한 자는 없었다…… 혹은 낯선 장로를 그만큼 믿는 자는 없었다.

장로는 일어났고, 같이 온 두 명도 일어났다. 새틴도 일어났고, 푸른 이빨은 좀 더 천천히 일어났다.

「나도 갈래.」 큰놈이 말했지만, 큰놈의 친구 중 함께 가겠다는 이는 없었다.

장로는 호기심과 비웃음이 섞인 눈으로 그들을 훑어보고는 오라고 손짓한 뒤, 터널을 지나 더 멀리 들어갔다. 히사가 마스크 없이도 움직일 수 있는 터널들과, 얇은 금속을 오래 기어 올라가야 하고 히사마저 허리를 숙여야 걸을 수 있는 깜깜한 곳들이 나왔다.

　「저자는 미쳤어.」 헐떡이던 푸른 이빨이 마침내 새틴의 귀에 대고 씩씩거렸다. 「그리고 이 미친 장로를 따라가는 우리도 미쳤어. 여기 오래 있던 이들은 모두 이상해.」

　새틴은 아무 말도 하지 않았다. 뭐라고 반박해야 할지 몰랐지만 자신이 뭘 원하는지는 알았다. 새틴은 두려웠지만 따라왔고, 푸른 이빨은 새틴을 따라왔다. 큰놈은 그들 모두의 뒤에서 걸었다. 허리를 숙이고 한참을 걷거나 오랫동안 기어 올라야 할 때는 다들 숨을 헐떡였다. 장로와 그의 두 동행인의 체력이 놀라울 뿐이었다. 이들은 마치 이런 것에 익숙하고 자신들이 어디로 가는지 잘 아는 듯했다.

　혹은 어쩌면…… 그런 생각을 하자 새틴은 뼛속까지 얼어붙었을 것이다……. 이건 장로의 별난 유머일 수도 있었다. 깜깜한 길 속 깊은 곳에서 이들을 옴짝달싹 못 하게 해서 이들이 헤매다 길을 잃고 죽게 하려는, 그래서 다른 이들에게 교훈을 주려는 의도일 수도 있었다.

　새틴이 이런 공포에 막 확신을 가지려는데, 장로와 그의 일행은 멈춤 장소에 도착해 마스크를 썼다. 이제부터 인간의 공기로 들어간다는 뜻이었다. 새틴은 마스크를 올려 썼고, 푸른 이빨과 큰놈은 간신히 시간 맞춰 마스크를 썼다. 뒤의

문이 닫히고 앞에 있던 문이 열리며 환한 홀이 나타났던 것이다. 하얀 바닥과 초록색으로 자라고 있는 것들이 보였고, 호젓하고 커다란 공간 여기저기에서 인간들이 오갔다……. 부두들과는 전혀 달랐다. 여기는 깨끗하고 밝았으며, 그 너머는 광대한 어둠이었다. 여기가 바로 장로가 그들을 데려오려던 곳이었다.

새틴은 푸른 이빨이 슬며시 자신의 손을 잡는 걸 느꼈다. 큰놈은 뒤에서 따라오며 둘에게 가까이 붙었다. 새틴과 푸른 이빨과 큰놈은 이제 방금 떠나온 밝은 곳보다도 더 광대하게 펼쳐진 어둠 속으로 들어갔다. 벽이 전혀 없고 오직 하늘뿐이었다.

주위에서 별들이 움직여, 그들은 별의 움직임에 넋을 잃었다. 여기서 저기로 이동하는 마법 같은 별들은 선명하게 타올랐고, 이제까지 다운빌로에서 본 그 어떤 별들보다 더 끊임없이 움직였다. 새틴은 푸른 이빨의 손을 놓고 경외감에 가득 차 주위를 황홀하게 바라보며 앞으로 걸어갔다.

그때 갑자기 빛이 앞으로 번쩍 타올랐고, 얼룩덜룩하게 암흑이 있는, 거대하고 불타오르는 원반이 불길을 태우며 이글거렸다.

「태양.」 장로가 억양을 붙여 영창했다.

사방이 밝게 빛나지 않았고, 푸른 하늘도 없었으며, 오직 암흑과 별들과, 가까이 있는 끔찍한 불만이 존재했다. 새틴은 몸을 떨었다.

「암흑이 있어.」 푸른 이빨이 지적했다. 「어떻게 태양이 있는 곳에 밤이 있을 수 있지?」

「모든 별은 위대한 태양과 친척이다.」장로가 말했다.「이건 사실이다. 밝음은 환각이다. 이는 사실이다. 위대한 태양은 암흑 속에서 빛을 내고, 크다. 너무나 커서 우린 먼지에 불과하다. 위대한 태양은 무시무시하고, 태양의 불들은 암흑을 겁먹게 한다. 이건 사실이다. 하늘이-그녀를-본다, 이게 진짜 하늘이다. 이게 당신의 이름이다. 별들은 위대한 태양과 비슷하지만, 우리에게서 아주, 아주 멀리 있다. 우린 이 사실을 배웠다. 봐! 벽들은 우리에게 업어보브를 보여 주고, 거대한 우주선들과 부두들의 바깥쪽을 보여 준다. 그리고 다운빌로가 있다. 우린 지금 다운빌로를 보고 있다.」

「인간의 캠프는 어디 있지?」큰놈이 물었다.「오랜강은 어디 있지?」

「세상은 알처럼 둥글고, 세상의 일부는 태양에서 얼굴을 돌린다. 이렇게 해서 그쪽에는 밤이 생긴다. 자세히 보면, 오랜강이 보일지도 모른다. 난 그렇게 생각한다. 하지만 인간의 캠프는 절대 보이지 않는다. 다운빌로의 얼굴에서 인간의 캠프는 너무 작다.」

큰놈은 팔로 자신의 몸을 안고 몸서리쳤다.

그러나 새틴은 탁자들 사이를 걸어 공터로 들어갔다. 위대한 태양이 진짜 빛나며 암흑을 이겨 내는 곳이었다……. 태양은 무시무시했고, 불처럼 주황색이었으며, 모든 것을 자신의 공포로 채웠다.

새틴은 태양-그녀의-친구라 불리는, 꿈꾸는 인간에 대해 생각했다. 그녀의 눈은 저 광경을 보고 영원히 따뜻해졌다. 목덜미의 털이 곤두섰다.

이윽고 새틴은 팔을 크게 펼치며 기지개를 켜고 몸을 돌려 태양을 온전히 껴안아, 잊고 있던 태양의 먼 친척들을 온전히 받아들였다. 새틴은 이곳을 찾으려 여행을 했고, 마침내 〈그곳〉에 온 것이다. 태양이 자신을 바라보는 동안, 새틴은 태양의 모습을 눈에 가득 담았다. 새틴은 이제 앞으로 다시는 전과 같을 수 없었다, 영원히.

제4장

오미크론 포인트.

〈노르웨이〉는 목표 지역으로 들어왔다. 그러나 깜깜하고, 행성 크기만 하고, 돌과 얼음으로 이루어졌으며, 자기 몸으로 별들을 가릴 때만 비로소 보이는 이것 부근으로 번개처럼 들어온 게 〈노르웨이〉가 처음은 아니었다. 다른 우주선들이 〈노르웨이〉를 앞질러 이 볕이 들지 않는 약속 장소에 도착해 있었다. 오미크론은 떠돌이 천체였고, 별들 사이의 작은 조각이었지만, 그 위치는 예측 가능했고, 도약하고 나와 자동 추적 목표로 삼을 수 있을 만큼 질량이 컸다……. 그러면서 이름 없는 곳으로 남을 수 있었고, 오래전 〈태평양〉의 성이 우연히 발견한 이후 함대는 이곳을 이용해 왔다. 이곳은, 아광속 화물선들은 두려워하지만, 개인적 용무가 있는 도약선들은…… 소중히 여기며 비밀로 간직하는 그런 곳들 중 하나였다.

센서들이 움직임을 잡아냈다. 우주선 여러 척이 이곳에 있었고, 영원히 밤인 이곳에서 신호를 보냈다. 그들이 들어가자 컴퓨터들끼리의 통신이 오갔다. 시그니 맬러리는 이런저런 원격 측정기들을 계속 빠르게 확인하며, 도약과 도약 때문에 필요한 약들로 인해 걸리는 최면 상태와 싸웠다. 시그니는 〈노르웨이〉를 실제 공간의 최대 속도로 돌진시키며 그 신호들을 향해 갔고, 도약 범위에서 나왔다. 시그니는 누군가 뒤에서 바싹 미행 중인 것을 느끼고 있었다. 시그니는 자기 승무원들의 정확도를 믿었고, 거의 광속에 가까운 무시무시한 속도로 몇 분 정도 항해를 계속하며 조준했다. 이런 상황에서는 모든 것이 근사치일 수밖에 없었다.

시그니는 재빨리 후퇴한 뒤 속도를 급격히 떨어뜨리기 시작했다. 편안한 진행 과정 따위는 없었고, 속도 때문에 살짝 미친 원격 측정기와 약 때문에 살짝 미친 인간의 뇌는 정확한 위치를 찾기 위해 고군분투했다. 속도를 급히 떨어뜨린 걸 간과할 경우, 시그니는 〈노르웨이〉를 바위나 다른 우주선에 바로 갖다 꽂을 수도 있었다.

「경보 해제. 〈유럽〉과 〈리비아〉만 빼고 모두 들어왔습니다.」콤이 보고했다.

〈노르웨이〉는 별다른 재주를 부리지 않고도 오미크론을 아주 정확히 찾아냈고, 미들 스캔으로 잡을 수 있었다. 멀리 떨어진 러셀 근처에서 출발했는데 바로 도약 범위 안에 들어왔다. 시기를 놓쳤다면, 뭔가 다른 게 들어오고 있을 때 도약 범위 안에 있었을 테고, 그러면 재앙이 벌어졌을 것이다. 「잘

했어.」시그니는 모든 부서에 메시지를 보내고, 자신의 중앙 스크린에 갑자기 뜬, 생각 중인 그래프를 바라보았다.「표적에서 2분 떨어졌지만, 정확한 곳에 도착했다. 출발 범위에서 더 오차를 줄일 순 없었다. 신호는 잘 잡힌다. 대기하라.」

시그니는 오미크론 내에서 자신이 있어야 할 위치를 받은 뒤 데이터를 자세히 확인했다. 30분 뒤, 〈리비아〉에서 보낸 신호가 왔다. 〈리비아〉는 막 도착한 참이었다. 〈유럽〉은 다시 25분 뒤 다른 평면에서 들어왔다.

이제 숫자가 맞았다. 그들은 동시에 한곳에 있었고, 아주 초기의 작전들 이후 이렇게 모여 보긴 처음이었다. 가능성은 거의 없지만, 이렇게 다 함께 있을 때 유니언이 공격해 올까 봐 그들은 아직도 긴장하고 있었다.

〈유럽〉에서 컴퓨터 신호가 들어왔다. 이제 숨 돌릴 여유가 생기고, 쉴 수 있었다. 시그니는 등을 뒤로 기대고 콤 이어폰을 뽑은 뒤, 안전띠를 풀고 마침내 일어났다. 그래프가 시그니의 빈자리를 채웠다. 〈노르웨이〉는 다른 몇몇 우주선처럼 불리한 상황은 아니었다. 〈노르웨이〉는 주일 우주선들 중 한 척이었다…… 〈노르웨이〉의 상급 지휘관들은 원래 따르던 스케줄대로 움직이고 있었다. 다른 우주선들, 즉 〈대서양〉, 〈아프리카〉, 〈리비아〉는 부일이었다. 이는 어떤 경우에도 공격 시간을 예측할 수 없게 하고, 어느 스케줄에서도 사용 가능한 주 승무원들을 확보하려는 것이었다. 그러나 그들은 지금 모두 주일이었고, 이런 동시성은 처음 겪는 일이었다. 그리고 부일 함장들은 점프를 하면서 시간대까지 뒤집히는 이

중의 고통을 겪고 있었다.

「나 대신 여길 맡아 줘.」 시그니는 그래프에게 명령하고 나서 통로를 걸어가, 이 사람 저 사람의 어깨를 쳐주고 복도에 있는 자신의 거처까지 왔으나 그냥 지나쳤다. 그리고 계속 걸어가 승무원 숙소로 가서 부일 승무원들을 살폈다. 대부분 약에 취해 멍한 상태였다. 도약 중에도 휴식을 취하기 위함이었다. 이런 조처에 반감이 있는 몇 명만이 깨어 승무원 휴게실에 앉아 있었다. 본인들이 느낄 상태보다 훨씬 좋아 보였다. 「모든 신호는 안정적이다.」 시그니는 승무원들에게 말했다. 「다들 괜찮나?」

승무원들은 그렇다고 대답했다. 그들은 이제 안전하고 평화롭게 긴장을 풀 터였다. 시그니는 승무원들을 떠나 리프트를 타고 외벽 쪽 갑판의 보병 숙소로 간 다음, 휴게실 뒤의 중앙 복도를 걸어가다가 이곳저곳의 막사에서 발걸음을 멈추기도 하고, 삼삼오오 모여 앉아 앞으로 어찌 될지 추측을 나누는 남녀들을 방해하기도 했다……. 다들 죄 지은 표정과 깜짝 놀란 표정을 지었고, 보병들은 시그니가 면밀히 살피고 있었음을 깨닫고는 경악하며 벌떡 일어나 미친 듯이 옷을 더듬어 찾고, 이런저런 인가받지 못한 것들을 숨겼다. 시그니는 그러지 않지만, 승무원들과 보병들은 묘한 침묵을 지켰다. 여기 있는 사람들 중 일부는 약에 취해 자기 침대에서 정신없이 자기도 했지만, 대부분은 아니었다……. 많은 칸막이 방에서 도박이 이루어졌다. 〈노르웨이〉가 심우주를 놓고 운명의 주사위를 던질 때, 살과 우주선이 녹아내리는 듯할 때,

1초가 영겁 같은 게임이 계속되고 있을 때 말이다.

「여기선 좀 느긋하게 갈 것이다.」 시그니는 매번 이렇게 말하곤 했다. 「이제 우린 함대의 일원으로 함께 움직이고, 모두 안정된 상태이다. 지금은 편히 쉬어라. 하지만 언제나 필요하면 1분 안에 움직일 준비가 되어 있어야 한다. 문제가 있다고 생각할 이유는 없지만, 우리는 요행수에 기대지 않는다.」

시그니가 이렇게 세 번째 방문을 마쳤을 때, 디 잔츠가 중앙 복도에서 시그니를 잡고 공손히 고개를 끄덕여 인사한 뒤 자신의 영역을 함께 걸었다. 디는 자신이 지휘하는 중에 시그니가 나타나 기뻐하는 듯 보였다. 디가 시그니와 함께 걸어가자 보병들은 긴장하며 차렷 자세를 취했다. 검열하는 척하는 데는 이게 최고라고 시그니는 생각했다. 그저 지휘자들이 아래 있는 이들도 잊지 않았다고 알게 하면 되었다. 그들을 기다리는 건 보병들이 두려워하는 종류의 작전이었다. 여러 우주선이 함께 공격 작전을 펼칠 경우, 상대에게 명중당할 위험이 높았다. 보병들은 우주선이 제공하는 작은 안전장치 안에서 옴짝달싹도 하지 못한 채 아무것도 할 수 없었다. 포화가 쏟아질 가능성이 있는데 걸어 들어가고, 상선을 세워 거기에 타고, 지상 공격이 이뤄지고 있는데 착륙하는 따위의 경우를 보면, 이보다 더 용감할 순 없었다. 그들은 평소 공격을 받아도 잘 대처해 왔고, 〈노르웨이〉는 혼자 적들을 쓸어버리며 치고 도망갔다. 하지만 이제 그들은 신경이 바짝 곤두섰다…… 시그니는 항상 열려 있는 콤에서 새어 나온 중얼거리는 소리에서 그 이야기를 들었다. 무슨 일이 벌어지고 있는지 가장 신참 군인까지 포함해 모두가 아는 것은 〈노르웨이〉의 전통이었다. 그들은 명령에 복종했고, 앞으로도 그럴 것이었지만, 전쟁이 새로운 국면에 접어들어 자신들이 쓸모없어지자 자존심에 상처를 입었다. 지금은 시그니가 이곳에 내려와 몸으로 부대끼는 게 아주 중요했다. 그들은 도약과 약 때문에 불안해하고 있었고, 기분이 한없이 가라앉아 있었다. 그러나 시그니는 자신이 해주는 말 한마디에 이들의 눈이 빛나고, 지나가며 어깨 한번 툭 쳐주면 눈빛이 살아나는 것을 보았다. 시그니는 모두의 이름을 알았고, 한 명 한 명 이름으로 불러 주었다. 말러란 자가 있었다. 시그니가 러셀의 피난민 중에서 데려온 자인데, 유난히 침착하고 두려움을 모르는 인물이었다. 키는 상선 출신이었다. 디도 오래전 같은 식으로 함대에 왔다. 그 외에도 아주, 아주 많았다. 그중 일부는 시그니처럼 회춘요법을 받았고, 오랫동안 시그니와 함께 지냈다……. 그들은 그 누구 못지않게 내막을 잘 안다고 시그니는 생각했다. 이 중대한 시기가 그들의 것이 아니라니, 그들의 것일 수가 없다니, 참으로 쓰라린 일이었다.

시그니는 연옥처럼 컴컴한 전방 화물실을 지나 실린더 가장자리를 돌아 다른 세상으로 들어갔다. 라이더 승무원들만의 세상이었다. 집 같은 곳이었다. 시그니는 이런 곳에 숙소가 있던 옛 시절의 추억을 느꼈다. 이 기괴한 구역에서 시스템 내 전투기의 승무원들과 정비사들, 훈련생들이 그들만의 사적인 세계를 이루며 살았다. 현재 이곳에는 최고위층까지 완전히 다른 명령 체계가 존재했고, 아주 드물게 도킹을 할 때면 회전으로 인해 천장이 아래에 있었다. 승무원 여덟 팀 중 두 팀이 여기에 있었다. 〈오딘〉과 〈토르〉의 케베도 팀과 알마샤드 팀이었다. 네 팀은 비번이었다. 나머지 두 팀은 〈노르웨이〉의 외골격에서 또는 자신들의 우주선에서 대기 중이었다. 라이더들이 도킹하도록 하려면 선체를 회전시켜야 하는데 지금과 같은 응급 상황에서는 그럴 시간이 없었기 때문이다. 시그니는 그 느낌을 아직도 생생하게 떠올릴 수 있었다. 여행하기에 가장 쾌적한 방법은 아니었지만, 늘 누군가는 해야 할 일이었다. 여기 오미크론에 라이더들을 전개할 생각은 전혀 없었다. 만약 그랬다면 두 팀 이상이 더 저 깡통 안에 들어가게 됐을지도 모른다. 그들은 이걸 〈유배 간다〉고 불렀다. 「모든 게 예상대로 되고 있다.」 시그니는 준-훈련생인 이들에게 말했다. 「쉬고, 긴장 풀고, 술을 멀리해. 우린 아직도 대기 상태에 있고, 여기 있는 동안은 계속 그럴 거다. 여기서 나가란 명령이 언제 떨어질지, 얼마나 경고가 있을지는 모른다. 긴급 발진해야 할 수도 있지만, 그럴 가능성은 아주 적다. 아마도 꽤 휴식을 취한 뒤에야 임무를 위해 점프하게 될 거다. 이번 작전은 유니언이 아니라 우리의 시간표대로 진행된다.」

누구도 토를 달지 않았다. 시그니는 리프트를 타고 1층으로 올라간 뒤, 더 짧은 거리를 돌며 걸어 1번 복도로 갔다. 다리가 아직도 고무같이 느껴졌지만, 약의 마비 효과는 사라지고 있었다. 시그니는 자신의 사무실 겸 숙소로 가서 잠시 서성이다가 마침내 간이침대에 누워 휴식을 취했다. 단지 눈을 감고 긴장을 풀려는 것뿐이었다. 도약할 때면 언제나 찾아오는, 신경이 과민해져 생기는 에너지였다. 일반적으로 도약은 전투지로 뛰어든다는 것, 죽느냐 죽이느냐를 재빠르게 판단해야 한다는 것을 의미했던 것이다.

그러나 이번엔 아니었다. 이번엔 계획된 도약이었고, 이곳에 오려고 몇 달 동안 작은 공습들을 벌였다. 핵심 시설들을 습격해 부수고, 가능하면 약탈하고 파괴했다.

잠시만 쉬기. 가능할 때 자기. 시그니는 그럴 수 없었다. 호출이 오자 시그니는 반가움을 느꼈다.

〈유럽〉의 복도에 다시 서니 기분이 묘했다. 기함의 회의실에 다른 모두와 함께 앉아 있으니 기분이 더욱 묘했다……. 기괴하면서 전전긍긍하는 느낌이 들었고, 만나지 않은 채 오랜 세월 함께 일해 온 사람들이 모두 함께 모였다. 이들은 서로에게 가까이 가는 일을 열심히 피해 왔고, 스치듯 만나 우주선에서 우주선으로 명령을 전달하는 경우가 만남의 전부였다. 최근 몇 년 동안, 모든 함대가 어디에 있었는지, 어떤 우주선들이 임무에서 살아남았는지…… 혹은 어떤 미친 작전을 혼자 수행하고 있었는지는 아마 마지언조차 모를 터였다. 그들은 함대라기보단 게릴라 조직에 가까웠고, 잠복하고 있다가 치고 도망쳤다.

이제 그들은 여기 있었다. 마지막 남은 열 명, 작전의 생존자들이었다. 일단 시그니가 있었고, 얼굴이 마르고 엄격한 〈오스트레일리아〉의 톰 에드거, 몸집이 크고 끊임없이 얼굴을 찌푸리는 〈대서양〉의 미카 크레쇼프, 작고 거무스름하며 온화한 〈북극〉의 카를로 멘데스. 회춘요법에 푹 빠진 〈리비아〉의 셰넬도 있었다. 셰넬은 시그니가 1년 전에 본 뒤로 머리털이 완전히 은색으로 변해 버렸다. 피부가 검은 〈아프리카〉의 포리는 믿을 수 없이 험상궂었다…… 부상을 입었지만 함대에서는 성형 수술이 불가능했던 것이다. 비단처럼 부드럽고 자신만만한 〈인도〉의 큐, 능률 그 자체인 〈태평양〉의 성, 성과 같은 부류인 〈티베트〉의 칸트.

그리고 콘래드 마지언. 회춘요법으로 머리가 은발이고, 키가 크고 잘생겼으며, 남색 옷을 입고, 탁자에 두 팔을 기대고 동료들을 천천히 훑어보는 이 남자. 어떤 효과를 노리고 일부러 그러는 것이었다. 이 솔직한 눈길은 진심 어린 애정일 터였다. 드라마틱한 느낌과 마지언은 떼놓을 수 없는 관계였다. 이걸 빼면 마지언은 시체였다. 마지언을 알고, 마지언의 방식을 알았기에, 시그니는 아직도 옛날의 흥분이 다시 이는 것을 느꼈다.

단도직입적으로, 어떤 환영사도 없이, 단지 그 표정과 고개의 끄덕임만이 있었다. 「폴더는 각자 앞에 있어.」 마지언이 말했다. 「극비 사항이야. 암호와 좌표가 모두 그 안에 들어 있어. 가지고 돌아가서 중요 요원들이 그 세부 사항에 익숙해지도록 해. 하지만 어떤 것도 우주선 간에 토론해선 안돼. 대안 A, B, C, 그리고 기타 등등을 자네들의 콤프들에 입력하고, 상황에 따라 대안을 활용하도록. 하지만 그 대안들을 쓰게 될 거라곤 생각 안 해. 모든 게 계획대로 준비됐어.

개략도를 보도록.」 마지언은 모두의 앞쪽에 있는 스크린에 이미지 하나를 불러내 최근에 작전을 펼친, 익숙한 지역을 보여 주었다. 이 작전은 스테이션들에서 핵심 인원들을 빼내고 혼란을 야기해, 손대지 않은 채 고립된 스테이션 하나만 남겨 두는 게 목적이었다. 마치 펠을 향해, 넓고 무질서하게 퍼져 있는 힌더 스타들을 향해 점점 좁아지는 깔때기처럼 말이다. 스테이션 하나. 바이킹. 시그니는 오래전부터 그 패턴을 알았다. 지구만큼 오래되고, 전쟁만큼 오래된 전술이었다. 유니언으로선 이를 도저히 거부할 수 없었다. 권력에 공백이 생기는 것을 허용할 수 없었기에, 그리고 그토록 가지려 애써 왔던 스테이션이 혼란에 빠지는 것을 두고 볼 수 없었기 때문이다. 함대는 기술자들과 관리자들과 보안요원들을 약탈한 뒤, 고의적으로 스테이션이 무너지게 두었다. 유니언은 스테이션 취하기라는 이 게임을 시작했다. 그래서 스테이션을 자신들의 목구멍으로 쑤셔 넣었다. 그때 유니언은 안으로 들어가든지 스테이션들을 잃든지 둘 중 하나밖에 선택할 수 없었고, 기술자들과 다른 숙련된 인력들을 공급해야 했으며, 소개된 사람들 자리에 다른 사람들을 대신 넣어야 했다. 그리고 스테이션을 지킬 우주선들을 재빨리 차례로 투입했다. 유니언은 저쪽에서 삼키라고 던져 준 것을 붙잡기 위해 이미 괴물처럼 거대해진 수용 능력을 더욱 잡아 늘려야 했다.

　유니언은 바이킹을 통째로 삼켜야 했고, 소개되지 않은 스테이션의 내부 혼란도 모두 함께 받아들여야 했다…… 유니언은 바이킹을 마지막으로 삼켰다. 스테이션들을 빠르게 하나씩 유니언의 목구멍에 쑤셔 넣음으로써, 함대는 유니언의 우주선과 인력이 어떤 순서와 방향으로 움직일지 조종했던 것이다.

바이킹이 마지막이었다.

바이킹은 다른 스테이션들의 중심에 있었고, 주위는 폐허였으며, 스테이션들은 살아남으려 몸부림쳤다.

「모든 징후가, 유니언이 바이킹을 요새화하기로 결정했다고 가리켜.」 마지언이 부드럽게 말했다. 「논리적인 선택이지. 바이킹은 유일하게 콤프 파일들이 온전한 곳이며, 반대자와 저항 세력을 모두 체포할 기회가 있던 유일한 곳이야. 유니언은 곧장 모두에게 경찰 전술과 카드를 적용했어. 이제 바이킹은 유니언의 작전 기지로서 완전히 깨끗해졌고 소독되었지. 이제까지 우리는 유니언이 바이킹에 엄청난 물자를 쏟아붓게 했지. 이제 우리는 바이킹을 접수할 거고, 생존 능력 면에서 정말 간신히 부지하고 있는 다른 스테이션들도 공격할 거야. 그러면 우리와 파곤 사이에 아득한 황무지만 남게 되지. 우린 유니언의 팽창을 불편하게, 아주 비싼 대가를 치르게 만드는 거야. 우린 이 야수를 반대 방향의 더 넓은 목초지로 몰 거야……. 우리가 할 수 있는 동안에는. 폴더를 보면 상세한 지침들이 있어. 아주 자세한 부분들은 각자의 구역에 뭐가 나타나느냐에 따라 일정 한도 내에서 임기응변으로 대처해야 할 수도 있어. 〈노르웨이〉, 〈리비아〉, 〈인도〉가 1팀이야. 〈유럽〉, 〈티베트〉, 〈태평양〉이 2팀이고 〈북극〉, 〈대서양〉, 〈아프리카〉는 3팀이야. 〈오스트레일리아〉는 따로 볼일이 있어. 운이 좋다면, 우리 후방엔 아무것도 없겠지만, 그래도 모든 가능성에 대비해야 해. 이번 작전은 아주 길어질 거고, 그 때문에 난 여러분을 쉬게 하는 거야. 더는 의문이 남지 않을 때까지 시뮬레이션을 할 거야.」

시그니는 천천히 숨을 들이쉬었다 내쉬고는 폴더를 열었다. 마지언은 다들 어서 읽어 보라고 침묵을 지켰다. 시그니는 작전을 자세히 읽어 보았다. 시그니의 입술에 힘이 들어가며 자꾸만 더 가늘어졌다. 훈련해 볼 필요는 없었다. 그들은 앞으로 자신들이 뭘 할지 알았고, 이는 각자 해온 낡은 테마의 변주곡이었다. 하지만 이번엔 그들의 모든 기술과 집단 공격, 동시가 아닌 각자 하는 도착의 정확성을 시험하는 자리가 될 것이었다. 도약선들이 서로 가까이 오기라도 하면, 적처럼 질량 있는 물질이 마침 그 근처에 있기라도 하면 그대로 재앙이었다. 그들은 바이킹에 아주 가까이 번개처럼 다가가 적을 속수무책으로 치고 아슬아슬하게 재앙을 피할 것이었다. 통계상 없어야 할 곳에 적함이 하나라도 있다면, 스테이션에서 나오는 우주선들이 평소와 다른 대형으로 전개된다면…… 온갖 종류의 우발적 사고가 가능했다. 그들은 도착하는 날 성계 내에 있는 세계들과 위성들의 위치도 계산에 넣었다. 가능한 곳에선 모습을 숨기기 위해서였다. 아직도 늘어진 정신으로 도약 공간에서 휙 튀어 나오기, 얼떨떨한 사람들을 움직이도록 잡아끌고, 아군과 적군의 위치를 즉각적으로 계산하려 애쓰기, 공격 계획을 아주 정확하게 짜서 일부는 바이킹을 더 도약하고 일부는 덜 도약하지만, 도착할 땐 사방에서 동시에 들어가기…….

유니언에겐 매끈한 새 우주선들, 훌륭한 장비, 상처 없고 젊으며 테이프 훈련과 심층 교육을 통해 모든 답을 아는 승무원들이 있었지만, 함대에도 유니언과 비교해 한 가지 장점이 있었다. 함대에는 경험이 있었고, 누덕누덕 수선된 우주선일지언정, 유니언의 훌륭한 장비로도 아직 따라올 수 없을 만큼 정확하게 움직일 수 있었으며, 유니언의 보수주의와 규칙에 대한 집착 때문에 유니언 함장들에겐 모두 꺾여 버린 기개가 있었다.

이런 작전에서는 모함을 하나, 어쩌면 하나 이상 잃을 수도 있었다. 갑자기 나오다 너무 붙는 바람에 서로를 부수고 마는 것이다. 그리고 그런 일이 일어날 가능성이 더 높았다. 함대는 마지언의 행운에…… 그런 일이 없을 거란 운에 기대고 있었다. 함대는 적이 제정신으로는 상상도 하지 못할 위험을 기꺼이 감수할 터였고, 그게 함대의 강점이었다.

개략도가 하나씩 나왔다. 그들은 논의를 했고, 대개는 귀 기울이고 받아들였다. 이의를 제기하고 싶은 부분은 거의 없었다. 그들은 함께 식사했고, 브리핑실로 돌아와 마지막 항해를 두고 논의했다.

「하루는 쉰다.」마지언이 말했다.「우리는 모레, 주일 새벽에 갈 거야. 콤프에 설정해 둬. 확인하고 또 확인해.」

그들은 고개를 끄덕인 뒤 헤어져 각자의 우주선으로 돌아갔다. 이번 헤어짐에도 독특한 느낌이 있었다……. 다음번에 다시 만날 때는, 수가 줄어 있을 것이다.

「지옥에서 만납시다.」 셰넬이 중얼거리자, 포리는 씩 웃었다.

이 모든 것을 콤프에 넣을 시간이 하루 있었다. 그리고 약속이 기다리고 있었다.

제5장

에어리스는 잠에서 깼다. 집 안이 너무 조용해 무엇 때문에 잠이 깼는지 어리둥절했다. 마시는 돌아갔다…… 주어진 휴식 시간 후 동료들에게 다시 복귀하지 않은 것이다. 경악할 만한 일이었다. 에어리스는 긴장 때문에 괴로웠다. 에어리스는 자신이 한동안 긴장 속에서 잤다는 걸 깨달았다. 어깨가 아프고 주먹을 꽉 쥐고 있었던 것이다. 에어리스는 아직도 얼굴에 땀이 난 채 누워 있었다. 그러나 왜 땀이 났는지는 알 수 없었다.

신경전은 아직도 계속되었다. 아조프는 원하는 것, 즉 마지언을 불러들일 통신문을 손에 넣었다. 그들은 이제 펠의 미래에 관한 2차 협정서에서 몇 가지 부분을 두고 쓸데없는 의논 중이었다. 저코비는 펠을 유니언에 넘겼다고 주장했다. 그들은 잠시 휴식을 가졌고, 그게 다였다. 그러다 그들은 회담 중에 구금되었고, 전과 똑같이 사소한 책략으로 괴롭힘당했다. 아조프에게 도와 달라고 청했다가 오히려 상황을 더 악화시키기만 한 것 같았다. 지난 닷새 동안 아조프와 전혀 만날 수 없었던 것이다…… 사라졌다는 게 하위 당국자들의 주장이었고, 이제 그들이 겪는 곤경에는 악의마저 엿보였다.

누군가 밖에서 소란을 피우고 있었다. 부드러운 발소리가 났다. 문이 예고 없이 열렸다. 디아스가 문 안으로 몸을 기울였다. 「시거스트.」 디아스가 말했다. 「나와요, 나와야 해요. 마시 일이에요.」

에어리스는 일어나 로브에 손을 뻗었다. 그러고는 디아스를 따라갔다. 옆방의 칼 벨라도 에어리스처럼 방에서 나오고 있었다. 마시의 방은 거실 맞은편, 디아스의 옆방이었다. 마시의 방문이 열려 있었다.

마시는 천장에 매달려 천천히 돌고 있었다. 돌아가는 조명에 걸린 고리에 허리띠를 묶은 것이었다. 얼굴은 끔찍했다. 에어리스는 순간 얼어붙었다. 이윽고 밀려 나가 있는 의자를 다시 당기고 그 위로 올라가 시체를 내리려 했다. 그들에겐 칼은 물론, 허리띠를 자를 만한 게 아무것도 없었다. 허리띠는 마시의 목에 꼭 끼어 있었다. 에어리스는 허리띠를 풀면서 동시에 시체를 잡고 있을 수가 없었다. 벨라와 디아스가 마시의 양쪽 무릎을 잡고 도우려 했지만 소용없었다.

「보안대를 불러야겠어요.」 디아스가 말했다.

에어리스는 의자에서 내려와 거친 숨을 쉬며 벨라와 디아스를 바라보았다.

「제가 마시를 말릴 수도 있었어요.」 디아스가 말했다. 「전

깨어 있었거든요. 돌아다니는 소리를 들었어요. 상당히 시끄러웠죠. 그러더니 이상한 소리가 났어요. 그러다 소리가 갑자기 멈추고 오랫동안 조용해서⋯⋯ 그제야 일어나 나가 봤어요.」

에어리스는 고개를 흔들고 벨라를 바라본 뒤 거실로 나가 문 옆의 콤 패널에서 버튼을 눌러 보안대를 불렀다. 「우리 중 한 명이 죽었어요.」 에어리스가 말했다. 「누구든 책임자에게 연결해 줘요.」

「요청을 전달해 드리겠습니다.」 답이 돌아왔다. 「지금 보안대가 가고 있습니다.」

연결이 끊겼고, 평소처럼 더는 아무런 정보가 없었다.

에어리스는 앉아서 양손에 머리를 묻고 옆방에서 천천히 빙빙 돌아가는 마시의 끔찍한 시체를 생각하지 않으려 애썼다. 어차피 닥칠 일이었다. 원래 에어리스가 두려워하던 건 더 끔찍한 경우였다. 마시가 자신을 괴롭히는 자들의 손에 무너지는 거였다. 자기 방식으로 용감하게 살던 자, 그는 무너지지 않았다. 에어리스는 마시가 무너지지 않았다고 믿으려 열심히 노력했다.

혹은 어쩌면 죄책감에? 양심의 가책이 마시를 자살로 몰았을 수도 있었다.

디아스와 벨라가 에어리스 근처에 앉아 함께 기다렸다. 다들 얼굴이 굳어지고 우울했으며, 자다 일어난 탓에 머리는 산발이었다. 에어리스는 손가락으로 머리를 빗으려 애썼다.

마시의 눈. 에어리스는 마시의 눈을 생각하고 싶지 않았다.

오랜 시간이 지났다. 「왜 이렇게 꾸물대는 거지?」 벨라의 말에, 에어리스는 퍼뜩 정신을 차리고 거칠게 벨라를 흘긋 본 뒤, 유니언에는 이 정도의 인간애도 존재하지 않음을 비난했다. 이건 오래된 전쟁 때문이었다. 전쟁은 이런 경우에조차, 특히 이런 일이 일어난 뒤에조차 계속되었다.

「침대로 돌아가야 하지 않을까요.」 디아스가 말했다.

다른 때라면, 다른 곳에서라면, 이건 정신 나간 제안이었다. 하지만 여기선 이게 제정신이었다. 그들에겐 휴식이 필요했다. 저들은 에어리스 일행에게서 휴식을 앗아 가려고 조직적으로 노력을 기울이고 있었다. 조금만 더 이렇게 가면, 그들도 모두 마시처럼 될 것이었다.

「아마도 늦게 올 거야.」 에어리스는 큰 소리로 동의했다. 「자네 말대로 하는 게 좋겠어.」

그들은 세상에 이보다 더 제정신인 일이 없다는 듯 조용히 각자의 방으로 들어갔다. 에어리스는 로브를 벗어 침대 옆 의자에 걸며, 잘 버텨 주는 동료들이 자랑스럽다고 다시 한번 생각했다. 그리고 증오를 느꼈다. 유니언을 〈증오〉했다. 그러나 증오는 에어리스가 할 일이 아니었다. 에어리스는 그저 결과만 얻으면 됐다. 적어도 마시는 자유로웠다. 에어리스는 자신들이 죽으면 유니언이 어떻게 할까 생각했다. 아마도 묻어 비료로 쓸 것 같았다. 이런 사회에선 그게 일반적일 듯했다. 경제적이니까. 불쌍한 마시.

유니언이 삐딱하게 나올 건 빤했다. 에어리스가 침대에 들어가서 잡생각을 쫓으며 마음을 가라앉히고 눈을 감자마

자 현관문이 벌컥 열리고 부츠를 신은 발로 쿵쿵대며 걷는 소리가 거실에 울렸다. 에어리스 방의 문도 난폭하게 열리고 무장한 군인들이 빛을 등지고 섰다.

에어리스는 일부러 침착한 척하며 일어났다.

「옷을 입으십시오.」 군인 한 명이 말했다.

에어리스는 옷을 입었다. 마네킹과는 말다툼하면 안 되는 법이었다.

「에어리스.」 군인이 라이플을 흔들며 말했다. 에어리스와 벨라와 디아스는 집을 나와 사무실로 왔고, 딱딱한 벤치에 앉아 당국에서 나온다는 누군가를 한 시간 넘게 기다리고 있었다. 아마도, 보안대가 집 안을 꼼꼼히 검사할 필요가 있어 이러는 게 아닌가 싶었다. 「에어리스.」 군인이 두 번째로 말했다. 이번엔 말이 거칠었다. 에어리스에게 일어나서 따라오란 뜻이었다.

에어리스는 일어나서 불안감에 숨을 헐떡이는 디아스와 벨라를 두고 걸어가기 시작했다. 놈들이 디아스와 벨라를 들볶을 거라고 에어리스는 생각했다. 마시의 살인죄까지 뒤집어씌울지도 몰랐다. 〈자신〉도 곧 그런 일을 당할 수 있었다.

그저 자신들의 저항 의지를 꺾을 또 다른 방법이라고 에어리스는 생각했다. 〈에어리스〉는 마시가 있는 곳으로 갈지도 몰랐다. 그들은 에어리스를 동료들에게서 떼어 놓았다.

에어리스는 사무실을 나와 바깥 복도에서 군인 한 분대에 둘러싸였고, 재촉을 받으며 사무실에서, 모든 평범한 장소에서 점점 더 멀어졌다. 이윽고 에어리스는 리프트를 타고 내려가 또 다른 복도를 걸어갔다. 에어리스는 항의하지 않았다. 여기서 발걸음을 멈추면, 이자들이 끌고 갈 것이었다. 이자들과는 말다툼하면 안 되고, 이렇게 나이 들어서 복도를 질질 끌려가고 싶진 않았다.

부두들이었다……. 군인들로 붐비는 〈부두들〉. 무장한 군인들이 여기저기 보이고, 우주선들이 사람과 짐을 싣고 있었다. 「안 돼.」 에어리스는 자신의 원칙 따윈 모두 잊고 말했지만, 라이플 총열이 어깨를 콱 치며 에어리스를 밀었다. 에어리스는 실용성만 생각해 지은 보기 흉한 부두 바닥을 걸어간 뒤, 어느 우주선과 부두를 연결하는 이동 트랩과 공급선으로 갔다. 그리고 안으로 들어갔다. 안의 공기는 오히려 부두보다 차가웠다.

에어리스와 군인들은 복도를 세 개 지나고, 리프트를 타고, 문을 수없이 지났다. 마지막 문은 열려 있었고 안은 환했다. 군인들은 에어리스를 안으로 데려갔다. 강철과 플라스틱으로 만들어진 집기들은 경사진 모양이었고, 모호한 디자인의 의자들, 고정된 벤치들, 스테이션 것들보단 훨씬 더 분명하게 곡선을 그리는 갑판들, 모든 게 비좁았고 각도가 묘했다. 에어리스는 발밑의 느낌이 익숙하지 않아 비틀거렸고, 탁자 앞에 앉은 남자를 놀란 눈으로 바라보았다.

데인 저코비가 의자에서 일어나 에어리스를 반겼다.

「어떻게 된 거죠?」 에어리스가 저코비에게 물었다.

「저도 정말 모릅니다.」 저코비의 말은 정말인 듯했다. 「간

밤에 깨워져 우주선에 올랐습니다. 〈이곳〉에서 30분 전부터 기다렸고요.」

「여기 책임자가 누구죠?」 에어리스는 마네킹들에게 물었다. 「책임자에게 제가 대화를 원한다고 전해요.」

마네킹들은 아무것도 하지 않고, 언제나처럼 훈련 각도로 라이플을 잡은 채 그저 서 있기만 했다. 에어리스가 천천히 앉자, 저코비도 따라서 앉았다. 에어리스는 겁이 났다. 어쩌면 저코비도 그럴 터였다. 에어리스는 어쨌든 배반자에겐 할 말이 없었기에 오랜 버릇대로 가만히 침묵을 지켰다. 정중한 대화는 절대 불가능했다.

우주선이 움직였다. 갑작스럽게 요란한 소리가 선체와 복도들에 울리면서 침묵에 잠겨 있던 에어리스와 저코비의 마음을 어지럽혔다. 느글거리는 무중력이 찾아오는 순간, 군인들은 붙잡을 곳을 찾아 손을 뻗었다. 스테이션의 중력에서 벗어나자, 우주선의 시스템이 중력을 다시 만들 때까지 시간이 좀 걸렸다. 옷이 기분 나쁘게 느릿느릿 움직이고, 배 속이 울렁거렸다. 그들은 곧 아래로 떨어질 거라 확신했다. 이윽고 때가 되자 천천히 내려앉았다.

「우린 방금 출발했어요.」 저코비가 중얼대듯이 말했다. 「그러니 이제 곧 만나겠죠.」

에어리스는 아무 말도 하지 않은 채, 돌연한 공포 속에서 벨라와 디아스를 생각했다. 그들을 두고 왔다. 〈두고〉 왔다.

검은 옷을 입은 장교가 문간에 나타나더니, 또 다른 이가 그 뒤에 보였다.

아조프였다.

「해산.」아조프가 마네킹들에게 말하자, 마네킹들은 조용히 질서 있게 나갔다. 에어리스와 저코비는 동시에 일어섰다.

「어떻게 된 거죠?」에어리스가 곧바로 물었다.「이게 뭡니까?」

「에어리스 시민.」아조프가 말했다.「우린 방어 작전 중입니다.」

「제 일행은…… 그 사람들은 어떻게 됐습니까?」

「매우 안전한 장소에 있습니다, 에어리스 씨. 당신은 우리가 바라던 통신문을 주었습니다. 그게 유용하다고 증명될 수도 있기에 당신은 우리와 있는 겁니다. 두 분의 숙소는 저 복도를 따라가 바로 이웃해 있습니다. 미안하지만 그곳을 벗어나지 않았으면 합니다.」

「무슨 일이 벌어지고 있는 겁니까?」에어리스가 따졌지만, 부관이 에어리스의 팔을 잡고 문으로 데려갔다. 에어리스는 문설주를 잡고 버티며 아조프를 돌아보았다.「무슨 일입니까?」

「우린 당신의 메시지를 마지언에게 전달하려고 준비 중입니다.」아조프가 말했다.「그때 당신이 바로 옆에 있어야 좋을 것 같더군요…… 질문이 더 제기될 수도 있으니까요. 곧 함대가 공격해 올 겁니다. 제 추측은 그렇습니다. 또한 대대적인 공격이 될 겁니다. 마지언은 이유 없이 스테이션들을 포기하지 않아요. 그래서 우린, 에어리스 씨, 마지언이 우릴 억지로 세우려 한 자리에 설 겁니다……. 이를테면 내기에 응한달까요. 마지언은 우리에게 선택의 여지를 남기지 않았고, 자신도 그걸 압니다. 하지만 우리에겐 아직 굳게 희망을 걸어 볼 부분이 있습니다. 마지언에게 당신이 지구 정부의 대표라는 사실을 상기시켜야 하고, 그러면 당연히 마지언이 당신 말을 존중할 거라는 희망이지요. 만약 더 강력한 메시지를 준비하고 싶으시다면, 필요한 장비를 제공하겠습니다.」

「그런 다음엔 당신네 전문가가 편집하고요.」

아조프는 긴장한 웃음을 지었다. 「함대가 온전하길 바랍니까? 솔직히 전 당신이 함대를 되찾을 수 있을지도 의심스러운데요. 마지언이 당신의 메시지를 새겨 읽을 것 같지 않거든요. 하지만 마지언이 자신의 기지가 사라졌다는 걸 깨달을 때, 당신이 마지언에게 인도적인 역할을 할 수도 있을 거라는 겁니다.」

에어리스는 아무 말도 하지 않았다. 에어리스는 지금 이 순간에도 침묵이 가장 현명한 길이라고 믿었다. 부관은 에어리스의 팔을 잡고 다시 복도로 끌고 가서, 플라스틱 가구들이 있는 황량한 방 안으로 들여보낸 뒤 문을 잠갔다.

에어리스는 잠시 서성거렸다. 작은 격실에선 몇 걸음 떼는 게 고작이었다. 에어리스는 곧 무릎이 피곤해져 의자에 앉았다. 에어리스는 일을 엉망으로 처리했다. 에어리스는 디아스와 벨라가…… 지금 어디에 있는지, 우주선에 있는지 여전히 스테이션에 있는지, 그리고 어떤 스테이션에 있었는지 여전히 모른다는 생각이 들었다. 어떤 일이라도 일어날 수 있었다. 에어리스는 앉은 채 몸서리치며, 갑자기 자신들이 졌음을, 군인들과 우주선이 펠과 마지언 쪽으로 가는 중임을 깨달았다……. 저코비도 여기 와 있었던 것이다. 또 다른 인도주의적인 역할이었다. 그동안 에어리스는 우둔하긴 해도 최선을 다해 살아남으려고, 집으로 가려고 열심히 애썼다. 그러나 점점 더 가능성이 없어 보였다. 그들은 이제 모든 걸 잃을 것이었다.

「강화 조약이 맺어졌습니다.」 에어리스는 자신이 필수 코드들을 뺀 채 녹음을 허락한 간단한 성명서에서 이렇게 말했었다. 「지구 컴퍼니와 안보위원회의 권한으로 안보위원회 대표가 된 시거스트 에어리스는 협상을 위해 접촉을 시작하라고 함대에 요구합니다.」

대규모 전투에 합류하기에는 최악의 시기였다. 지구는 마지언을 지금 그 자리에 필요로 했고, 마지언의 우주선도 모두 필요했다. 함대가 유니언을 무작위로 치고 골치 아프게 굴어서 유니언이 지구 쪽으로 팔을 뻗치기 힘들게 해야 했다.

마지언은 미쳤다……. 광대하게 넓은 유니언에 대항해 자신이 가진 몇 척 안 되는 우주선을 발진시키고, 막대한 규모의 전투에 임하고 〈질〉 정도로. 만약 함대가 일소되면, 지구는 갑자기 시간에 쫓길 터였다. 에어리스가 여기 온 것은 시간을 벌기 위해서였다. 마지언이 없으면, 펠이 없으면, 모든 게 붕괴될 터였다.

그리고 에어리스가 만든 이런 메시지가 경솔한 행동을 유발하거나, 이미 진행 중인 작전을 혼란에 빠뜨려 마지언의 성공 가능성을 더 줄이는 건 아닐까?

에어리스는 일어나서 자신의 마지막 감옥이 될 것처럼 보이는, 활 모양으로 굽은 바닥을 다시 서성거렸다. 그렇다면 두 번째 메시지를 써야 했다. 터무니없는 요구를 해야 했다. 유니언이 마네킹들만큼 자기 확신에 사로잡혔다면, 자신들의 목적을 죽도록 진지하게 확신한다면, 그들은 목적에만 맞으면 그 메시지를 보내 줄지도 몰랐다.

〈거래 협정에서 컴퍼니와 유니언의 이익을 통합할 것을 고려 중임.〉 에어리스는 머릿속으로 글을 쓰기 시작했다. 〈협상이 많이 진행되었음. 협상 중 신의 성실 원칙에 따라, 모든 군사 작전을 중지할 것. 포화를 멈추고 휴전을 받아들일 것. 차후 지시가 있을 때까지 대기할 것.〉

변절……. 그래서 마지언을 퇴각하게 하고, 산발적으로 저항하게 하기. 지금 이 단계에서 지구에 필요한 일이었다. 그것만이 유일한 희망이었다.

제3부

제1장

1
펠로 다가감: 2352년 10월 4일, 1145시

펠.

함대가 움직이자 〈노르웨이〉도 움직여 동시에 실공간으로 뛰어들었다. 콤과 스캔이 황급히 작동을 시작하며 아주 작은 조각을 찾았다. 이 조각은 실은 거대한 〈티베트〉였다. 〈티베트〉는 이번 패주에서 그들보다 먼저 선봉으로 도약했다.

「확인됐습니다.」콤이 재빨리 전했다. 지휘부는 그 말에 안심했다. 〈티베트〉는 있어야 할 곳에 있었고, 무사했으며, 탐사기는 적의 어떤 활동도 감지하지 못했다. 우주선들은 성계 여기저기 흩어져 있었고, 이 무역선들은 자칭 시민군이라던 허세를 재빨리 내던졌다. 〈티베트〉를 보고 이미 상선 하나가 공포에 질려 도망쳤다. 이는 나쁜 소식이었다. 누가 유니언에 달려가 고자질하는 일은 정말 원하지 않았던 것이다. 그러나 어쩌면 이 순간 상선이 가장 가고 싶지 않은 곳이 유니언일 가능성도 있었다.

잠시 후 〈유럽〉, 즉 기함의 지휘실에서 딱딱한 목소리로 확인 소식이 들어왔다. 그들은 뭔가 사고가 일어나지 않음직한, 안전한 곳에 있었다.

「이제 펠에서 통신이 잡힙니다.」 그래프는 계속 귀 기울이며, 지휘를 맡고 있는 시그니에게 정보를 중계했다. 「잘 들립니다.」

시그니는 계기반 위로 손을 뻗어 라이더 정장들에게 신호를 넣어 통지했다. 라이더들은 도약을 할 수 없었지만, 모두 〈노르웨이〉의 외피에 딱 달라붙은 덕분에 많은 수에도 불구하고 다행히 한 대도 뒤처지지 않았다. 민간선들은 놀랄 만큼 빠른 속도로 성계 안으로 다가가고 있었고, 콤은 이들이 예상 경로에서 간신히 빠져나오며 정신없이 보내는 신원 확인 신호들을 받아들였다. 함대는 신경이 곤두선 이상이었고, 아직 남아 있길 바라는, 마지막 안전 장소로 다 함께 돌진하고 있었다.

이제 아홉이 남았다. 셰넬의 〈리비아〉는 파편과 연기가 되어 버렸고, 큐의 〈인도〉는 라이더 넷 중 둘을 잃었다.

함대는 전면 퇴각 중이었고, 바이킹에서 대패한 뒤 도망쳐 숨 쉴 곳을 찾고 있었다. 다들 흉터가 있었다. 〈노르웨이〉는 도약 중에 날개가 부서졌고, 부서진 부분에서 내부의 금속 창자가 구름처럼 길게 뿜겨져 나왔다. 선내에서 죽은 사람들도 있었다. 날개 쪽 구역에 있던 기술자 세 명이 죽었다. 그들은 죽은 사람들을 우주로 토해 낼 시간도, 심지어 그 지역을 청소할 시간도 없이 그저 우주선을, 함대를, 아직 남은 컴퍼니 병력을 구하기 위해 도망쳤다. 시그니의 계기반들에 선 아직도 빨간 빛들이 번쩍였다. 시그니는 시체들을 버리라고, 신체 어느 부위건 모두 찾는 대로 버리라고 피해 통제반에 명령을 넣었다.

여기에도 어쩌면 매복이 있었을 것이다. 그러나 지금은 없고, 앞으로도 없을 것이다. 시그니는 눈앞의 불빛들을 바라보고 나서 계기반을 보았다. 약이 아직도 감각들을 무겁게 짓누르고, 손가락을 마비시켰다. 시그니는 저런 손으로 조종 장치를 다루며 콤프 싱크에서 〈노르웨이〉의 제어를 취소했다. 그들은 바이킹에서 거의 싸워 보지도 못한 채 꽁무니를 빼고 달아나야 했다. 마지언의 결정이었다. 이제껏 시그니는 한 번도 이의를 제기해 본 적이 없었고, 마지언을 전략의 천재로 존경해 왔다. 아주 오랫동안. 우주선 한 척을 잃자, 마지언은 후퇴 명령을 내렸다. 몇 달에 걸친 계획, 넉 달에 걸친 기동 작전, 얼마인지도 모르게 희생된 생명들을 뒤로하고.

아직도 신경을 괴롭히는 싸움에서, 그들이 이길 수도 있던 싸움에서 마지언은 그들을 후퇴시켰다.

시그니는 옆에 있는 그래프와 눈을 마주칠 용기가 나지 않았다. 디와도, 함교의 그 누구와도. 또한 어떤 대답도 하지 않았다. 스스로도 어떤 대답을 해야 할지 몰랐다. 마지언에 겐 뭔가 다른 생각이 있을 것이었다……. 시그니는 작전을 취소한 데는 뭔가 분별 있는 이유가 있을 거라고 필사적으로 믿었다.

빨리 빠져나온다, 다시 한다. 다시 계획을 짠다. 그렇지만 이번에 그들은 모든 공급선에서 밀려났고, 그나마 물자를 가져오던 스테이션들까지 모두 포기했다.

마지언이 신경 쇠약에 걸린 것일 수도 있었다. 시그니는 그건 아니라고 중얼거렸지만, 속으로는 자신이 함대를 지휘했다면 어떤 명령을 했을지, 어떻게 했을지 생각해 보았다. 누구라도 마지언보다 잘할 수 있었다. 모든 게 계획에 따라 움직였다. 그리고 마지언은 계획을 중지시켰다. 그들이 숭배하는 〈마지언〉이.

시그니의 입에 피가 고였다. 입술을 너무 꽉 물고 있었던 것이다.

「펠에서 〈유럽〉을 거쳐 접근 지시를 받았습니다.」 콤이 말했다.

「그래프.」 시그니가 말했다. 「나 대신 좀 맡아 줘.」 시그니는 스크린들과, 이미 귀에 꽂은 비상용 콤 링크로 주의를 기울였다. 마지막 보루, 마지언이 함대와 통신해야 한다고 판단할 경우에 쓰는 직통 콤 링크였다. 마지언은 그런 판단을 내리지 않았고, 이 콤 링크는 지지도 않은 싸움에서 그들을 빼낸 그 명령 이후 계속 조용했다.

일상적인 접근이었다. 모든 게 일상적이었다. 시그니는 마지언의 콤에서 접근 허가를 수신했고, 그 명령을 자신의 라이더 정장들에게 전달해 〈노르웨이〉의 전투기들을 사방으로 흩어 놓았다. 함대의 다른 우주선들도 그렇게 하고 있었다. 이번엔 예비 승무원들이 그 전투기들에 타고 있었다. 라이더들은 시민군을 감시하다가 도망칠 것 같은 자가 있으면 바로 날려 버리고, 거대한 모함들이 안전하게 스테이션에 정박하면 펠로 와서 도킹할 것이었다.

펠에서 계속 재잘대는 콤 소리가 들렸다.「천천히 움직이십시오.」스테이션은 그들에게 간청했다. 펠은 붐비는 지역이었다. 마지언에게서는 여전히 아무런 소리도 들리지 않았다.

2
펠: 블루 부두, 1200시

마지언…… 마지언이었다. 유니언이 아니고, 또 다른 호송단도 아니었다. 전 함대가 들어오고 있었다.

소식은 모든 개인 채널을 통해 재빠르게 스테이션 복도들에 퍼졌고, 스테이션 관청들에도 퍼졌고, 부두에 두 명만 모여 있어도 그 얘기였다. Q에도 소식이 돌았다. 격리선에 정보가 새는 구멍이 있었고, 스크린들에 그곳 상황이 나왔던 것이다. 사람들은 이게 유니언 우주선들일 수도 있다는 생각에 끝없이 경악했다……. 그러다 실상과 이유를 알게 되자 다양한 정도의 공포심을 보였다.

데이먼은 모니터들을 꼼꼼히 살펴보고, 간헐적으로 블루 구역 부두 지휘실을 서성거렸다. 엘렌이 와서 콤 콘솔 앞에 앉아 귀에 이어폰을 꽂고, 누군가와 집중해 논쟁하며 얼굴을 찡그렸다. 상인들은 공황 상태에 빠져 있었다. 무장을 한 이들은 손을 떼고 싶은 충동을 간신히 참았다. 함대가 모든 것을 쓸어 가면서 승무원과 우주선까지 징발하는 것 아닐까 하는 두려운 마음 때문이었다. 어떤 이들은 물자, 무기, 장비 그리고 인원 징발을 두려워하기도 했다. 데이먼에겐 이런 공포와 불만이 걱정이었다. 데이먼은 어떤 확신이라도 주려고 일부 상인들과 이야기했다. 법무처는 강제 명령, 영장, 법령을 통해 이런 징발을 막아야 했다. 법령…… 마지언에 맞서는 법령. 상인들은 그게 어떤 가치가 있는지 알았다. 데이먼은 서성거리며 초조해하다가, 마침내 콤으로 가서 다른 채널을 잡아 보안대에 연락했다.

「딘.」 데이먼은 책임자를 큰 소리로 부르며 말했다. 「부일 교대조를 연결해 줘요. 그 사람들을 Q에서 끌어내지 못한다 해도, 그 화물선 부두들을 쉽게 침입당하게 놔둘 순 없어요. 거기에 몇 명을 배치해요. 사람 수가 부족하면, 관리직 몇 명에게 제복을 입혀요. 전면 소집이에요. 그 부두들을 안전하게 지키고 다우너들이 거기에 하나도 없도록 확실히 조처해요.」

「법무처에서 허가하는 건가요?」

「네, 허가합니다.」 저편에서는 아직도 망설였다. 우선 서류가 필요하고, 상부에서 확인 도장도 받아야 했다. 그건 총감독관이 해줄 수 있었다. 그러나 총감독관의 사무실은 이 상황을 이해하려 애쓰느라 정신이 없었다. 데이먼의 아버지는 함대와 논쟁해서 시간을 벌어 보려고 콤에 달라붙어 있었다.

「상황이 될 때 서명된 서류를 가져다주세요.」 딘 기헌이 말했다. 「부두들로 사람들을 보낼게요.」

데이먼은 부드럽게 한숨을 내쉬고 통신을 끊은 뒤 좀 더 서성이다가 엘렌의 의자 뒤에서 다시 발걸음을 멈추고 의자 등받이에 몸을 기댔다. 엘렌은 잠시 이야기가 중단된 사이 뒤로 등을 기댔고, 반쯤 몸을 돌려 데이먼의 손을 만졌다. 데이먼이 처음 방에 들어왔을 때 엘렌은 얼굴색이 좋지 않았다. 그러나 이젠 얼굴색도 되찾고 침착해져 있었다. 기술자들은 저 아래 부두 승무원들에게 더 자세한 명령을 내리느라 계속 바빴다. 함대를 수용하기 위해 스테이션 본부가 화물선들을 정박지에서 빼낼 준비를 하고 있었다. 대혼란 상태였다. 부두에만 화물선들이 있는 것이 아니었다. 자리가 없어서 정지 궤도로 쫓겨난 뒤 스테이션과 함께 다운빌로를 구름처럼 떠도는 상선이 백 척은 됐다. 거대한 우주선 아홉 척이 그곳으로 들어오면서, 이 상선들은 부두를 나와 궤도로 가야 했다. 마지언의 콤은 펠에 질문 공세와 인가를 끊임없이 퍼부었지만, 그럼에도 자신이 뭘 원하는지 혹은 어디서 도킹할 생각인지 밝히기를 거부했다. 도킹할 생각이 있다면 말이었지만.

〈다음은 우리인가?〉 그런 악몽이 그들을 괴롭혔다. 소개. 임신했기 때문에, 아무도 모를 곳으로 피난을 한다는 것은 생각할 수도 없었다. 도약을 해서⋯⋯ 오랫동안 버려져 있던 어떤 힌더 스타 스테이션으로. 솔로, 지구로⋯⋯. 데이먼은 〈한스퍼드〉를 생각했다. 엘렌을 생각했다⋯⋯. 〈한스퍼드〉

안의……

출발할 때는 교양인들이었던 사람들을 생각했다.

「어쩌면 우리가 이긴 건지도 몰라요.」 기술자 한 명이 말했다. 데이먼은 눈을 깜박였다. 그럴 확률도 있긴 하지만 가능성 있는 일이 아님을 깨달았다……. 그게 불가능하다는 걸, 유니언이 너무 커졌다는 걸, 함대가 지금까지처럼 꽤 오래 시간을 벌어 줄 순 있어도 승리하긴 힘들다는 걸, 절대로 불가능하다는 걸 그들은 늘 알고 있었다. 모함들이 이런 규모로 들어왔다면, 후퇴 말고 다른 이유일 리 없었다.

데이먼은 펠이 소개를 거부한다면 어떻게 될지 생각해 보았다. 유니언 손아귀에 들어간 콘스탄틴 가문 사람들에게 무슨 일이 생길지 생각했다. 군은 절대로 데이먼이 뒤에 남게 두지 않을 것이다. 데이먼은 엘렌의 어깨에 손을 얹었다. 엘렌과 헤어질 수도 있음을, 엘렌과 아기를 잃을 수도 있음을 깨닫자, 심장이 터질 듯이 뛰었다. 소개가 이루어지면, 데이먼은 체포되어 우주선에 태워질 것이다. 다른 스테이션들에서도 이런 식으로 일이 진행되었다. 핵심 인사들이 유니언의 손에 들어가는 것을 막으려는 것이었다. 사람들은 뭐든 구할 수 있는 우주선에 핵심 인사들을 실었다. 데이먼의 아버지…… 어머니……. 펠은 그들의 삶이었다. 어머니에겐 생명 그 자체였다. 그리고 에밀리오와 밀리코에게도. 데이먼은 속이 메스꺼웠다. 스테이션인, 수 세대에 걸친 스테이션인들은 한 번도 전쟁을 원하지 않았다.

엘렌을 위해, 펠을 위해, 그들이 가졌던 모든 꿈을 위해서라면, 데이먼은 기꺼이 싸울 것이다.

그러나 데이먼은 어디서부터 시작해야 할지 막막하기만 했다.

3
〈노르웨이〉, 1300시

시그니는 이제 두 눈으로 보고 있었다. 펠의 스테이션의 바큇살 달린 고리, 멀리 떨어진 달, 반짝반짝 빛나는 보석 같고 구름이 소용돌이치는 다운빌로. 이들은 오래전에 속도를 확 떨어뜨렸고, 그전까지의 속도에 비하면 꿈속에서처럼 느릿느릿 진입했다. 스테이션의 매끄러운 모습이 마침내 표면의 무질서한 각들을 드러냈다.

화물선들은 보이는 쪽 면의 정박지마다 빽빽하게 차 있고, 도킹해서 대기 중이었다. 레이더 화면에는 믿기지 않을 정도로 수많은 방해물이 천천히 움직이고 있었다. 이 굼뜬 우주선들이 그들에게 입구를 비켜 주려면 시간이 무척 오래 걸릴 터였다. 유니언의 손아귀에 들어가지 않은 상선은 모두 이 부근에, 스테이션에, 패턴 안에 있어야 했다. 혹은 더 먼 밖에 있거나, 성계 바로 밖의 우주에서 맴돌아야 했다. 이젠 따분한 일이 되어 버린 우주선 지휘 업무는 그래프가 맡고 있었다. 유례없는 밀집 현상과 교통량이었다. 실로 대혼란이었다. 시그니는 배 속이 점점 더 죄어드는 것에 두려움을 느꼈다. 분노는 식었고, 생경한 무력감과 함께 헛된 소망을 품는 자신에게 두려움을 느꼈다……. 아주 현명한 누군가가 그것도 오래전에, 다른 선택들을 했더라면, 그래서 그들 모두 이런 순간을 맞지 않게 해줬더라면, 이런 곳에 있지 않게 해줬더라면, 그들이 그런 선택을 하지 않게 해줬더라면 하는 소망이었다.

「모함 〈북극〉과 〈티베트〉는 스테이션에서 멀리 떨어지십시오.」〈유럽〉에서 통고했다. 「순찰 임무를 맡으십시오.」

순찰은 꼭 필요한 일이었다. 그리고 스테이션에 접근하면서, 시그니는 자신과 승무원들이 순찰 임무를 맡았다면 얼마나 좋을까 생각했다. 시그니 앞에는 더욱 쓰라린 선택이 기다리고 있었다. 시그니는 러셀 스테이션 같은 작전을 또다시 바라지 않았다. 러셀 스테이션에선 공황을 일으킨 시민들이 군사 작전으로 스테이션이 붕괴될 거라 예상하고 부두들에 엄청나게 모여들었다……. 시그니의 승무원들은 그런 일이라면 이미 지긋지긋했다. 시그니도 마찬가지였다. 또한 시그니는 군인들을 지금 자기 같은 기분일 때 스테이션에 푼다는 생각만 해도 머리가 아팠다.

또 다른 메시지가 들어왔다. 펠 스테이션은 다수의 화물선을 정박지에서 빼내 전함들이 부두들에서 다른 우주선들과 이웃할 필요 없이 차례차례 들어올 수 있게 됐다고 알렸다. 쫓겨난 화물선들은 패턴 안에서 궤도를 도는 우주선들과 반대 방향으로 패턴 속에 들어가게 될 것이었다. 갑자기 거칠고 저음인 마지언의 목소리가 끼어들어 반복적으로 메시지를 전했다. 펠 주위에 있는 우주선들의 패턴이 얼마나 혼란을 겪든 간에, 성계를 도약하려 시도하는 우주선은 어떤 것이든 경고 없이 폭파할 거라는 통고였다.

스테이션은 알겠다고 응답했다. 그게 그들이 할 수 있는 전부였다.

4
펠: Q, 1300시

아무것도 작동하지 않았다. Q에선 그 무엇도 작동하지 않는 듯했다. 바실리 크레시치는 완전히 죽어 버린 버튼들을 세게 누르고, 또 누르고, 손날로 콤 유닛을 쳤지만, 스테이션 콤 본부에선 아무런 응답도 없었다. 크레시치는 작은 집 안을 서성였다. 기계 고장으로 분노가 불처럼 치솟았다. 거의 울음이 터질 지경이었다. 이런 일이 매일 반복됐다. 물, 환기팬, 콤, 비디오, 물자, 크레시치의 생활을 자꾸만 계속 비참하게 만드는 결핍 상태, 부패, 지나치게 많은 사람, 과밀집 상태와 불확실성 때문에 미쳐 버린 사람들의 무감각한 폭력. 크레시치에겐 집이 있었다. 크레시치에겐 재산이 있었다. 크레시치는 자신의 물건들을 지나치게 꼼꼼할 만큼 정돈했고, 자주 그리고 강박적으로 북북 문질러 닦았다. Q의 냄새가 크레시치의 몸에 달라붙어 떠나질 않았다. 제아무리 잘 씻고, 제아무리 부지런히 바닥을 문지르고, 사방에 퍼진 냄새

379

가 옷에 배지 않게 옷장을 잘 밀폐해도 소용없었다. 살균제의 악취였다. 스테이션이 질병과 과밀집 인구에 대처하면서 생명 유지 장치를 균형 상태로 유지하기 위해 쓴 싸구려 수렴제와 화학 약품 냄새였다.

크레시치는 바닥을 왔다 갔다 하다가 기대 속에서 콤을 다시 켜봤지만, 콤은 아직도 작동하지 않았다. 밖의 복도에서 소란한 소리가 들렸다. 크레시치는 니노 콜리디와 그 패거리가 상황을 어느 정도 통제할 거라고 믿었……. 그러길 바랐다. 가끔 소동이 일어나 크레시치가 Q에서 나갈 수 없을 때가 있었다. 그때는 문이 모두 봉쇄되어 의회 통행증을 내밀어도 통하지 않았다. 크레시치는 자신이 어디에 있어야 하는지 알았다. 바깥에 나가 질서를 회복시키며 콜리디를 처리하고 Q 경찰이 지나친 행위를 하지 못하게 막아야 했다.

그러나 나갈 수가 없었다. Q의 군중과 고함과 증오와 추한 모습들 앞에 설 생각만으로도 크레시치는 온몸이 위축되었다……. 잠을 설치게 할 더 많은 피와 또 다른 많은 것. 크레시치는 레딩의 꿈을 꿨다. 다른 이들의 꿈을 꿨다. 복도들에서 죽은 채 발견된, 혹은 우주로 방출된, 자신이 알던 사람들의 꿈을 꿨다. 크레시치는 자신의 이런 비겁함이 궁극적으론 치명적이란 걸 알고 있었다. 크레시치는 비겁해지지 않으려 힘껏 노력했다. 그게 어떤 결과를 낳을지 알았고, 자신이 일단 무너진 듯이 보이면, 그날로 실종될 거란 걸 알았고, 저 복도들을 걷기가 힘든 날들, 자신에게 용기가 불충분하다고 느끼는 날들이 오리라는 걸 알았기 때문이다……. 크레시치는 그들 중 하나였고, 그들과 전혀 다를 바가 없었다. 은신처도 받았다. 크레시치는 은신처에서 나오고 싶지 않았고, 경비 초소와 문들까지 가는 짧은 거리의 공간조차 가로지르고 싶지 않았다.

그들은 그를 죽일 것이었다. 콜리디나 경쟁 세력들 중 하나가. 혹은 동기가 전혀 없는 누군가가. 언젠가 Q를 휩쓰는 소문의 광기 속에서 그들은 그를 죽일 것이었다. 지원서를 냈다 실망한 누군가가, 크레시치를 증오하며 당국의 상징으로 생각한 누군가가, 이제 크레시치는 아파트 문을 열 때마다 배 속이 꼬이는 것을 느꼈다. 저 밖에는 질문들이 있었지만, 크레시치는 대답을 할 수가 없었다. 요구가 있었지만 크레시치는 들어줄 수가 없었다. 눈들, 그리고 크레시치는 그들을 마주 볼 수 없었다. 오늘 밖으로 나가도, 무질서가 더 심해질 경우, 크레시치는 돌아와야 했다. 크레시치는 절대로 한 번에 한 교대 시간 이상 Q를 벗어날 허가를 받지 못했다. 크레시치는 노력했었다. 그들이 자신을 얼마나 믿는지 시험했었다. 마침내 용기를 그러모아 서류를 〈부탁〉했다. 풀어 달라고 부탁했다. 마지막 소동이 있고 며칠 뒤의 일이었다. 크레시치는 그 말이 콜리디의 귀에 들어갈 수 있음을 알면서도, 자신의 생명을 잃게 될 수 있음을 알면서도 부탁했다. 그렇지만 그들은 그 청을 거절했다. 크레시치가 속해 있던 거대하고 강력한 의회는…… 크레시치의 말을 들으려 하지 않았다. 앤절로 콘스탄틴은 크레시치에게 당신은 지금 그곳에서 너무나 큰 가치가 있는 존재이니 거기에 그대로 있으라고

개인적으로 간곡히 청하는 척했다. 크레시치는 이 일이 밖으로 새어 나가면 오래지 않아 목숨을 잃을 것이 두려워 너는 아무 말도 하지 않았다.

한때 크레시치는 좋은 남자, 용감한 남자였다. 적어도 크레시치는 피난 오기 전까진, 전쟁 전까진, 젠과 로미가 있었을 때는 자신을 그렇게 평가했다. 크레시치는 Q에서 폭도의 습격을 두 번 받았고, 한 번은 의식을 잃을 때까지 맞았다. 레딩은 크레시치를 죽이려 했었다. 레딩이 끝은 아닐 터였다. 크레시치는 이제 아주 신물이 났고, 회춘요법도 듣지 않았다. 크레시치는 자신이 받은 회춘요법의 질에 의심을 품었다. 그러면서 긴장 때문에 죽을 거라고 생각했다. 크레시치는 얼굴에 새로운 주름들이, 텅 빈 절망이 생기는 것을 지켜보았다. 1년 전 모습은 더 이상 찾아볼 수 없었다. 크레시치는 강박적으로 건강 걱정을 했다. Q에 있는 의료 서비스의 질을 알기 때문이었다. 진료소에선 약들이 종류를 불문하고 도둑맞았고, 다른 걸 섞어 순도가 떨어지기도 했다. 크레시치는 와인이나 괜찮은 음식처럼 약도 콜리디의 너그러움에 기대야 했다. 크레시치는 더는 고향을 생각하지도, 애통해하지도, 미래를 생각하지도 않았다. 오직, 어제만큼 끔찍한 오늘만이 있었다. 그리고 크레시치에게 아직 남은 바람이 있다면, 그건 상황이 더 나빠지지 않을 거란 확신을 갖는 것이었다.

크레시치는 다시 한번 콤을 시도해 보았다. 그러나 이번엔 빨간 불조차 들어오지 않았다. 파괴를 일삼는 사람들은 Q의 물건들을 부쉈고, Q의 자체 수리 팀이 고치는 속도만큼이나 신속하게 다시 부쉈다……. Q의 자체 수리 팀. 펠의 기술자들이 이곳에 오려면 며칠씩 걸려 몇 가지는 부서진 채 방치되기도 했다. 크레시치는 그들도 모두 그런 끝을 맞게 되는 악몽을 꾸었다. 개개인이 자살하는 정도로는 충분하지 않다고 여기는 미치광이에 의해 무언가 핵심적인 것이 고의적으로 파괴되고, 그래서 Q 구역 전체가 텅 비게 되는 악몽이었다.

가능성 있는 일이었다.

위기 시에는.

혹은 당장이라도.

바닥을 서성거리던 크레시치는 점점 더 빠르게 걷다가 양팔로 배를 꽉 감쌌다. 스트레스를 받으면 늘 배가 아팠다. 고통이 점점 심해지며 다른 공포심을 모두 쓸어 냈다.

크레시치는 마침내 용기를 내어 재킷을 걸쳤다. 대부분의 Q가 그러하듯 무기는 없었다. 검문소에서 스캔을 통과해야 하기 때문이다. 크레시치는 욕지기를 참으며 문의 잠금 해제 장치에 손을 올린 뒤, 드디어 마음을 다잡고 온통 낙서로 도배된 깜깜한 복도로 나갔다. 그런 뒤 문을 잠갔다. 아직 강도를 당한 적은 없지만, 크레시치는 콜리디가 보호해 준다 해도 강도가 들 거라 예상하고 있었다. 모두가 강도를 당했다. 거의 아무것도 가지지 않는 것이 가장 안전했다. 크레시치는 많은 걸 가졌다고 알려져 있었다. 크레시치가 안전하다면, 그건 콜리디 부하들이 볼 때, 크레시치가 가진 것들은 콜리디 것이고, 〈크레시치〉가 콜리디의 것이기 때문이었다. 크레시치가 Q를 떠나고 싶다고 신청했다는 말이 그들의 귀에 들어가지 않았다면 말이다.

복도를 지나고 보초들을 지났다……. 콜리디의 부하들이었다. 부두로 간 크레시치는 땀 냄새와 갈아입지 않은 옷 냄새와 소독약 스프레이 냄새가 코를 찌르는 사람들 사이로 들어갔다. 사람들은 크레시치를 알아보았고, 때 묻은 손으로 와락 움켜쥐고는 스테이션 주요부에서 무슨 일이 벌어지고 있는지 아느냐고 물었다.

「저도 모릅니다, 저도 아직 모릅니다. 제 숙소의 콤이 죽었어요. 지금 알아보러 가는 길입니다. 네, 물어볼 겁니다. 물어볼 거예요, 선생님.」 크레시치는 붙잡는 손들을 계속 떼어내며, 질문하는 이 사람 저 사람에게 이 말을 하고 또 했다. 거친 눈을 하고 약에 취해 한참 맛이 간 사람들도 보였다. 크레시치는 달리지 않았다. 달리는 건 공황이었다. 공황은 폭동이었고, 폭동은 죽음이었다. 그리고 앞에 구역 문들이 있었다. 안전의 약속, 그 너머로는 Q가 손을 뻗을 수 없는 곳, 크레시치가 가진 귀중한 통행증 없이는 누구도 갈 수 없는 곳이었다.

「마지언이래.」 소문이 Q 부둣가에 빠르게 번지고 있었다. 이런 소문도 함께 돌았다. 「그 사람들이 떠난대. 펠 전체가 떠나려 하는데, 우린 두고 간대.」

「크레시치 의원.」 누군가의 손이 크레시치의 팔을 잡았다. 이번엔 정말로 일이 있어 붙드는 거였다. 그자는 크레시치를 거칠게 돌려세웠다. 크레시치는 색스 체임버스, 즉 콜리디의 부하 중 한 명의 얼굴을 빤히 바라보며, 팔을 아프게 움켜잡는 손아귀에서 위협을 느꼈다. 「〈어디로〉 가시나요, 크레시치 의원?」

「건너편으로요.」 크레시치는 숨을 헐떡이며 말했다. 그들이 알았다. 크레시치는 배가 더욱 아파 왔다. 「위기가 닥치면 의회는 회의를 열 거예요. 콜리디에게 말해요. 전 거기 있는 게 더 나아요. 안 그러면 의회가 우리에게 뭘 건네줄지 누가 알겠어요.」

색스는 아무 말도 하지 않았다. 당장은 아무 짓도 하지 않았다. 위협은 색스의 특기 중 하나였다. 색스는 그저 쏘아보기만 했다. 색스에게 다른 기술도 있다는 걸 크레시치가 떠올릴 만큼 충분히 오래 노려보았다. 색스는 팔을 놓았고, 크레시치는 다시 길을 갔다.

달리지 않았다. 달려선 안 되었다. 돌아봐서도 안 되었다. 공포를 밖으로 내보여도 안 되었다. 밖에 나오자 마음이 가라앉았지만, 배 속은 여전히 비비 꼬였다.

문 주위에 사람들이 모여 있었다. 크레시치는 그 사이를 헤치고 나아가며 사람들에게 물러나라고 명령했다. 사람들은 언짢아하며 길을 비켜 주었고, 크레시치는 자신의 통행증을 이용해 이쪽 편의 문을 열고 재빨리 통과한 뒤, 누가 감히 따라 들어오기 전에 카드로 문을 봉쇄했다. 이윽고 잠시, 크레시치는 오르막 경사로에 혼자 있었다. 좁은 진입로는 환하게 불이 밝혀져 있었고, Q의 냄새가 어른거렸다. 크레시치는 벽에 몸을 기댔다. 몸이 벌벌 떨리고 배 속이 울렁거렸다.

잠시 후, 크레시치는 격리 지구 맞은편의 경사로를 걸어가서 버튼을 눌렀다. 격리선 맞은편에 있는 보초들을 부르는 버튼이었다.

이 버튼은 작동했다. 문을 열고 크레시치의 카드를 받아든 보초들은 크레시치가 펠에 있는 것이 타당함을 확인했다. 크레시치는 오염 제거기를 통과했다. 보초 중 한 명이 자리에서 걸어 나와 크레시치와 동행했다. Q에서 온 의원이 스테이션에 입장 허가를 받을 때마다 행해지는 통상적인 절차였다. 이는 크레시치가 경계 지역을 완전히 통과할 때까지 계속되었고, 그 뒤엔 크레시치 혼자 걸어가게 두었다.

크레시치는 걸어가며 옷매무새를 단정히 했고, Q의 냄새와 기억과 생각을 털어내려 애썼다. 그런데 모든 복도에서 경보가 울리고 빨간 불이 깜박거렸으며, 보안요원과 경찰이 사방에 보였다. 이쪽에도 평화는 없었다.

5
펠: 스테이션 본부, 콤 본부 사무실, 1300시

콤 본부의 계기반들은 끝에서 끝까지 불이 켜져 있었고, 스테이션의 모든 지역에서 동시에 호출이 들어와 혼잡하기 그지없었다. 주민용은 위기 상황을 맞아 이미 자체적으로 닫혔다. 모든 지구에서 적색 경계령이 번쩍이며 주민들에게 꼼짝 말고 있으라고 알렸다.

이 지시를 모든 사람이 잘 따르는 건 아니었다. 모니터에 보이는 복도들 중 일부는 텅 비어 있었다. 일부는 공황 상태에 빠진 거주민들로 가득했다. 현재 Q 모니터에 보이는 상황은 훨씬 심각했다.

「보안 통신.」 존 루커스는 스크린들을 지켜보며 명령했다. 「블루 구역 3.」 담당 책임자는 계기반 위로 몸을 숙이고 지령원에게 지시를 내렸다. 존은 어쩔 줄 모르는 콤 책임자들 자리 뒤의 주 계기반으로 걸어갔다. 뭐든 할 수 있는 비상시 임무를 맡고 상세하게는 아니어도 방침을 강구하라고 의회 전체가 호출되었다. 존은 가장 가까운 곳에 있었고 밖의 혼란을 헤치고 달려와 이 자리를 맡았다. 헤일…… 헤일이 지시대로 제사드와 함께 자신의 아파트에 가만히 앉아 있기를 존은 간절히 바랐다. 존은 본부의 혼잡함을 지켜본 뒤 계기반에서 계기반으로 왔다 갔다 하고, 혼란에 빠진 복도들을 지켜보았다. 콤 책임자는 총감독관의 사무실로 연결하려고 계속 애썼지만, 그조차 연락을 취할 수 없었다. 스테이션 지휘실 콤을 통해 연결하려 해도, 연결 불가능한 채널이 계속 스크린에 깜박일 뿐이었다.

책임자는 욕을 내뱉었고, 자신이 다루는 기계의 저항을 받아들였다. 책임자는 어찌할 바 모르는 기색이었다.

「무슨 일이지?」 존이 물었다. 남자가 그의 질문을 무시한 채 잠시 부하의 질문에 먼저 답하는 동안 존은 기다렸다가 다시 물었다. 「뭐 하는 거지?」

「루커스 의원님.」 책임자는 힘없는 목소리로 말했다. 「너무 바빠 꼼짝 못 할 지경입니다. 시간이 없습니다.」

「못 하겠다는 거군.」

「네, 의원님. 도저히 연결이 안 됩니다. 명령을 전송하는 것만으로도 꽉 찼습니다. 죄송합니다.」

「그건 그냥 엉키게 놔둬.」 관리자가 계기반으로 몸을 돌리자 존이 말했다. 깜짝 놀라 바라보는 남자에게 존이 다시 말했다. 「나를 전체 방송에 연결해.」

「허가가 있어야 합니다.」 콤 책임자가 말했다. 그 뒤에서 빨간 불빛들이 번쩍이기 시작하더니 점점 늘어났다. 「제게 필요한 건 허가입니다, 의원님. 총감독관이 허가해 주셔야 합니다.」

「어서 해!」

남자는 망설이며 다른 부서에서 뭐라 조언해 주지 않을까 생각하는 듯 주위를 둘러보았다. 존은 남자의 어깨를 잡고 계기반을 보게 했다. 혼잡한 계기반들에서는 불빛들이 점점 더 많이 번쩍거렸다.

「빨리 해.」 존의 명령에 책임자는 내부 채널에 손을 뻗어 마이크 버튼을 눌렀다.

「1번 라인 전체 취소.」 남자의 명령에 즉각 반응이 왔다. 「비디오와 콤 취소.」 콤 센터의 주 스크린이 켜지고 카메라가 활성화되었다.

존은 깊은 숨을 들이쉬고 카메라 시야 안으로 몸을 숙였다. 이 영상은 모든 곳으로 나갈 것이었다. 특히 자신의 아파트로, 제사드란 남자에게도 전해질 것이었다. 「저는 존 루커스 의원입니다.」존은 정부 및 민간 통신 채널을 가로챘고, 입항하는 우주선들에게 지시를 내리느라 바쁜 부서들부터 Q의 막사들까지, 그리고 스테이션에서 가장 작은 주거지부터 가장 큰 주거지까지 펠 전역에 대고 말했다. 「여러분 모두에게 알려 드릴 것이 있습니다. 현재 우리 스테이션 부근에 와 있는 함대는 마지언의 함대로 확인되었으며, 도킹하기 위해 정상석으로 작동하며 진입 중입니다. 본 스테이션은 안전하지만, 경보가 해제되기 전까지는 계속 적색경보 상태에 있을 것입니다. 시민 여러분이 극단적으로 필요한 경우만 빼고 통신 사용을 자제해 주신다면, 콤 센터와 다른 곳들은 훨씬 매끄럽게 일을 진행할 수 있을 것입니다. 스테이션의 모든 장소는 안전하며, 아직까지 어떤 손상이나 위험도 없습니다. 모든 통화는 기록에 남겨질 것이며, 이 공식적인 요청을 어기면 주목받게 될 겁니다. 모든 다우너 일꾼은 당장 자신의 구역 거주지로 가서, 새로운 명령을 받을 때까지 대기하십시오. 부두에서 떨어져 계십시오. 모든 다른 일꾼들은 할당받은 일을 계속하십시오. 본부에 연락하지 않고도 문제를 해결할 수 있으면, 그렇게 하십시오. 아직까지 함대와는 작전 연락만 하고 있을 뿐입니다. 정보가 더 들어오는 대로 여러분께 공개하도록 하겠습니다. 수신기 옆에 붙어 계십시오. 새로운 소식을 가장 빠르고 가장 정확하게 알 수 있는 방법이 될 것입니다.」

존은 카메라 시야에서 몸을 뺐다. 경고 불빛들이 콘솔 카메라에서 꺼졌다. 존은 주위를 둘러보고는 계기반들의 혼잡이 많이 줄었음을 확인했다. 이 방송을 하지 않았다면 모든 스테이션이 한동안 통화에 묶여 있었을 것이다. 어떤 통화들은 곧바로 응답을 받았다. 꼭 필요하고 긴급한 통화일 터였다. 대부분은 그렇지 않았다. 존은 숨을 깊이 들이쉬며 자신의 아파트에서 어떤 일이 벌어지고 있을지 마음 한구석으로 생각했다. 혹은 제사드가 아파트에서 나오는 바람에 더 나쁜 상황이 벌어지고 있을지도 몰랐다. 존은 제사드가 아파트에 있길 바라면서, 동시에 거기서 제사드가 사람들에게 발견될까 봐 두려움을 품었다. 마지언. 군부가 들어와 기록들을 확인하기 시작하고 꼬치꼬치 캐물을 수도 있었다. 그러다 제사드를 숨겨 주고 있는 것을 들키면…….

「의원님.」 콤 책임자였다. 왼쪽에서 세 번째 스크린이 빛났다. 성이 나서 얼굴이 벌건 앤절로 콘스탄틴이었다. 존은 통화 수락 버튼을 눌렀다.

「절차를 따르세요.」 앤절로가 퍼붓듯 말하고는 통화가 끊어졌다. 스크린이 깜깜해지고, 존은 주먹을 꽉 쥔 채 서서 통화가 끊어진 것이 자신이 앤절로에게 좋은 답을 주지 못해서인지, 아니면 앤절로가 다른 일로 바빠서인지 생각하려 애썼다.

〈들어오게 하자.〉 존은 증오가 넘쳐 오르는 가운데 이렇게 생각했다. 혈관에서는 맥박이 맹렬하게 뛰었다. 갈 놈들은 마지언이 모두 소개시키게 하자. 그 뒤 유니언이 들어올 것이다……. 스테이션을 아는 사람들을 필요로 할 것이다. 그럼 협정이 맺어질 수 있었다. 존과 제사드의 협정이 그 초석이 되어 줄 것이다. 소심하게 굴 시간이 없었다. 존은 이미 그 안에 들어가 있었고, 이제 후퇴란 불가능했다.

첫걸음을 디뎠다……. 모습을 드러내고, 안심시키는 목소리가 되고, 그런 자신을 제사드가 보게 한다. 널리 유명해져 스테이션 전역에서 자신의 얼굴이 익숙해지게 한다. 이건 콘스탄틴 가문이 언제나 누려 온 이점이었다. 독점적으로 대중의 눈에 띄기, 당당함. 앤절로는 핵심 우두머리처럼 보였다. 존은 그렇지 않았다. 존에게는 평생 버릇처럼 몸에 붙은 권력자의 태도가 없었다. 그러나 능력, 존에겐 능력이 있었다. 그리고 일단 저 밖 무질서의 초기 공포에 관심을 갖기 시작하자, 존은 무질서 속에서 자신이 유리한 부분을 찾았다. 여하튼간에 이는 콘스탄틴 가문에 불리하게 작용했다.

하지만 제사드……. 존은 마리너를 떠올렸다. 마리너는 마지언이 그 상황에서 그곳에 밀어닥쳤을 때 끝장났다. 이제 그들을 보호해 주는 건 단 하나뿐이었다……. 제사드는 존과 헤일을 자신의 팔과 다리로서 의지해야 했다. 아직 제사드에겐 네트워크가 전혀 없었기 때문이다. 그리고 바로 그때 제사드는 교묘히 감금당했고, 존을 믿어야 했다. 제사드는 서류 없이는 감히 복도에 나갈 수 없었기 때문이다. 마지언이 들어오는 판국에 감히 밖으로 나올 순 없었다.

존은 숨을 들이쉬었다. 그리고 자신에게 정말로 있는 힘을 생각하자 가슴이 뛰었다. 존은 최상의 위치에 있었다. 제사드는 보험이 되어 줄 수 있었다……. 혹은 우주로 방출되는 또 다른 누군가, 서류 없는 또 다른 시체가 될 수 있었다. 그

들이 가끔 Q에서 방출하는 것으로 끝내고 마는 그런 사람들
처럼. 존은 이제까지 한 번도 살인을 해본 적이 없지만, 제사
드의 존재를 받아들인 순간부터 존은 그 가능성에 대해 알게
되었다.

제2장

〈노르웨이〉, 1400시

이렇게 많은 우주선이 정박하려니 일이 느릿느릿 진행되었다. 〈태평양〉이 제일 먼저였고, 그다음에 〈아프리카〉, 〈대서양〉, 〈인도〉 순이었다. 〈노르웨이〉는 입항 허가를 받았다. 함교 중앙의 자기 자리에 있던 시그니는 그 명령을 현재 우주선 지휘를 맡은 그래프에게 넘겼다. 〈노르웨이〉는 굉장히 오랫동안 기다리고 있었기에 참을성 없이 신속하게 진입했다. 〈노르웨이〉가 공급선들을 부착하려고 펠 부두 시설들을 열 동안, 〈오스트레일리아〉가 움직이기 시작했다. 〈노르웨이〉가 부착 안전장치 설치를 마쳤을 때, 대형 모함인 〈유럽〉이, 스테이션에서 도와주려는 것을 무시하며 부두로 미끄러지듯 들어왔다.

「여긴 문제 될 게 없어 보이네요.」 그래프가 말했다. 「부둣가는 완전히 조용합니다. 총감독관의 보안대도 아주 빽빽하게 지키고 있고요. 공황에 빠진 시민의 흔적은 보이지 않습니다. 저쪽에서 벌써 잘 조치해 놓은 것 같습니다.」

꽤 안심되는 말이었다. 시그니는 살짝 마음을 놓으며 사람들이 계속 이성적이면 좋겠다고 바라기 시작했다. 적어도 함대가 자신의 문제를 해결할 동안만이라도 말이다.

「메시지가 왔습니다.」 그때 콤이 말했다. 「펠의 총감독관이 부두의 함대에 보내는 환영 인사입니다. 〈승선을 환영하며, 최대한 빨리 스테이션 의회로 와주시겠습니까?〉」

「〈유럽〉이 대답할 거야.」 시그니는 웅얼거렸다. 곧 〈유럽〉의 콤 장교가 응답하며 잠시만 기다려 달라고 요청했다.

「모든 함장에게 알린다.」 시그니가 몇 시간째 모니터링하던 비상용 채널을 통해 마침내 목소리가 들렸다. 저음의 마지언이었다. 「지금 바로 브리핑실에서 비공개 회의를 한다. 모든 지휘 결정은 부관에게 맡기고 건너오도록.」

「그래프.」 시그니가 쿠션 달린 의자에서 벌떡 일어나며 말했다. 「좀 맡아 줘. 디, 호위해 줄 사람 열 명을 데려와, 지금 당장.」

〈유럽〉에서 콤을 통해 다른 명령들이 쏟아져 들어왔다. 각 우주선에서 완전 군장한 보병 50명을 부둣가로 보내 배치하는 것, 함대 지휘를 〈오스트레일리아〉의 부함장인 잰 마이스에게 잠시 넘기는 것, 도킹한 우주선의 라이더들에게 접근 지시와 재도킹을 위해 스테이션 통제를 적용하는 것 따위였다. 이런 자세한 부분들을 처리해 나가는 것은 이제 그래프의 일이었다. 마지언은 그들에게 할 말이 있었다. 오랫동안 기다려 온 설명이었다.

시그니는 잠시 사무실에 들러 주머니에 권총을 넣은 뒤 급히 리프트를 타고 진입 복도로 들어갔다. 군인들이 그래프의 명령을 받고 서둘러 부둣가로 가고 있었다……. 스테이션에 접근하기 시작한 순간부터 계속 완전 군장 상태였던 군인들은 〈노르웨이〉의 강철 복도에서 그래프의 목소리가 채 꺼지기도 전에 벌써 해치로 향했다. 디가 함께 있었다. 시그니가 지나가는 동안 디의 호위대가 복도를 통제하고 부두에 도킹했다.

부두 전체가 그들의 것이었다. 그들이 쏟아져 나온 바로 그 순간, 다른 우주선들에서도 군인들이 부둣가로 나왔고, 혼란에 빠진 스테이션 보안대는 사무적으로 전진하던 무장 군인들에 밀리며 후퇴했다. 군인들은 자신들이 원하는 경계선을 정확히 알고 거기에서 멈췄다. 부두 작업원들은 어디로 가야 할지 몰라 이쪽저쪽으로 황급히 내달렸다. 「일을 시작해!」 디 잔츠가 외쳤다. 「그 송수관들을 여기로 가져와!」 부두 작업원들은 곧바로 움직였다……. 그들은 군인들과 너무 가까이 있었고 너무 취약했다. 시그니의 눈은 줄지어 선 무장 군인들 뒤의 보안 보초들을 향해 있었다. 시그니는 그들의 태도와 보초들의 줄에서 엉키며 그늘진 부분과 갠트리들을 보고 있었다. 이런 곳은 저격수의 은신처가 될 수 있었다. 시그니의 분견대가 주위를 둘러쌌다. 비헌이 장교였다. 시그니는 분견대를 데리고 더 빨리 움직여 줄줄이 늘어선 정박지들 쪽으로 갔다. 정박지들에는 수많은 공급선들과 갠트리들과 경사로들이, 휘어지며 점점 더 높아지는 부두를 따라 눈에 보이는 저 끝까지 뻗어 있었다. 가끔 활 모양의 구역 밀폐 벽과 위로 올라가는 지평선에 의해 끊어질 뿐, 마치 거울상 같은 느낌을 주었다…… . 군인들은 〈노르웨이〉와 〈유럽〉 사이의 통로를 따라 늘어서서 칸막이 역할을 했다. 시그니는 〈오스트레일리아〉의 톰 에드거와 호위대를 따라갔다. 다른 함장들은 시그니 뒤에서 최대한 빨리 오고 있을 터였다.

시그니는 〈유럽〉의 입구로 가는 이동 트랩에서 에드거를 따라잡아 함께 걸어갔다. 둘이 골진 튜브를 지나 리프트에 도착했을 때, 〈인도〉의 큐가 시그니와 에드거를 쫓아왔고, 〈아프리카〉의 포리는 큐를 바싹 따라왔다. 그들은 아무 말도 하지 않은 채 침묵에 잠겨 있었다. 아마도 같은 생각과 같은 분노에 휩싸여 있는 듯했다. 억측은 금물이었다. 그들은 각자 보초 두 명씩만 데리고 리프트에 빽빽이 타고 말없이 올라가 주갑판 복도를 걸어가 회의실로 갔다. 여기선 발소리가 공허하게 울렸다. 복도들은 〈노르웨이〉의 것보다 훨씬 넓었으며, 모든 것이 규모가 더 컸다. 그러나 아무도 없었다. 그저 〈유럽〉 군인 몇 명만이 뻣뻣한 자세로 보초를 서고 있었다.

회의실도 마찬가지로 비어 있었다. 마지언은 흔적도 보이지 않았다. 단지 방에 눈부시게 밝혀진 불빛만이 원형 탁자 주위에 앉으라는 뜻으로 보였다. 「나가 있어.」 시그니가 호위병들에게 명령하자, 다른 이들도 그렇게 했다. 시그니와 다른 이들은 서열순으로 자리에 앉았다. 톰 에드거가 제일 먼저 앉고, 시그니, 빈자리 셋, 큐와 포리가 앉았다. 〈태평양〉의 성이 도착해, 아홉 번째 의자에 앉았다. 〈대서양〉의 크레쇼프가 도착해 시그니 맞은편의 네 번째 의자에 앉았다.

「마지언은 어딨지?」 마침내 크레쇼프가 참다못해 물었다. 시그니는 어깨를 으쓱하고 탁자 위에 양팔을 포갠 뒤 맞은편의 성 쪽을 바라보았다. 그러나 정말로 성을 보고 있는 건 아니었다. 서두르기…… 그리고 기다림. 전투에서 손을 떼고, 오랫동안 아무 말도 듣지 못하다가…… 이제는 그 이유를 듣기 위해 다시 기다렸다. 시그니는 성의 얼굴에 정신을 집중했다. 조급함을 절대 허용하지 않는 고전적이고 나이 든 얼굴이었다. 그러나 눈빛은 어두웠다. 신경과민이라고 시그니는 생각했다. 그들은 완전히 지치고, 전투에서 갑자기 끌려나와 도약을 하고 이곳에 왔다. 심오하거나 광범위한 판단을 하기에 적절한 때가 아니었다.

마침내, 그리고 조용히 마지언이 들어와 그들을 지나 가장 상석에 앉았다. 마지언은 눈을 내리깔았다. 다른 이들처럼 수척한 모습이었다. 〈패배?〉 시그니는 소화되지 않는 뭔가를 먹은 듯 배 속이 뒤틀리는 것을 느끼며 생각했다. 이윽고 마지언은 고개를 들었다. 시그니는 마지언의 입이 살짝 긴장된 것을 보고, 자신의 생각이 틀렸음을 알았다……. 시그니는 분노가 다시 이는 것을 느끼며 훅 숨을 들이쉬었다. 시그니는 약간 긴장감을 느꼈다. 콘래드 마지언은 역할극을 했고, 매복이나 전투를 계획할 때처럼 자신의 겉모습도 계획하고, 상황에 따라 우아한 척하다 거친 척했다. 이번엔 겸손이었고, 가장 거짓된 얼굴을 했으며, 수수한 옷차림에, 모든 뻔뻔함을 감췄다. 회춘요법으로 은발이 된 머리는 흠잡을 데가 없었고, 마른 얼굴, 비통한 눈……. 모든 것 중에서 눈이 가장 거짓말을 했다. 배우의 눈처럼 날렸다. 시그니는 여러 표정이 펼쳐지는 것을, 성인이라도 유혹할 수 있을 만큼 놀랍도록 촉촉해지는 눈을 지켜보았다. 마지언은 그들 모두를 교묘히 조종할 준비가 되어 있었다. 시그니의 입술에 힘이 들어갔다.

「다들 괜찮나?」 마지언이 물었다. 「모두들…….」

「〈왜〉 전투를 중단시킨 겁니까?」 시그니는 곧바로 물었다. 마지언은 시그니를 똑바로 보았다. 눈에 분노가 서려 있었다. 「뭔데 콤으로 이야기할 수 없는 겁니까?」 군 생활을 하면서 시그니는 마지언의 명령에 질문을 하거나 이의를 단 적이 없었다. 이제 시그니는 그 원칙을 깼고, 마지언의 표정이 분노에서 애정 어린 뭔가로 바뀌는 것을 지켜보았다.

「알았어.」 마지언이 말했다. 「알았어.」 마지언은 방 안을 쓱 돌아보았다……. 여전히 빈자리가 있었다. 그들은 총 아홉인데, 둘은 순찰을 나가 있었다. 마지언은 한 명씩 차례로 뚫어져라 보았다. 「자네들이 들어야 할 게 있어.」 마지언이 말했다. 「우리가 고려해야 할 점이.」 마지언은 자기 앞에 있는 콘솔의 버튼들을 눌러 네 벽의 스크린을 활성화시켰다. 모두 같은 영상이었다. 시그니는 오미크론 포인트에서 마지막으로 보았던 개략도를 올려다보았다. 입에 씁쓸한 맛을 느끼며 그 지역이 넓어지고 축척이 커짐에 따라 익숙한 별들이 작아지는 것을 지켜보았다. 컴퍼니의 영토는 더 이상 없었다. 더 이상 그들의 것이 아니었다. 오직 펠뿐이었다. 더 넓게 보자,

힌더 스타들이 보였다. 솔이 아니었다. 하지만 시그니는 솔의 위치가 대충 어느 정도일지 고려하며 보았다. 시그니는 솔의 위치를 잘 알았기에 개략도가 계속 커지더라도 상관없었다. 그러나 개략도는 커지기를 멈췄다.

「이게 뭡니까?」크레쇼프가 물었다.

마지언은 그저 개략도를 보게만 했다.

오랜 시간이 흘렀다.

「이게 뭡니까?」크레쇼프가 다시 물었다.

시그니는 숨을 쉬었다. 이렇게 침묵이 계속되니 숨 쉬는 것도 의식적인 노력이 필요했다. 이미 그들의 마음속 깊이 새겨진 절대적 침묵 속에서 마지언이 그들에게 개략도를 보여 주는 동안, 시그니는 시간이 멈춘 것만 같았다.

그들은 졌다. 그들은 한때 그곳을 다스렸으나, 그들은 졌다.

「살아 있는 세계 하나에서…….」마지언은 거의 속삭이듯 말했다.「우리가 시작된 살아 있는 세계 하나에서, 인류는 우리가 이제까지 가본 곳들까지 뻗어 나갔어. 유니언은 힌더 스타들이 있는 좁은 영역만 남겨 두고 사방에서 우리를 포위했어. 펠…… 그리고 힌더 스타들. 방어할 수 있을 거야…… 펠은 인원 초과지만…… 가능해.」

「그리고 또 도망치고요?」포리가 물었다.

마지언의 턱에 힘이 꽉 들어갔다. 시그니는 자기도 모르게 심장이 쿵쾅거리고 손바닥에는 땀이 났다. 무너지기 직전이었다…… 모든 것이.

「일단 들어.」마지언이 씩씩대며 말했다. 순간 얼굴에 속

내가 드러났다. 「들으라고!」

마지언은 또 다른 버튼을 눌렀다. 목소리 하나가 말하기 시작했다. 아득하게 들리는 목소리는 녹음된 것이었다. 시그니는 그 목소리를 알았다. 그 이국적인 억양의…… 그 목소리를 알았다.

「콘래드 마지언 제독.」녹음된 목소리가 말했다. 「저는 안보위원회 제2서기관 시거스트 에어리스입니다. 권한 부여 암호는 오마르 시리즈 3이고, 의회와 컴퍼니의 권한을 위임받았습니다. 포화를 중지하십시오. 포화를 중지하십시오. 강화 조약이 협상 중에 있습니다. 협상의 신의 성실 원칙에 따라, 제독은 모든 작전을 중지하고 명령을 기다리십시오. 이건 컴퍼니의 지령입니다. 협상 중에 시민과 군인, 모든 컴퍼니 인원의 안전을 보장하기 위해 모든 노력을 쏟고 있습니다. 다시 말합니다. 콘래드 마지언 제독, 저는 안보위원회 제2서기관 시거스트 에어리스…….」

마지언이 버튼을 눌러 목소리가 갑자기 끊겼다. 침묵이 감돌았다. 다들 경악해 얼굴이 뻣뻣하게 굳어 있었다.

「전쟁은 끝났어.」마지언이 속삭였다. 「전쟁은 끝났어, 이해하겠나?」

시그니는 온몸이 오싹해졌다. 그들이 원래 가지고 있던 이미지와 처해 있던 상황, 이 둘이 없으면 그들은 아무것도 아니었다. 그런데 이제 이미지는 사라졌고 상황은 바뀌었다.

「컴퍼니는 마침내 모습을 드러내 뭔가를 했지.」마지언이 말했다. 「유니언에…… 이걸 넘겨줬어.」마지언은 스크린을 향해 한 손을 들어 우주를 포함하는 손짓을 했다. 「난 유니언 기함에서 전송된 저 메시지를 녹음했어. 〈저 메시지〉를. 세 브 아조프의 기함에서 왔지. 알겠어? 그런데도 암호는 유효 해. 맬러리, 우리 우주선에 타고 거기까지 가게 해달라던 저 컴퍼니 사람들……. 그게 저들이 우리에게 한 짓이야.」

시그니는 숨을 들이쉬었다. 온몸이 싸늘해졌다. 「만일 제 가 그 사람들을 태웠더라면…….」

「알다시피, 자네가 그 사람들을 막을 순 없었을 거야. 컴퍼 니 사람들은 혼자서 결정을 내리지 않아. 이건 이미 다른 곳 에서 결정된 일이었어. 설사 자네가 그 자리에서 그 사람들 을 쐈더라도, 이 일을 막을 수 없었을 거야……. 단지 좀 늦춰 졌겠지.」

「우리가 경계선을 다르게 긋기 전까지는요.」 시그니가 대 꾸했다. 시그니는 마지언의 옅은 색 눈을 똑바로 보면서 자 신이 에어리스와 했던 모든 말을 낱낱이 떠올렸다. 모든 동 작, 모든 억양까지. 시그니는 그 남자를 가게 두었고, 이런 일을 벌이게 두었다.

「그 사람들은 어떻게든 교통편을 구했어.」 마지언이 말했 다. 「문제는, 그 사람들이 처음에 펠에서 어떤 협정을 맺었느 냐야. 그리고 유니언에 얼마나 넘겨줬느냐지. 이 소위 협상 가들이 멀쩡한 상태가 아닐 가능성도 있어. 정신 세척을 당 하면, 뭐든 유니언이 신나게 손가락을 까닥거리는 대로 서명 하고 말하는 거지. 컴퍼니의 신호법을 그대로 알면서 말이 야. 그 사람들이 또 뭘 불었을지는 아무도 몰라. 어떤 암호,

어떤 정보를 줬는지도 모르고, 어떤 타협을 봤는지도 모르지. 전체에서 얼마나 많은 부분을 넘겨줬는지도. 우리의 내부 암호는, 아니야. 하지만 펠 암호들 중 어떤 게 그 사람들에게 갔는지 우리는 몰라…… 그 사람들이 여기로 곧바로 들어올 수 있게 해줄 온갖 것이 유니언에 넘어갔는지도 모르지. 〈그 때문에〉 작전을 취소했어. 몇 달에 걸쳐 계획한 것을. 그래, 스테이션들을 잃었어. 우주선과 친구들도 잃었어. 인간적으로 엄청난 고통이야. 그 모든 게 헛되어졌어. 하지만 난 급히 결정해야 했어. 함대는 무사해. 펠도 무사해. 우린 그만큼은 잃지 않은 거야. 옳든 그르든 간에. 우린 바이킹에서도 이길 수 있었어. 하지만 거기서 옴짝달싹 못 한 채 펠을 잃었겠지…… 모든 물자의 공급원을. 그래서 작전을 취소한 거야.」

아무 소리도 들리지 않았고, 누구도 꼼짝하지 않았다. 갑자기 모든 것이 완전히 이해되었다.

「이게 바로 내가 콤으론 말하고 싶지 않았던 부분이야.」 마지언이 말했다. 「이제 자네들이 선택해. 우린 펠에 있고, 여기선 선택할 수 있어. 아까 그 메시지를 보낸 게…… 제정신의 컴퍼니 사람들이라고 생각하나? 아무런 압력 없이? 지구는 아직도 우리를 지원할까……? 이건 의심스럽지. 하지만…… 오랜 친구들이여, 그게 정말로 문제가 될까?」

「어떻게 문제가 된다는 겁니까?」 성이 물었다.

「지도를 보게, 친구들, 지도를 다시 봐. 여기…… 여기에 세계가 하나 있어. 펠이야. 지구의 권력은 펠 없이도 잘 살아남을 거야. 하지만 펠이 없는 지구가 과연 무슨 존재일까? 이제 자네들은 선택을 할 수 있어. 컴퍼니 명령일 수도 있는 것을 따른다, 혹은 여길 지키고 자원을 모아 행동을 취한다. 〈유럽〉은 명령에 상관없이 머물 거야. 만일 머물겠다는 수가 충분하다면, 우린 유니언이 여기에 코를 들이밀려던 계획을 다시 생각해 보게 할 수 있어. 그자들에겐 우리 식으로 싸울 수 있는 승무원들이 없어. 우린 여기서 보급을 받았어. 자원이 있지. 하지만 마음을 정하게. 막지 않겠어. 혹은 여기 머물면서 내 생각에 자네들이 할지도 모르는 일들을 해. 그리고 여기서 컴퍼니에 무슨 일이 있었는지 역사가들이 쓸 때, 콘래드 마지언에 대해 좋은 말도 함께 좀 써줄 수 있겠지. 난 이미 선택했어.」

「여기 둘입니다.」에드거가 말했다.

「셋입니다.」시그니가 말했다. 그리고 거의 동시에 다른 사람들에게서도 웅얼웅얼 같은 말이 들렸다. 마지언은 한 명 한 명 천천히 돌아보며 고개를 끄덕였다.

「그럼 우린 여길 지킨다. 하지만 앞으로 고생을 견뎌야 해. 우린 여기서 협조를 받을 수도 있고, 아닐 수도 있어. 이제부터 알아내야겠지. 그리고 우린 아직 모두가 이 일에 뜻을 모으지 않았어. 성, 자네가 직접 〈북극〉과 〈티베트〉로 가서 의견을 물어봐 주면 좋겠군. 자네 좋을 대로 설명해. 그리고 어느 쪽에서든 승무원들 중에 혹은 보병들 중에 의견을 달리하는 자가 많으면, 우리의 축복을 전하고 보내 줘. 여기 상선 중하나에 태워서 보내 줘. 그 문제는 각 함장에게 맡겨 두겠어.」

「이의는 절대 없을 겁니다.」큐가 말했다.

「〈혹시라도〉 있다면 그렇게 하라는 말이야.」마지언이 말했다. 「이제 스테이션에 대해 이야기해 보지. 어서 움직여 우리의 보안군을 전역에 보내고, 우리의 인원을 핵심 지역에 배치해. 각자의 지휘 체계에 이 소식을 전하는 데 30분이면 충분하겠지. 그 사람들이 최종적으로 어떤 선택을 하든, 펠을 안전하게 지켜야 한다는 점에는 의심의 여지가 없어. 그래야 떠날 자들을 위해 우주선 출항을 허가해 주든, 여기 단단히 붙어 있든 어떤 조처라도 취할 수 있어.」

「나가도 됩니까?」침묵이 감돌자 크레쇼프가 물었다.

「그만 나가들 봐.」마지언이 부드럽게 말하며 해산을 명했다.

시그니는 의자를 밀고 일어났다. 성에 이어 두 번째로 일어난 거였다. 시그니는 문가에 서 있는 마지언의 호위대를 지난 뒤, 자신의 호위 두 명을 데리고 떠났다. 다른 이들이 바싹 뒤쫓아 오는 것이 느껴졌다. 뭔가가 아직도 괜히 양심에 걸렸다. 시그니는 컴퍼니의 정책과 무분별함을 욕하고 싫어하긴 했지만, 평생 컴퍼니로 살았다. 하지만 갑자기 벌거벗은 채 컴퍼니 밖에 서 있다는 느낌이 들었다.

〈겁나서 그래.〉시그니는 자신을 설득했다. 시그니는 역사학을 공부하던 학생이었고, 역사의 교훈을 귀히 여겼다. 최악의 잔학 행위들은 미봉책에서, 변명에서 시작되었다. 잘못된 편에 타협하고, 해야 할 일에서 몸을 움츠리는 데서. 심우주와 심우주의 요구는 절대적이었다. 컴퍼니가 비욘드에 시도한 타협은 강자의 편의가 끝나면 더는 아무 소용도 없을 터였다……. 그리고 강자는 유니언이었다.

자신들은 지구를 위해 일한다고 시그니는 스스로를 설득했다. 자신들이 이러는 게, 컴퍼니 대표단들이 한 짓보다는 낫다고 위안을 삼았다.

제3장

1
펠: 화이트 구역 2층, 1530시

아직도 밖의 복도에 경고등들이 켜져 있는 게 분명했다. 폐품 센터는 계속 침착한 속도로 일했다. 관리자가 기계들 사이의 통로를 걸어갔다. 관리자가 나타난 것만으로도 다들 대화를 멈추고 조용해졌다. 조시는 조심스레 계속 머리를 숙이고 작고 닳은 모터에서 플라스틱 봉인을 풀어 쟁반 안에 떨어뜨렸다. 나중에 분류하기 위한 것이었다. 조시는 또 다른 쟁반에 꺾쇠들을 떨어뜨리고, 부품들을 분해해 다양하게 분류했다. 재료의 내구성 또는 유형에 따라 재활용하거나 재생하기 위해서였다.

처음의 콤 방송 이후, 앞쪽 벽에 붙은 스크린에서는 더 이상 아무 말도 없었다. 뉴스에 충격을 받은 사람들은 처음에 잠시 웅얼거렸지만, 곧 더는 토론이 허용되지 않았다. 조시는 스크린에서, 그리고 문가의 스테이션 경찰들에서 계속 눈길을 돌리고 있었다. 교대 시간이 벌써 세 시간도 더 지났다. 다들, 그 지역에 있는 이들 모두 이미 해산해야 했다. 다른 일꾼들이 도착해야 했다. 조시는 여섯 시간 넘게 여기에 있었다. 여기엔 음식이 전혀 없었다. 관리자는 마침내 일꾼들이 먹을 샌드위치와 음료수를 가져오라고 사람을 보냈다. 조시 앞의 벤치에는 아직도 얼음 한 컵이 놓여 있었다. 조시는 자신이 지독하게 바빠 보이기를 바랐기에 컵에 손을 대지 않았다.

관리자는 조시 뒤에서 잠시 발걸음을 멈췄다. 조시는 반응하지 않았고, 손 놀리던 리듬을 계속 유지했다. 관리자가 다시 걸어가는 소리가 들렸으나 조시는 고개를 돌려서 보지 않았다.

여기서 그들은 조시를 다른 이들과 특별히 다르게 대하지 않았다. 그들이 자기를 특별히 주시하는 것 같다고 의심이 드는 건, 자신의 마음이 괴롭기 때문이라고 조시는 스스로 다독였다. 그들은 모두가 면밀하게 관리받고 있었다. 조시 옆의 여자아이는 엄숙했고 천천히 움직였으며 언제나 조심스러워했다. 아이는 자신이 할 수 있는 한 가장 복잡한 일을 하고 있었다. 조물주가 이 아이의 능력 중 많은 부분을 가져가 버렸던 것이다. 이 폐품 센터에 있는 많은 이가 이런 범주에 속했다. 어린 나이에 여기 들어온 이들도 있었는데, 아마 직업 분류를 통해 진로를 찾고, 기계를 다루는 기초적 기술을 익혀 더 높이 올라가려는, 그래서 전문 기술직이나 제조업에 들어가려는 의도인 듯했다. 신경질적인 행동으로 볼 때 여기 온 이유가 다른 데 있는 듯한 사람들도 있었다. 그들은 불안해했고, 강박적으로 집중했다……. 이런 증상을 다른 사람들에게서 보게 되니 조시는 기분이 이상했다.

그들은 범죄자였을지 몰라도 조시는 아니었다. 어쩌면 그래서 그들이 조시를 덜 믿는 것도 같았다. 조시는 여기 일을 소중하게 생각했다. 이 일 덕분에 머리를 바쁘게 움직일 수 있었고, 독립할 수 있었다……. 옆의 엄숙한 여자아이가 자기 자리를 소중히 여기는 것과 거의 맞먹는다고 조시는 생각했다. 처음엔 자기 실력을 보여 주겠다는 욕심에 미친 듯이 빠르게 일했다. 그런데 정신을 차려 보니 옆의 여자아이가 그 때문에 기분이 엉망이 되어 있어서 조시도 마음이 괴로웠다. 여자아이는 일을 더 할 수 없었던 것이다. 절대로 더 할 수 없었다. 조시는 이제 타협했다. 자신이 얼마나 효율적으로 일하는지 드러내지 않았다. 그래도 살아남기에 충분했다. 아주 오랫동안 충분할 것처럼 보였다.

조시는 배 속이 울렁거렸다. 샌드위치를 다 먹지 말 걸 그랬다는 생각이 들었다. 하지만 이 순간에도 조시는 자신이 주위의 다른 사람들과 달라 보이길 원하지 않았다.

전쟁이 펠까지 닥쳤다. 마지언 일당이었다. 함대가 코앞에 있었다.

〈노르웨이〉 그리고 맬러리.

조시는 몇 가지 생각을 피했다. 어둠이 자신에게 내려앉으면 더 열심히 일했고, 눈을 깜박이며 기억을 떨쳐 버렸다. 오직…… 〈전쟁〉……. 근처의 누가 스테이션에서 소개해야 한다고 속삭였다.

이건 불가능했다. 이런 일은 일어날 수 없었다.

〈데이먼!〉 조시는 이대로 일어나 떠날 수 있으면 좋겠다고, 사무실로 갈 수 있으면, 그래서 위안을 얻을 수 있으면 좋겠다고 생각했다. 단지 위안을 찾지 못할 수도 있었고, 그래서 조시는 시도하기가 겁났다.

마지언의 함대, 마지언의 법.

〈그녀〉는 그들과 함께 있었다.

조심하지 않으면 조시는 무너질 수도 있었다. 정신은 미묘하게 균형을 잡고 있었고, 조시도 그걸 알았다. 어쩌면 이렇게 망각을 요구한 것 자체가 제정신이 아니라는 증거일 수도 있었다. 그리고 조정했다고 해서 전보다 더 정신이 균형을 잃지는 않은 듯했다. 조시는 자신이 느끼는 모든 감정을 의심했고, 그래서 최대한 감정을 덜 느끼려 애썼다.

「휴식.」 관리자가 말했다. 「10분 휴식합니다.」

조시는 앞서 하던 일을 이미 마쳤는데도 계속 일했다. 옆의 여자아이도 마찬가지였다.

2
〈노르웨이〉, 1530시

「우리는 펠을 지킨다.」 시그니는 승무원들과 보병들에게 말했다. 지금 자신과 함께 함교에 있는 이들과 우주선 전체에 흩어져 있는 이들 모두에게 말했다. 「우리의 결정이다. 마지언은, 나는, 다른 함장들은 펠을 지키기로 결정했다. 컴퍼니 요원들은 유니언과의 조약에 서명했다……. 유니언에게 비욘드에 있는 모든 것을 넘겼고, 우리에게 그동안 비켜나 있으라고 요구했다. 그자들은 우리의 접촉 암호를 유니언에 넘겼다. 〈그 때문에〉 우리는 공격을 취소했다……. 그 때문에 거길 빠져나왔다. 우리 암호들 중 어떤 게 새어 나갔는지 알 수 없다.」 시그니는 사람들이 자신의 말을 완전히 이해하길 기다리며 주위의 엄숙한 얼굴들을 바라보았고 우주선의 모든 이를, 우주선 안의 다른 곳에서 자신의 말을 듣는 모든 이를 인식했다. 「펠…… 힌더 스타들, 비욘드의 이 모든 경계……. 이곳은 우리가 안전하게 남겨 둔 곳이다. 우리는 컴퍼니의 명령을 받들지 않을 것이다. 그 명령이 어떤 미명으로 실체를 감추고 있든, 우리는 항복을 받아들이지 않는다. 우리는 고삐에서 풀려났고, 이제 우리는 우리 식으로 싸운다. 우리는 세계 하나와 스테이션 하나를 손에 넣었다. 비욘드도 처음엔 그렇게 시작했다. 우리는 이곳과 태양 사이에 존재했던 그 모든 힌더 스타 스테이션들을 다시 세울 수 있다. 우리는 할 수 있다. 컴퍼니는 똑똑하지 않아서 자신과 유니언 사이에 완충물을 놓을 생각을 하지 못할 수도 있지만, 그래도 컴퍼니는 그러길 바랄 것이다. 날 믿어라. 컴퍼니는 그러고 싶어 할 것이다. 그리고 컴퍼니는 적어도 우리를 우습게 보지 않을 정도로는 똑똑할 것이다. 펠은 이제 우리의 세계다. 우리에겐 펠을 지킬 모함 아홉 척이 있다. 우린 더는 컴퍼니가 아니다. 우리는 마지언의 함대이고, 펠은 〈우리 것〉이다. 반대 의견 있나?」

이들은 자신의 가족과도 같았지만, 그래도 시그니는 일부가 반대하길 잠시 기다렸다……. 몇 명은 다른 의견을 품을 수도 있고, 찬성했다가 생각을 바꿀 수도 있었다. 충분히 그럴 수 있었다.

보병 갑판들에서 갑자기 환호성이 일더니 열려 있는 모든 채널에서 되풀이되었다. 함교의 사람들은 서로 껴안으며 미소를 지었다. 그래프는 시그니를 껴안았다. 암스콤퍼 티호도 시그니를 안았다. 오랫동안 시그니 밑에서 일한 다른 장교들도 그러했다. 우는 이들도 있었다. 그래프의 눈에도 눈물이 고였다. 시그니는 울지 않았다. 아까는 어땠을지 몰라도, 지금은 죄책감을 느꼈다……. 불합리하지만, 아직도 몸에 익은 케케묵은 충성심 때문이었다. 시그니는 다시 한번 그래프를 안았다가 몸을 뗀 뒤 주위를 둘러보았다. 「이제 다들 준비하자.」 시그니가 말했다. 이 말은 열린 콤을 통해 우주선의 모든 곳으로 퍼져 나갔다. 「우린 안으로 들어가, 저들이 뭐에 당했는지 알기 전에 스테이션 본부를 접수한다. 디, 서둘러.」

그래프는 명령을 내리기 시작했다. 디 역시 보병 복도들에서 명령을 내렸고, 그 소리가 복도에서 독특하게 울렸다. 함교는 부산하게 활기를 띠었고, 기술자들은 좁은 통로에서 서로 이리저리 떠밀며 자기 자리를 찾아갔다. 「10분이다.」 시그니가 외쳤다. 「완전 무장한다. 움직일 수 있는 모든 보병

411

은 무장하고 나온다.」

어딘가에서 외치는 소리가 들렸다. 콤에서 들리는 이 소리는, 명령이 공식적으로 전해지기도 전에 보병들이 군장을 하러 달려가는 소리였다. 명령들이 복도를 통해 울리기 시작했다. 시그니는 자신의 조그만 사무실 겸 숙소로 돌아가 혹시 모를 경우에 대비해 헬멧을 쓰고 방탄복을 입었다. 그러나 움직임에 제약을 받을까 봐 팔다리에는 방탄 장비를 걸치지 않았다. 5분 남았다. 열린 콤에서 디가 남은 시간을 알리는 소리가 들렸고, 온갖 지휘실에서 나는 무질서한 소리가 그대로 함께 들렸다. 상관없었다. 이 승무원들과 보병들은 어둠 속에 있어도, 모든 게 엉망이어도, 자신이 해야 할 일을 알았다. 여기 있는 모두가 가족이었다. 성미가 잘 맞지 않는 자들은 일찌감치 사고를 당했고, 남은 자들은 형제처럼 아이처럼 연인처럼 친밀했다.

시그니는 밖으로 나오며 거리낌 없이 방탄복의 권총집에 권총을 집어넣고 리프트를 타고 내려갔다. 무장한 보병들이 덜거덕거리며 구보로 복도에 쏟아져 나오다가, 시그니가 오는 것을 보고는 곧장 벽으로 몸을 붙이며 시그니가 앞으로 달려갈 수 있게 길을 비켜 주었다.

「시그니!」 보병들은 환호하며 시그니를 외쳤다. 「브라보, 〈시그니〉!」

다들 다시 생생하게 활기를 띠었고, 그걸 온몸으로 느꼈다.

3
펠 의회: 블루 구역 1층

「아니.」앤절로는 그 즉시 말했다. 「〈안 돼.〉 그자들을 막으려 하지 마. 물러나. 모든 병력을 당장 철수시켜.」

스테이션 지휘 본부는 알았다고 대답한 뒤 자기 일로 돌아갔다. 의회 회의장의 스크린들이 새로운 명령들을 반영하기 시작했다. 보안 통제실에서 잘 들리지 않는 목소리로 보고를 했다. 앤절로는 의회 가운데 있는 탁자 앞 의자에 무너지듯 앉았다. 주위의 계단석들은 일부 차 있고, 용케 복도를 통해 이곳으로 돌아온 사람들 중 일부는 겁먹은 채 작은 소리로 중얼거렸다. 앤절로는 양손으로 턱을 받치고, 들어오는 보고서들을 꼼꼼히 살폈다. 스크린으로 연달아 들어오는 보고서들은 빠르게 지나갔다. 스크린에 보이는 부두들은 무장 군인들로 넘쳐 났다. 의원 중 일부는 너무 오래 기다렸고, 그들이 일하거나 비상 포스트로 차지했던 구역들에서 나올 수 없었다. 피난처를 찾아 함께 회의실로 온 데이먼과 엘렌은 숨을 헐떡이며 문 앞에서 망설였다. 앤절로는 개인적 특권을 이용해 아들과 며느리에게 들어오라고 손짓했고, 데이먼과 엘렌은 앤절로의 부추김에 들어와서 탁자 앞의 빈자리 두 개에 앉았다. 「서둘러 부두 사무실을 떠나야 했어요.」 데이먼이 조용히 말했다. 「리프트를 타고 올라왔고요.」 그들 바로 뒤에 존 루커스와 그 일당이 앉았다. 일당은 계단식 좌석에 앉고, 존은 탁자 앞에 앉았다. 저코비 가문의 두 명이 들어왔다. 머리는 헝클어지고 얼굴은 땀으로 번들거렸다. 여긴 의회가 아니었다. 밖에서 벌어지는 일을 피해 도망 오는 은신처였다.

스크린에 보이는 상황은 점점 더 악화되고 있었다. 군인들은 스테이션의 심장부를 향해 들어왔고, 보안부서는 이 카메라에서 다음 카메라로 급하게 영상을 바꿔 가며 원격으로 상태를 알리려 애썼다. 이미지들이 빠르게 깜박거렸다.

「직원들은 우리가 지휘 본부 문들을 잠글지 알고 싶어 합니다.」의원 한 명이 문간에서 말했다.

「그걸로 라이플이 막아지겠습니까?」앤절로는 침으로 입술을 축이고 천천히 고개를 흔들며, 이 카메라에서 저 카메라, 또 다른 카메라로 넘어가며 깜박이는 이미지들을 바라보았다.

「마지언에게 연락해요.」새로 도착한 디가 말했다. 「이번 일에 대해 항의해요.」

「했습니다, 그렇지만 대답이 없어요. 전 마지언이 그자들과 한 패라고 생각합니다.」

〈Q에 혼란.〉스크린 하나가 알렸다. 〈알려진 사망자 3명, 부상자 다수……〉

「총감독관님.」메시지 중간에 갑자기 연결이 들어오며 누군가가 끼어들었다. 「사람들이 무리 지어 와서 Q 문을 때려 부수려 합니다. 쏠까요?」

「문을 열지 마.」앤절로는 질서가 잡혀 있던 곳에서 광기가 치솟는다는 소식에 심장이 미친 듯이 뛰는 것을 느꼈다.

「쏘지 마. 문이 부서지지 않는 한 발포하지 마. 자넨 어쩌고 싶나…… 그자들을 풀어 주고 싶어?」

「아뇨.」

「그럼 그러지 말게.」 연결이 끊겼다. 앤절로는 기분이 저하되는 것을 느끼며 얼굴의 땀을 닦았다.

「제가 그쪽으로 가볼게요.」 네이민이 의자에서 반쯤 일어나며 제안했다.

「아무 데도 가지 마.」 앤절로가 말했다. 「네가 그 어떤 군사 작전에도 휘말리길 바라지 않는다.」

「총감독관님.」 팔꿈치 쪽에서 다급한 목소리가 들렸다. 계단식 좌석에서 누군가가 막 내려와 말을 걸었다. 「총감독관님…….」

크레시치였다.

「총감독관님.」 크레시치가 말했다.

「Q 콤이 고장 났습니다.」 보안통제실에서 알렸다. 「그 사람들이 또 Q 콤을 고장 냈습니다. 뭔가를 겹쳐 이을 수 있습니다. 그 사람들은 분명 아직 부두 스피커들까지는 못 갔을 겁니다.」

앤절로는 크레시치를 바라보았다. 크레시치는 지난 몇 달 동안 더욱 수척해지고 더욱 머리가 센 듯했다. 「들었습니까?」

「그 사람들은 두려워합니다.」 크레시치가 말했다. 「당신들이 여길 떠나고, 함대까지 자기들을 유니언 손에 두고 갈까 봐서요.」

「함대가 어떤 의도를 가지고 있는지 저희는 모릅니다, 크

415

레시치 씨. 하지만 만약 폭도가 그 문들을 부수고 부두의 우리 쪽으로 들어오려 한다면, 우리로선 쏘는 것 말고는 어쩔 도리가 없습니다. 그 사람들이 콤을 어떻게든 고치면, 콤을 써서 그쪽 구역으로 연락하시라고 조언드립니다. 부서지지 않은 스피커가 혹시 남아 있다면, 그 점을 분명하게 전하시고요.」

「무슨 일이 벌어지든, 우리가 최하층민이란 것쯤은 우리도 압니다.」 크레시치는 입술을 떨며 대답했다. 「우린 부탁했고, 부탁하고 또 했습니다. 확인에 속도를 더 내달라고, 신분증을 발급해 달라고, 우리의 기록을 깨끗이 해달라고, 좀 더 빨리 해달라고. 이젠 너무 늦었지요, 안 그런가요?」

「꼭 그런 건 아닙니다, 크레시치 씨.」

「당신은 당신의 사람들을 가장 먼저 챙길 거고, 구할 수 있는 편안한 우주선들에 그 사람들을 태울 겁니다. 당신은 우리의 우주선들을 가져갈 겁니다.」

「크레시치 씨…….」

「작업이 계속 진행 중이었습니다.」 존 루커스가 말했다. 「당신들 중 〈일부〉는 깨끗한 서류를 갖게 될 수도 있습니다. 저라면 그걸 위태롭게 하지 않겠습니다, 크레시치 씨.」

크레시치는 갑자기 침묵을 지키며 주저하는 표정을 지었다. 안색이 병자처럼 좋지 않았다. 크레시치는 입술을 떨다가, 이윽고 턱까지 떨더니, 양손을 세게 깍지 꼈다.

〈놀라운걸.〉 앤절로는 찌무룩하게 생각했다. 〈일을 이처럼 쉽게 작은 문제로 귀착시켜 풀다니. 그것도 정확하게.〉

416

〈축하하네, 존.〉

Q의 난민들을 다루는 건 쉬웠다. 모든 지도자에게 깨끗한 서류를 제안하며 설득하면 됐다. 사실 몇 명은 벌써 그런 제안을 먼저 하기도 했다.

「그 사람들이 블루 구역 3층을 장악했어요.」 데이먼이 웅얼거렸다. 앤질로는 데이먼의 시선을 따라 모니터들을 보았고, 무장한 군인들이 움직이는 것과 복도들을 따라 그들이 배치되는 것을 지켜보았다. 군인들은 빠르고 기계적으로 움직였다.

「마지언.」 존이 말했다. 「마지언이에요.」

앤절로는 선두에 선 은발의 남자를 물끄러미 보았다. 속으로는 저 군인들이 소용돌이 모양의 비상 경사로들을 올라와 그들이 있는 층까지, 의회 문까지 오려면 얼마나 걸릴지 세어 보았다.

그 정도만이 앤절로가 아직 스테이션을 지킬 수 있는 시간이었다.

4
블루 구역 1층, 0475

이미지들이 변했다. 릴리는 안절부절못하다가 벌떡 일어나 서성거렸다. 상자의 버튼들 쪽으로 한 걸음 나갔다가 꿈꾸는 자 쪽으로 한 걸음 다가갔다. 눈에 불안함이 서려 있었다.

마침내 릴리는 용감하게 상자로 손을 뻗어 꿈을 바꿨다.

「하지 마.」 꿈꾸는 자가 날카롭게 말했다. 릴리는 뒤를 돌아보고 고통을 보았다…… 암흑, 창백한 얼굴의 사랑스러운 눈들, 하얀, 하얀 시트들, 주변의 모든 빛. 복도들의 광경을 지켜보는 두 눈만은 예외였다. 릴리는 꿈꾸는 자에게로 돌아와, 꿈과 꿈꾸는 자 사이로 들어가 베개를 단정하게 매만졌다.

「몸을 돌려 준다.」

「하지 마.」

꿈꾸는 자는 이마를 쓰다듬었고 너무나, 너무나 부드럽게 어루만졌다. 「달-테스-엘란, 널 사랑해, 사랑해.」

「저들은 군인들이야.」 태양-그녀의-친구가 말했다. 어찌나 조용하고 차분한지 상대방까지 편안해지는 목소리였다. 「〈총을-든-인간들〉이야, 릴리. 근심거리라고. 무슨 일이 일어날지 몰라.」

「그 사람들 사라지는 꿈 꿔.」 릴리는 간청했다.

「내겐 그럴 힘이 없어, 릴리. 하지만 봐, 총을 쓰고 있지 않아. 아무도 다치지 않았어.」

릴리는 몸을 떨었고, 가까이에서 떠나지 않았다. 가끔, 계속 바뀌는 벽들에서 태양의 얼굴이 모습을 드러내며 그들을 안심시켜 주었다. 별들이 춤을 췄고, 세상의 얼굴은 초승달 같이 그들을 향해 환하게 빛을 냈다. 〈딱딱한-껍질을-두른-남자들〉의 줄이 길어지며 스테이션으로 가는 길을 가득 채웠다.

5

저항은 없었다. 시그니는 총을 꺼낼 일이 없었다. 그러나 손을 계속 총에 대고 있었다. 마지언이나 크레쇼프나 큐 또한 그랬다. 위험은 부하 보병들 몫이었다. 그들은 안전장치를 내리고 라이플들을 겨누었다. 그러나 부두에서 경고 사격을 한 번 한 뒤로 다시는 쏘지 않았다. 그들은 신속하게 움직였고, 지금 그들과 만나는 이들에게 생각할 시간을 주지 않고 이의 제기가 가능할 거란 암시조차 주지 않았다. 이 구역들에서 그들을 만나려고 어슬렁대는 사람들도 거의 없었다. 시그니는 앤절로 콘스탄틴이 이미 명령을 내렸다고 생각했다. 유일하게 현명한 조처였다.

그들은 중앙 복도 끝의 경사로를 올라갔다. 완전히 빈 공간에 부츠 소리가 울렸다. 스테이션으로 줄지어 나가는 군인들이 지정된 시선 방향 간격마다 보고하는 날카로운 소리 역시 메아리치며 스테이션을 가득 채웠다. 그들은 비상용 경사로를 지나 스테이션 지휘 본부로 갔다. 군인들도 장교들의 지휘하에 라이플을 내린 채 그곳으로 들어왔고, 다른 분견대들은 측면 복도들로 가서 다른 사무실들에 침입했다. 발포는 없었다. 여기선 아니었다. 그들은 계속 지휘 본부 복도들을 내려갔고, 차가운 강철과 플라스틱은 방음 처리된 매트로 바뀌었다. 그들은 이제 기묘한 나무 조각상들이 있는 복도로 들어갔다. 조각상들의 눈이 충격받은 표정인 건 예나 지금이나 다를 바가 없었다.

그리고 의회 회의장들의 곁방에 모여 있던 몇 안 되는 사람들의 눈이 휘둥그레졌다.

군인들은 그대로 뚜벅뚜벅 걸어가 장식된 문을 밀었다. 두 짝으로 된 문이 양옆으로 활짝 열리고 군인 두 명이 안쪽을 보며 라이플을 겨눈 채 조각상처럼 버티고 섰다. 얼마 차지 않은 회의장 안에 있던 의원들은 일어나 총을 바라보았고, 시그니와 마지언과 다른 일행은 안으로 걸어 들어갔다. 도전적이라고 하기는 뭣해도 위엄 있는 태도였다.

「마지언 제독님.」 앤절로 콘스탄틴이 말했다. 「여기 앉아 우리와 함께 이야기하자고 말씀드려도 될까요……. 당신과 당신 함장들과요.」

마지언은 잠시 가만히 서 있었다. 시그니는 마지언과 큐 사이에 서 있었고, 크레쇼프는 맞은편에서 얼굴들을 관찰하고 있었다. 의회는 반도 차지 않았다. 「우린 그렇게 오래 당신네 시간을 뺏지 않을 겁니다.」 마지언이 말했다. 「당신은 우리에게 여기로 와달라고 부탁했고, 그래서 우린 왔습니다.」

누구도 움직이지 않았다. 앉지도, 자세를 바꾸지도 않았다.

「우린 설명을 원합니다.」 콘스탄틴이 말했다. 「이…… 작전에 대해서요.」

「계엄령입니다.」 마지언이 말했다. 「비상사태가 지속될 동안의 계엄령입니다. 그리고 질문이 있습니다……. 당신이 특정 컴퍼니 요원들과 맺으셨을지도 모르는 협정에 관한 직접적인 질문들입니다, 콘스탄틴 씨. 그…… 유니언과의 협약, 그리고 유니언 첩보 기관으로 극비 정보들이 흘러들어 간 일에 대한 겁니다. 반역에 대해 물으려 합니다, 콘스탄틴 씨.」

방 안에 있던 모든 이의 얼굴이 납빛으로 변했다.

「그런 협약은 없었습니다.」 콘스탄틴이 말했다. 「그런 협약은 존재하지 않습니다, 제독님. 이 스테이션은 중립입니다. 우린 컴퍼니 스테이션이지만, 군사 행동에 휘말리거나 기지로 쓰이는 일은 스스로 용납하지 않습니다.」

「그럼 이…… 시민군…… 당신들이 주위에 흩뿌려 놓은 시민군은요?」

「가끔은 중립에도 원병이 필요합니다, 제독님. 맬러리 함장은 무작위로 난민들의 우주선이 날아올 거라 우리에게 경고했습니다.」

「그 정보가…… 컴퍼니의 시민 요원들에 의해 유니언으로 넘어간 것을 몰랐다고 주장하시는군요. 그 요원들이 적과 맺었을지도 모르는 그 어떤 협정이나 합의나 권리 양도에도 관계한 적이 없다는 겁니까?」

잠시 무거운 침묵이 내려앉았다. 「우린 그런 협정에 대해 전혀 모릅니다. 만약 어떤 협정이 맺어졌다 하더라도 펠은 그에 대해 듣지 못했습니다. 그리고 만약 우리가 알았다면, 그러지 못하게 막았을 겁니다.」

「이젠 그 일에 대해 아셨습니다.」 마지언이 말했다. 「정보는 넘어갔고, 이 스테이션의 안전을 위협할 암호들과 신호들이 거기에 포함되어 있습니다. 당신들은 유니언에 넘겨진 겁니다, 총감독관님. 컴퍼니에 의해서요. 지구는 이곳에서 자신들의 이익을 포기하고 있습니다. 당신들이 그 이익 중 하

421

나입니다. 우리 역시 그중 하나입니다. 우린 이런 상황을 받아들일 수 없습니다. 이미 넘어간 정보들 때문에, 다른 스테이션들을 잃었습니다. 당신들이 경계선입니다. 우리의 군사력이 있으면, 펠은 우리에게 필요한 곳인 동시에 방어 가능한 곳이 됩니다. 제 말 이해하시겠습니까?」

「모든 면에서 협조를 약속드립니다.」콘스탄틴이 말했다.

「당신네 기록에 접근하겠습니다. 모든 보안 문제는 완전히 제거되어야 하며 격리되어야 합니다.」

콘스탄틴은 시그니를 본 뒤 다시 맬러리에게 시선을 돌렸다. 「우리는 맬러리 함장이 대략적으로 그려 준 당신들의 모든 절차를 이미 따르고 있습니다. 아주 엄밀하게요.」

「필요할 경우 이 스테이션의 모든 구역, 기록, 기계, 아파트에 제 부하들이 즉시 접근할 수 있어야 합니다. 만약 보안 문제가 생기면, 정보 누출이 있으면, 우주선이 저 밖의 패턴에서 도망치면, 혹은 어떤 경우에든 명령 위반이 생기면, 우리에겐 우리의 절차가 있고, 여기엔 총살도 포함되어 있습니다. 이 점을 분명하게 이해해 주신다면, 전 제 병력의 대부분을 철수시키고 당신네 군사가 책임지게 하겠습니다. 분명하게 이해하시겠지요?」

「확실하고 분명하게 이해했습니다.」콘스탄틴이 말했다.

「제 부하들은 마음 내키는 대로 오갈 겁니다, 콘스탄틴 씨. 그리고 필요하다고 판단하면 총도 쏠 겁니다. 우리 중 하나가 앞길의 장애물을 제거하기 위해 총을 쏘면서 들어와야 한다면, 우리는 그렇게 할 거고, 함대의 누구라도 남녀를 불문

422

하고 그리할 겁니다. 하지만 그런 일은 일어나지 않을 겁니다. 당신네 보안대가 알아서 잘할 테니까요. 혹은 우리 도움을 받아서요. 어느 쪽이든 말씀만 하십시오.」

콘스탄틴은 이를 악물었다. 「우린 서로 솔직하게 대하고 있군요, 마지언 제독님. 당신네 군사와 이 스테이션을 보호해야 한다는 당신의 의무감은 잘 알겠습니다. 협조하겠습니다. 그쪽에서도 협조해 주실 거라 믿습니다. 앞으로 제가 메시지를 보내면, 메시지가 당신에게 〈닿는〉 겁니다.」

「물론입니다.」 마지언은 편안히 대답했다. 마지언은 자신의 좌우를 보고는 마침내 움직여 문 쪽으로 걸어갔다. 시그니와 다른 이들은 여전히 의회를 보았다. 「큐 함장.」 마지언이 말했다. 「의회와 계속 여러 문제를 상의해도 좋아. 맬러리 함장은 작전 센터를 맡아. 크레쇼프 함장은 보안 기록들과 절차들을 확인해 줘.」

「그에 대해 잘 아는 누군가가 있으면 좋을 겁니다.」 크레쇼프가 말했다.

「보안실장이 당신을 도와줄 겁니다.」 콘스탄틴이 말했다. 「연락해서 그것부터 명령해 두지요.」

「저 또한 도와줄 사람이 필요합니다.」 시그니는 중앙 탁자의 낯익은 얼굴, 즉 젊은 데이먼 콘스탄틴을 흘끗 보며 말했다. 시그니의 눈길에 데이먼의 표정이 변하자, 옆에 있던 젊은 여자가 데이먼의 손을 잡았다.

「함장님.」 데이먼이 말했다.

「데이먼 콘스탄틴······ 괜찮으면 직접 해주시죠. 당신이 도움이 될 겁니다.」

마지언은 그 지역을 둘러보러 혹은 더 가능성 있게는 앞으로의 작전을 위해 중심핵과 기계 장치실 같은 다른 구역들을 접수하러 호위 몇 명과 함께 방을 나갔다. 〈오스트레일리아〉의 부함장인 잰 마이스가 이 민감한 임무를 맡았다. 큐는 탁자에서 의자 하나를 뒤로 빼내 앉아서 회의장을 접수했다. 크레쇼프는 마지언을 따라 나갔던 것이다. 「가시죠.」 시그니는 이렇게 말했다. 데이먼은 옆의 젊은 여자와 헤어지기 전에 잠시 주저하며, 입을 꽉 다문 채 심란해하는 아버지를 흘끗 보았다. 저들은 자신과 함께 있는 걸 좋아하지 않는다고 시그니는 생각했다. 시그니는 기다렸다가, 이윽고 데이먼과 함께 문으로 걸어가 자신의 부하 두 명을 호위로 불렀다. 쿤과 덱틴이었다.

「지휘 본부로 갑시다.」 시그니가 데이먼에게 명령했다. 데이먼은 시그니에게 문으로 나가 그들이 왔던 길로 다시 가면 된다고 손짓으로 알려 주었다. 어울리지 않지만 자연스럽게 예의를 차리는 몸짓이었다.

그러나 말은 한마디도 하지 않았다. 얼굴이 굳고 딱딱했다.

「아까는 아내분인가요?」 시그니가 물었다. 시그니는 정보를…… 중요 인물들에 대한 자세한 사항을 수집하고 있었다. 「누구죠?」

「제 아내입니다.」

「누구죠?」

「엘렌 퀜입니다.」

그 말에 시그니는 깜짝 놀랐다.「스테이션 가족인가요?」

「퀜 가문입니다.〈에스텔〉에서 내렸죠. 저와 결혼했고, 더이상의 우주여행을 포기하고 여기에 남았습니다.」

「아내분은 가족을 잃었습니다, 아시겠지요.」

「우리도 압니다.」

「유감이군요. 아이는요? 당신 둘뿐인가요?」

데이먼은 잠시 후에야 대답했다.「임신 중입니다.」

「아.」여자는 살짝 몸이 무거워 보였다.「콘스탄틴 가문의 아들은 두 분이시죠, 맞나요?」

「형이 있습니다.」

「그분은 어디 계시죠?」

「다운빌로에 있습니다.」데이먼의 표정이 점점 더 걱정스러워졌다.

「전혀 걱정하실 필요 없습니다.」

「걱정 안 합니다.」

시그니는 데이먼을 흉내 내며 씩 웃었다.

「다운빌로에도 당신네 군사들이 가 있나요?」데이먼이 물었다.

시그니는 아무 말 없이 계속 웃었다.「당신은 법무처 소속인 걸로 아는데요.」

「맞습니다.」

「그럼 콤프 액세스들을 상당히 많이 알고 있어 인원 기록들을 볼 수도 있지요, 그렇죠?」

데이먼은 시그니를 슬쩍 보았다. 두려운 표정이 아니었다.

화난 표정이었다. 시그니는 앞쪽의 복도를 보았다. 군인들이 창문 있는 본부 건물을 지키고 있었다. 「우린 당신들이 협조해 줄 거라 확신합니다.」 시그니는 데이먼에게 다시 상기시켰다.

「우리가 유니언으로 넘겨졌다는 게 정말인가요?」

시그니는 가만히 웃으며 콘스탄틴 가문의 사람들은 상황 판단이 빠르다고, 그리고 자신들의 가치와 펠의 가치를 안다고 생각했다. 「절 믿으십시오.」 시그니는 빈정거리며 말했다. 지휘 본부. 화살표와 함께 표지판이 보였다. 〈콤 통신 본부.〉 다른 표지판도 보였다. 〈블루 1, 01-0122.〉

「저 표시들.」 시그니가 말했다. 「떼십시오, 모든 곳에서요.」

「안 됩니다.」

「색깔 표들도요.」

「스테이션은 너무나 혼란스럽습니다. 주민들조차 길을 잃을 수 있어요. 복도들은 거울처럼 대칭적으로 만들어졌고, 저 색깔 표들이 없으면…….」

「제 우주선 안도 그렇답니다, 콘스탄틴 씨. 우린 침입자들을 위해 복도에 표시해 두진 않지요.」

「이 스테이션엔 아이들도 있습니다. 저게 없으면…….」

「아이들은 가르치면 됩니다.」 시그니가 말했다. 「그리고 표지판을 모두 없애십시오.」

앞쪽에 스테이션 본부 문이 열려 있었다……. 군인들이 점거하고 있었다. 시그니와 데이먼이 들어가자 라이플들이 불안하게 이쪽으로 휙 돌았다. 시그니는 지휘 본부와 줄지어

선 제어 콘솔들, 여기서 일하는 기술자들과 스테이션 공무원들을 둘러보았다. 군인들은 시그니를 보자 눈에 띄게 안심했다. 자기 위치에서 일하던 민간인들도 데이먼을 보고 안심하는 듯하다고 시그니는 생각했다. 시그니가 데이먼을 데려온 것도 그런 이유였다.

「다 잘됐습니다.」시그니는 군인들과 민간인들에게 말했다.「우리는 총감독관님 및 의회와 조정에 성공했습니다. 우리는 펠을 소개하지 않을 겁니다. 함대는 여기에 기지를 세울 것이고, 우리는 절대로 이곳을 포기하지 않을 겁니다. 유니언은 무슨 일이 있어도 이곳에 들어오지 못합니다.」

민간인들이 점점 더 많이 웅성거렸고, 안심해서 차분해진 얼굴로 서로 눈빛을 마주쳤다. 그들은 갑자기 인질에서 동맹이 되었다. 군인들은 이미 라이플을 내려놓았다.

「맬러리.」시그니는 여기저기서 속삭이는 소리를 들었다. 「맬러리야.」 그 말투는 사랑은 아니었지만…… 경멸도 아니었다.

「안내를 부탁합니다.」시그니는 데이먼 콘스탄틴에게 말했다.

데이먼은 시그니와 함께 지휘 본부를 돌아다니며 조용히 각 위치와 그 자리에 있는 인원들의 이름을 알려 주었다. 시그니는 그중 많은 이를 기억할 것이었다. 시그니는 원하기만 하면 사람을 쉽게 기억하는 재능이 있었다. 시그니는 잠시 발걸음을 멈추고 주위를 둘러본 뒤, 다운빌로의 개략도가 회전하는 스크린을 보았다. 초록색과 빨간색 점들이 점점이 찍혀 있었다. 「기지인가요?」 시그니가 물었다.

「보조 캠프들이 많이 생겼답니다.」 데이먼이 말했다. 「당신이 남기고 간 자들을 흡수하고 먹이려 애쓰느라고요.」

「Q 말인가요?」 시그니도 그 구역에 대해 모니터를 보았고, 봉쇄된 문을 부서져라 두들기며 들끓는 인간들을 보았다. 연기. 잔해. 「그 사람들을 어떻게 다루고 있나요?」

「당신은 우리에게 그 답을 주지 않았죠.」 데이먼이 대답했다. 시그니에게 이런 말투로 말하는 사람은 거의 없었다. 시그니는 즐거움을 느꼈다.

시그니는 귀 기울이며 주위의 거대한 복합체를 돌아보았다. 층층이 쌓인 계기반들에는 우주선 사람들에겐 이질적인 기능들이 있었다. 이건 몇백 년이나 된 궤도의 상업과 정비의 문제였고, 스테이션 내부 및 세계에 사는 인구, 즉 원주민과 인간의 물자 분류와 생산의 문제였다...... 세속적인 삶으로 바쁜 식민지. 시그니는 주인의식을 가지고 천천히 숨을 들이쉬며 열심히 관찰했다. 그들은 이것을 살아 있게 하기 위해 싸웠다.

갑자기 콤 본부가 열리며 의회의 성명이 흘러나왔다. 「......스테이션 주민들께 보장하고자 합니다......」 앤절로 콘스탄틴이 말했다. 뒤에 의회 회의장들이 보였다. 「이 스테이션을 소개하는 일은 절대로 없을 겁니다. 함대는 우리를 보호하기 위해 이곳에......」

그들의 세계.

이제 이곳에 질서를 확립하는 일만이 남았다.

428

제4장

다운빌로: 중앙 기지, 1600시, 스테이션 표준 지역 황혼[2]

아침이 가까워 지평선에 붉은 선이 하나 보였다. 에밀리오는 너른 공터에 서 있었고, 숨은 고르게 마스크를 들락날락했다. 이 위도와 고도에서는 밤이면 언제나 냉랭하기 때문에 두꺼운 재킷을 걸쳤다. 줄들은 조용히 어둠 속에서 움직였고, 허리 숙인 이들은 홍수에서 알을 구하려는 곤충들처럼, 짐을 지고 창고 돔들에서 바깥쪽으로 서둘러 나아갔다.

인간 일꾼들은 아직 Q에서, 거주용 돔들에서 자고 있었다. 몇 안 되는 직원들만이 일을 도왔다. 에밀리오는 낮은 돔들과 언덕들 주위 이곳저곳에서 그들을 알아보았다. 다른 이들 속에서 인간 직원들은 키가 커 보였다.

조그만 누군가가 종종걸음 치며 숨차게 다가와 마스크를

---

2 일광 시간의 계절적 변동과, 스테이션 (지구) 표준과의 회전 주기 차이로 인해 날마다 약간의 시간차가 생긴다. 스테이션과 행성의 시간이 일치하는 경우는 아주 드물다 — 원주.

끼지 않은 채 숨을 헐떡였다.「응? 응, 당신 보낸다, 콘스탄틴-인간?」

「뛰는 자?」

「나 뛰는 자.」활짝 웃으며 쉿쉿대는 목소리가 말했다.「잘 달리는 이, 콘스탄틴-인간.」

에밀리오는 상대의 빳빳한 털이 난 어깨를 만졌다. 그리고 팔에서 거미줄 같은 핏줄을 느꼈다. 에밀리오는 주머니에서 접힌 종이를 꺼내 히사의 못 박힌 손에 놓았다.「그럼, 달려요.」에밀리오가 말했다.「이걸 모든 인간 캠프들로 가져가서 모두가 보게 해요, 알겠죠? 그런 뒤 모든 히사에게 말해요. 강에서 평원까지, 모두에게 말해요. 달리는 이를 보내라고 모두에게 말해요. 인간 캠프에 오지 않는 히사에게도 말해요. 인간들을 조심하라고, 이방인을 믿지 말라고. 우리가 여기서 뭘 하는지 말해요. 지켜보고, 또 지켜보지만 아는 사람들의 연락이 있기 전에는 가까이 오지 말라고 해요. 히사는 이해했나요?」

「루커스들 온다.」히사가 말했다.「응. 이해한다, 콘스탄틴-인간. 나 〈뛰는 자〉. 나는 바람이다. 누구도 잡지 못한다.」

「가요.」에밀리오가 말했다.「달려요, 뛰는 자.」

튼튼한 두 팔이 에밀리오를 안았다. 히사는 무서울 정도로 쉽게 강한 힘을 낼 수 있었다. 시꺼멓게 보이는 모습이 에밀리오를 떠나 어둠 속으로 들어가더니 가볍게 휙 움직이며 〈달려갔다〉……

말은 퍼졌다. 이젠 취소될 수 없었다. 그렇게 쉽게는 안

됐다.

에밀리오는 가만히 서서 언덕 중턱의 다른 인간들을 지켜보았다. 이미 직원들에게 명령을 내려 두었지만, 비밀까지 털어놓지는 않았다. 함께 책임지게 하고 싶지 않았다. 창고 돔들은 이제 대부분 비었고, 돔 안에 있던 모든 물자를 숲속 깊숙이 가져다 놓았다. 강을 따라 말이 퍼졌다. 이 방식은 현대 통신 수단으로는 추적할 수 없었다. 감시한다고 감시할 수 있는 그런 유가 아니었다. 말은 히사의 속도 덕분에 더욱 빠르게 퍼졌고, 스테이션이나 스테이션을 지키는 사람들이 어떤 명령을 내려도 중단되지 않을 터였다. 캠프에서 캠프로, 인간과 히사 사이에서, 그리고 어디서 히사와 접촉하든 이자에게서 저자에게로 옮겨졌다.

갑자기 어떤 생각이 머리를 스쳤…… 어쩌면 히사는 인간들이 이러기 전에는 이런 식으로 자기네 종족의 다른 구성원들과 얘기할 이유가 없었을 것이다. 그들이 아는 한 전쟁은 없었으며, 흩어진 부족들 간에 힘을 합칠 일도 전혀 없었을 것이다. 그러나 어쨌든 인간의 지식이 한 장소에서 다른 장소로 전해졌다. 그리고 이제 인간들은 기묘한 네트워크를 통해 메시지를 보냈다. 에밀리오는 그 목적이 무엇이든 메시지가 온화하고 어리둥절한 히사를 움직이고, 우연한 만남과 고의적인 만남들을 통해 강둑들로, 잡목림 안으로 전해지는 것을 상상했다.

그리고 접촉하는 모든 지역에서, 히사는 훔칠 것이다. 그들에겐 도둑질이란 개념 자체가 없었다. 그리고 히사는 일터를 떠날 것이다. 그들에겐 왕이란 개념도 반란이란 개념도 없었다.

에밀리오는 추위를 느껴 겹겹이 껴입은 옷들을 몸에 감아 차가운 바람을 막았다. 에밀리오는 뛰는 자와 달리 멀리 뛰어갈 수 없었다. 콘스탄틴이면서 인간이었기에, 에밀리오는 서서 기다렸다. 점점 동이 트면서 짐을 진 일꾼들이 줄지어 가는 것이 보이고, 다른 돔들에서 나온 인간들이 잠을 떨치고 나와 비축한 물자들과 장비가 조직적으로 도둑질당하고 있는 것을 알아채기 시작했다. 에밀리오의 직원들은 옆에 서서 그 일을 바라보고 있었다. 빛은 이제 투명한 돔들 속에까지 비추었다……. 일꾼들이 점점 더 많이 나와 경악하며 서 있었다.

사이렌이 울렸다. 에밀리오는 하늘 쪽을 바라보았고, 마지막 남은 몇 안 되는 별들만이 보였다. 그러나 콤에서 뭔가 낌새가 느껴졌다. 그리고 누군가 주위의 돌들을 저벅거리더니 가냘픈 팔 하나가 에밀리오의 허리를 감았다. 에밀리오는 밀리코를 꼭 안으며 이 만남을 소중히 만끽했다.

비탈 너머에서 외침이 들렸다. 팔들이 올라가 위를 가리켰다. 색이 엷어지고 있는 하늘에서, 내려오는 우주선의 불빛이 보였다……. 그들이 바란 것보다 빨리 왔다.

「왈가닥!」 에밀리오가 히사 한 명에게 이리 오라고 부르자, 팔에 오래된 하얀색 화상 흉터가 있는 여자가 다가왔다. 짐을 진 채로 와서 헐떡였다. 「이제 숨어요.」 에밀리오의 말에 왈가닥은 줄로 뛰어가 돌아가며 동료들에게 빠르게 말을 전했다.

「히사들이 어디로 가는 거지?」밀리코가 물었다. 「히사들이 말했어?」

「히사들이 아는 곳으로.」에밀리오가 말했다. 「오직 히사들만이 아는 곳으로.」에밀리오는 바람 속에서 밀리코를 더 꼭 껴안았다. 「그리고 다시 돌아올 거야. 누가 그 부탁을 하느냐에 달리긴 했지만.」

「만약 히사들이 우릴 데리고 가버리면…….」

「우린 우리가 할 수 있는 일을 하는 거야. 하지만 히사들에게 명령을 내리는 외부인들은 없어지겠지.」

우주선의 불빛이 밝아지더니 매우 강렬해졌다. 그들의 셔틀 중 한 대는 분명 아니었고, 더 크고 더 불길한 뭔가였다.

에밀리오는 군이라고 생각했다. 모함의 착륙선이었다.

「콘스탄틴 씨.」일꾼 한 명이 달려와 멈추더니 당황하며 양손을 벌렸다. 「정말인가요? 마지언의 함대가 저 위에 왔다는 게 진짜예요?」

「우린 그렇다고 들었습니다. 저 위에서 무슨 일이 벌어지고 있는지는 몰라요. 여러 징후를 보면, 상황은 조용한 듯하고요. 침착하십시오. 그리고 이 말을 전하세요……. 우리는 똑바로 정신 차리고 있다가, 사건이 닥치면 눈치 보며 상황을 잘 탈 거라고요. 사라진 물자에 대해 누구도 어떤 말도 해선 안 됩니다. 모두 입 꼭 다물라고 해요, 알겠어요? 하지만 함대가 우리 것을 싸그리 빼앗은 뒤 떠나 스테이션이 굶어 죽는 그런 사태는 허락하지 않을 거예요. 지금 벌어지는 일은 〈그런〉 거예요. 이 말도 모두에게 전해요. 그리고 이제 명령은 저와 밀리코에게서만 받아요, 알겠어요?」

「네.」 남자는 속삭이듯 대답했고, 가도 좋다는 말을 듣자 소식을 전하러 얼른 뛰어갔다.

「Q에 의견을 묻는 게 좋겠어.」 밀리코가 말했다.

에밀리오는 고개를 끄덕이고 나서 이제까지 서 있던 언덕 중턱에서 그쪽으로 걷기 시작했다. 언덕 위에 빛 하나가 확 타올랐다. 착륙을 인도하기 위한 착륙장의 조명이었다. 에밀리오와 밀리코는 길을 걸어 Q로 향했고, 그곳에서 웨이를 발견했다. 「함대가 위에 와 있어요.」 에밀리오가 말했다. 그리고 공황에 빠져 빠르게 웅얼대는 소리를 듣고 다시 말했다. 「우린 스테이션과 우리들을 위해 음식을 지키려 애쓰고 있어요. 함대가 여기를 점령하지 못하게 하려고 애쓰고 있어요. 당신은 아무것도 못 본 거예요. 아무것도 못 들은 거예요. 당신은 귀머거리에 장님이고, 어떤 것에도 책임을 지지 않아요. 책임은 〈제가〉 져요.」

상주 일꾼들에게서, Q에서 다시 웅성거리는 소리가 들렸다. 에밀리오는 몸을 돌렸고, 에밀리오와 밀리코는 그곳을 떠나 길을 따라 착륙장으로 향했다. 에밀리오의 직원들과 상주 일꾼들 한 무리가 주위에 몰려들었다…… Q 사람들도 있었다. 누구도 그들을 막지 않았다. 그들에게 보초는 더 이상 없었다. 여기엔 없었다. 다른 캠프들에도 없었다. Q는 다른 일꾼들처럼 게시된 일정표에 따라 일했다. 불만이 없는 것은 아니었고, 어려움도 있었다. 그러나 지금 내려온 것에 비하면 Q는 상대적으로 덜 위협적이었다. 지금 내려오는 우주선은, 군인이 가득한 모함들에서 쓸 식량을 내놓으라고 요구할 터였고, 살아 있는 사람들까지 요구할 수도 있었다.

착륙장을 넘을 정도로 큰 우주선은 천둥 같은 소리를 내며 내려앉았고, 언덕 중턱에 있던 사람들은 시끄러운 소리 때문에 귀를 막고, 엔진이 꺼질 때까지 악취 나는 바람에서 얼굴을 돌렸다. 우주선은 새벽에 도착했다. 낯설고 흉측했으며 전쟁의 기운으로 가득했다. 해치가 열리고, 땅으로 턱을 쩍 벌렸다. 무장한 군인들이 그들 세계의 흙투성이 땅으로 내려왔다. 그동안 에밀리오 일행은 언덕 중턱에 그대로 줄지어 서 있었다. 방탄복도 무기도 없었다. 군인들은 라이플을 겨누고 섰다. 장교 한 명이 이동 트랩을 걸어 불빛 속으로 내려왔다. 검은 피부의 남자는 헬멧도 없이 호흡용 마스크만 쓰고 있었다.

「포리야.」 밀리코가 속삭였다. 「저자는 포리가 분명해.」

에밀리오는 어깨를 짓누르던 부담감이 사라지는 것을 느끼며, 눈앞에 닥친 위협의 답을 찾았다. 에밀리오는 밀리코의 손을 놓았지만, 밀리코는 에밀리오의 손을 놓지 않았다. 둘은 이 전설적인 함장을 만나러 함께 언덕을 내려갔다⋯⋯. 그리고 대화가 가능한 거리에서 발걸음을 멈췄다. 둘 다 이제 훨씬 가까워진 라이플들을 민감하게 의식했다.

「이 기지의 책임자가 누굽니까?」 포리가 다그치듯 물었다.

「에밀리오 콘스탄틴과 밀리코 디입니다, 함장님.」

「제 앞에 계신 분들인가요?」

「네, 함장님.」

「계엄령이 선포되었음을 알려 드립니다. 이 기지의 모든 물자는 징발되었습니다. 모든 민간 정부는, 인간이든 원주민이든 일시 정지됩니다. 장비와 인원, 물자에 대한 모든 기록을 즉각 넘기십시오.」

에밀리오는 밀리코와 잡지 않은 손을 비꼬듯 휘익 저어 돔들을, 이미 약탈당한 돔들을 가리켰다. 포리는 별로 좋아하지 않을 거라고 에밀리오는 생각했다. 손으로 작성한 특정 장부들도 사라졌다. 에밀리오는 자신이, 밀리코가…… 이 기지의 남녀와 다른 이들이 걱정되었다. 히사가 가장 덜 걱정된다는 것은 아니었다. 히사는 전쟁을 한 번도 본 적이 없었다.

「당신은 이 세계에 남을 겁니다.」 포리가 말했다. 「그리고 어떤 식으로든 필요할 때마다 우리를 지원할 겁니다.」

에밀리오는 긴장된 웃음을 짓고 밀리코와 잡은 손에 힘을 주었다. 말과 행동이 어떻든 간에, 이건 사실상 체포였다. 자다가 받은 아버지의 메시지 덕분에 에밀리오는 시간을 벌었다. 주위에는 이곳 일을 해달라고 부탁받지도 않은 일꾼들, 이 일에 자원한 일꾼들이 와 있었다. 그러나 에밀리오는 일꾼들의 침묵보다는 히사의 속도가 더 의지되었다. 군대가 에밀리오를 직접적으로 감금할 가능성까지 있었다. 에밀리오는 스테이션에 있는 가족 생각을 했고, 펠이 소개될 가능성, 그리고 마지언의 부하들이 철수하며 고의적으로 다운빌로를 파괴할 가능성을 생각했다. 이 경우, 마지언은 유니언 손에 넘기기 싫은 건 파괴해 버리면서, 움직일 수 있는 사람을 몽땅 함대에 징발할 수도 있었다. 그들은 유니언에 총알받이로 던질 수만 있다면 히사의 손에도 총을 쥐어 줄 것이었다.

「함께 상의하도록 하지요, 함장님.」에밀리오는 대답했다.

「무기는 모두 제 부하들에게 넘기십시오. 인원들은 수색당할 것입니다.」

「전 상의해 보자고 했습니다, 함장님.」

포리는 날카롭게 손짓했다.「저 사람들을 안으로 데려와.」

군인들이 그들을 향해 다가왔다. 밀리코는 에밀리오와 잡은 손에 꽉 힘을 주었다. 에밀리오가 앞장섰다. 둘은 스스로 앞으로 걸어가 몸수색을 당한 뒤 이동 트랩을 올라, 포리가 기다리는 환한 우주선 안으로 들어갔다.

에밀리오는 이동 트랩의 위쪽 끝부분에서 발걸음을 멈췄고, 밀리코는 그 옆에 섰다.「우린 이 기지에 대한 책임이 있습니다.」에밀리오가 말했다.「전 이곳이 공개적으로 논란에 휘말리는 걸 원치 않습니다. 합리적이고 꼭 필요한 일이라면 아주 조용하게 당신네 군대의 요구에 따르겠습니다.

「위협하시는군요, 콘스탄틴 씨.」

「전 사실을 말하는 겁니다, 함장님. 당신이 뭘 원하는지 말씀해 주십시오. 전 이 세계를 잘 압니다. 이미 작동 중인 시스템에 군대가 개입하면 이곳을 다시 군대 방식으로 만드느라 귀중한 시간을 허비해야 할 테고, 어떤 경우엔 개입이 파괴적 결과를 부를 수도 있습니다.」

에밀리오는 포리의 흉터 난 눈을 똑바로 들여다보며, 이 남자는 상대가 맞서는 걸 좋아하지 않는다는 사실을 똑똑히

437

읽었다. 개인석으로는 위험한 사람이었다.

　「제 장교들이 당신과 함께 가서 기록을 가져올 겁니다.」포리가 말했다.

제5장

1
펠: 화이트 구역 2층, 1700시

경찰이 들어왔다. 말이 없는 경찰들은 문 옆에 서서 관리자와 얘기했다. 조시는 고개를 숙인 채 눈알만 위로 굴려 경찰을 보았고, 부품을 빼내며 단 한 번의 실수도 하지 않았다. 조시 옆의 여자아이는 대놓고 손을 멈추고 조시의 옆구리를 쿡쿡 찔렀다.

「이봐요.」여자아이가 말했다.「이봐요, 〈경찰〉이에요.」

모두 다섯 명이었다. 조시가 무시하자, 여자아이는 더 세게 조시를 찔렀다.

조시와 여자아이 위에서 콤 스크린이 켜졌다. 빛이 눈길을 끌어, 조시는 곧바로 위를 올려다보았다. 또 다른 전체 방송이었다. 그린 구역의 통행이 제한적으로 다시 풀렸다는 내용이었다. 조시는 얼른 고개를 숙이고 다시 일을 시작했다.

「경찰이 이쪽을 봐요.」여자아이가 말했다.

정말이었다. 경찰은 이쪽을 가리키고 있었고, 조시는 다시 위아래로 얼른 시선을 움직였다가 다시 위를 한 번 봤다. 군인들이 무장한 채 들어왔던 것이다. 컴퍼니 군인들이었다. 마지언의 군인들이었다. 「저기 봐요.」 여자아이가 말했다. 조시는 억지로 일에 집중했다. 본부의 매끄러운 목소리가 콤에서 계속 들리며 모두 안전할 거라고 약속했다. 조시는 이제 그 말을 믿지 않았다.

통로에 발소리가 들렸다. 반대쪽에서 다가온 발소리는 육중했으며 여러 명이었다. 그들은 조시 뒤에 와서 발걸음을 멈췄다. 조시는 마지막으로 절실하게 희망을 품으며 계속 일했다. 〈데이먼.〉 조시는 간절히 바라며 생각했다. 〈데이먼!〉

손 하나가 조시의 어깨를 만지더니 돌려세웠다. 조시는 관리자의 얼굴을 똑바로 바라보았다. 곁눈으로 스테이션의 보안대 경찰과 방탄복을 입고 마지언 함대의 기장을 단 군인 한 명이 보였다.

「탤리 씨.」 경찰이 말했다. 「함께 가주시겠습니까?」

조시는 손에 렌치를 무기 삼아 쥐고 있음을 깨닫고 조심스레 카운터에 내려놓은 뒤, 작업복에 손을 닦고 일어났다.

「어디로 가는데요?」 옆의 여자아이가 물었다. 조시는 여자아이의 이름을 몰랐다. 아이의 평범한 얼굴은 괴로워하고 있었다. 「어디로 가요?」

조시는 자신도 몰랐기에 대답하지 않았다. 경찰 한 명이 조시의 팔을 잡고 통로를 걷다가 작업장 측면으로 가더니 문으로 다가갔다. 모두가 지켜보고 있었다. 「정숙.」 관리자가 말했다. 여기저기서 웅성이는 소리가 들렸다. 경찰들과 군인들은 조시를 데리고 복도로 나간 뒤 거기서 멈췄다. 문이 닫히고, 몸통에 방탄복만 입은 장교가 조시를 벽으로 돌려세운 뒤 몸을 수색했다.

남자는 조시의 주머니에서 서류를 꺼냈다. 남자는 조시를 다시 돌려세워 벽에 등을 대고 서게 했다. 조시는 장교가 서류를 살피는 모습을 보았다. 기장에 〈대서양〉이라고 쓰여 있었다. 토할 것 같은 공포가 조시를 덮쳤다. 컴퍼니 군인들이 손에 조시의 서류를 쥐고 있었다. 조시의 무해함을 주장하고 이제까지 조시가 겪은 일을 증명하고 조시가 누구에게도 위험이 되지 않음을 말해 주는 건 저 서류가 다였다. 조시는 손을 뻗어 서류를 돌려받으려 했지만, 장교는 손이 닿지 않는 곳으로 서류를 치워 버렸다. 마지언의 부하들. 어둠이 돌아왔다. 조시는 예전의 만남들을 기억하며 손을 거뒀다. 그러나 가슴이 방망이질 쳤다.

「제겐 통행증이 있습니다.」 조시는 말하며, 당황할 때마다 얼굴에 일어나는 틱을 억제하려 애썼다. 「서류 안에 함께 있습니다. 제가 여기서 일한다는 걸 알 수 있을 겁니다. 전 여기에 있어야 합니다.」

「아침만이죠.」

「우리 모두 여기에 갇혀 있어요.」 조시가 말했다. 「다들 여기에 갇혀 있다고요. 다른 사람들을 확인해 보세요. 우린 모두 아침조예요.」

「당신은 우리와 함께 갈 겁니다.」 군인들 중 한 명이 말했다.

「데이먼 콘스탄틴에게 물어보세요. 그 사람이 말해 줄 겁니다. 저와 아는 사이예요. 전 괜찮다고 그 사람이 당신들에게 말해 줄 겁니다.」

그 말에 사람들이 주춤했다.「잘 적어 두지요.」장교가 말했다.

「진짜일지도 모릅니다.」스테이션 경찰 한 명이 말했다.「저도 그런 비슷한 소릴 들었습니다. 이자는 특별 케이스라고요.」

「우린 명령을 받았습니다. 콤프가 저자 이름을 뱉어 냈습니다. 우린 이 일을 깨끗이 해결해야 합니다. 당신이 당신네 시설에 이자를 가두든지, 우리가 우리 시설에 가두든지 해야 합니다.」

조시는 입을 열어 어느 쪽이 나을지 말하려 했다.「우리가 데려가지요.」조시가 간청하기도 전에 경찰이 먼저 말했다.

「제 서류는요?」조시가 물었다. 조시는 수치심에 말을 더듬었고 얼굴이 붉어졌다. 어떤 반응은 아직도 잘 제어되지 않았다. 조시는 서류를 달라고 손을 뻗었지만 손은 눈에 띄게 떨렸다.「제발요.」

장교는 서류를 접어 자신의 허리띠 주머니에 조심스럽게 집어넣었다.「저 사람에겐 이 서류가 필요 없습니다. 아무 데도 안 갈 테니까. 당신이 저자를 데려다 가두고, 우리가 원하면 언제든 볼 수 있게 하십시오. 알겠습니까? 저자가 나중에 Q로 들어갈 수도 있겠지만, 사령부에서 재검토하기 전에는 안 됩니다.」

「알겠습니다.」경찰은 힘차게 대답했다. 경찰은 조시의 팔을 잡고 복도를 걸어갔다. 군인들은 뒤에서 걸어오다가 마침내 복도가 갈라지는 곳에서 헤어졌다.

보이는 복도마다 마지언의 부하들이 있었다. 조시는 오싹해지며 벌거벗은 느낌이 들었다…… 경찰들이 리프트에서 멈추고 차에 혼자 타게 하자 조시는 깊은 안도감을 느꼈다. 그들은 군인 없이 레드 구역 1층으로 올라가는 것이었다.

「제발 데이먼 콘스탄틴에게 전화해 주세요.」조시는 그들에게 부탁했다. 「혹은 엘렌 퀸이나요. 아님 그분들 사무실의 누구에게라도요. 제가 번호를 압니다.」

그러나 가는 동안 내내 거의 침묵만이 흘렀다.

「우린 채널들을 통해 이 일을 보고할 겁니다.」한 명이 마침내 말했지만, 조시를 보진 않았다.

리프트가 멈췄다. 레드 1 보안 구역이었다. 조시는 경찰들 사이에 끼여 걸으며 투명한 칸막이를 통과해 입구의 데스크로 갔다. 이 사무실 안에도 방탄복을 입고 무장한 군인들이 있었다. 조시는 공포가 온몸을 휩쓰는 것을 느꼈다. 이곳에선 적어도 스테이션 당국의 보호 아래 있게 되길 바랐던 것이다.

「제발요.」조시는 사람들이 자신을 체크인해 줄 동안 데스크에 말했다. 조시는 자신을 맡은 젊은 공무원을 알았다. 조시가 죄수일 때 여기 있던 자였다. 조시는 〈기억〉했다. 조시는 그에게로 몸을 숙여 목소리를 낮추며 필사적으로 말했다. 「제발 콘스탄틴 가문 사람들에게 연락 좀 해주세요. 제가 여기 있다고 전해 주세요.」

여기서도 대답은 듣지 못했다. 상대는 그저 불편해하며 시선을 뗄 뿐이었다. 그들은 두려워했다. 모든 스테이션인이 무장 군인들에게 공포를 느꼈다. 군인들은 조시를 데스크에서 데리고 나와 복도를 걸어가서는 유치장에 집어넣었다. 황량한 하얀색 유치장에는 위생 시설과 벽에서 튀어나온 하얀색 긴 의자가 전부였다. 그들은 조시를 다시 수색하느라 시간을 지체했다. 이번엔 알몸 수색이었다. 수색을 마친 뒤 군인들은 바닥에 옷을 놓아두고 나갔다.

조시는 옷을 입고 마침내 긴 의자에 무너지듯 앉아 두 발을 끌어 올린 뒤 무릎에 얼굴을 기댔다. 조시는 오랫동안 일하고 공포에 시달려 피곤했다.

2
상선 〈망치〉: 심우주, 1700시

비토리오 루커스는 의자에서 일어나 〈망치〉의 음침하고 휘어진 선교를 걸었다. 그러나 계속 자신에게 시선을 고정하고 있는 유니언인의 손에 들린 막대기가 움찔거리는 것을 보고 도중에 멈춰 섰다. 그들은 비토리오가 제어실에 가까이 오게 두지 않을 것이었다. 이 조그맣고 가파르게 휘어진 회전 실린더 안에는 타일 위에 테이프로 표시된 줄이 하나 있었는데, 이게 비토리오의 감옥 경계선이었다. 〈망치〉의 몰골

사나운 질량 대부분을 후미의 무중력 선복이 차지했다. 비토리오는 저쪽에서 부르지도 않았는데 먼저 선을 넘으면 무슨 일이 생길지 아직 알아내지 못했다. 앞으로도 알아낼 생각은 추호도 없었다. 비토리오는 실린더의 회로 대부분과, 잠 잘 승무원 숙소, 아주 작은 메인 룸 구역…… 그리고 지휘실 쪽을 이 정도까지 들어와도 좋다고 허락받았다. 여기선 스크린들 중 하나가 잘 보였고, 기술자의 어깨 너머로 스캔도 보였다. 비토리오는 서성거리며 스크린과 스캔을 보았고, 상인 옷을 입었지만 상인이 아닌 남자들과 여자들의 등을 보았다. 약 때문에, 그리고 도약하느라 아직도 스멀거리는 신경 때문에 배 속이 느글거렸다. 비토리오는 이미 하루의 대부분을 토하며 보냈다.

선장은 스크린들을 지켜보며 서 있다가 비토리오를 보고 손짓해 불렀다. 비토리오는 망설였다. 두 번째 신호를 받고서야 비토리오는 앞으로 걸어가 금지된 지휘실 지역으로 들어갔지만, 그러면서도 막대기를 든 남자를 뒤돌아보았다. 비토리오가 스캔을 좀 더 가까이에서 들여다보는데 선장이 비토리오의 어깨에 다정하게 손을 얹었다. 성공한 남자의 분위기를 풍기는 이자는…… 어쩌면 펠의 사업가였을 듯했다. 딱딱거리며 명령을 내리기보다는 승무원들을 설득했던 것이다. 승무원들은 모두 그를 잘 대접했고, 심지어 공손하기까지 했다. 비토리오가 공포에 질린 이유는 자신의 상황과 잠재적 성향 때문이었다. 겁쟁이. 아버지는 넌더리 치며 그렇게 말하곤 했다. 사실이었다. 비토리오는 겁쟁이였다. 이곳,

이 사람들은 비토리오에게 전혀 맞지 않았다.

「우린 이제 곧 다시 돌아갑니다.」남자가 말했다……. 블래스. 이게 그의 이름이었다. 에이브 블래스. 「멀리 도약하지 않았고, 마지언이 가는 길에서 딱 비켜 있을 만큼만 왔어요. 긴장 풀어요, 루커스 씨. 속은 이제 좀 나아졌나요?」

비토리오는 아무 말도 하지 않았다. 거북한 속에 대한 이야기를 듣자 배 속에서 다시 경련이 일었다.

「다 괜찮습니다.」블래스는 아직도 비토리오의 어깨에 손을 얹은 채 부드럽게 말했다. 「잘못된 일은 전혀 없습니다, 루커스 씨. 마지언이 왔다고 해서 우리가 골치 아플 일은 절대 없습니다.」

비토리오는 남자를 바라보았다. 「그럼 우리가 다시 들어올 때 함대가 우릴 찾아내면 어떻게 되나요?」

「우린 언제든 도약할 수 있습니다.」블래스가 말했다. 「〈백조의 눈〉은 자기 위치에서 벗어나지 않을 거고, 일리코는 말하지 않을 겁니다. 일리코는 어찌해야 자신에게 이득인지 아니까요. 마음을 편히 가져요, 루커스 씨. 당신은 아직도 우리에 대해 불안해하는 것 같군요.」

「혹시라도 펠에 계신 제 아버지가 위태로워진다면…….」

「그런 일은 절대 없을 겁니다. 제사드는 자신이 하는 일에 대해 잘 알고 있습니다. 절 믿으세요. 모든 게 이를 위해 계획됐습니다. 그리고 유니언은 자신의 친구들을 돌봅니다.」블래스는 비토리오의 어깨를 툭툭 쳤다. 「첫 번째 도약치고 아주 잘하고 있어요. 선배의 조언을 믿고, 자신을 너무 몰아

세우지 말아요. 그냥 긴장 풀어요. 메인 룸으로 돌아가 계시면, 진입 계획이 세워지는 즉시 말씀드리겠습니다.」

「그러지요.」 비토리오는 웅얼거리며 말하고는 하라는 대로 했다. 천천히 보초를 지나 구부러진 갑판을 다시 걸어 텅 빈 메인 룸으로 갔다. 비토리오는 탁자와 일체형으로 붙은 벤치에 앉아 탁자에 팔을 기대고 무겁게 침을 삼켰다.

도약 때문에 욕지기가 나서만은 아니었다. 비토리오는 죽도록 두려웠다. 〈남자답게 좀 굴어라.〉 아버지의 목소리가 귀에 들리는 듯했다. 온몸에 비참함이 소용돌이쳤다. 비토리오는 그냥 자기 자신이었고, 여기에 어울리지 않았으며, 에이브 블래스 같은 사람이나 이 음침하고 너무나 똑같이 생긴 사람들과는 잘 맞지 않았다. 아버지는 비토리오를 소모재로 썼다. 비토리오가 야심가였다면, 비토리오는 이런 환경에서도 자신을 돋보이게 하려 노력했을 것이고, 유니언의 환심을 사려고 애썼을 것이다. 비토리오는 그러지 않았다. 자신의 능력과 한계를 잘 알았고, 로진을 원했고, 그냥 몸이 편하길 원했고, 지금 자신의 몸을 채운 약들과 함께 먹어선 안 되는, 좋은 술 한 잔을 원했다.

이건 성공 못 할 일이었다. 그 어느 것도. 그들은 비토리오를 유니언 쪽 우주로 낚아채 갈 것이고, 모든 사람이 보조를 맞춰 걷는 그곳에서, 비토리오가 아는 모든 것은 끝장날 것이다. 비토리오는 변화가 두려웠다. 펠에서 비토리오는 충분히 잘 살았다. 비토리오는 인생에도 누구에게도 많은 걸 요구한 적이 없었고, 무(無) 그 자체의 한가운데인 이곳에 나와 있다는 생각만으로도…… 밤마다 악몽을 꿀 지경이었다.

하지만 비토리오에겐 달리 선택의 여지가 없었다. 아버지가 그렇게 만들었다.

마침내 블래스가 들어와 의자에 앉더니 탁자에 엄숙하게 도표들을 펼치고 마치 임무에 아주 중요한 누군가에게 얘기하듯이 이런저런 것들을 설명했다. 비토리오는 도표들을 보며 이 무의 공간을 이리저리 움직이는 것이 어떤 전제하에 이루어지는지 이해하려 애썼다. 그러나 사실 비토리오는 본질적으로 무명의 장소인 여기가 어딘지조차 이해할 수 없었다.

「그만 마음 놓으셔도 됩니다.」 블래스가 말했다. 「당신이 현재의 스테이션보다는 훨씬 더 안전한 장소에 계시다고 제가 장담합니다.」

「당신은 유니언에서 아주 높은 장교죠.」 비토리오가 말했다. 「안 그런가요? 그렇지 않다면…… 그 사람들이 당신을 이런 식으로 보내지 않았을 테니까요.」

블래스는 어깨를 으쓱했다.

「〈망치〉와 〈백조의 눈〉…… 그 우주선들을 모두 당신이 펠 근처로 끌고 왔나요?」

블래스는 또다시 어깨만 으쓱했다. 그게 그의 대답이었다.

제2권에 계속

옮긴이 **최용준** 대전에서 태어나 서울대학교 천문학과를 졸업했으며, 미국 미시간 대학에서 이온 추진 엔진에 대한 연구로 항공 우주 공학 박사 학위를 받았다. 플라스마를 연구한다. 옮긴 책으로 데이비드 브린의 『스타타이드 라이징』(전2권), 아이작 아시모프의 『아자젤』, 세라 워터스의 『핑거스미스』, 마이클 프레인의 『곤두박질』, 마이크 레스닉의 『키리냐가』, 루이스 캐럴의 『이상한 나라의 앨리스』, 『어슐러 K. 르 귄 걸작선』 등이 있다. 헨리 페트로스키의 『이 세상을 다시 만들자』로 제17회 과학 기술 도서상 번역 부문을 수상했다. 시공사의 〈그리폰 북스〉, 열린책들의 〈경계 소설선〉, 샘터사의 〈외국 소설선〉을 기획했다.

다운빌로 스테이션 1

발행일 **2018년 6월 30일 초판 1쇄**

지은이 **C. J. 체리**
옮긴이 **최용준**
발행인 **홍지웅·홍예빈**
발행처 **주식회사 열린책들**

경기도 파주시 문발로 253 파주출판도시
전화 031-955-4000 팩스 031-955-4004
www.openbooks.co.kr

Copyright (C) 주식회사 열린책들, 2018, *Printed in Korea.*
ISBN 978-89-329-1833-4 04840
ISBN 978-89-329-1832-7 세트

이 도서의 국립중앙도서관 출판예정도서목록(CIP)은 서지정보유통지원시스템 홈페이지(http://seoji.nl.go.kr)와 국가자료공동목록시스템(http://www.nl.go.kr/kolisnet)에서 이용하실 수 있습니다.(CIP제어번호:CIP2018015844)

발전용 날개

프레임

도킹한
라이더들

주 추진

회전 실린더

도킹 탐사기

진입 튜브
라이더 저장소
창고와 휴식 장소
유치장과 탱크와
생명 유지 장치

회전
실린더

회전 실린더 방향

함교와 선원 숙소.
관제실도 있음.

2층, 군인 숙소와 창고

도킹했을 때   비행할 때